橋魂

镇江五峰山长江大桥

钱兆南 著

江苏凤凰文艺出版社
JIANGSU PHOENIX LITERATURE AND ART PUBLISHING, LTD

图书在版编目（CIP）数据

桥魂 / 钱兆南著. —南京：江苏凤凰文艺出版社，2019.10

ISBN 978 - 7 - 5594 - 4042 - 6

Ⅰ. ①桥… Ⅱ. ①钱… Ⅲ. ①报告文学—中国—当代 Ⅳ. ①I25

中国版本图书馆 CIP 数据核字(2019)第 210344 号

桥魂

钱兆南 著

出 版 人 张在健
责任编辑 高竹君 傅一岑
装帧设计 王晨玥
责任印制 刘 巍
出版发行 江苏凤凰文艺出版社
南京市中央路 165 号，邮编：210009
网 址 http://www.jswenyi.com
印 刷 北京军迪印刷有限责任公司
开 本 880 毫米×1230 毫米 1/32
印 张 9.5
字 数 275 千字
版 次 2019 年 10 月第 1 版 2019 年 10 月第 1 次印刷
书 号 ISBN 978 - 7 - 5594 - 4042 - 6
定 价 56.00 元

序一

文武松

我没有见过钱兆南同志，因着她撰写了一部关于中铁大桥局五峰山长江大桥建设的作品——《桥魂》，经我单位崔永兴同志介绍，我认真拜读了发来的书稿，从文字上算是认识了这一位巾帼作家。

我毕业后从事的工作一直与桥梁有关，先是桥梁科学研究，后是桥梁技术管理，再到后来主持修建了几座特大型的桥梁工程，其中的苏通长江大桥、京沪高铁南京大胜关长江大桥均获得了国际桥梁协会颁发的乔治·理查德森奖。对桥梁的情愫已经化入我的血液，爱屋及乌，凡是关于描写桥梁的文字，我历来都特别上心，尤其爱读。

钱兆南同志的《桥魂》是一部可以令桥梁建设者深受感动的作品。因为一次到五峰山大桥参观采风的机会，她对我们这些“又土又木”的土木工程人给予了特别关注，尤其是对我们在五峰山长江大桥建设中呈现的人和事产生了浓厚兴趣，她以优美的笔触和文字记录了很多感人的片段和故事。她的文字写到了大桥人的心坎上，作为一名 30 多年的建桥人，我十分感谢她。

听崔永兴同志介绍，为了写好这本书，钱兆南同志深入施工现场，与我们的建桥人工作生活了一段时间，以看似文弱之身，切身感受大桥人的 24 小时，从每一滴汗水里发现故事，于每一次微笑间体会感动，在每一项成果中感受奉献。她在记录大桥人工作点滴中感动了自己，而她接地气的风采也感动了建桥人，她让我们更加感受到“架桥铺路，造福人类”是多么的不一样，我十分感谢她。

《桥魂》写的是五峰山长江大桥的人和事，但彰显的尽是大桥人“跨越千堑，超越自我”的精神。自古架桥铺路，是行善积德的事，在千百年中国建桥史的进程中，中华民族既以无穷的智慧积累了令人赞叹的桥梁技术，也在其中锤炼了令人称道的工匠精神。传承民族精神是我们共同的责任。中铁大桥局成立66年来，设计建造的每一座桥梁，既成为方便公众通行的有形之桥，也成为承载中国人勤劳智慧的无形之桥。《桥魂》，一个“魂”字，饱含了太多的涵义和内容，她不仅讴歌了一座桥梁工程，更讴歌了深厚的民族精神。

感谢钱兆南同志，感谢《桥魂》！

2019年8月24日

（作者系中铁大桥局集团公司总经理）

序二:我以我心写桥魂

蔡永祥

2019年8月10日,央视"2019最美科技工作者"颁奖典礼正在隆重举行。

一位皮肤黝黑的获奖者说的一句话,感动了在场的所有人。

他就是56岁的中铁大桥勘测设计院集团有限公司副总工程师徐恭义,那天,他说"建造一座留存永世的桥,是我一生的追求"。

从业35年来,他总说,做桥梁工程,就应该有"留存永世"的信念。

央视的颁奖词:步履向前,你在人间的天堑边引路,一桥飞架南北,你是祖国山河织就的旌旗。

这位有着执着信念的科学家,也担当了镇江五峰山大桥的总设计师。

面对央视记者的采访,徐恭义还深情地说道:"桥梁,是一个国家综合国力的体现,我们这一代工程师,赶上了我们国家的基建需求最旺盛的时期,世界顶级的、有难度的、有挑战性的工程,在我们这一个时代完成了。作为桥梁工程师,我们感到非常的骄傲和自豪。每一座桥梁从勘测设计到建成运营,往往需要6—10年的时间,从保证工程质量到受力安全,使每个环节做到万无一失,我们一直在努力,超越。桥梁设计师的工作每天都很累,压力都很大,也很紧张,完成把桥修好的使命真的不容易,但看到一座大桥跨越天堑,公路、铁路的运输距离更短,运输时间更节省,出行更方便和快捷。作为桥梁工程师,再苦再累,也值。"

和徐恭义同样有着执着信念的作家钱兆南,是个有责任感的作家。近年来佳作不断,创作的纪实作品《跪向土地》《天时谱》广受好评。她敏锐地感觉到了镇江五峰山大桥对镇江的意义。同时,她也想到建桥的工地体验生活。

此前的2016年，她曾经孤身一人到江苏最北边的一个房建工地，隐藏了自己的身份，当了一名资料管理员。住在工地的钢筋下料场旁边的一间5平方米的集装箱房子里，白天上班时见缝插针聊天，悄悄记下工地上的一切，晚上写下一天的所见所闻，60天内在手机上记录了近10万字。这次深入生活，给了她很大的震撼，她了解了工程建设中的许多重大技术问题与重重困难，了解了那些普通建筑工人的喜怒哀乐。现在，大桥在建设中，她又有了创作的冲动，她要写下大桥建设的过程，她要写下那些伟大的建桥工人们。

那么对于一个有责任感的作家，她在写作大桥建设这样的现实主义题材的作品时，必然有着发自内心的担当：从深入现场采访，到谋篇布局书写，无论多苦多累，努力写留存永世的经典作品。

2018年1月25日，在一场大雪过后，她独自来到大桥工地，而且拎包入住，与大桥建设者同吃同住。

我曾经跟随钱兆南去过大桥工地，听大桥指挥部的崔永兴书记这样评价她：钱兆南既像工人又像作家。说她像工人，她与工人们一道，工人上班她也上班，有时不分昼夜，俨然像个“见习生”！说她像作家，每个月她住在工地的时间至少一两次，有时一住就是半个月，广泛搜集素材，记录了创作期间的所见所闻。

据崔书记爆料：2019年正月初三那天，又是一场大雪席卷工地，她又来到工地，放下行装，沿绍隆寺门前的施工道路直奔南锚碇的施工现场。是夜0点，零下10多度，又上4号主塔，风大得吓人，她的眼镜竟被吹落江中。为了跟踪采访测量员徐飞、余国元的测量团队，她一直伴随到下半夜。全长2000多米的猫道，边跨45度，她独自从南锚到北锚，再原路返回。工地安全员看到她像猴子一样攀爬，为了她的安全，曾阻止她独自探险，但没有用。

事实证明，从第一次走进大桥工地，到后来成稿，她铁了心要和大桥人在一起。

这部报告文学取名《桥魂》，很是抓人。魂是精神，是气魄，为这座桥铸就桥魂的，是那一个个修桥铺路的大桥人。这部作品如实描绘了镇江五峰山长江大桥建设的艰难历程，生动地展现出大桥建设者的英雄气概和整体风貌，讴歌的既有不忘初心的“老专家”“指挥员”，也有默默无闻的“建设者”“老桥工”，弘扬的是一种“时代精神”“工匠精神”。

钱兆南是扑下身子去写，是贴在一线去写，是用心用情用力去写，是“我以我心写桥魂”，这样的作品一定值得期待，也一定会引起共鸣。

期待着有更多的作家，能像钱兆南那样，牢记习总书记对作家提出的“深入生活、扎根人民”的谆谆教导，走向生活的第一线，写出更多载入史册的反映时代主旋律的好作品。

是为序。

2019年8月28日

（作者系镇江市政协文化文史委主任、镇江市作家协会主席）

目录

开 篇

镇江地处长江和京杭大运河“十字黄金水道”交汇处，自古就是重要的南北交通要道。随着时代的发展，润扬大桥、泰州大桥以及通往扬中的一桥、二桥相继建成，使得镇江的陆路交通更加便捷快速。

2016 年 6 月，国务院印发的《长江三角洲城市群发展规划》，提出构建“一核五圈四带”的网络化空间格局，镇江作为南京都市圈和沿江发展带的重要城市，必须承担承南接北的重要职责，连淮扬镇铁路得以规划建设。

在跨江铁路的建设上，镇江曾错失两次历史机遇。

一是津镇铁路。1899 年清政府和英德两国银团签订《津镇铁路借款草合同》，规定自天津至山东峄县段由德国承筑，峄县至镇江对岸的瓜镇段由英国承筑，津镇线的南段进入江苏的线路为：淮安—宝应—高邮—扬州—镇江。但该计划因义和团运动和中国政府收回路权运动而搁浅。1908 年清政府与英德两国代表签订《津浦铁路借款合同》，因为安徽淮南发现煤矿和对南京战略地位的考虑，弃“津镇线”，改修“津浦线”，南段取道安徽，至南京浦口。1912 年 12 月，津浦铁路全线通车，京杭大运河水运通道和镇江运输中心的地位随之急剧下降。

二是镇东铁路。1929 年江苏省会迁至镇江，1936 年贾子彝所著《江苏省会辑要》收录“镇东铁路计划”一节，镇东铁路线起自镇江对岸之七壕口，经江都、泰县（泰州市姜堰区）至东台；当时的铁道部还就此路向镇江商会咨询。但因抗日战争爆发，镇东铁路未能实施。

现在，连淮扬镇铁路的建设，实现了镇江百年梦想。这种水、铁“双十字”的交通格局，在国内是独一无二的，为镇江在苏南崛起，在扬子江城市群中争雄，提供了新的机遇。

镇江五峰山长江大桥是连淮扬镇铁路建设中的一个重要通道，这座特大悬索桥，南北两岸，1092 米一跨过江，整个项目正线全长 305 千米，铁路等级为客运专线，设计时速 250 千米，总投资 464 亿元，是江苏建省以来单体投资最大的基础设施项目。

浩瀚长江之上，上百座桥像从天上下凡的星星，又如大地上无数的眼睛，落在长江的怀抱里。桥的出现让大地上的山河不再孤单，沿着先知的足迹，脚下的路在延伸。溯洄从之，道阻且跻。从寻找到发现，让无限的不可能变为可能，与几千年的桥脉相连，历史才有了逆流而上的可能。人类的变迁和桥的变迁紧密相连，它们和人类穿梭在水上，桥的先知们留给我们的大智慧早已融入华夏文明史，在不知不觉中指引着我们向前，让我们的面目愈加清晰，山水的面目愈加壮阔。每一座桥的背后，都有无尽的希望所在。

从 2009 年开始现场踏勘和资料收集研究，2010 年 2 月完成项目建议编制，同年 5 月完成工可研究，到 2011 年 1 月完成初步设计方案，到 2016 年元月 1 日上午 10 时这个天时地利人和的吉日开工，作为连淮扬镇铁路的控制性工程，大桥南主塔首根钻孔桩在五峰山脚下的长江边正式开钻。长江之上有大大小小起码 600 座桥，五峰山大桥作为其中的一座，与同类桥梁相比，可圈可点的地方太多太多。这里不得不说南京长江大桥，这座当时同样让世界瞩目的大桥，是长江上第一座由中国自行设计和建造的双层式铁路、公路两用桥梁，在中国桥梁史和世界桥梁史上具有重要意义，是中国经济建设的重要成就，中国桥梁建设的重要里程碑，具有极大的经济意义、政治意义和战略意义，有“争气桥”之称。它不仅是新中国技术成就与现代化的象征，更承载了中国几代人的特殊情感与记忆。

五峰山公铁悬索大桥，与南京长江大桥比，还要更争气。因为这座桥的建设过程，不需要靠外力，从设计到原材料、装备等全部自主研发。

“自主”意味着做自己的主人，中国的桥用中国的技术来造，不依靠别人才是真本事。五峰山大桥的建设，做了自己的主人，他们中的许多人都参与建设过著名的港珠澳大桥。

白发总指挥

对有些人来说，天降大任，必苦其心志，劳其筋骨，饿其体肤。真正的行者必是有来历，带着使命来行其道，自淬火中走向涅槃之路的使者。

在苏中平原的乡间，常见一种头顶上有一小撮白毛，与麻雀一般大小的鸟，它们的体态轻盈，在田间地头，屋脊，竹园子，河坡的灌木里或飞翔，或栖息觅食，呼朋唤友，声音婉转。这种鸟村里人叫它们白头翁，生性聪明，被称为山中智叟。

驻扎在圌山脚下东霞寺边上的五峰山长江大桥建设指挥部，由三家单位组成，这三家单位的项目负责人各显神通，像三足巨鼎，要在4年多的时间里，造一座1092米一跨过江的大桥，而且是一座有9项世界之最的桥梁。它们是中国铁路上海局集团有限公司五峰山长江大桥建设指挥部、中国中铁大桥局连镇铁路项目经理部、铁科院中铁大桥监理联合体连镇铁路监理站。

韦庆冬是中国铁路上海局驻五峰山长江大桥建设指挥部的常务副指挥长。

按预约的时间，我提前住进中铁大桥局指挥部416房间，候韦庆冬一周，其间他两次发来几个字的短信说“抱歉”。等正式见面的时候，已到了下一周的星期二，刚好他结束北京的会议回镇江，下午要去扬州南站，周三要去南京参加另一个会议。等他的会暂告一个段落时，打来电话告诉我他有两天的时间在项目部，还要到大桥工地现场开会。

用他自己的话来说，所有的会上谈的全是工作上的事，开会只是工作的一个组成部分。整个5月份，他的时间全被各种检查和会议排得满满的。作为一个重大工程项目的指挥长，他已经不是他自己，而是高速运转着的机器上的一个重量级的巨型齿轮，被一股强大的力量拽着向前，无论他愿不愿意，都必须顺从工程节点的指令，沿着指定的轨迹，艰难地走完这个漫长的过程，直到整个运转全部完美收官。

初见韦庆冬，我还是吃了一惊，满头浓密的银发，瘦高个，长脸，有些苍白，大眼睛，从背后看，十足的小老头。迎面看，目光坚定且温和，只是银发与他年轻的面容极不相称。和他对视，无须多言，却能觉察那平静的目光背后，还有另一双眼睛——那是父母遗传给他的一双智眼，内敛中隐含着贵气，智识隐藏其中。

从局指挥部走到韦庆冬的办公室，过两道电子门，两分钟时间。

他在用一把铜壶烧水。因为身体的原因，医生建议他用铜壶烧水，用铜铲子炒菜。他说，在项目部全吃食堂，哪来时间自己烧菜。

“我从 1996 年就是正科级，说起来当领导时间比较长，在铁路局作为一个基层总指挥至今也有 20 多年，管生产、技术，只愿意做点与技术有关的事情。有的时候难免会接受媒体的采访，面对媒体，我特别怕说话。”

韦庆东老家在泰兴七圩，下面有弟弟和妹妹。那个年代在农村想要“鲤鱼跳龙门”，考大学是唯一的出路。

“我爷爷奶奶去世时，我父亲才 10 岁出头，姑妈才几岁，一个家，就两个小孩子，怎么可能自食其力。我们家当时算是村里最穷的人家。”

韦庆冬的母亲在家是独女，外公是陈毅将军的部下，独立团的班长。当年，外公家的那个村去了十几个人当兵，参加黄桥战役时都牺牲了。

“外婆一个人拉扯着才 3 岁的母亲。母亲自小体弱，得了中耳炎也没能治好。孤儿寡母，经常被家族人欺负。

那时候农村大多是草房子，泥巴墙。外婆家条件还算不错，四合院，青砖小瓦房，父母两家隔得并不远。父母结婚后生了我，外婆一个人过，后来我们家就一起搬到外婆家去住，我们喊外婆奶奶，那时候在农村相当于招女婿。我跟爸姓，弟妹跟妈妈姓。姑姑出嫁后，两户人家，就三个人，索性两家合并成一家。”

韦庆冬是村里的第一个大学生。1983 年，他被上海铁道学院录取，后来这所学校与同济大学合并。说起上海铁道学院，韦庆冬的许多校友日后成了同事，比如在局指挥部的张耀军，还有李迎九，现在成了他的领导。张耀军比韦庆冬晚两届，学的是工程桥梁，而李迎九学的是工业与民用建筑。

村里后来多少年都没出一个大学生。说到考上大学这件事的时候，他忍不住笑起来。最值得骄傲的是韦庆冬成了通庄孩子们学习的榜样，整个家族人都以他为荣，韦家祖坟上终于冒出了青烟。

那个年代的农村，没有重点学校，都是村办小学，韦庆冬小学就在泰兴县七圩大队八圩队西八小队，当时称七八八的一个村办小学，学校选址就在他的家。因为扩建小学，妈妈家的大竹园子给扒掉了。

小学毕业考上了九圩的初中，两年后考上新市的高中。在新市读高中时是最后一届，毕业后这个学校就撤掉了。

“我成绩好，是跳级考试的，如果不跳级考，这个学校就没得上了。我们班 6 个人跳级考，就我一个考了本科，除了 3 个女同学还算争气，考上南通卫校，后来留级下来的人全部没考上大学，中专都没考取。”

班主任陈兵跟韦庆冬爸爸商量报考什么学校，最后报了上海铁道学院，那时候能超过 500 分的相当少，韦庆冬考了 512 分，算是高分，而本科录取分数线是 473 分，当时上海本地人录取分数线相当低。在上大学前，韦庆冬连县城都没去过，哪懂报考什么样的学校，像他这么高的分数，完全可以报一个更好的学校。

“我的强项是想象力特别丰富，不管什么东西，只要我眼睛看一看，别人稍微讲一下，就能记得住，而且能举一反三，在别人的经验基础上获得更多的经验，这是我的一个特长。比如说看方案，我一眼就能看出哪个地方不合适，哪个地方需要改进，有些人凭经验干，自认为不会有事，其实不然，许多事越是凭经验，越是容易出现偏差。”

韦庆冬的父母也特别聪明。父亲没念过书，同龄人上学的时候他从窗户外面偷着看，也学会了写字和算账，当过生产队会计，村里人写信也找他，字写得特别的好。母亲是烈属，一直读到高中，因为耳朵越来越不行，不得不辍学。那个年代的女子能读到小学毕业就很厉害了。根据当时的规定，母亲是烈属，有个亲戚在上海，可以到上海去工作，就是因为听力不好，家族里的另一个孩子顶替她去了上海。韦庆冬上大学后便离开了家乡，如今虽然父母亲早不在世了，但他们的坟在，只要有时间，他还是喜欢往农村跑，回家到父母的坟前看两眼。

在上海局桥梁施工中，韦庆冬的技术可以说是排在最前列。

在2008年以前，韦庆冬一直在南京大修段施工，主要是桥梁、轨道、钢轨的更换和维修，全国各地到处跑。镇江许多路桥的维修，他都参与过。在沪宁时他做工程部部长，到宁杭时当副总经理，管现场生产调试，到沪通大桥2014年3月1号开工，都在一线当副总经理兼总工程师。直到五峰山长江大桥于2016年1月1日正式开工，韦庆冬又被调到了五峰山。

身体原因，韦庆冬当时并不想调到这边来。这边刚开工时，公司并没有在现场设指挥部，后来事情越来越多，不得不在现场设指挥部。在铁路上的指挥部都是线，一条铁路线要管几百千米；桥梁工地是点，守着这个点，少说要好几年。但他还是克服身体的原因来了。

在2008年到2010年之前，他还在南京铁路分局下面的江苏雷威建设工程公司，这一年调到技术条口，建沪宁城际铁路，任工程部部长。那时候年轻，身体还行。沪宁城际的这3年当中，超强度的工作，身体终于向他发出了严重的警告。

那时候高铁建设才开始起步，前面的高铁只有京津城际。这一开工就是300千米。

“我们当时分到8个标段，而施工单位都没建设过，所有的事没有标准，摸着石头过河，施工单位也是边干边学，我们也是边干边学，上级领导又高度关注，每个月总公司管技术的卢部长都要来看，省部级的领导，包括史和平副省长当时来过许多次。我们的压力不是一般的大。”

韦庆冬是管技术资料的，每个时间段工程的进展情况和采取的措施都要汇报。为了世博会的召开，要在2010年5月1日通车，不过后来还是推迟了两个月。

那个时候，每天都在0点之后睡觉，还不能睡个整夜觉，有事随时起来。临近开通的前两个月，每天晚上开会要开到0点到1点。

还没等到这条线路开通，韦庆冬有天早晨突然起不了床，全身冒冷汗。到医院一查，确诊为强直性脊柱炎，伴有高血压。

在医学上，这种顽固的慢性病治愈的可能性很小，也就是常人所说的：不死的癌症。

这种病让他吃尽了苦头，要命的是都在一线，得不到休息，也无法根治。近10年的时间里腰椎、膝关节、手关节都疼得厉害，疼起来的时候冷汗直冒，拎一点重东西走一点路，手就发僵。

得这个病的时候，女儿还小。家里的重东西，一个人能搬得动的由妻子搬，一个人搬不动的，妻子和女儿两个人抬。韦庆冬只能站一边干瞪眼，急得咬牙，暗暗地帮她们娘儿俩使劲。这样的使劲经常让他冒汗。

如果追踪这种疾病的源头，与年轻时长年在野外作业有关。刚下工地，年纪又轻，恶劣的环境下不知道保护自己。在松江项目部的那年，雪下得太厚，趴在铁轨上抠雪，把关节给冻坏了。

对于自己的身体状况，韦庆冬很淡定，除了积极治疗外，保持平常心。健康与疾病只一步之遥，如黑白棋子，每走一步都是平等的，区别在于先下在什么位置和发挥了怎样的作用。疾病是整个人生的一部分，忽左忽右，病上身了，你就是一枚废子，病去了，你就可能重返棋盘，走出棋筋之势，随势态变化而变化，充满着思辨的意味。

只要有一点闲工夫，韦庆冬就读书，辩证地看待自己的身体。

工地上读书多的人有三位，一个是韦庆冬，第二个是陈明，第三个是韦庆冬的部下副指挥长李冰。韦庆冬说李冰年纪最轻，说话办事持重，口才相当好。上级来人检查汇报工作，韦庆冬都让李冰亮相。下班后，李副指挥经常想办法考考韦庆冬，特别是专业技术上的问题，但这些难不倒韦庆冬。

“你小子，想考我，还早着呢。”其实韦庆冬当面和他开玩笑，骨子里佩服他，断定他迟早会超越现在的自己。

作为这个8人团队的带头人，韦庆冬年龄最大，李冰40出头，是韦庆冬手下的得力干将。他欣赏李冰的好学，下了班在办公室学习，玩乐很少沾边。另外几个年轻人也受他的影响，晚上下班回生活区，几个人住在一起，反正也不出去，围坐在一起谈妻儿老小，谈得最多的还是工作上的事。他经常带着他们学习，再忙也抽空给他们几个年轻人上技术课，包括在为人处世方面要讲规矩，天文地理，政治上讲廉政建设，八项规定，什么都讲。韦庆冬这么多年从技术员、工程师、高工、副科长、科长、大修段长一直到现在，都在一线，不停地换工场的过程，也正是他不断学习精进的过程。

一个管理者，要有自己的立场、思想、洞见，就是大家常说的那种高瞻远瞩吧。要衡量一个人的伟大程度，是要看他对人类做出的贡献有多大，比如给全世界人民做出杰出贡献的女科学家屠呦呦，面对逆境，依然有坚定立场的个人勇气。

韦庆冬真正从事建设工作是从2008年开始，这是他人生的一个转折点。2008年到沪宁城际，在上海总部待了半年，因为江苏省占50%的铁路段，办公地点便搬到南京来。2011年调杭州，宁杭工程。2014年又回到沪宁，工作地点又不在南京了，搬到张家港，又是两年，一直到2016年到五峰山大桥。这11年转了5个单位，一直在外面转。单位没有变，项目部的家不断在搬。

“我们的管理人员还是太少，顾不过来，不像沪通长江大桥，有30多个人，我们这，一个部门两个兵。”

刚接手这个项目的时候，从扬州南一直到镇江大桥铁路段，很长的路段，当时李冰还没调来，他们只有5个人。工程部长和安质部长年纪小，现场经验欠缺，另外两位年纪稍大点的同事，其中有一位腿不是太好，需要照顾。地方拆迁工作量大，铁路拆迁量也大。老信号楼的线要拆掉，切割重新接上，保证铁路的畅通，全是火烧眉毛的事。

“刚开始来，我累得不得了，全线300多千米路段。我像万金油，哪儿的事都要管。”

同事们评价韦庆冬的为人处世：凡是与韦指挥关系搞不好的，那一定是那人的原因。他比任何人都成全别人。比如在方案上能减少支出的就节省，前提是一定要保证质量，不能造假，哪一种方案好就用哪一种，不能教条主义。

指挥部成立后，第一件事就是督促施工方局指挥部把安全质量部门人员配备齐，原来安全质量合并在一起，现在分成两个部门，管理上更专一细化。多几个人，多几个脑袋管事。

铁路上的标准化的要求非常高，无论是绿化，还是钢筋加工厂、混凝土加工厂都是标准化，零件也标准化，质量安全的管理方面做得很到位。尽我们最大的力量从严管理，加上两个建设单位很配合，中国中铁毕竟是“中”字头的单位，就是我们不这样管，他们做得也不会差。上海铁路局这么多年来建设任务重，在整个总公司上海铁路局，所有的标准化做得相当好，一直是名列前茅。

“正因为这个，我们原来的副局长王锋调到兰州去当一把手局长，几年后调到总公司，现在是建设司司长、安全质量监督局局长。”

再过一段时间，钢支架拆除，整个大桥会开启大面积的绿化工程。

说到这座桥的创新，韦庆冬笑得眉毛起飞。

这座桥最大的优点就是创新。世界上第一座高铁悬索桥，中国第一座铁路悬索桥。就悬索桥来说，我们中国只做过公路的，铁路的还没有。现在在建的这种悬索桥，除了五峰山大桥，还有丽江跨金沙江那边的一个悬索桥，那边的跨度只有 680 多米，跨度相对小，而且是纯铁路，我们这边是公路与铁路两用，跨度是千米多。日本也有悬索桥，它是走轻轨的，行车速度只有 100 多千米，区别太大。

这样的创新，如果不依靠科研，肯定是不行的。投资大，质量上差一点都不行。如果吊杆，主缆上的涂装、缠丝、除湿系统等坏了以后可以更换，但钢丝、主缆、主塔、锚碇里的钢锚杆都成为隐蔽工程，被混凝土永远封存，都是一次性的，无法返工。如果有质量问题，桥就无法运行。

不知道为什么，每想到韦庆冬满头的银发堆在头上的样子，就忍不住想起苏中平原泰兴的大地上，到处有白头翁这种平凡的留鸟，这种鸟并不迁徙。建筑工地上的人理科是强项，风花雪月对他们来说只是画中画，他们最渴望过的还是寻常生活。

韦庆冬告诉我说：“等退休了，还是想回到故乡，叶落总要归根。”

在百度上搜索“韦冬庆”，哗啦一下子出现许多，大多是新闻报道中把他的名字一笔带过，翻了半大天，只发现他说过的唯一一段话：“很快，淮北、阜阳、盐城、连云港等城市也将融入高铁网之中，新航道的风涛声已在耳畔激荡。”

江河之上的家和桥

陈明说：如果一本纪实文学中掺杂了花拳绣腿的表达方式，那是对现场建设者们的大不敬，最朴素见底的文字才能配得上他们朴素的人格。他们在江上追赶日出日落，追赶星星和月亮，唯独追不上故乡星月的脚步。

项目指挥部食堂开饭时间从7点开始，此时，各个活动房里的动静开始大起来。脚步声纷沓而至。

陈明每天往食堂走的时间在7点30分。我吃完早饭往宿舍走的路上，远远看到他从办公室兼宿舍出来。

经过一夜的休整，他还是略显疲惫，嘴角上的水泡让他在说话的时候有些难受。他每天起床稍晚些，白天满血运转，晚上再晚再累，几十年养成的夜间读书的习惯一直不变。

0点过后，整个生活区安静下来，活动板房的墙角落的虫鸣声真真切切。小虫子咿咿呀呀，卿卿我我之声，正是伴他夜读的天籁之乐。

陈明的同事们说：我们的陈总笑的样子有点像个调皮的小孩，玻璃镜片后的眼睛不乏天真，自带书生气。

如果不是命运之神的手指，阴差阳错把他点到大桥建设这个行业，说不定他可以做一名大学教授，带一帮学生，做自己的学问。

但有些人天生适应能力强，随便把他放到哪里，都能成就自己的未来，陈明就是。

作为项目部的总指挥，陈明办公室整天人来人往，遇到紧急事情时，人比往常更多。

与陈明的第一次握手，是在他的办公室，那几天正遇暴雪，工地现场的天空黄澄澄的，地上的冰渣子硬邦邦的。冬季施工最怕雪。来不及落座，二公司负责南锚碇施工的副总杨忠勇和生产经理胡铭来汇报近期的工作，杨忠勇竹筒倒豆子似的把现场遇到的问题一股脑儿倒给陈明，就站在他面前等结果。他们三人因此有了下面的对话：

“做任何事不能留下硬伤，更不能留下遗憾。小病不大治，大病就没法治。今天是星期二，后天是星期四，所有的蒸汽养护机必须全部投入使用，如果雪再下，没有保温养护设备，将面临停工。目前水泥、黄沙、沙子原材料全面涨价，到年底材料费需要 7500 万左右，没这个数不行，有些付款期没到，原来 90 天结算，现在把 90 天结算改为 30 天，当月结算。如果钱付少了，无法备料，怎么办？年底了，材料商的支出要算，有的发票开过来了，有的没开到，那么先用收据结算，等发票开来了，再替换，遇到特殊问题特殊处理，不能死搬教条，更不能拖欠人家材料商的资金。不管怎样，要支撑材料进场，紧急备料。刚收到紧急文件，最近 1 号到 15 号要紧急停工。为什么停工？一是网络大会的召开，另一个是要响应国家蓝天白云号召。目前城市的环保关过不掉，只能关闭一些环境污染大的厂矿企业，包括水泥厂。从源头的治理已经开始，石子和沙子能不能来？一纸限令下来，可能一粒沙子也出不来。只有重大工程要报国务院特批，才能弄到水泥、黄沙、石子。你们在现场如果遇到困难，要及时汇总到我这里来，我来想办法解决，不能让你们担这个责任。把料备足了，年后到 3 月份，才可以轻轻松松的干活。冬季施工的费用，先打给你们 100 万，锅炉、大棚布、棉被都要买，这些小钱不要等，要快，资金不够要开口。赶快筹足资金。春节临近，民工的工资要全部发放到位，反正少不掉，留在手里干吗呢。”

我和他并没能说上几句话，便草草收兵告辞，因为下一波要找他谈事的人正在门外候着。

再后来，见陈明的时间大多是在江边会议中心，他要迎接上级部门的各项检查，在大桥完成不同节点时的庆祝场面。他忙着接待一波又一波涌向大桥参观和指导工作的上级领导与专家们，接受各路媒体的采访，这些都是他工作的组成部分。

一直等到终于有空坐下来谈他的工作经历，是第五次约见，这期间有空是非正常，没空才是正常的，又过去了一年半时间。

1982 年参加工作的陈明，参与了中国很多大型桥梁的建设。从

1982年到2005年，经过23年的积累，到现在他才在心里对自己说：能够参与五峰山这座大桥的建设，才算是一个合格的建桥人。

这一路走来，陈明参加过东明黄河大桥、孙口黄河大桥、钱塘江二桥、南京彩虹桥、芜湖长江大桥、杭州一期和二期、东海大桥、沈阳四环……当时中国的桥梁事业刚刚起步，开始修建一条从北京到秦皇岛的京秦线运煤专线。在卢龙县的青龙河大桥离长城只有几十千米，那个关隘叫青龙口，过了这个关隘就到承德。

被誉为“齐鲁第一桥”的东明黄河公路大桥，时任国家主席江泽民为这座大桥题桥名。这是当时山东省境内最长的桥，全长4142.14米，宽18.5米，双向四车道。1991年10月开工，1993年建成通车。这么大的桥，这么大的工地，让青涩的年轻人心鼓胀起来，看到什么都感到好奇，而且这种好奇心一直保持到中年。正因为有了这种好奇心，才激发他不断向上的内心力量。

也可以说，齐鲁大桥对陈明的影响是巨大的。从第一座特大桥，再到五峰山这座特大桥，从黑发到两鬓白发，一晃38年过去了，而他全程参与建设的这18座桥，每座桥对他来说，都有刻骨铭心的记忆。

在陈明带领下的这个优秀团队，要解决的问题很多，最重要的是质量和安全两件大事。质量是底线，安全是红线。在很多场合他都说过这样的话：靠一个人的力量太小，靠一个团队的力量才能肩负起一个国有企业的责任与使命。

我们赶上了一个伟大的时代，国家把这么重大的任务交给我们去做，就要求我们要不负重托，不辱使命。我们这代人的使命是什么？每一代人有每一代人的长征路。什么叫长征精神，就是中华民族在屈辱之中，为了生存，为了尊严不断去努力开拓的精神。国企中也要融入这种家国情怀和一种自强不息精神的红色遗传。

陈明是一个非常阳光的人，极少说工作和生活中的困难和苦难，唯一一次听他说小时候的苦难，是在饭桌上。他拿着一个蒸山芋，一边啃一边说起母亲送他到武汉读书时的事：“记得到武汉读书，母亲能给我的只有13块钱，到学校报到，只有一条被子，没有垫被，只能盖一半垫一半。鞋子张了嘴，袜子也穿不起。母亲给的13块钱放在贴身的口袋里，捂得滚烫的，也舍不得动1角。”

说起大麦粥和炒黄豆，陈明嘴角翘起：“在1970年代的时候喝大麦粥，母亲在大铁锅里炒黄豆，我等不到出锅，手伸到锅底抓半把，就捧在手掌心吹，急呼呼往嘴里放，大嚼大咽，那个香，至今还留在牙缝里。”

做了38年大桥人的陈明，说起昨天的苦难，仍然是乐滋滋的。

因为穷过，所以更珍惜今天的富裕生活。

“在那个年代，大家都一样，国家穷，家家都穷。”

这些年，他获得的荣誉不计其数，在这个项目部，又被评上江苏省劳模、最美交通人是必然的。

“作为一个大桥人，我们这代人是值得骄傲的，都愿意做大桥的仆人。”

“我们这个年代的人注定是一群特别有使命感的人，我们是从吃不饱，穿不暖，读不起书的困难中一路走来。到我们这代人参加工作的时候，刚好赶上改革开放，整个工作历程，也是国家高速发展过程的一个重要缩影。国家高速发展，我们才有机会参与到这一个激情澎湃改革开放的40年。

我们的前辈们不是不聪明，而是没有这么好的机遇，所以我们需要感恩，把所有的精力投入到工作中来。20世纪桥梁事业有了一位桥梁泰斗茅以升，但现在‘茅以升大师’多了，全国有一群茅以升这样的桥梁大师，这得益于国家经济的繁荣与大发展。

文化传承5000年从未间断，中国文化的软实力，还是值得我们自豪的。要保持这种文化的延续与发展，许多国有企业如同共和国的长子，长子有长子的责任与样子，要肩负起长子的责任。那么中国中铁集团这样的国企，必将成为建筑行业的长子。”

项目部几乎天天要开会，会议上要谈的内容有很多，除了老生常谈的质量第一，安全生产，警钟长鸣的事情，还有就是项目刚进场就定下来的16字真言：“超前谋划，综合成本，精准激励，共创共享。”

谋划什么？陈明认为：这座桥以及中国的桥必须要全国产化，对桥梁产业的形成，现在全能做到，还要做到又好又快，体现综合社会效益。早一天通车，将对整个中国的发展起到很大的帮助。以前从技术上和原材料上，中国还要依靠外国专家的技术，比如九江大桥等，现在中国的桥梁终于赶超世界，这就是谋划。

“我觉得最大的成本，是最快的发挥它的社会作用，使我们的投资发挥最快的效率，这才是最重要的。这样的效率优先体现的是中国速度。”

“许多人认为效率优先，而不是效益优先，这是一个误区。”我不懂经济，陈明耐心地一点点给我讲解，旁征博引，列举了许多事例来解释国有企业管理中“效率”与“效益”之间的区别。

“我们国家拿这么多的钱来投资，那么就要尽快地产生效益，为社会服务，而不是为某一个团体服务。社会效益如果理解为企业利润，就太狭隘了。效率的提高体现的是中国速度。如果一个企业都跟不上社会的发展，何来的引领？企业应该为社会服务，必须引领，必须谈社会效益，责任与使命。所以这不仅只是一座桥，而是整个桥梁产业，我们共同创造和享受国家高速发展的成果。其实这就是家国情怀，所有为国家富强，为国家复兴，所有人独立而实现这个梦想，共同创造分享。

14亿人共同在创造，共同在享受。这16个字，不仅仅是为企业。没有国家，谁来支撑国家的企业？没有一个强大的国，何来家？连家都没有，更遑论去帮他人。所以，有了家国情怀，才能跟得上这个时代。这16个字，如果作为企业来说，首先放在项目上，再是站在企业上，实际上立足点是国家。”

说起家庭，陈明说：我的家庭很普通，和许多大桥人的家庭一样，常年两地分居，顾不上父母和妻儿。

对于我写大桥这本书，作为局指挥部最高指挥长，他只给了4个字：家国情怀。

一个坚守纯文学创作多年的写作者，最忌讳的是公众话语中泛滥成灾的热词，比如“家国情怀”“不忘初心”等等。其实，这些热词起初具备了它原有的使命，一旦被披上特定的外衣，反而失去了它的光辉，在潮流中淹没其本源的真意。“初心”一词，来源于《华严经》第十九卷：“如菩萨初心，不与后心俱。”

像建设这类行业，一个人无法完成，只有一群怀有初心的人走到一起，并发愿真正同心同愿，才能穿越困难，让桥从此岸安全到达彼岸。

开始不理解，后来静听陈明诠释所有大词、热词，再去慢慢消化，才理解他这么多年来作为一个一线管理者在大桥建设中殷切的“不忘初心，方得始终”的精神内涵。

中国中铁大桥局是培养桥梁人才的摇篮，许多单位的桥梁人才，都是从大桥局的项目部调出去的。

每一次有客人来工地参观，陈明都会提到项目部食堂墙上的标语：“像军队，像学校，像家庭。”

在生活区，工地和军队的确是一样。许多家庭几代都是大桥人，有夫妻和父子，也有爷孙。有时候也有人发点小牢骚，但这样的小情绪往往是来自一个困难、一个方案没有解决时的焦虑。每天下班后，仍有一部分人在办公室加班。

在最后一根主缆牵引过江的那些日子，陈明更加忙碌。因为中央电视台《走近科学》摄制组从北京来到大桥工地，他们为了拍摄江上最后一根索股过江的专题片，在生活区住了下来。他们和陈明从陌生到熟悉的过程很是戏剧化。

导演张海来的时候说：“陈总，我来了。”

在他走的时候，和陈明拥别，在他的耳边道：“哥哥，下次我还要来大桥。”

9点前接待完一波人，有点空闲，陈明就往现场跑。一个工地人，跑现场是头等大事。上午11点回到办公室，取下白色的安全帽，额前的头发汗湿，黏糊糊的。我在他办公室坐等了半小时，看他进来还没来得及开口，外面又有人进来谈事。

垃圾篓子里已倒了半篓子茶叶渣子，茶几上的电茶壶里煮着大叶子铁观音。在工地现场跑了一上午，还真有点渴了，一杯热茶一口就喝了个底朝天。

他给我续上茶水，我问他每天如何能做到这些时，他说是一个人的意志力。

“现在国家的形势越来越好，对工程的要求越来越高。所以企业自身的要求也必须提高。我们搞工程的，本身就是搞破坏，再修复。开始搞沪宁高速的时候，四车道，现在八车道还不够宽，我们还加了沿江四车道，十二车道。证明国家经济繁荣，这么多的物流通过它来完成输送，道路才越修越宽。”

在改造自然的过程中，必然要带来破坏。破坏与成长同在，所以要历史地客观地去评价这些事。

“因此不能以个人的欲望影响到公众的欲望。”

我们那时候做高铁的时候，多少人在质疑和反对，因为高铁票贵，但现在有多少人愿意去坐绿皮火车，都愿意坐快车。比如现在到上海，当天可以来回。这是以前不敢想的速度。

五峰山连镇铁路开通了，早晨从镇江 8 点钟出发，很快就到了连云港，可以玩玩花果山，吃完了海鲜打个包，晚上回来吃晚饭，多便捷。

有了破坏，便有了重建。比如，在项目指挥部的食堂后面有块地，一垄一垄的长了不少瓜菜，因为拆迁过的地方，土地相对贫瘠，买来的菜籽饼洒了不少，土还没能养肥，虽然瘦了些，却是纯天然的，夏秋季的瓠子、黄瓜、辣椒、豇豆今年结得不少，冬季的青菜、菠菜、香菜、茼蒿、芹菜基本上能满足食堂 40 多人的蔬菜需求。这就是重建的好处，这一片荒地如果不开垦，就没有这些活鲜鲜的蔬菜。

陈明还是标准的生活家，对吃很在行，四季长什么菜，怎么烧，了如指掌。难得回南京的家，他会下厨房给爱人和女儿露一手。平时工作再忙，每天坚持跑 6000 米锻炼身体，跑步有许多好处，一边跑还能一边思考问题。

一说到生活区食堂后面的那块菜园子，陈明笑得无邪，那块盈人的菜园子，给枯燥的工地生活带来别样的感受。一年四季的蔬菜各不相同，满目青翠，这块菜园子由看传达室的李师傅专门打理，规模不大，但种植的路子与现场的施工方案一样上规矩。凡是有客人来项目部，从食堂餐厅的后窗子往外望过去，一片生机的菜园子，让客人感觉回到了曾经的老家，有种把酒话桑麻的况味。陈明很自豪地介绍这个菜园子，此时他像一个老农。在现代农业被化肥农药染指的今天，在工地现场能吃上自已种的蔬菜，无疑是一件让舌尖快活得打抖的雅事。

不仅如此，菜园子让陈明找到了家的感觉，望见家门口有块并不大但很葱茏的菜地，心里踏实。这也许是所有人对理想生活的愿景。

许多事都有两面性，项目部生活区的周围，生态环境的确是好，可是工地上的动物也多起来，拖儿带女的黄鼠狼们，把食堂买回来鱼都给偷吃了。

其实在菜园子后面，有个小山坡，坡上两棵老槐树，是世居人留下来的，树上还有鸟窝。生活区刚建好时，陈明看着这两棵树，发了好一阵子呆，他实在想在两棵树下置一凉亭，有客人来项目部谈事，坐在凉亭下喝茶谈事，或者能偷得半日闲，带本书坐凉亭里读上几页，也是件美事。

凉亭最终没建，给忙得忘记了。

随着工程进度的不断推进，竣工的日子进入倒计时的时候，陈明只能把心中描绘的凉亭放在心底，别说偷得半日闲的工夫，两个时辰的闲恐怕都难，凉亭只能成为心的中一个愿望。如果当初真建了这凉亭，工程结束，人走亭凉，除了留下这座有 9 个世界之最的千米跨江悬索桥外，别的什么也留不下来。

每年中秋节前后，生活区栽的桂花树，浓香四溢，食堂窗外的菜地，掐掉一茬长一茬。等这批菜吃完了，就可以下大蒜了，传达室的师傅除了看门，就是管这块菜地，今年买的本大蒜，种植时不用一粒化肥，所有的菜都是原汁原味。

作为大桥项目的法人代表，陈明说如果没有眼光与远方，只打自己的小算盘，那叫鼠目寸光，没有独到的眼界与心胸是成不了大器的。

“我们从板凳桥到今天这样的新型技术桥梁，从 128 米的桥梁，到千米桥梁；从我们国家落后挨打，到现在桥梁行业上的世界领先，中国一代一代的桥梁人，一代代的科技工作者，一步一个脚印走过来，才走到今天。”

转瞬即逝的事物，都可能是刻骨铭心一生的事，大桥人的记忆也是如此。陈明回忆考大学的时候，录取率只 3%，而他就读的学校 120 人就考取了他一个人，而现在大学的录取率有百分之七八十。国家各行各业在进步，国家命运与全民是共同体。越是有困难的时候，越要想斗，敢斗，能斗，才能练内功。等这个桥通车了，才是喜乐的时刻到了。

每一座桥通车的那天，都是造桥人最大的喜乐，最高的境界。

江苏省文联主席章剑华为了写大桥三部曲，专程来到五峰山大桥，中午陈明和章主席在工地食堂就餐，因此有了如下的谈话："大的工程如果没有大的境界是行不通的。"

干事的人，总想干最好的最大的最牛的事。镇江是个科技城市，能到镇江来造一座桥，在镇江造世界上最牛的桥，是桥梁人的骄傲。这座大桥就像自己的孩子一样，从生下来，看着他一点点长成巨人。能建成这座大桥，是中国技术装备业的进步。

国家在最困难的时候，都支持建长江上的大桥，从开国第一天到现在的新时代，一直到建五峰山长江大桥。中国有了长江大桥，在文化上经济上都有了重大的发展。

"能参与这个全过程的建设，真的感到很荣幸。"江苏亚龙 1001 号 3500 吨浮吊船的船主如是说。

多彩的世界，和而不同，每一个物种都各安其分，又都互相依存，共同构成了地球生态的复杂性和人类文明的交响，如不同的桥梁。桥的出现就是让人类和谐共处，这样才能共生共荣。长江上那么多桥，以不同的形象出现在世人的面前，架起的通途，改变了这个世界。

这千米大桥从开工至今，每一次成长都含辛茹苦，造桥人存在的价值是什么，就是把桥造好，造高质量的大桥，造福子孙后代。我们遇到的是一个恢宏的好时代。

在江边的会议中心，陈明主持过若干的会议，但在主持五峰山大桥"主缆架设"劳动竞赛表彰大会上，他的声音还是有点抖。并不是因为紧张，心中更多的是感慨。

"大到一个民族的整体，小到一个人的个体生命，其骨子里的东西是很难改变的。随着时代的更迭，观念的革新，比如说大桥人对 20 世纪的回望，现时期的展望与观照，从一些特别宏观的一面，到特别微观的一面，很多关于大桥建设者的生活细节，包括来自心理上的皱褶，在这个大数据的时代中，是被严重忽视的，而这些都将成为一代人独一无二的珍贵记忆。比如我们正在建设的五峰山长江大桥，便是如此。"

所有与陈明交流过的人，和他独到的思辨讨论发生思想碰撞时，总能发现诸多的闪光点，并在现实中得到验证，让人不得不佩服。如果他不进入大桥这个行业，改行学哲学或经济学，他一定会是这些领域中的翘楚。而作为引领一个项目的带头人，所承担的责任与义务不仅仅只靠商业的头脑，仍需要更宽广的眼界与醇厚的心力，才能引领行业攀升更高的山峰。

好的书，让自己具备扛鼎之气魄，让自己每临大事时必有静气。大量阅读的好习惯，于陈明而言，就像把在暗夜中光线很强的手电筒放在枕边，随时会照亮自己，驱走黑暗，在遇到困难的时候，没有任何理由去退缩。

就像正在建设的五峰山大桥，外行人看热闹，内行人看门道，唯有大桥建设者感觉到在静水下有深流，但是又有磅礴和澎湃之感。在每一次会议，每一个媒体的新闻报道背后，是每一个建设者尽自己所能，撑起了大桥钢筋混凝土的万吨之躯。

> 随着主缆架设的完工，五峰山大桥的“横空出世”将中国高铁带入“悬索新时代”，使得世界高速铁路悬索桥的记录写上了“中国”的名字。无论是荷载，还是运营速度等指标，这座长江大桥都远远超过世界同类桥梁，首次实现了铁路桥梁一跨越过长江天堑，为中国的高速铁路跨江越海积累了经验，也代表了中国高铁桥梁技术水平的巨大提升。

在五峰山建设过程中，遇到的最大的困难，并不是来自企业个人和国家的经济形势，而是来自“真”。现在有假酒假药，有损害人健康的假地板，连涮羊肉都有假的。产品质量把不好关，一切都为零。

“我们装备、材料、技术都拥有，但对质量的把控是最困难的一件事。质量关就是产品的精魂，质量的灵魂必附在人身上，人少了这魂，与行尸走肉没什么两样，也就不可能有上乘的质量。所以我们要求把好每道质量关，没有质量的桥梁，就没有生命，在老百姓的眼中，就是豆腐渣工程。因此就要求所有的供货商一定要提供最优质的产品，这样我们才能把好质量关。”

武汉大桥、南京长江大桥，一直到现在，都有赖于严格的质量把关，这是好企业的品格。

中铁大桥局秉承的是质量至上。如果质量出了问题，宁可撬掉重来，也不把不合格的劣质产品留给后人，严把质量关，保证产品的生命。

有人说，没有不赚钱的项目，只有不赚钱的项目经理。作为一名高级经济师，陈明对赚钱这件大事，有自己的看法。

“所有人都想挣钱，但我们一定要挣良心钱。作为一个有良心的企业，要对国家和人民负责，这是每一个大桥人的本心。作为国有企业，最终目的不是为了挣钱，而是为了引领，这就是最大的效益。一个是企业效益，一个是社会效益。但是如果国有企业不挣钱，就不能引领。所以项目的盈利，都是为了让企业得到更好的发展，才能在行业起到引领作用，并形成一种标杆作用，这是一个辩证关系。”

企业要发展，就得有创造，通过项目来创造。如果只顾挣钱，那是商人。商人唯利是图。我们企业是国家队，国家队是什么，是国家的一张名片，是一种形象，是示范。它需要创新和变更，突破。就像任正非一样，没有钱，他做不了那么多的深入研究。

说起“困难”这个词，陈明是这样理解的：在大桥，遇到的困难太多了，所有人都会碰到困难，其中遇到的家庭困难是个很大的困难。总得有人去造桥铺路，我们这代人当时是受国家的召唤，统一分配到大桥，当年是没法选择，分到哪就到哪安身。从大处说是为了国家的需要，往小处说是为了生存的需要，什么事都需要有人干，一开始没有多少人喜欢这个职业，有人动摇过，特别是年轻人，他们这代人没有我们这代人能吃苦。大桥工地，没有固定的工作场，没有节假日，没有花前月下，更痛苦的是随着年龄的增长，没有办法照顾到家人。到后来，年轻的一代在这个行业取得了成绩与经验，自己所干的工程在中国桥梁史上树起了丰碑，让他们有了成就感，把大桥建设变成了自己的家。

“培养年轻人的思想，引导他们追求新思想的高度，承担任务的勇气，技术创新的愿望，养成习惯，变成热爱，变成自己终生学习进取的事业，这是一个大桥人成长的必经之路。”陈明是这样教导项目部的年轻人的。

我们是一个团队，而不是某一个人，我们这代人的长征之路与任务是什么？我们遇到的困难是整个建筑行业的困难，这样的时候，就特别渴望有人拉自己一把，救自己于水火之中，我们的困难如同遇到一条跨不过去的河流。我们天生就是造桥的人，有了桥，横亘在我们面前的大江大河又算得了什么？我们还有什么理由怕？我们对灾难的理解，莫不过是想过河而望不见船和桥。人世间有许多事物是速朽的，因此人人都希望长生不朽。真正的不朽是什么？是我们的肉身虽不在了，但我们的另一种精神生命一直留在地球上，像桥一样，把道路一直延伸向前。国家强，首先是个人的精神意志，然后才能上升为国家意志，并相互验证。

五峰山大桥从开工以来，总体来说都很顺当，这得益于这个团队。

有两位将军级的博士来到大桥，在陈明的办公室，他们问："中国的桥梁在世界上的地位如何？"陈明骄傲地笑了："中国的桥梁在世界上的地位很高，美国、英国的桥梁团队，都没有中国的桥梁团队地位高。"

在隋朝的时候，有一座民间石匠李春造的赵州桥，它能屹立在中国的桥梁史上 2000 年不倒，能抗住 8 级地震，这座桥一直是我们桥梁人学习的标杆。我们也想造一座像赵州桥这样的桥，这将是我们的追求。现在还没有人有底气说出能造一座像赵州桥这样 2000 年不倒的桥。

所以，桥梁事业对每个造桥人来说，任重而道远。

五峰山的岁寒三友

通往五峰山千米大桥的钢铁爬梯，有 99 道弯弯的路，这条路由 99 级台阶组成，每一节上升的阶梯上落满大桥人的目光。他们三个，用无数的目光通过镜像的表达，传播到更远的他乡。和着江水拍岸的声音，就是大桥人血管里血在流动的声音。

林中一株竹

外面来大桥参观的团体或个人，大都熟悉项目部的书记们，第一位是局指书记崔永兴，第二位是一分部的书记金玉林，第三位是二分部的书记辛海宁。来宾们在崔书记的带领下直奔大桥会议中心，金玉林和辛海宁紧随其后。辛海宁在南锚碇和引桥主持工作，金玉林在江边 4 号主塔、5 号墩和 6 号墩。他们仨，在各自的分部里负责党建工作，负责外部的协商沟通以及繁重的接待工作。他们仨虽然现在不在生产第一线，但他们知晓一线所有的生产工序、工艺，安全质量等等，他们仨年轻的时候都在生产一线，通过不懈的努力，走上管理岗位。三个人在不同的项目部，各司其职，从新闻报道，到党建活动，这么大的一个团队，散开来如天上的星星，聚在一起就是一把火炬。他们是思想工作者，这么大的工地场，每个人的思想有时像江滩上的芦苇，难免摇摆不定，无法生根，更需要归拢。

也许有人说：书记嘛，吃的是磨嘴皮子的饭。可是，光凭这三寸不烂之舌把一个人或一群人的思想归拢，谈何容易。这人世间的事，就是扑朔迷离，精彩纷呈，像花蕊一样，一层层开放的过程鲜艳无比，真理却隐藏在花蕊中。对管理几百人的工地，他们要倾尽全力，哪怕面对一件小事，都要理清头绪。

他们三人中，老崔年长，2020 年到正式退休的年龄，金玉林和辛海宁同龄，都是 1969 年尾巴上的。三个人中，老崔和金玉林的身体差些。老崔糖尿病许多年，每天打胰岛素。4 号主塔封顶的那段时间，要接待许多人，那半个月他的身体严重透支，5 月 15 日正式封顶的前一夜，整夜没睡成。气血两亏，面色无华，声音沙哑，突然间消瘦。在江边的会议中心，看到他忙进忙出，不断地与来宾打招呼，高大瘦削的身影，平时很合体的衣服，开始在身上飘。金玉林肺气肿，心脏也不太好。辛海宁的女儿 2019 年高考，妻子身体不太好，正在慢慢恢复中，而孩子是他最大的心病。十二年寒窗，一考定终生，怎能不急。

他们都是从一线最脏最苦的活开始做起，年轻时身体底子好，并无大碍。长年在外风餐露宿久了，湿邪、风邪入骨，等人到中年，秋后算账。

他们三个人的工作都在一条线上，在工作中经常互通有无。在金玉林和辛海宁的眼里，老崔是一位特能吃苦不计个人得失的老领导。虽然从事党建工作，但骨子里文人意气颇多，仅从那一手的好字里，便可窥见他骨缝里的脱俗清高，从内到外散发出一股竹子的清气。

他们三个人的主要阵地，并不是坐在办公室写材料和接待各路大神的来访，主战场还是在工地一线。

5 月上旬，央视科教频道来大桥拍摄专题片，老崔 5 点半就起床，拿上拍摄装备，带着一群人，一大早往江北而去。在北岸放索区拍了 2 个多小时，然后再到江上拍摄，一直忙到中午 1 点半，才回生活区吃饭，稍作休息，下午 3 点钟出发去南锚碇继续拍摄。

作为大桥的主人，老崔要打起十二分的精神，反复向客人介绍大桥建设中的节点和亮点，声如洪钟，字正腔圆，在人群中鹤立鸡群。

摄制组在南锚碇的锚体上摆开了阵势，寻找最佳的角度，工人们在各自忙，他们只剩下最后一根索股入鞍，鞍部上覆盖上铅块，这些铅块将和索股相连，永远被封存在此。

老崔脖子上挂着大相机，掌中一手机，肩上的背包里装着长镜头。3 辆车向南锚进发，几分钟到达现场，一行人扛着器材，沿步梯到 70 米高的锚碇散索鞍区。摄制组开始布置器材。老崔背着行头，带着我翻过一道道障碍物，我们要去几十米深的锚坑里拍摄。

为节省时间，我们并没有从铁梯上走，走的是从来没有人走过的陡地，脚几乎没有地方可站，只能踮着脚尖走，手脚并用在各种钢架子之间爬行。

因为我们身上都带着装备，除了戴着安全帽外，并没有其他保护措施，如果脚下不留神，摔下去的话，生还的希望为零。

我开始胆怯。

摄影装备贵重，为了照顾好装备，不能磕碰到，恨不得将身子折叠起来。

老崔要带我先下到锚坑的最底部，然后再从最底部徒手登上装有锚头的墙壁上，在没有任何防护的半空中，我们得像燕子李三那样在352根主缆之中飞。在锚坑里的老崔的确像燕子李三，捕捉到好镜头时，他会稳住身子倚住一根索股拍摄。在他的鼓舞下，我也开始变得胆大心细，紧随其后。

锚坑距离散索鞍20多米深，从一条巴掌宽直上直下的陡梯子上攀上去，这是锚杆和锚头施工时的唯一通道，工人们要从这样的梯子爬到352个不同的位置，安装锚杆、锚头，绑扎钢筋，打灰，最后的工序是将352根索股全部与锚头连接固定好。那银亮的铁梯子，如刀削，姑且称之为刀梯。

我是头一次在锚坑里爬行，而且是上这样的刀梯，像杂技演员一样，但绝不是表演，是硬碰硬的家伙。老崔带着我走的刀梯悬在半空中，只能靠过人的胆识从散索鞍往20米下的锚坑底部去。

如果没有经过现场历练，绝对没有胆子走这样的刀梯。年轻时在江上做过装吊工的老崔，什么样的大风大浪没见过，这点险对他来说，真不算什么。

在锚坑里的3名工人把最后一根索股锁定到锚头上去，老崔带着我下去就是为了拍摄他们现场工作中的镜头。他的许多优秀摄影作品，拍得最多的是工人在现场的珍贵瞬间，并且在他们不注意的情况下拍，生动自然，不做作。

老崔这辈子经历过25座大桥的建设，第一座桥是九江大桥，最后一座桥就是现在的五峰山大桥。有人说，老崔的大桥人生，从头到尾，可谓是“九五之尊”。

几十年来，他一直在现场，到底爬过多少险恶的地方，连他自己也无法统计，反正越是险的地方，也是他越要去的地方。

当我们爬到锚头上的时候，如果站在上面的人往下看，锚坑里的人是悬在半空中的。走到尽头处，已没有刀梯可走，我们得徒手攀着悬索爬行。绝壁下面的352根索股，像352支利箭，射进352个锚头，无论是从散索鞍向下打量，还是从锚坑最底部向上打量，就是一朵盛开的巨型莲花，散发着强烈的光芒。工人施工就在索股组成的花蕊里来来回回攀爬，像灵猫一样将身体吸附在上面，看的人觉得轻巧，近距离看，你才知道，工人是手脚并用，得用多少悬劲才能双脚踩在钢丝上行走，不仅仅是行走，手上拿着工具做事，一点都不能分神，随时都可能有危险发生。工人们长时间待在现场，轻车熟路，但老崔不一样。他到底是怎样熟悉这里的一切的，只有他自己知道。为了寻找到自己最满意的镜头，他通常要走别人从来没有走过的路，把镜头长时间对准施工现场。他会和他们聊天，问他们从哪里来，家里的老人和孩子怎么样，有多久没有回老家看看了，在工地上是否习惯。他们的故事将走进老崔写的新闻报道里。

站在散索鞍上面往锚坑里望，别说走，看一眼就胆怯。刀梯反射着银色的光，刺眼得很。在工人的指点下，我们从另一条刀梯上返回散索鞍，老崔在我前面带路，走到一半的时候，他停下来拍照。

我问：“老崔，此时此刻，你最想说的话是什么？”

他说：“我现在只想快点退休，回家。回家，永远不出来奔波了。可是，回家了，就算是做梦，还是做大桥的梦。”

回家，是所有大桥人内心最大的企盼。但桥一日不建成通车，家就难回。这座桥建完了，还有下一座，还有再下座。

中国是桥的故乡，自古有路便有桥，有“桥的国度”之称。发展于隋，兴盛于宋，遍布神州大地的桥，编织成四通八达的交通网，连接着四方大地。从古代的板凳桥、浮桥，原始社会用树干做的独木桥，到现代高科技的现代化桥梁，到底建过多少桥，毁了多少桥，没法去计算。也可以说华夏文明发展史，也是桥的发展历史，桥的新旧更迭，推动着社会不断向前。

说起项目指挥部的崔书记建设过25座桥的经历，辛海宁说自己没崔书记经历得多。那时的小崔刚进大桥工地，在江面的高空从事最苦的装吊工作业，辛海宁刚参加工作则做的是铆焊工，都是高危工种。小崔人生中的第一座桥九江大桥，刻进几代大桥人的记忆深处，建了整整22年时间。22年，相当于从一个初生的婴儿长成了大小伙子的年数都没能完工，那真是桥梁界的败笔。计划经济年代，整个桥处，一年能完成36万吨的混凝土浇筑就不得了了，哪像现在的大桥，五峰山大桥上的一个南锚碇，两年的时间就能完成36万吨的混凝土浇筑量，还不包括引桥的浇筑量。九江大桥因为计划经济时代的各种制约而停滞不前，最重要的是钢梁焊接质量不过关，一直在研制，一拖就是22年，把一代人的青春都拖没了。

老崔作为党工委书记，是第一个退到二线又不离开一线工作的老党员，那股“拼命三郎”的劲，让大桥局的一群年轻人叹服。

在他的办公室兼卧室，我看到了他整理的一大堆新闻资料汇编，其中有一张桩芯钢筋花的照片，非常震撼，这张照片后来获得了中国摄影比赛三等奖。

江边的会议室，是老崔设计的，后来也成为他在五峰山大桥的主战场。在宽大的会议室，连他自己也搞不清到底接待过多少批来客，有上百人的团队大活动，也有一两个人的参观者，不管人多人少，一趟走的路都一样。他向来宾们介绍大桥的建设经过，各种技术参数、施工工艺、现场管理、文明施工等等倒背如流。

“铁路桥和公路桥的区别很大，铁路桥上的电路系统与信号系统要在桥建好后才能对接，必须要拼命。刚开工的时候千头万绪，塔和锚，钢梁架设，铺沥青，电灯，还有许多辅助工程，少说也要4年半才能竣工通车。一般的铁路是用轨道摆到水泥上面，不用道砟，但这座桥下面的铁路用道砟铺设。缆索的线形问题不能改变，经过多少次试验与技术论证，觉得还是用道砟更科学。

爬模脚手架一体：在模板脱下来后，需要把爬模往上升。通过预埋件爬桅在塔的墩身上做一个导梁，先装爬架，模板就挂在导梁上面，顶6米上去，周而复止往上去，还有内模也要拎上去。桥墩内部是空心的。塔有两个横梁，做了两个横梁撑住，不让塔柱向中间聚拢。

截至2017年12月20日这一天，4号主塔已110米多高，哑铃承台，67根桩，一边35根，一边32根，最长的桩148米，相当于盖了50层楼房那么高，基础工程难度大，要打到岩层，进岩层60米。一级6米，现在已经18节。每天以1米高的速度往上攀升。主塔底下的基础桩，整个靠下面的基础承重。”

大桥建设过程中的各种数据，老崔刻在心里，任何场合都会脱口而出。凡是来参观大桥的客人，都记住了老崔清亮的声音，记住了他在大桥上下奔跑的身影，也记住了他幽默诙谐的演说。

为了迎接大桥局武汉总部安全质量安全月大检查，在检查组来的几天前，崔书记就开始安排吃、住、行这三大任务。由集团公司总工会主席徐振玲带队，46人的检查组要来工地，而且不是走马观花式的检查，是采用多种形式，住下来进行一系列的检查。

接到崔书记的通知后，我19日晚8点半从市区坐82路公交，去大港英皇酒店与武汉来的检查团会合。次日7点到自助餐厅吃早饭时，正好和武汉总部工会主席徐振玲同一桌吃饭，一起谈上午的会议内容。

崔书记因为陪同远道而来的检查团，一直忙到0点后才回项目指挥部的生活区休息。

每一次重大接待任务来临，从接待陪同到最后的送别，鞍前马后，不能有任何闪失，每桩事都要力求面面俱到。这过程不知道要讲多少话，跑多少路。这些都不重要，重要的是要接待好每一位为了大桥远道而来的客人。

对这个被列为江苏省十大重点工程的大桥工程，从指挥者到一线普通工人，大家心里面有自豪，有沉重，就像沉重的南锚碇一样，每个人心里都有一个秤砣压在心上，沉甸甸的。

6点半还没到，一辆大巴早早停在酒店门口，来接检查组去江边会议室。在项目指挥部工会工作的陈干事提前从指挥部的生活区赶到酒店门口，等待大家吃好早饭，陆续上车。小陈手里抓着花名册，跳上大巴开始点人数。8点40分，大巴车出发，5分钟车程就到了在五峰山下江边的会议中心。这辆容纳50人的大巴车上，这支由武汉大桥局总部组建的临时检查团的46名成员，从全国各地奔赴五峰山大桥，他们是中铁集团公司下属的9个分公司抽过来的安全质量负责人，都是在现场负责抓安全生产的里手行家，他们来五峰山大桥施工现场参加这个会议，检查只是一个方面，在检查过程中是观摩学习是另一个方面。在一线检查各个安全环节，通过和一线施工人员交流，发现问题即时整改。

老崔做事，追求完美已成为他的生活和工作习惯。如果做不好的话，他就请外面专业的人来做，一定要做到满意为止。上面有人来检查，要贴标语，现场的年轻人跟着他一起忙，贴宣传标语时，他不允许有一点高低差。小年轻们说：书记，检查的人也不会用尺来量贴好的标语，何苦那么认真？

老崔更多的时候像一位长者，教会我如何在不平坦的工地现场行走，首先脚要站稳，不能滑倒，如果平时低血糖，口袋里一定放块糖。老崔拍照片的原则是：拍照片不走路，走路不看景。但看到好的镜头，一定要拍，否则都不能原谅自己。

“不管做什么事，要么不做，要做就做到极致。每做完一件事，心里会踏实一些。劳碌的过程也是享受的过程。”老崔是这么说的，也是这么做的，他每天抽空练字就是如此。

“三天不练，别人不知道，而一天不练，自己知道。做任何事，不需要做给别人看，更重要的是做给自己看。”

老崔还是小崔的时候曾做过描图员，现在陈明常务副总办公室墙上挂的图纸，就是老崔亲手描的。

在项目指挥部老崔的办公室兼卧室，一张桌子上放着一摞子文件资料夹，是从开工到现在积累出来的。每一个工程节点所发生的新闻，各大媒体报道，网站新闻全部汇集成册，已经有了厚厚的几本。现在有了电脑手机，方便得多了，在手机上写好，手指轻轻一点，大小新闻就能飞到千里之外。没有网络的时代，全靠手写。大桥最早的“四个一”就是从老崔这儿出去的，一本画册，一本新闻汇编，一本文集，一本廉政动态。大量的资料要靠平时积累,如果等需要的时候再临时抱佛脚,肯定来不及。

老崔说自己年轻的时候很内向,在生人面前不太敢说话,后来有一位领导教导他学说话,不仅要大胆说话,还要学会幽默。一句似玩笑非玩笑的话,容易拉近人与人之间的距离,可以给自己在紧张的工作环境中松绑,不失为减压的好办法。

从那时候起,小崔茅塞顿开,他突然间会说话了,而且找到了幽默这把金钥匙。小崔变成老崔的几十年,凡和他相处过的人,都喜欢他的冷幽默,也喜欢他天南海北会“吹牛”的本事。

崔书记和办公室的施超有个宏伟的目标,等这个桥建完了,想系统地做一个专题片。后来施超调到南京机关里工作,这个愿望只能靠他一个人来实现。平时就要积累大量的资料,这些都需要用心做。他手下的人少,接待任务繁重,各种事情接踵而来,应接不暇,不是靠吹牛吹出来的。这是一个成长的过程,它不只是一个框架,其中还包括了每个事情的肌理、筋骨、血脉。

在向前来参观大桥的人介绍南锚时,他说一个迪拜大楼用的混凝土 33 万立方米,装到我们的南锚上还不够,南锚要 38 万多立方米混凝土才能装得满。如此大的南锚碇,要怎样把它拿下,方案不知道改了多少遍。施工过程中,我们用进口的铣槽机,洗槽头磨坏了,换了一个又一个,最终由二公司的杨忠通牵头提出来冲击钻加铣槽机这个工艺,解决了这个难题。32 米高,38 米深,一半直径是 90 米,另一半直径达到 107 米。基坑是圆的,到上部工程,锚碇的后部有压重块,变成了方形,对这些技术上细致之处,都要懂得。老崔所写的新闻报道,不仅仅只是事情的堆砌,还条理清晰,人物丰满。

“在人烟罕见的地方造桥,造最好的桥。”这不仅仅是老崔的心愿,也是所有大桥人的心愿。

工地上的人,再怎么小心,总会有磕磕碰碰的,容易受伤。五峰山大桥过江电塔爆破的那天,老崔就受了伤,而且不算轻。这伤,在秋后开始找他算账。

2018 年 7 月 11 日上午,为了准备爆破王家祠堂后面的过江电塔,需要停工3小时。

老崔天不亮醒来，也不敢再睡。6点钟他要赶到现场，因为有十几家媒体要到现场拍摄过江电塔爆破的全过程。

从奇美化工厂到江边的路段拉起了黄色警戒线。每一段都有警察把守，防止外来人闯入。电塔的南边是王家祠堂，西边是混凝土拌和楼，那一群高大的混凝土搅拌塔同样不可小觑。距离太近了，如果爆破用炸药剂量大，会震塌拌和楼。混凝土加工厂是整个大桥最重要的基地，它每天的产出量是保证整个大桥生产进度的关键。加工厂不可以出哪怕一丁点的事，否则整个工程全线停工。

在大桥项目部进驻五峰山选址时，王家祠堂的位置正好在南锚碇的中心点，怎么办？为了桥，王家村的祠堂只能迁移。为了一方百姓的信仰，大桥人出资在山脚下重建了祠堂。

老崔说："百姓的信仰，也是大桥人的信仰。我们到这里来建桥，打扰了当地老百姓，应该补偿的就得补偿。"

这祠堂是一方百姓的精神高地，不能因为造桥而让王家村的祠堂消失掉。而今天，祠堂又可能面临着新的危险。自王家祠堂迁到新址，当地的村民沿着祠堂周围平整出一块不太规则的地，一年四季种些时令蔬菜，盛夏季节，有芋头、山芋、玉米、花生各种豆类，祠堂的边上，还种了南瓜、冬瓜、丝瓜、豇豆等。山地本贫瘠，也无肥料，尽管庄稼长得有些瘦瘦巴巴的，但也能结出些蛮不错的果实。山下的那几株桃树，每年农历三月，在春风的鼓动下，开满了一树树的花，映衬着大桥人孤单的身影。

老崔说，在江边走的时间长了，对这个过江塔也看习惯了，像是自己行走时的一个坐标，指引着自己，对它还真的有了感情，到要炸掉它的这一天，还是有点留恋。

这座长江过电塔，风雨51年，为江南江北的电力立下过汗马功劳。这里从前本来没有路，后来被人踩出了一条小道。

8点钟还没到，10多家新闻媒体已齐集电塔周围，架起长枪短炮，为直播爆破的现场做准备，共同见证这服役了51年106米高的钢筋混凝土结构的国家电网塔，在完成了它的使命后轰然倒下。为了五峰山大跨越改造工程重大项目，这座百米多高，220 千伏的过江电塔，于上午 10 点爆破拆除，由爆破南锚碇岩石层的镇江长江爆破公司承担爆破任务。

工程技术人员早已守在现场，单等镇江长江爆破公司的技术人员到来。过江电塔下面已清出了一块地，炸药堆放在电塔的周围。山上灌木丛生，野草比人高，缠着脚无法上前，而通往电塔的方向，无路可行。为了媒体报道，老崔多少天前就来现场，让施工人员清理出一条便道，好让来拍摄的媒体记者有个落脚点。尽管工地每个角落都有安全员巡逻，但外面的人进入施工现场，并不熟悉这里的地形，随时可能发生意外，这是老崔最担心的。

万事俱备，只欠点火引爆。9 点 58 分，随着爆破总指挥的口令：一切准备完毕，准备点火爆破，五、四、三、二、一，点火！话音落下的当口，山脚下巨大的轰鸣声传来，满山的碧翠，顷刻间淹没在一股强大的浓烟之中，腾起的黄色尘埃飘向大桥工地，飘向滚滚的长江水面，红白相间的过江电塔，那高大的身姿在强大的作用力下，一节，两节，缓缓地向王家祠堂方向倒去。它倒下去的瞬间，在场所有人的目光定格在半空中，就在不远处的王家祠堂、混凝土拌和楼，安然无恙。

老崔记不清从这个地方走过多少回，这么熟悉的地方闭着眼都能走到，这天当他走到拌和楼附近，离王家祠堂只有几步时，一辆工地上的吊车迎面开过来，与他擦身而过。他躲闪不及，腿上的一块皮给擦掉了。

如果换着常人擦破点皮根本不算个事，可是对老崔来说这次受伤是件大事。别人受点伤，两三天就能好，但老崔不能受外伤，因为他患有严重的糖尿病，每天打胰岛素，所以任何一点皮外伤对他来说都很难愈合。

熬过了如火的夏天，每天忙忙碌碌转眼又是秋，一场秋雨一场凉，夏衣还没来得及脱下，山里寒气已将工地上的人逼上梁山。每一个工程工序的节点，无论大小，都有老崔背着相机独自行走的背影。主塔、南锚，每一个桥墩，近 200 米高的主塔开始还没装升降梯的时候，只能靠两条腿，老崔一步步丈量过。从生活区到工地现场可以开车，到了现场全靠腿力，还要有眼力。老崔刚参加工作干最苦最险的装吊工，那时候年轻气盛，吃再多的苦也不在话下。现在不同了，他这身体像四处漏风的船帆，再无法掌控身体的航向，经常感到心有余而力不足。

老崔的身体是在秋后被算账的。那段时间刚开过民主生活会，接下来开始忙党建材料。说实话他并没把自己的伤放在心上，后来却感染发炎得一发不可收拾，好长时间才恢复。

说起大桥的名字，崔书记做了个很恰当的比喻：五峰山大桥至今还没有正式上户口的名字，五峰山大桥只是建桥人给它取的儿名，大名字得由父母说了算。主缆看上去简单，352 股，每股 127 根丝，每一根丝 5.5毫米，如果一根根把它接起来，可以绕地球 4.5 圈。还有那猫道，水上的天桥，空中的脚手架，两条长长的栈道。上下游拉索的队伍很壮大，两边加起来 80 多号人，各司其职，两边比赛谁拉得快。就这个空中脚手架，而且是在冬季施工，只用了 68 天时间。正常情况下起码 80 天以上，连业主都不敢相信这么快。这个在悬索桥里，甚至是公路桥猫道里面从来没有的。

老崔无数次在工地现场捕捉震撼人心的画面。有一天老崔上猫道拍资料照片，在他转过身的时候，突然听到女人的声音，但没见到人影。仔细一看，还真的看到猫道上有一个女的，穿着男式的工作服，长得高高大大的。老崔才知道她叫李显琼，丈夫叫张勇，儿子也在大桥，一家三口人都在这个桥上。那天正好是三八妇女节，江上唯一的女工引起了老崔的注意。他们一家三口在江上工作，丈夫放索，儿子牵索，她在猫道上理索。每天要牵 6 根索，最多的时候牵引 7 根，在猫道上来回跑 6 趟，相当于翻 12 个山头，渡了 24 千米的大渡河，每天如此。

老崔好学。从人事到生产工艺，各种技术的介绍，倒背如流，让来宾们惊叹一个从事政工的人，能把现场各项技术介绍得如此形象生动，倒是不多见。

老崔熟悉一线工人，工人也熟悉他，他们偶尔会开点无伤大雅的玩笑。他说，一线最苦，但能在苦中作乐，便不觉得苦。工人们在一线流汗，他在默默地关注着他们。他说，一定要把这些一线工人的故事通过各种形式记录下来，一座桥，如果没有他们的名字，对不住他们。

老崔告诉我说，现在的工地条件是从前没法比的，以前住的房子是芦柴墙的工棚，冬天四面透风，夏天蚊虫叮咬，施工现场没有一条好路走，晴天一身灰，雨天两脚泥。现在的工地现场，地面全部硬化，住的宿舍是活动板房或集装箱房子，随着社会的进步，条件将会越来越好。

晚饭后散步，老崔和金玉林同行，老崔谈孙子和才出世百天的孙女，金玉林谈待字闺中的宝贝女儿，谈得最多的还是大桥人的事。

金玉林说："我们这些大桥的老杆子，走过的桥比别人走过的路还要多。老崔比别人还要多一样：对工地现场中的人和事，透熟。"

2020年就要正式退休的老崔，在大桥上风雨几十年，真走了，还真的舍不得。别说是正式退休，就是一个待了好几年的工地完工，在竣工准备撤离的那一刻，心中都会留恋。

老崔和央视的谢老师说："夜里去大桥上拍猫道的夜景，从4号主塔往下走，45度的坡，陡得很，风大得快把我的衣服撕破，微弱的灯光，黑乎乎的，那不是在走，是爬。"

当过海军的老崔，有军人的豪气，当年走进大桥却是出于无奈。当兵考军校，头一年考取了，可是体检有一项没有通过；第二年再考，又考上了，命运再次给他开了个玩笑，体检又一次遭遇瓶颈，从此与军校无缘。他父亲说："永兴，去我们大桥吧，是金子总会发光，你肚子里有才，到哪里去都会有用武之地。"父亲当年在南京长江大桥工作时，崔永兴还小，也许命中注定就要吃大桥这碗饭，他想也没想，就走了父亲的老路。

二十郎当的小崔就这样走进了大桥工地，一直到白发苍苍的老崔，在大桥上南征北战至今，而对于他儿子的选择，他也像当年父亲对他一样，让儿子走进了大桥工地。三代大桥人，三世的大桥情。

老崔所经历过的25座桥，如同25节竹子，从一株破土而出的嫩竹笋，节节往上，从九江大桥起步，到镇江的五峰山收官，从"九"到"五"，这两个数字都是他的吉祥数字，有着不一样的喻义。九层之台，起于垒土，而五这个数字，在周易中代表太极点，是无极之极，五峰山大桥，便是他的太极。

江南岸的五峰山脚下，南锚碇施工已1460多天，长江之上，1.3米直径的主缆全部拉完后，进入试紧缆阶段，7天时间紧缆全部完工，为后续钢梁施工奠定了坚实的基础。老崔戴着白色的安全帽站在江上拍摄紧缆的全过程，天蓝色的紧缆机，工人们天蓝色的工作服，黄色安全帽，老崔在江上寻找最理想的角度。他镜头下的主缆，远看像两条青色的游龙，在江上游动，只有近距离去看，你才能感觉到架索这个浩大的工程，每一根索股背后的故事都不寻常，工人们一根一根牵着走过长江，每一步都走得艰难。江上的船来来往往，水波泛着粼光，如果往下望得久了，眼睛会发胀。

是的，水的力量太强大了，在江上行走，需要勇气与智慧，才能走完2000米长的空中猫道。从南岸4号主塔望北岸的3号主塔中交二航的施工工地，整个高桥的大地上，像一幅色彩斑斓的长卷，枯黄的麦子，等待收割，散落的民宅，碧绿的树掩映其中。老崔每拍完一个节点，工期便向前跨一节，站在大桥上看整个大港新区，近处的五峰山，远处的圌山上的美景尽收眼底。目力再伸远一点，扬州就在江的对岸，隐隐约约能看见扬州二电厂的两个大烟囱在冒烟，老崔脚下的步伐不断加快。

他自己认为，作为一名几十年党龄的优秀老党员，干的虽然不是什么惊天动地的大事，但凭着多年的经验，从点滴做起，要做到自己满意为止。

2020年8月，就是大桥竣工通车的时候，五峰山大桥，将是老崔大桥人生中的收官之笔。在退休前能在这样一个超级大桥上度过，是幸。

雪中一枝梅

“穷不会生根，富不会天生。”这是辛海宁的父亲离世后，妈妈叫天天不应，呼地地不灵的时候教导三兄弟说的话。

我到二公司第一个认识的是辛海宁书记。

三位书记中，辛海宁和崔永兴、金玉林站在一起，是最矮的一个。瘦中透着精干，白皙的皮肤，戴着近视眼镜，还没到50岁，头上已有零星的白发。

在项目部安顿下来的当天晚上，他站在我住的6103房间门口，喊我去食堂吃晚饭。几个人坐一桌，聊的主题是春节临近项目部人员值班的安排情况，怎么过好这个春节，是他要关心的大事。

饭桌上辛海宁说："今年我得回家一趟，孩子高二，老人年纪大了，不能老不回家过年。"辛海宁像是对别人说，又像是对自己说。

后来才听说辛海宁有过连续11年不回家过年的经历。

那时候他在芜湖大桥工地，是七十几号人的生产分队队长，相当于现在一个项目部的全部人员。那时候没有手机，没有电脑，所有文字资料全靠手写，白天没空写，只能晚上写。每天安排工作手写的东西至少要两三个小时才够。

"每年的春节，我不能自己回去，不让别人回去，这说不过去。"他在南京的家，新房子从装修后，他只回家过了一次年。

从1998年到2009年，这11年，作为家中的长子和项目部的分管领导，过年回不了家似乎正常。每年都是老婆带着孩子到工地上过年，但是双方的老人来不了，好在有弟弟在家陪他们过年。

以前回趟家真受罪。从南京到广西坐火车，要30多个小时，中途还要再转车到工地。记得2000年在广西柳州的大桥工地，4年中都是老婆带着孩子来工地，到2005年，老婆说："我这辈子再也不想来柳州，这一路太难了，来一次都要瘦掉一圈。"最后一年在柳州，母女俩死活也不愿意去柳州过年。那时候买票太难，来去两趟都要托好多人才能买到一张票。柳州的项目结束后，项目部接到新任务，到北京去，中国的第一条城际铁路——京津城际铁路开工。从南京到北京有一趟直达车，晚上上车，睡一夜次日早晨就到北京，然后辛海宁去车站接她们娘儿俩，方便多了。

说起在贵阳上学时的坐车难，还要更早。那时从南昌出发，站到贵阳29个小时，在火车上不敢吃不敢喝，因为上不了厕所。整个车厢里，从头到尾，成了厚厚的一堵人墙，铁板似的。人与人之间，脸贴着脸，手和手缠绕在一起，脚生了根，拔不出来，扭成了麻花，所以也不必担心会倒下来，困，饿，渴。困了可以站着打会儿瞌睡，但渴、饿没办法解决，一路忍着，数着站台熬着等下车。20世纪八九十年代的春运在今天想来，如同一场灾难，但再怎么难，总不能不回家过年。那时候从桂林到武汉去出个差，买不到座位票，只能站着，站到武汉，腿肿胀得像根老树桩，下车的时候都不会走路了。那个年代乘车的困难，在1990年代成为一代人抹不去的记忆。现在回趟家眨眼的工夫，提起20世纪八九十年代旅途的困难，不只是辛海宁有一肚的苦水，所有人都有苦水倒。

对于苦难，它就像沉在水底的石头，被冲刷，磨砺去棱角，在不见天日的黑暗中蓄势，用一颗虔诚的心去等待有一个人把它打捞上岸，让石头的光亮重返人间。从此这枚石头的火性消失，生命的纹理中有了水的软韧，石本身的坚韧，刚柔并济，像一位古代的江湖隐者，重返江湖拔剑出鞘时，一身的绝技震慑住世间的宵小。

辛家的三兄弟，就是沉在水底的那三枚石头。

在很多的公开场合，我见证过他的领导组织能力，认真学习的好习惯，但总感觉那是他的表象。他脸上不苟言笑的表情一次次告诉我，这并不是真正的辛海宁，这宁静的后面，隐藏着岁月的苦难，隐忍，刚毅。直到2018年的7月1日，辛海宁带领新老党员去黄桥新四军革命根据地参观学习，我们在兵器展览区看到整屋子的枪炮时，他本能地提到军人父亲的死，那一年，对一个9岁孩童的内心撞击，像战争年代被机关枪扫射过。

我本不愿意去揭开他这段尘封已久的苦涩，因为那后面一定是用何种词语也触及不到的巨大酸楚，那里有一口黑暗的沉井，有万吨之重。

在一年后的7月6号晚上，辛海宁趁在外地学习的时间，拨通了我的电话，他向我打开心灵沉井的盖子，从他的童年开始说起父亲。

“我父亲是一名军人，是海军部队的一名潜水员。九江大桥建设的时候，工地上需要潜水员，我父亲被招进九江大桥，做了一名潜水员。虽然在九江大桥的潜水不是深潜，是浅潜，但也需要一定的专业技术，像父亲这样的专业潜水员更适合。潜水员的工资标准、伙食待遇比一般人都要高，他们吃饭都有专门的小食堂，要保证营养。那时候我们家的日子还算不错，父亲是在30岁时生我的，两三年里又添了两个弟弟。

潜水员是特殊工种，可以提前退休。父亲还没能等到退休的年龄就躺下了。在单位体验的时候，查出了肝癌晚期。这种病是恶病中的恶病，来势汹汹，父亲没撑多久，像水底的石头，无论家里人用怎样的方式打捞他，都无济于事。几个月后，他穿着厚重的‘潜水衣’，永远沉入黑暗的深水区。母亲带着我们兄弟三人，送走了父亲。作为家中的长子，我为父亲捧火盆，送父亲最后一程。

父亲走的时候，虚 39 岁，我 9 岁。父亲走后，我一夜之间便长大了。一个没有父亲的家庭如同汪洋中的一条小船，随时有触礁沉没的可能；一个没有父亲的家庭，没有人来遮风挡雨，我们三兄弟是在同龄人的排挤中长大成人。那时候家里穷，穷得我报考大学时的 2 块钱报名费都交不起。今年女儿考大学，我把这件事对女儿讲起来的时候，她瞪大眼睛，总以为是天方夜谭。小时候体会过别人的白眼，长大后就不同了，被人欺负，心里刀割一样。家里的大梁柱倒了，一切全靠自己。”

刚参加工作，辛海宁连游标卡尺都不会看。

公司没有忘记他们母子 4 人，母亲被安排在项目部的后勤部门，看看仓库，做点轻松的事。

辛海宁技校毕业后，作为家中的长子，为了家，辛海宁进了九江大桥，在车间当了一名铆焊学徒工。

那时候学个手艺真的不容易，想找张图纸看看，是棉花店打样——免谈。俗话说，教会了徒弟饿死师傅，懂图纸的人怎么会轻易给他看。辛海宁只能拼命做事。这个什么苦活累活都抢着干的瘦精精的小年轻，引起了车间主任的注意，辛海宁的刻苦，让车间主任感动，他开始教他看图纸，传授他技术。

而他生命中另一个贵人的出现，从此改变了他的命运。那年从山海关来了位师傅，他来车间挑徒弟，在那么多年轻人中，他暗中观察辛海宁一周时间，决定把他带走，而那时候想跳出车间的人有好几个。师傅是个正直的人，顶着别人的压力把他带到山海关收为弟子。后来在辛海宁羽翼渐丰准备离开山海关时，师傅问：“你有什么愿望?”辛海宁说：“我要离开九江基地，到更远的地方去，学习更多的技术。”师傅直接找上级把爱徒调到孙口黄河大桥，一年后，辛海宁就当了团总支书记。

“除了这些贵人的相助，最重要的是靠自己的努力。如果我是个不学无术的懒人，谁愿意帮你。那时候在项目上，一有时间就看图纸资料，从来不肯浪费时间。”

现在大桥工地的条件越来越好，待遇也不算差，招工却越来越困难，为什么招不到人，主要是因为工作流动性大。进了大桥，意味着离开亲人，过流浪的生活。人这一辈子，短短几十年，人生中最重要的几十年都在外面漂泊，过得还有什么劲？“年轻人结婚有了孩子，但工地上没有幼儿园，最近又有人要辞职走，不是因为工作，而是孩子没处上学，他们希望一家人能在一起。在大港街上的幼儿园借读，5 个月近 8000 元，还不包括伙食费，只是学费。所以他们还是要走。”

父亲去世后，母亲领着三兄弟苦度光阴。后来母亲在别人的带领下信佛，并成为她的信仰。辛海宁敬重母亲，他认为母亲所信奉的宗教，如同他是党员一样，虽然不同界，同样是不可亵渎的信仰。一个人如果没有一点信仰，内心就没有支撑，走再远的路都找不到归宿，如同一盘散沙，怎么能有信心战胜生命中的苦难？在组织党员生活学习的会议上，“信仰”二字是辛海宁提得最多的热词。所以他认为，母亲无论信什么，都要支持她。母亲的信仰并没有异心，她最大的愿望是求西方极乐世界的佛祖保佑她的儿子们在大桥上顺风顺雨，健康平安，这就是她一生中修来的圆满与福报。母亲的信仰最终也会落实到他现在在大桥上所做事业。

母亲说：“海宁，在外面别记挂家里的事，好好做事，好好做人，就是尽孝。”

作为家中的长子，意味着承担的家庭责任要重得多。可是辛海宁的内心很愧疚，他长年在外，并没有尽到一个做长子的责任。

进了大桥工地后，遇到过无数的难事，母亲的话言犹在耳。出门在外，最重要的是要舍得吃苦，还要好好学习。一个人年轻时候的爱好与习惯，会直接影响到他后来的方向。那时候辛海宁在吉林工地当工区长，别人下了班玩，他不玩，闭门读书。这一良好的习惯，也改变了他的命运，让他从此与笔杆子结缘，从施工一线调到项目部当党工委书记。

生活中的苦都可以忍受，但如果没有文化，意味着受更多的苦。

对项目部的年轻人，辛海宁有深深的焦虑，他更希望他们把眼光放得更远，潜心钻研业务，但又怕说多了年轻人待不下去。

今天是五四青年节，一大早去食堂，辛书记已经在吃饭，一碗粥，一只馒头，一点咸菜，半块山芋，这是食堂每天的早餐。他问我今天上午要看哪些地方，我说看文明工地。他说最近打灰多，要赶工期，现场可能有些乱，不可能像国外那样标准化。国外的工程要七八年时间，而我们比人家提前几年。我说，中国的工程有中国特色，马儿要快跑，不可能老停下来吃草，只要工程一开工，谁不希望早日竣工。辛海宁笑笑，算是应答。

每次遇到辛海宁，想和他多谈几句，他总是说，像我现在管党建工作压力要小得多，又不在一线，一线人员更辛苦，多和项目部里的年轻人们谈谈，他们压力很大很大。

山中一棵松

老崔说金玉林有三个金："金点子，金不换，是金子。"

可正式和金玉林聊起工地现场和家常来的时候，他说："老崔在捧我呢，哪来那么多个金？别听他吹捧我，就一个普通的老大桥工人。"

但我相信老崔对金书记的总结，虽然是格式化的公文语式，其内涵货真价实，绝无虚言。

在4号主塔下面的值班室小二楼，我和一分部四公司的党工委书记金玉林面对面坐着，就老崔说的"三个金"起头，在轰隆隆的机械声中开始了谈话。没想到的是，从头到尾，金玉林连一个金都没提到，失望之余，无意中得来的却是大音希声的另一份感动。

老金的出生地在皇城根天子脚下，是地地道道的北京人，尽管从小跟随爸妈去了武汉，但自小时候起说的那口京腔至今未改，字正腔圆，铿锵有力。包括说话时的表情，自带北京人的厚重古朴，庄重大气，连他走路的架势，与小城市的人都不同——身板笔挺，迈的可是京戏里的四方步子，步步落地生根。

俗话说：男怕入错行，女怕嫁错郎。如果不是投胎进了大桥，就凭他这自带英雄气势的挺拔模样，指不定会成为哪个行业中的大角。

老金，块头很大，却生着个娃娃头，娃娃脸，哪怕是生气拉脸的时候，那个娃娃脸还是看不出怒气，自带七分的讨喜气，所以他和谁在一起，都会成为拍巴掌的好兄弟。特别是那双手，肥厚肥厚的，不知情的人以为那手是胖，这是看手相人眼中的佛手——手大抓金银，其实老金的手不是胖，是肿。

他自明白，这双手的大小变化，是自己身体的晴雨表。早晨起床还好些，午时一过，那手胖得像肉馒头，皮肤上闪着亮光，稍稍一摁，就是一个小窝窝。

就是这身体，医生曾多次警告过他回家休息。老金没信那个邪，2018年做了个不大不小的手术，10天后就回工地上班了。

每天晚饭后，他约上老崔同行，两个高大的身影从生活区往圌山脚下走去，等原路返回时，金玉林的双手高举着，因为低垂坠气，手肿胀得更厉害。

金玉林年轻时身体强壮，个子又高，天生就是搞体育的好苗子。1981年从大桥子弟学校毕业，这一年刚好43军来招兵，他和许多同学一起去验兵，同学们都验上了，就他在体检的时候只差那么一点点。

"大学没考上，家里人都不赞成我去当兵，特别是母亲。"

鉴于此，金玉林留在学校当了半年多的体育代课老师。

从内心讲，金玉林当时并不想到大桥来，作为桥二代，他了解这个行业的性质，流动性太大。如果不是父亲调到武汉，他们一家人不出意外会在北京过一辈子，离开自己的血脉之地，等于没了根，但他也不愿意留在学校当体育老师。

父亲是1950年代的大学生，每个月93.5元的工资，算是高的。普通工人工资在五十几元。按理说日子要比别人家好过得多，但爷爷奶奶都没工作，5个孩子，金玉林最小，羽翼未丰，6张吃闲饭的嘴，全靠父母的工资。为了支援武汉大桥建设，父亲1953年从北京调到武汉。为了照顾父亲，1955年母亲也调到武汉。

社会上有的机构，中铁大桥局全有，从幼儿园到高中，从卫生所到医院，子弟学校、菜市场，应有尽有。那时候大桥局内部，开始有大集体性质的用工，只是工资待遇与大桥局里的正式编制相差太多，那不属于国家的"铁饭碗"。为了解决家属们的工作问题，大桥局开始了内部大集体性质的招工，许多家属就这样成了家属工。金玉林的一些同学，不少进了大桥局内部的大集体单位，能拿到40元左右的工资，好歹也能养活自己。

“我本准备留在这样的大集体里上班，这样就可以留在家里，如果进入大桥局的编制，就意味着开始走四方。”但父亲不同意，他认为好男儿志在四方，一辈子守在家门口不出去闯荡一下，不会有大出息，再说大集体性质的单位工资低，进去了也难有发展的空间。

“我家就住在大桥局，邻居们全是大桥人。我的父母整天忙工作，哪有精力管孩子，成绩好与不好是另外一回事，只要不在外面闯祸就很好了。”

金玉林还是听了父亲的话。知子莫若父，这个家中最小的孩子，全家人更疼爱些，都希望他有个好的归属。

那个年代，工作选择的余地太小，哪像现在这么自由。父亲执意让金玉林到南京的四公司，毕竟是大城市。

作为“桥二代”的金玉林与所有大桥人一样，参建过许多桥。他1983年就到了大桥，人生的第一座桥是新河县长东黄河大桥。这座桥是日本人投资，4.5千米，设备当时在国内都是很先进的。工程结束后，这些设备留下来，派上了大用场。

金玉林还不到20岁，第一次出远门，从河南兰考下车到山东东离，再到山东菏泽那边。在那个工地待了3年时间才调到别的项目部。

那个年代还没有农民工，都自己干。刚到大桥工地，从最底层做起，金玉林做了一名装吊工。这个工种是所有工种中最辛苦的，高空作业，风吹雨淋。金玉林打小一直被全家人宠着，哪里吃过这种苦。才去不久就想跑，苦得干不下去。

那时候不像现在，想走就能走，所有的关系都在单位，吃粮靠发粮票，什么都要票，脱离了单位就意味着没有饭吃。他写信回家给父亲诉苦，母亲虽然不识字，听父亲提小儿子在外面的情况，眼泪像断了线的珠子。

在家有人宠着，但到工地上就不同了，大家都是一样的，没有人会宠着你。在父亲的鼓励下，他还是耐着性子在工地上待了下来，天天数着日子往前过，直到一年后认识同是“桥二代”的女朋友。她是南京人，恋爱中的人能天天见面，就算是掉在苦海里，也不会觉得苦，于是他打消了想离开的念头，也不再数着日子过。

女朋友聪明好学，两个人在一起生活有了奔头，互相学习，共同进步。她以优异的成绩考上了大桥局的职工大学。那段时间金玉林又去了广州的工地一段时间，等再回南京时心思归位：既然命定在大桥，女朋友也在同一个单位，那么就别三心二意，好好干。

第一次带女朋友回家时，母亲极力反对。北方人比较重男轻女，全家人把他当成金疙瘩。父母认为儿子就应该在家里，怎么能离家呢。作为家中最小的儿子，母亲更迫切希望金玉林在武汉找对象，然后再调回武汉。最后还是父亲通情达理，成全了他们这桩婚姻。从此金玉林又告别了第二个故乡武汉，南京成了第三个故乡。

幸运的是金玉林遇上了两位贵人——分队队长和支部书记，是这两个人把他往正路子上带。分队队长手把手带他，加上他爱学习，悟性高，到大桥的第二年，他就是预备党员，1986 年就转成正式党员。

在书记调走的那一年，金玉林接任了支部书记的职务。

“从小父亲虽然很护我，但对我的管教非常的严。”

金玉林说起父母，心里难过。

父亲是南下干部，十几岁就在铁路上送情报，受过许多大的磨难，父亲很要强，都挺过来了。母亲是小脚，没上过学，小时候非常苦。

他没想到母亲走得这么快。那时候他在南京，姐夫打电话给他：“玉林，你忙吗？能不能回来一趟？”当时工地现场的情况，真是头都忙得快掉了，一步也不能走。姐夫最终还是忍不住说出母亲正在抢救的事。

母亲是 2003 年去世的。父亲很早的时候中风，母亲照顾他 15 年，最后没想到母亲在父亲前面走了。对于父母亲的病，金玉林内心是愧疚的。那时候母亲身体开始不好，就让他有空回家看看。

“我怎么也不敢相信母亲会走。我以为父亲病了那么多年，是父亲情况不好。小脚母亲为了 5 个孩子和父亲，操碎了心，她的心脏病是累出来的。”

接到家里的凶信，金玉林慌了，让老婆立即跟他一起回武汉。还没有过南京长江大桥，大姐又打来电话："母亲已经走了。"

姊妹5人，就金玉林一个人在外面，连母亲最后一面都没见上。他赶到家跪在母亲的灵柩前泪成行。

"武汉有座桥拓宽时，是一公司承建的，我妈过一次桥就会哭一次。造桥人苦啊，我儿子怎么那么苦啊，儿啊，快回家吧，快回家吧，造桥这活太苦太危险了。"

金玉林的母亲一想到最小的儿子心就揪成个面团团，可是儿子就是吃造桥这碗饭的人。这世上的事，造桥打铁卖豆腐是最苦的，偏偏他选了这行当，都是命。

以前父母在的时候，过年回家烧头香，烧整整3天。现在只有清明回家给父母上坟，武汉的房子也卖了，就在南京定居，回武汉都住大姐家。

母亲去世前的那一段时间金玉林在分公司，没有经理，党政一把手，光杆司令一个。在天津和唐山一干就是7年，这7年有5年就他一个人，干了两个桥，一直在工地一线，技术一直没有丢过。

2015年10月到五峰山大桥打头阵，来的人中他年龄最长，几个月后，老崔才调过来。万事开头难，这么大的桥，而且复杂，但他有经验。只要是他知道的，绝不隐瞒，都说给他们听，让他们少走弯路。年轻人有闯劲，但也要让他们冷一冷，给他们降一下温，在遇到重大决断的时候，才不容易出差错。

在刚开工的时候，大量的杂事需要协调，金玉林带着项目经理小陶跑，给他出了不少金点子。

金玉林很喜欢这位侄子辈的年轻经理，务实能干。后来宣布陶经理调到别的项目部时，两个人都哭了。"打钻孔桩的时候，遇到重大困难，我和陶俊一起日夜守在现场，为了保证工程质量，冬季施工时用薄膜、棉被给混凝土'穿'上保暖衣，用暖风机、蒸汽机来增强混凝土的凝固性和强度。我们和4号主塔一起共渡难关。虽然我和陶俊年龄悬殊，但心性相通，工作上配合默契。"

从开工到分别，每天在一起，两年多的时间，闯过那么多的困难，谁不希望把大桥建完到通车的时候再走。可是往往因工作的需要，身不由已。

在引导年轻人方面，首先不能害了人家，不能走弯路。应该出主意的就得出主意，知道的就要说。这个桥走到今天真的不容易，进场就要开工，山洼子里面一团污水，总工期在那，耽误一天就是一天的损失。

金玉林清楚地记得，正式进场的日子是2015年10月15日，刚过完国庆节。来的时候天天下雨，吃住是头等大事，立马就得解决，在过春节的时候又下雪，手指头冻得麻麻的，可生活区的房子还没建成，吃饭就在露天，通常吃冷饭，吃过了就得干活。

“我和陆炳良、辛海宁第一批来到现场，开春后才陆续调来大部队。刚开始的时候，真正是一无所有，我们三个就这么挺过来了。

从开工到现在，这个项目部就我们几个人坚持到现在没有调走，许多人在中途都调走了。

现在看到大桥还是比较顺利的，但回头想，太不容易了。钻孔桩出现问题，打不下去，那时候我们每个人晚上都不回生活区睡觉，守在现场，急等着拿主意。对面的中交二航进度很快，而我们作为国家级的建桥队伍，搞不过人家后起之秀，这个人真的丢不起。进了大桥局，我们就是大桥局的人，大桥局旺，我们旺，我们头上戴的是中国中铁大桥局的这顶白帽子，我们希望大桥局好，不能给大桥局丢脸。”

金玉林去年整个一年身体都不太好，腮腺肿瘤已经长了4厘米多，不得不开了一刀，留下长长一个刀疤，万幸是良性的。在去年4月17号这天单位体检时，又查出别的病。以前一天要抽两包烟还不够，现在不得不戒掉抽了几十年的烟。

做这个手术，金玉林在家只休息了10天就上班了，走不开。往年体检并没有问题，自从到了这个项目部后，身体健康退步，很多人都在讲奇美化工厂的污染严重，这是目前无法解决的事，只能忍受着。开始时，以为是肺气肿，后来进一步检查比肺气肿还要严重，是支气管哮喘，总觉得喘不过气来。身体的原因，许多东西都不能吃，从前在工地上爬高下低不吃力，但现在连爬几十米高的步梯都累。

遵照医嘱，不能抽烟喝酒。作为书记，经常要接待来宾，为了尽地主之谊，烟可以不抽，但酒不能不喝。中国人的传统，无酒不成席，酒作为媒介，把一些平时工作中棘手的事稀释为寻常事，大事化小，小事化了，所以，他还是硬着头皮喝一点，娃娃脸烧得红通通，一直红到耳朵根子。

凡外面来的客人，他们都是冲着五峰山大桥来的，他们来，是大桥人的脸面。人家大老远来到山洼子里一趟很不容易，从车站到大港新区，再从新区七拐八绕进项目部的生活区，至少要1小时。在食堂的小餐厅里，寻常的酒水，菜园子里摘的蔬菜，再整几个熟菜，厨房里的师傅们往锅边一站，现摘的蔬菜倒进锅里一跳，眨眼的工夫就端到饭桌上。招待客人时用大桥人自己种的菜，是另一种骄傲。客人们的吃、住、行都要安排得妥妥的，半点也不能怠慢人家。每一次接待任务，短的半天结束，长的要一周时间，客走主才能安，心力交瘁。漫长的过程，金玉林以神驭气，尽显皇城根人的生命底色，直等送走最后一位客人，金玉林的馒头手通常肿得握不住拳头。

尽管如此，他从不在饭桌上提自己的病，更不让别人说，怕人家不让他喝酒而冷落了人家。

在大桥37年，金玉林一直在四公司，一年一年过去了，从青春到白发。每年的春晚，有向军人、警察致敬的节目，但没有向大桥人致敬的节目。大桥人的收入并不高，许多时候都是亏损，如果公司不盈利，福利待遇自然差得多。

“如果还有机会选择自己的职业，这辈子我不会选择到大桥来，下辈子更不会。”说完这句话的时候，金玉林的眼睛开始发红，只朝墙壁看。

在施工现场滚了一辈子，而且建桥不同于盖房子，心累是一方面，一个人在外面漂泊，并不能一人吃饱了全家饱是另一方面，对亲人锥心蚀骨的牵挂总是难免的。父母的去世，让他很长时间都缓不过劲来。父母是那么疼爱他，从内心来说，他对父母的感情依赖比哥姐们要强烈得多，所以后来每年回家他都住大姐家。长姐如母，大姐对他的疼爱并不比母亲少，他只是想从大姐身上找到母亲在世的感觉。

坐在二楼的值班室和我说话的工夫，金玉林的注意力明显不集中，动不动走神，讲得断断续续，好几次都是在我的提醒下往下说，因为他心里牵挂着现场的事。这两天上面要有人来参观检查，主塔上的横幅标语就装在他工作服口袋里，一会儿要让人顺便带到主塔顶拉起来。虽然是一名行政人员，但他管得最多的不是行政，其实是现场的安全质量。工地现场的安全质量问题覆盖了项目部的每个角落，大家都捆在一起，不能出事，大桥现场如果有事，绝对不是小事，谁也逃不掉。

整个四公司在桥处的经济效益是最好的，这两年由于种种原因，稍许差一点。每个公司的特色都不同。金玉林敢说敢当，对于一些不作为的领导，他恨。在考察干部方面，要以德为先，什么样德行的人，做什么样的事，一点也错不了。

在教育女儿方面，金玉林特别讲究传统文化，哪怕吃饭端碗的样子，给长辈们倒水的姿势，都教她有礼有节。对于家，金玉林说家就像他的招待所，住两天就得走。妻子说他不回来还好些，一回来把她和女儿正常的生活秩序给打乱了。

的确是这样，各人有各人的生活习惯，再加上长期不回家，陌生是自然的。这个工地离家近，还可以常回去看看。记得那年在大连项目上，一年零八个月没有回家，那年妻子带着孩子去工地探亲，结果他还是整天泡在现场回不了宿舍，妻子闹了一场，带着孩子哭着走了。妻子说："为什么四五年都不回家，我和孩子在家好像生活在真空中一样，见不到钱就算了，人也见不到。"这么一闹，妻子有四五年都不能理解金玉林。

夫妻分得太久了，难得在一起难免产生摩擦，难得见面就吵架，很是伤感。所有的大桥人，都一样，一个家，两个世界。难得回家，并不能其乐融融。

从前每年回家过年，经常扯皮，妻子的父母在南京，金玉林的父母在武汉，到底到谁家过年是个问题。干脆不回家过年，就在工地过年。就是回家过年，金玉林也是蒙头大睡，恨不得把一年的觉给补回来。好在还有 4 年半就要退休，再造一座桥就结束，可以回家享清福去了。不过等女儿成家有了孩子，还是享不成福，女儿准备 2019 年国庆节结婚，装修的新房子给父母留了房间，得去帮女儿女婿带孩子。

有一次镇江电视台采访金玉林，问他退休以后最想做的事是什么，他说："退休以后，最大的梦想是把我所参建过的桥重走一遍，看一看。特别是把我们局里建的特大桥走一遍，小桥太多了，全部走一遍也不现实。"

37年，从第一座山东长东大桥起步，广东韩江大桥、扬州大桥、扬中大桥、杭州德胜大桥、杭州高架、嘉兴桥、南通华能电厂管道桥、澳门西湾大桥，浙赣铁路一号桥、二号桥（在山里面施工，非常困难），还有十堰高速、大连卡达大桥、京宝大桥……这一路走来，大小有50座桥，但五峰山这座桥是金玉林大桥生涯中所遇到的最大的桥，更重要的是这座桥没有任何经验可借鉴，对每个参建者来说都是全新的挑战。这些桥如同金玉林挂在心口的37盏河灯，每一盏都在他心里亮堂着，那是他曾经魂牵梦绕的壮丽山河。

小的时候在武汉，他记得父亲在世的时候经常跟他讲桥上的事情，他对桥的一切了然于心，所以对造桥的新工艺接受特别快，一听就懂，一想就通。不管做什么事，悟性很重要。

以前造桥，不像现在讲究形象工程，进入工场都统一着装，精气神就出来了。那个年代的工人，没这个条件讲究，冬天一件烂棉袄，扣子掉了也没人钉，用一根麻绳捆在腰上，活像要饭的花子，真造业（武汉方言）。

"我们师傅这辈造桥人才是真的太苦了，现在想起来都要淌眼泪。他们每个月六七十元的工资，拿点奖金，加起来百把块的工资，真造业。"

金玉林的一位师傅是安徽人，师傅家的门牌号码他到现在都记得：安徽省韩山县半湖镇三星大队。因为他不会写字，全是金玉林帮他写信汇款回家。那些老师傅们，食堂里3毛钱的菜都舍不得吃，他们吃5分钱的豆腐，3分钱的青菜。当时扣肉5毛钱一份，他们更舍不得吃，真造业。一年到头假期就那么多天，过年过节他们从不回家，等到农忙才回家。回家干农活累得像龟孙子一样，回工地继续干活。真造业。

那代人是最苦最专业的建桥工人。那代人活着的没有几个了。到1991年最后一批退休了，有的是50岁，有的是55岁，他们现在都近80

岁了，好多人都不长寿，早早就走了。那代人几乎都有职业病，野外作业，吃住条件都差，外面风寒大，没日没夜地苦干。那个年代没有空调，电风扇都没有，真造业。

现在建桥大军生活条件和工作环境发生了翻天覆地的变化，总的来说，建桥工作者与别的行业相比，还是苦。

金玉林连续说了5个“真造业”，沉默许久，什么话也不愿意说。

5月底，江上主缆的紧缆提前两天结束，下面还有很多事，从上到下紧张的拉索工作持续了74天。一线工人们也需要修整一下，准备下一个工序的战斗。

老崔和金玉林只有趁这个时间段回南京，但不是休假。我再到工地的时候，项目部的人说，他们二人回南京，双双住进了医院。老崔因为走得匆忙，房间里的灯都忘记关了。山中湿气重，长年累月被寒湿气侵害，冬天还好过，春天来临，阳气往上，湿气开始在身上作怪，浑身涨疼，腿酸脚软。

老崔于5月30号这天早晨破例没有发图片，发了4个字给我：“医院出差。”不管在什么时候，他就是这么一个将幽默进行到底的人。而辛海宁，趁这两天回了南京一趟。女儿没有几天就要高考了，他的心快吊到嗓子眼。女儿学校已不再上课，让他们回家自习，其实这时候复习已没有必要，女儿在题海里奋战至今，寒窗十二载，只为这一刻。妻子身体不太好，不能让她劳神。辛海宁回去和女儿一起待了半天工夫，下厨为孩子做点好吃的，次日早晨他又回到项目部有事。工地上的事永远是第一位，家事退后。许是因为年少失父，不管什么时候，辛海宁的表情都略显沉重，而且他几乎不笑。父亲作古已30多年。这30多年，一个没有父亲的家庭任何人都能想得出有多难。用他自己的话说：“再难，也过来了。”

我最终还是懂得了老崔说金玉林的那“三个金”，这“金”就是金玉林黄金般的人品气质，隐藏在他的举手投足间，只有和他接触久了，才能体验到那种含而不露的金子光芒，老崔并没有把他“吹上天”。

桥梁中的“桥梁”

当代建筑桥梁史中缔造的神话，不能没有监理在场，它是两条分叉后又回归的奔流着的河流，时而舒缓时而激烈，时而分离又时而相互交集。这两条河流不为某个人的意志改变，只为国家，它们在不同的场域中携带着不同的语码和讯息，然而流动的速度和方向是一致的。时间在这里产生变化，时代背景、国家生活以及个人际遇也产生变化。业主和施工方与监理行业所在的时代保持平行或对峙的关系，并紧盯着自己所置身的建筑时代现场，以强劲、雄辩的力量见证国家重器的崛起，并说出现场的真相。

监理的职责是一路爆破，炸开一条安全质量把控的隧道。每一次签名都是一次爆破，为下一个工程中所遇到的困难扫清障碍。监理的本质，应该是带着行业的忧患意识出场，用智识与环境搏斗，并且本能地去捍卫“安全质量”这些庄严的词语的人们，他们让建筑的宇宙变得更辽阔。监理工程师代表业主监控工程质量，是业主和承包商之间的桥梁。不仅要求从业者懂得工程技术知识、成本核算，还需要其非常清楚建筑法规。

现当代，监理行业如东升的旭日，它的出现让社会经济发展的浪潮在不停奔涌的过程中，保持相对的平等、公平、公正，为行业的发展壮大注入了新的活力，并获得相对的安全感。

中国的建筑工地上，如果监理行业缺席，会是什么样子？而对监理来说业主与施工方：手心手背都是肉。

监理工程师需要针对具体的项目编制《监理规划》及《监

理细则》;分部验收、主体工程验收及工程竣工验收后需要编制《质量评估报告》;工程例会及专题例会后整理会议纪要;审核审批施工单位报送的各施工组织设计和专项施工方案;参加分部分项的验收;日常采用工作方式有巡视、旁站及平行检验;检查中发现问题及时下发监理通知单(质量控制、进度与安全、投资控制)要求施工方进行整改等;监理过程中还可以下发联系单与施工方进行沟通交流。监理员必须要对进入施工现场的材料进行跟踪取样检测,发现有问题的材料必须退场,每道工序检验合格才能进入下道工序施工。

在与中铁大桥局项目部一墙之隔的地方,于 2019 年开春后,中交二航局负责施工的镇江市政府投资 180 亿的匝道引桥工程全线铺开,移动模架进场,准备架设钢梁。山坡下的一片油菜地,黄花落尽,沉甸甸的油菜籽把菜秆压弯。

5 月 31 号上午才好不容易与许兆军接上头,一大早先在韦庆冬办公室碰面,才讲几句话,外面有人找他有事,上面来人到现场检查,他要跟着去。于是约好 9 点半到他办公室见。

9 点半准时到他办公室时,他正准备打电话给我。见面就说:明天上午去南京,下午回北京,要陪孩子高考,今天下午还有一个会,所以只有现在 1 小时的工夫。然后还要去趟扬州,中午再赶回来开会。

作为驻连镇扬项目部的工程总监,许兆军的团队有 30 号人马,分成白班与夜班两组,24 小时满负荷运转。他们驻扎在钢筋加工厂、混凝土加工厂、南北锚碇、南北主塔、南北引桥、码头,现场在哪里,哪里就会有监理员在场。

一见面,许兆军怕我对这个行业不熟,先给我讲了监理的职责。

监理咨询主要是为业主提供技术支持与帮助,代替业主监督施工单位的安全生产、工程质量的管理,在技术上有一定的权威性。面对相对专业的队伍,在沟通过程中能够理解并达成共识。

施工单位的困难,也是需要监理共同面对的困难,比如在主墩的长短桩设计上,大的设计方案很早就定下来,从设计上考虑,是有悖常规的，给施工带来了很大的困难。地下钻孔钻 138 米，这在以前是没有过的。施工怎么组织，多少台设备，技术上的认知需要保持一致。施工组织很不简单，以施工单位的意见为主，监理单位尽量不强行干扰他们，但有些事可以提醒。

国家队就是国家队，不是一般的草台班子。对南锚碇的施工，一开始施工单位主张快，节省经费，但安全系数大大降低。基础层开挖时，挖一圈 400 多米，设备少，场地小，全部用人工挖。到后来还是确定用地连墙（地下连续墙，就是在地下做一个钢筋混凝土的结构件，做成一个圆形的形状）。施工过程并不能直接做成地连墙，地连墙并不能一蹴而就，施工人员要用大型的铣槽机挖出一个槽段，然后在槽内吊放钢筋笼，浇上混凝土，筑成一个个单元槽段，这样才能在地下连接成一个钢筋混凝土墙壁。这样不仅节省了空间，安全系数也大大提高。韦庆冬和局里的技术人员沟通时考虑到，这么大的国家精品工程，靠人工来开挖基础安全问题不可控，改用地连墙很好地解决了这一大问题，像这样的工艺又是一个创新。

开始进入监理这个话题前，许兆军首先给我补习了一下监理的发展史、国家规定、企业规定等方面的知识。

监理是一个群体团队，在总监不在现场的情况下，谁来控制质量，管理安全？像五峰山大桥这种大型的工程监理部的组织形式，必定要细化到每一个点，每个点都有专职监理员进行旁站，进行长时间的跟踪追溯。

监理这个行业自西方国家开始，自 20 世纪 80 年代末国内才有监理行业，铁道部的监理资质是头一号。当年美国人在深圳建熊猫电子城，钢筋结构的厂房，他们带来了监理制度，许兆军的单位参建。当时国内做钢结构权威的单位没有几家。另外京津高速公路，也是国外来建设，中国的建设单位才跟着学起来。那时在项目上的监理都是老外，平时一般人与他们也沟通不了。

许兆军记得有一个典型的案例：3 千米路基的验收段，就按规范来抽几个点，发现不合格，就这 3 千米路基全部要返工。后来在建三峡西宁大桥时，就借了监理这个东风。当时建设单位是部级单位，有个领导说:监理就是我在现场的唯一代表,我说话你们可以不听,监理说话你们必须得听。那时候的监理好做,不在琐碎的事上扯皮,把精力都用在施工管理技术方面。以研究技术方案为主,来考评监理水平。

许兆军又说起面临的困难,施工过程中的资料可以说是堆积如山,每天都要看资料,要审,要写,现在最困难的就是写,耗费了大量的时间。现场报验资料原则上不允许超过 24 小时,不允许滞后。拿着资料来报,不管是自检,还是等检,现场检查是必须的。每一个工序要到现场去检查,验收合格后,才能进入下一道工序。对工程质量及安全问题,下发整改通知书,责令施工方整改,整改不到位,下令停工。“说实话,不到万不得已,监理不会下停工令。但施工单位蛮干或不合格项太多的,肯定要下停工令。我们只下整改通知,然后项目部用我们的整改通知要求分部整改,层层追责,一切按合同约定执行。”

西南交大毕业的许兆军,学的是桥梁专业,1991 年分到铁科院。当时他本希望在勘察设计方面有所发展。1994 年初才开始做监理。参与了三峡前期对外交通工程西宁长江大桥,这座主跨 900 米的悬索桥是当时国内最大的,当时被称为神州第一跨。现在经过三峡都能看到这座桥,西宁大桥作为三峡工程的一部分,为大江截流运送石材起了很大的作用,后来变成两岸交通的要道。

在监理这个行业摸爬滚打,许兆军这些年积累了不少宝贵的现场经验,为后来的监理工作打下了良好的基础。

1997 年他又到了海昌大桥。这也是一座悬索桥,施工单位是大桥局。当时国内干悬索桥的很少,广东常大公司干的虎门桥也是其一。海昌大桥当时招投标很严,直接由交通部管,要求要在中铁大桥局干过的监理和施工单位,或者咨询大桥院,由他们自己单位设计,由北京公路规划设计院设计,自己的队伍来施工。当时分了几个标段,主要的标给第二公路管理局中了。许兆军就和二工局在一起,帮助建设海昌桥。海昌桥和五峰山大桥还不一样,三处全靠悬索吊着的全飘浮体系,而且主塔下面没有支座,悬索桥中,这座主跨 648 米的悬索桥到现在都是亚洲第一大。

1999 年通车后,许兆军又调回了北京,在北京的八通线又干了 3 年时间。这个项目的全线评上了“鲁班奖”。

许兆军骄傲地说:“到目前为止,我参建的项目只有一个没有得奖,是因为项目小而没得奖。”

“几乎所有的精力都扑在工作中,连看书的时间都很少,堆积如山的报验资料,签字签得手发软,这是件很头疼的事情。”

从工作上来讲,他最大的感受是工程技术发展太快了,新的技术工艺不断更新,有学不完的新东西,看施工单位的图纸和方案,都是学习的过程。现在连考试的教材都在不断更新,更何况千变万化的施工现场。

要说真正的创新,首先是设计。1092 米的主跨,到底能不能跑时速 250 千米的火车,这就是顶层设计的关键所在。施工阶段,最怕的是地底下摸不着的东西,不可预见。可预见的困难就已经很难了,不可预见的更难。比如北岸的沉井,南岸的锚碇都极具挑战性,完全是不同的两个概念。

“每天工作中应付外围的事情比较多些,我去现场的时间就相对少一些,但并不是不了解现场,所有的工作最终指向还是在现场。我作为这个项目的工程总监不可能每天站在现场管理,在现场的总监代表、专业监理工程师、监理员,是这个团队支撑起现场质量安全生产的大厦。他们中年纪最大的已经 80 岁,最小的刚大学毕业。”

许兆军说以前总受到装备的制约。整个施工过程,最重要的是装备与施工条件,要新,如果跟不上施工,麻烦就大了。20 世纪 90 年代,在做西宁桥的时候,人家丹麦做了一个大的海上悬索桥,架梁的时候,用 8000 吨的浮吊,直接把梁吊上去,就不需要我们现在用的缆载吊机。如果有了大吨位的浮吊,将更省力。装备的跨越太大,目前技术储备还不太够,像我们这个大工程,不是没有设备,而是航道的原因大浮吊运不进来,只能用 360 吨的缆载吊机。这种吊机目前最大的是 500 吨,结合杨泗港 1700 吨,后来再重新组合优化了一下,具备了吊 1800 吨的能力。

许兆军说到对监理行业的期待。监理最早是民间独立的第三方,在中国建筑行业中艰难地走到今天,需要改进的地方仍然很多。“我们希望真正协助建设单位管理，而不是直接代替施工单位管理。比如从报验资料开始，每一个工序都要监理去验收抽查，与施工单位做着同样的事，重复劳动。这是中国监理行业现在的常态。不出事不要紧，一旦出事在追责的时候，所有沉在下面的问题全部会露出水面。设计单位的责任可以界定清楚，但管理的责任就无法界定清楚。为什么一件事情要那么多人来承担责任呢，到底由谁来承担这个责任？'责任'的追究应该是谁的孩子谁抱走，可是现在'责任'这个让所有人头疼的孩子，成了大家的孩子，谁都不愿意抱走。现在的法律对监理业还没能细化，直接责任、连带责任、管理责任到底怎么去界定？这是个大问题。"

作为一名监理工程师，许兆军觉得做一个合格的总监理工程师，需要有一定的前瞻性和预见性，在行业中应该拥有权威性，得到相应的理解与尊重。

那时候，许兆军他们的团队在京沪高铁前组建，非常稳定，理念方面大家都认同，技术质量安全风险的预见，都能及时告诉施工单位和建设单位，协助建设单位的管理。现在监理行业也一直在研究应该怎么改革，目前还没有法律规定，国家的大法，比如现在国家颁布的《质量管理条例》《安全管理条例》这些对监理都有要求，虽然监理行业对某些条例不太服气，但这些都要遵守。《建筑法》相对明确一点，因为它立法比较早。

说到监理行业在建筑业新形势下的困境，许兆军脑子里有一堆想法。监理是一个特别容易得罪人的职业，站在业主与施工方的中间，充当的是第三者的角色，但也充当黑脸包公的角色，安全质量这口虎头铡刀随时会落下，铡谁都是伤。

"不说这个话题，太沉重了，希望越来越好。"喝了一口茶，我们转换了话题

说起家庭，许兆军呵呵一笑。"我和妻子是大学同学，毕业后又是同行，算是志同道合，她从事高速铁路和桥梁的研究。这些大桥建设的技术研究她基本上都参与。她工作很忙，一个人在北京工作，还要带孩子。"

孩子就这几天高考，她们娘俩在家，平时我在家也帮不上忙。现在每次回北京坐自己建的高铁回家，快得很。等这五峰山大桥建好了，回

北京更快。

孩子的学习不是很好，平时没人管。以前项目都在外地，也就是2000 年到 2004 年在北京，妻子那时候读博士，快毕业了才敢要孩子，真是太不容易。后来离开北京，就一直在外地奔波，像所有建筑行业的家庭一样，聚少离多。好在妻子理解他的工作，两个人相敬如宾，结婚这么多年从来没红过脸。妻子的老家在温州乐清，父母都是工程师，从事水电工作，她小时候随父母在四川映秀待的时间比较长，后来到成都。

许兆军说起孩子考大学的方向，不希望她搞投机的那种专业，还是要像父母一样，学一个踏踏实实的专业，做出点成果来。

“我的父母在盐城，到这个项目部来离家不算太远，还可以开车回家看看二老，平时两个妹妹在老家照顾得多些，解决了我的后顾之忧。希望接下来的项目在江苏附近，方便照顾老人，再不尽孝就迟了。”

主缆结束后马上要装索夹，大约要两个月的时间，要整理大量的资料，工程最终要靠这些重要的资料竣工验收，然后监理站才能撤离五峰山项目部。下一个工程要到哪里去，还是未知数，到 2019 年年底就要走好多人。

“在这个项目部，我是总负责，管理严，内部的事情多，为了履行内部的规定，要花很大的精力，还要参与外部的大量事情。虽然时间不够用，但资料要及时整理，如果拖下来，后面是整不起来的。”

我们的讲话不断被电话打断，都来自现场，与验收有关，与项目科研有关的事情。

整个铁科院以科研为主，许兆军要做的事，每天不吃不睡都做不完，好在他是个淡泊之人，对每一件事，都脚踏实地去做，没有豪言壮语。

在如此浩大的工程管理过程中，作为参与过许多大项目的工程总监，许兆军坦言：在整个施工过程中，所承担的责任重，对每一次决策与判断都伤透了脑筋。不仅仅是一名总监代表的名字要刻大桥上，还有就是，你要对得起自己参建的工程，对得起监理这个行业，毕竟监理在整个建筑行业中，是一个天平，倾斜到哪一边都不公正。

许兆军谦虚地说：“监理这个行业，需要更多的自省，才能激发整个建筑行业的良性发展，赋予建筑更宽广的生命力量。”

测量组的开路先锋们

天上有颗星，地下有条命。天上的星星数不清，地上的星星在江上飞。

地上的星星徐飞

徐飞的测量团队共 8 人，他是组长。

前期刚进场的时候，图纸复核计算量特别大。每个边，每个角，每个圆弧，都要算成点的坐标，把这些坐标，还原到现场去放样，比如模板，误差不能超过 1 厘米。白天要去采集现场的数据，晚上回来算误差，在现场就要调准，在规范范围以内，不能有误差。

徐飞说，任何一个工程，测量是第一位，每一个步骤都离不开测量。就拿南锚碇来说，仅图纸上的点，从上到下有七八万个，我们就要算出七八万个坐标，每一个点都要核准它。仪器架在山坡上，我们的团队站在山上，对南锚上的 300 多根锚杆都要调到位，每个点的误差不能超过 5 毫米。调好几个月时间。在施工过程中，风吹，打灰时搅拌泵的振动，太阳的热照射，锚杆都会慢慢变形，我们就要测量出数据，然后再慢慢调整复原。

越是遇到下雨天，越是有危险，越需要我们去测量是不是稳定。通过数据分析，把最新的情况汇报给领导，还要出资料报监理，让他们审批，验收，出报告。像工程部做资料也要加班，他们是内业，而测量团队是外业与内业都要管，因此会长期熬夜。

“下雨天可以测量，大雨天不行，不是考虑人的因素，而是仪器太精密了，大雨天容易受潮，在野外测量，没有保护仪器的措施。小雨天打伞，但不是给人打的，仪器是我们的‘心肝宝贝’。我们感冒了可以换人，但仪器感冒了无法换。”

徐飞这一组有3台仪器，配备在3个小组里，忙的时候3台仪器根本不够用。郁文引桥那边，施工线路拖得那么长，调锚杆专门需要1台仪器，另外2台仪器跟着人到处跑。

工人都怕干返工的活，事实上也返工不起，如果我们的测量数据不准，工作不细心认真，那可是大事。

从开工的初期测量，到现在的有条不紊，测量组不分昼夜在野外工作，人手不够，实习生加入测量行列，他们还不太懂，徐飞需要手把手教他们做，从现场安全到仪器的使用，都要一点点教会他们。

"我的那些兄弟们，个个都是宝，他们的工作，不是用钱来衡量的。不能有情绪，如果因为情绪记错了一个数字，会造成不可逆转的工程大事故。科技虽然发展了，人工智能化，但有些事还得靠人来操作。我们从早到晚都在现场，冬天冷，夏天晒。测量没有专门的资料员，所有的资料得靠我们自己做，测量太专业了，资料员做不了我们的活。"

那一年在福州大桥，徐飞带了一批桥校毕业的大学生，他们一点基础都没有。徐飞害怕他们测错了，晚上回到宿舍，把他们测的数据一个个核对，第二天哪一个组干的活是什么，全部分类好。那时候每天都是午夜才睡觉，第二天5点就起来，那段时间失眠严重，压力太大了。带这10个学生，最后挑选2个留下，别的全部到别的单位去了，现在他们中有的已是总工等负责人。

按照公司的传统，刚分来的大学生，都要到测量组待上大半年，到实验室待半年，然后才回到原来的专业岗位。测量是结构尺寸，通过专业的测量手段来控制整个施工过程。

现在都专业化了，管得细，以前的测量员什么都管，现场技术员不够也要去，实验也参与。比如实验室，钢筋加工厂，要多跑跑。现在的年轻人不这样，比较懒散，打游戏浪费了大量的时间。以前在工地经常手算数据，连电脑都少。现在的年轻人接受新事物很快，但缺少耐心，容易粗心，他们机会多，流动快，连环跳着换单位，要跳个几年才能稳定下来，积累了不同单位的经验。

徐飞说刚参加工作的时候，没人教。一般都是师傅在计算的时候，他在旁边偷学。所以在他正式带徒弟的时候，对他们要求严，告诫他们学的东西永远是自己的。有个徒弟现在在北京,参加过南水北调工程,请徐飞到北京去转转,这一说就是 10 年,徐飞一直没有机会去北京。家都回不去,哪有出去闲逛的心思。再说他们都当了领导,也忙。

“现在记忆力差了,前面才做的事,屁股一转就忘记了。以前工作能记许多个数据,现在至多只能记一两个。主要是压力大。”

徐飞现在的爱人有时候来工地探亲,儿子牛牛才刚刚会走路,淘气得很。孩子闹腾的时候,直接影响到徐飞的思绪。测量这活,心一定要静,还不能被外界打扰。计算数据的时候,好不容易有思路,中途如果有电话要到现场去,出去跑一趟,至少 2 小时,等再回来计算的时候,全部得从头开始。所以计算数据,一般都是晚上加班。

越大的工程越烦琐,大家都在关注这事,铁路的质量国家要求很高。测量地面承台桥墩沉降点,每次用电子水平仪测,刚开始每月测一次,现在是每周测一次,精确度是 0.1 毫米,而我们的仪器精度是 0.01 毫米。

桥墩上面要铺铁轨,高铁的速度快,要平稳,不能有高低差,不再下沉才能铺轨,这样火车行驶中才能平稳不晃动,像坐在家里一样。打混凝土,房建与桥建不是一个等级,桥建的混凝土黏度大,要求高,尤其是高铁桥墩的混凝土。

测量要走很远的路,一般工地离生活区至少 2000 米,以前去工地都是靠两条腿走,还要背那么重的仪器。现在有电瓶车,有时候可以搭人家的顺路车去现场。

徐飞 1980 年出生,毕业于徐州师范大学工程学院,现在改成了江苏省师范大学,读的是大专,后来在长沙理工大学读土木工程专业函授。父母都在徐州老家,父母说徐飞等于是出嫁的闺女,一年回家不到两次,而姐姐却成了家中的“儿子”。虽然是“80”后,但他说自己长得比较着急——显老。

“我以前非常白,现在晒黑了许多,而且头发大把掉,早就开始秃顶。”在同事们眼中,徐飞性格特别好,对同事好,对老婆特别好。

虽然镇江离徐州老家很近,但交通很不方便,早晨 8 点从工地出发去镇江车站,坐汽车到徐州新沂,要到晚上 10 点才能到家,转车特别麻烦。

2015 年 10 月徐飞到工地，锚碇边坡开挖，很忙。圣诞节孩子还没出世，到 26 号才出世。回家一趟太难了，买票都来不及。老婆上班一直上到进产房前一天，家里人把她送到医院，才给徐飞打电话。老婆在产房疼了一天还没生，徐飞在路上心里七上八下，祈祷他们一定要母子平安。

“2014 年 10 月份，我妈脑出血，我回不去，医生通知手术，家里人拿不定主意。妈妈身体本来就不好，血压高，只有七八十斤。到医院时高压 230，又是冠心病。医生不敢给妈做手术，说万一搞不好下不了手术台，建议保守治疗。妈妈昏迷不醒，一直在讨论要不要手术。我爸慌了，一直在哭，姐姐打电话来让我这个唯一的儿子拿主意，他们怕万一妈妈在手术台上永远醒不过来，连见儿子面的机会都没有了。等我赶到家才签字。”

“当时我就在妈妈头边上喊，妈，我回来了，我回来了，快点醒醒。”

徐飞说，那几天他每天感觉魂都丢了，活得像行尸走肉，如果妈妈再也醒不过来，他感觉自己是个罪人。

妈妈在徐飞的声声呼喊中，开始轻微地动，总算醒过来了。

“现在妈妈偏瘫，但总算活过来，我爸伺候她。”

自然界的力量很神奇，南锚碇前面的那个边坡，当时开工时想炸都困难，这两年风化程度很重，边坡风化快得很，加上雨一泡，一片泥。雨天的时候山坡非常难走，泥泞之中，在山上测量也特别危险。

最近大雨，泥浆倒不可怕，最怕的是石头，把下面的排水沟堵起来，水排不出去。雨下得太猛了，工地上一片汪洋，深的地方快到膝盖。

工地上的人，身体累只是其次，最累的是心。工地上的生活区是一个相对封闭的小圈子，与外界接触相当少，一个工程几年时间就结束，很快就换到别处，没有交际，没有亲人在身边。

“我们和社会好像隔了一堵墙，一个在墙内，一个在墙外，我们也走不出去，人家也走不进来。就是与同事之间，相处的时间往往只有几年，工程一结束各奔东西，许多人一辈都见不到。这几年还好些，人员紧缺，工地多，人少了，只要闲下来就被抽调走，但是临时性帮忙，很快就又见面了。现在工地上人员流动得很频繁。”

徐飞坦言,这是一个一切向“钱”看的时代。以前工地上的老一辈职工们,还谈奉献,谈主人翁思想,现在没有人谈这些,说出口会让人笑的。在这个经济时代,特别是年轻的一代人,生活压力,买房压力,成家压力,叫他们怎么能不谈钱呢?

因为性格,因为不同的价值观,徐飞与第一任妻子分手。因为疼痛,我不敢触及徐飞和前妻从大学同学到走进婚姻殿堂,到在不同工地的凄风苦雨,最后分道扬镳的过程。他们的女儿,他很久都无法见到。工地上的同事曾开车送他去过南通看女儿,心酸不已。

2019 年 3 月,徐飞回了趟家,把老婆孩子接到工地来。再次见到徐飞年轻的妻子,我吃了一惊,她与一年前相比变化太大了,一头乌黑的长发剪了,一件玫红的中长羽绒服裹在纤细的身上,更显得高挑。一年前的寒冬腊月,大雪纷飞,徐飞年轻的妻子抱着蹒跚学步的儿子牛牛,面黄肌瘦的样子,在 2018 年的夏天,她还是一头盈盈长发,只是人精神萎靡得很。一个人在家带孩子,远离丈夫,虽然不上班,但也够呛的。儿子牛牛越来越大,已经知道帮妈妈分担家务,以前他们到食堂打饭,一手抱着儿子,一手拿着饭盆,很是吃力。现在徐飞到食堂打饭,儿子拿着饭盆在前面走,他要自己打饭,食堂的打饭窗口高,儿子踮起脚往上攀,却怎么也看不到里面。徐飞把儿子抱起来,让他看窗口里面的菜。一盆饭,一盆菜,爷俩一前一后回宿舍。为了给儿子增加营养,妻子在电磁炉里烧了鱼汤。一张小桌子上,三只饭碗,三菜一汤。儿子已不再需要跟在屁股后面喂饭,自己捧着小碗有滋有味地吃。

江上的星星老余

还没认识老余的时候,以为他真的是个老头,后来从二公司测量组负责人徐飞那得知了老余被冠以“老”的由来。

生于 1980 年的老余是四公司测量组的余国元,大家习惯叫他老余。对测量这活计,套用徐飞的原话来诠释这个行当的苦:“我们干这行的,个个都长得一副朝中‘老宰相’的模样,要么是黑头发掉得差不多了，成了‘地中海’，要么就是脑袋像‘白头翁’。”老余的“老宰相”模样就是标准“白头翁”。

老余块头小，小头小脸，也不知道是长年跋山涉水的缘故，还是天生就长不胖，脸色黄，剑眉，左嘴角长了颗黑痣，干瘦干瘦。人一瘦就更容易显老。工地上像老余这样的“白头翁”有很多，从总指挥长，到一线的职工，“白头翁”的名单有一大长串。40 岁没到的老余，黑头发已不多见，如果他的脸色不那么苍白，他看上去并不算有多老。苍白的原因还有长期夜班，晒不到太阳。这张苍白的脸上，始终保持着柔和的谦卑，讷言而不失大静气。有人说他说话像蚊子叫，走路都怕踩死一只蚂蚁。

当他安静地坐在我对面，我才发现在江上的猫道、钢梁段等地方见过他许多次，才知道他就是正月初八夜里在江边遇到的那个人，后来在边跨钢梁上再遇到，在 4 号主塔的升降机上也遇见过他。老余背着的那个筒状的大红色箱子，是测量工具专用箱，是每个测量人员出场的标配，除非下雷暴雨，老余出现，总能看见他背上的标配，这红箱子就像长在他身上似的。背着红箱子的老余，经常出现在几十个不同方位的测量点，根据工程的需要，这些测量点有的在江边的码头上，有的在近 200 米高的主塔上，有的在五峰山半山腰上的灌木丛中，大多数测量点根本没有路，所有的测量员都得靠爬。特别是在灌木丛中，夏天的时候会有蛇出没，蚊咬虫叮是家常便饭。冬天的时候，叶枯枝断，上山的时候连手都抓不住。老余像背着书包上学的小学生，小巧的身影在苍茫的大山里，在辽阔的江上，像坠落在人间的星斗闪烁着。

要到指定的测量点去通常无法从正常的施工道上走，没有路走，只能从很危险的地方爬上去。升降机稳稳地停在钢梁施工段，把我和老余吐在临边上。老余背上背着重重的“壳”开始往上爬，他要翻过横七竖八的钢管、支架、横梁，从狭小的空间里挤着往上攀。背上的红“壳”严重影响了他的爬行速度，他得先把“壳”取下来，小心地举过头顶，托到上面平稳的地方，然后再爬上去，再举“壳”。好在他长得小巧，如果稍微胖点的人，根本爬不上去。

从底下往上看，老余小得像只黑色的小虫子，在高大雄伟的钢梁上蠕动着。

当我从施工通道上走到钢梁作业面上的时候,老余红箱子里的测量装备已架在钢梁上,食指在仪器上戳戳点点开始工作。

测量点在钢梁的临边位置,这个位置不是正常的施工区域。临边没有办法安装护栏,我第一次站在钢梁边往下望时,魂吓掉一半。我的位置在江上 180 米高空处,那个险。江水波光粼粼,发着碎银子般的光,凝视久了会胀眼。当然,老余根本没时间望江水,他的眼睛吸在仪器盘上。站在钢梁边角的老余,背倚着大江,凝神贯气,安全帽下的眼睛清澈如水,帽子遮住了他的花白头发,并不显老气。在白色钢梁的衬托下,老余的个子变得挺拔高大。

我后来进驻圌山脚下项目指挥部的四公司,在食堂见到老余,他端着不锈钢饭盆,默默地吃饭,洗碗,回宿舍休息。大家说年纪不大的老余像五峰山上的一只不喜欢吱声的小蜜蜂,只知道采蜜,不晓得休息,事实上也歇不下来。

四公司的人说老余有故事,可是老实本分的老余坐在我面前,双手规规矩矩放在大腿上,像个小学生,怎么看也不像有故事的人。连续夜班,黑白颠倒,老余的精神有些萎靡。在一个陌生人面前,他显得非常拘谨,眼睛都不知道往哪放,从头到尾一直盯着自己的脚看。他的表述也是平淡如白开水,除了谈工地上测量的事,别的闭口不谈。

我本能地预感到,有关他从大桥到家庭的故事,藏在他内心的那口深井里,经过年轮的净化,沉在深井最底下,不愿意让它们有重见天日的机会。只是那种隐忍不发的力,依在。

如果努力地翻开每个大桥人的家庭,每个家庭都有诉不尽的无奈,道不完的酸楚细节。余国元也不例外。面对一个掌控着大桥测量数据命脉的高级工程师,我的话到嘴边上又强行咽下,不忍问。因为他今天夜里还要上夜班,内心的每一个波澜都极有可能影响他在现场的思路与判断力。如果是为了写好对方而去揭开对方心上曾经的伤疤,是罪过,是书写者为了达到渲染目的的一种自私行为。时间是柔软的,而生命的质地自有其不可比拟的强度。

对工地上的人来说,既然选择了去工地,就如同士兵选择了上战场,只要战争不结束,工程不结束,就无法重返家园。只是,他们的内心深处更加平静而昂扬，在精神世界上做加法，以另一种凯旋的姿态来回报家中的至亲们，才对得起他们所受的苦。

从他断断续续的描述中，才知道他的父亲早逝，妻子和儿子在武汉，妈妈因为不习惯在城里生活，回了老家。和所有的大桥人一样，老余回家的次数少得可怜。5岁的儿子刚上幼儿园，只有放寒暑假的时候来工地过几天，而他也不能陪他们娘儿俩，都泡在工地现场。

从春节前到现在每天都在拉主缆索股，拉第一根基准索的时候最费事，基准索定下来，下面的索才有参照，测量好的数据报给工人调索，还要不断地去修正数据，误差要控制在5毫米以内，反复调。调基准索的时候要测量3天以上，后来不用仪器了，用水平尺或卡尺量。二公司有工人在上面配合，四公司人手紧，调索股的位置全靠自己，夜里主塔升降机下班了，测量人员被困在江上下不来，只能从边跨上猫道，头一次爬，心也会抖，后来爬习惯了，如履平地。

老余说，测量组给每根索股上设置了专门的测温元器件，晚上调索时，温差小于2度。待调索与参考索平均温差小于0.3度时才可以进行调索，最终将调索误差控制在5毫米以内，才能保证主缆最后受力的准确，每一根索股都要精测、精调，精准到位。白天牵引几根索股，入鞍后晚上必须完成调整，否则会影响白天的索股牵引工作，影响施工进度。

还有两天过清明节，已经拉主索缆第158根。如果老天给力，每天能保持晴天的话，到5月中旬所有的缆就能拉结束，然后开始紧索缆，进入下一个工序装索夹和吊杆，架钢梁。每一个过程既漫长，也神速，总是在不知不觉中就接近尾声。现在每天能拉6根索股。

1092米宽的江上，老余和同事们要在江上为“索”奔走半年时间，这半年不能回家，甚至想家都是奢侈的，因为做测量这活，一心不能二用。

从第一根主缆拉的第一天起，老余和班组成员夜里就没有睡过一次整夜觉，就算是半夜下班，回来也睡不着，生物钟乱了。主缆日渐增粗，在江上的测量的时间也越来越长。

我问老余在江上是否想家？老余说：“想，只能想几秒钟。”

从春节前到现在，老余每天都上夜班。下了夜班倒头就睡，早饭也免了，如果中午睡醒了就起来吃饭，如果醒不过来，中饭也免了，晚上吃一顿，7 点左右去现场，运气好的话，到 2 点左右收工，运气不好，要到早晨 5 点多。测量组的人开玩笑说："我们就是星星人。"说得也对，每天和星星在一起，却无暇抬头望天上的星星。这样的班要一直上到所有的索缆全部过江那天，持续半年时间。如果测量不顺利，遇到江上风大，气温变化大，或者下雾，就得停工等待。

"干我们这行，与别的行业不同，绝对的精密，不容许出一丝的差错，否则我们就成了大桥的罪人。包括我们用的仪器，精确到 0.01 毫米。如果测量出现错误，造成的经济损失无法估算，而且影响大，会给自己的心理造成巨大的阴影，甚至是一辈子的阴影。"

老余 2001 年参加工作，已走了 7 个大桥工地，最大的是港珠澳大桥，从开工到结束，4 个工区都在海岛上，从岛上坐交通船去海上。才去的时候条件非常艰苦，还没有栈桥，一座孤岛，与世隔绝，没有水，没有电，热得要命，用发电机发电，水和菜都是从岛外面用船运过来，等栈桥通了才方便一点。

在海上测量不是在陆地，没那么容易，摇晃得厉害。老余从这个桥墩到那个桥墩去测量，都靠坐船，墩与墩之间要半个小时，还要等船来接，要不断转点。桥桩很多，他们都是在晚上测量，爬到高高的桥墩上测量，人在海面上，感觉魂都要被海水给吸走了。当时有许多人都不适应，晕船。天热，喝再多的水还是口干得要死要活的。海上的风是咸的，汗水是咸的，背上每天都结一层盐霜。

妻子和儿子在家，不生病的时候不要紧，只要其中一个生病了，老余心就纠结。在海上施工最大的困难就是高度越高，测量越困难，桩基在水里，抖动得太厉害了，经常无法下手。遇到这样的情况，他们只能耐着性子去等待。人站在墩子上感觉不晃，但是仪器架在上面就晃，仪器太灵敏，哪怕有一点点晃都不行。晚上测量，不受日照的影响，精度要高一些。

老余负责 4 号、5 号、6 号几个桥墩，还有上游主索缆、钢梁的测量，3 个人带了 2 个实习生，加上工人，10 来个人。实习生一般待不长，个把月实习结束就走人。

在猫道上也很危险，给测量带来困难，不停地晃动，来回要走 2 个多小时，走一趟就走不动了，太陡了。有时候实在走不动，半途要休息一阵子才能再走。

一个夜班下来，非常吃力。调索的时候并不觉得累，下班的时候才感觉到特别累，饭都不想吃。老余说，我们就这么几个人，过两天抽调个把人休息调整一下，否则身体吃不消。

老余手下的几个小伙子都很能干，胆大心细。

“吃再大的苦都不怕，最怕的是出错。”

有一座桥因为测量员的大意，测桥墩时记录数据发生错误，施工结束，目测都能发现高了 50 厘米，最后只能把高出来的 50 厘米锯掉。因为一个人的大意，给公司造成直接经济损失上千万。因误差而延误工期，隐形的损失无法计算。老余说，这样的错如果在自己身上的话，一辈子都无法原谅自己的过错。对于测量这个非常严谨的行业，永远是非分明，所有的成绩都不能抵消哪怕唯一一次的错误。

只要有错误，就会找当班的人员追责。“有些错误其实不是我们造成的，但最后追究责任，我们是逃不掉的。”比如现在正在做的测量，现场的线拖得太长，2 千米的猫道，从江北一直到江南，工人不停地在上面走动，调整线形，把主缆索及时入鞍，这些都在不停地动着，明明昨天夜里测量调整好了，到今天重新测量时，又发生很大的变化，这些都是不可抗力的因素造成的。任何一次人为的动过或不小心误撞一下主缆索股，哪怕在某一个点上踩一脚，不小心捶打一下，都可能发生改变，这种情况下，测量的人根本不知道。这就要求测量时要反复测。

不知者无罪。只要出错，就是他们的错。

阳春三月，温度上升得很快，受白天气温、日照的影响，主缆索的位置变化很大，膨胀出来，到了晚上测量，又会多一样事，复测，假如复测有问题，还得重新调整。

最怕的是雨季，仪器容易受潮，影响精度。仪器的精度要高于现场的要求。

“我们用的仪器都是美国或德国进口的，价格昂贵，一台要三十几万。”

老余背的红箱子，装的就是这些贵重的原装进口仪器，每年都要送到省里的质量检测单位检测校验。在用这些宝贝疙瘩的时候,老余特别小心,如同保护自己的眼睛一样用心。有时候下小雨也在外面测量,收工后的第一件事就是回值班室,把仪器拿出来放在空调下除湿。如果不妥善保护仪器,会造成经济损失,最害怕的是仪器如果受损,测量的数据不准确,给整座大桥带来毁灭性的灾难。

每天的夜班,二公司测量组负责人徐飞,四公司的负责人老余带领组员们奔赴现场,各自散开。一旦上了测量点,就很难下来,也不能下来,在江上,随便往哪里站一个人,根本看不出来,感觉被江吸进去了,杳无声息。

夜班把生物钟给搞乱了,白天回生活区也睡不着,生活区的活动板房不隔音,各种声音严重干扰了睡眠。越是睡不着,大脑里就越想夜里上班的事情,那些不同的测量数据不断地在大脑里回放,搅得脑仁都疼,痛苦不堪。

和老余谈了半个小时,很快就到了饭点,他得赶紧去食堂吃饭,准时去江边的测量点。在工地待久了,工地上的人都知道我"胆大包天",一个人深夜上主塔走千米长的猫道。临走前,老余一再吩咐我:夜里尽量不要上猫道,虽然上面有灯,那点灯光在江上并不明亮。在地面上没风,一旦上百米高空,江面风非常大,如果走到不熟悉的临边,万一失足,就如同一粒尘埃跌落到苍茫的江里。

老余告诫我的话,并非危言耸听。在 3 月 17 日晚 0 点时分,登上 4 号主塔拍摄夜色中的猫道和主缆的雄姿,站在主塔的观光台上望远方的璀璨灯火时,江上的风发出怒吼之声,似乎要把江上的人一口吞进风里。开升降梯的王红把我送上塔顶就下去了,上面太冷,待不住,她让我快点下去。等我准备下塔的时候,才发现上面的信号按钮又坏了,只能在寒风中等待升降机。等了近半小时,升降机才姗姗来迟,而我脸上的眼镜被大风吹没了,竟然毫无知觉。

4 月 25 日这天,江边的会议室门前的空地上红旗飘扬,在 4 号主塔下面,用钢管搭的主席台许多天前就开始准备,还让不少人到台上去试站,防止台子搭得不够结实。由江苏省总工会、江苏省交通厅、国资委联合主办的"奋斗伟大时代,建设交通强省"全省交通重点工程劳动竞赛动员大会在江边举行，由省总工会主席魏国强讲话。

这一天，江上的主缆索股已经拉到第 289 根，预期完成的时间为 5 月 10 日前后。自从全省的劳动竞赛大会在五峰山召开后，老余和同事们忙得连想家的时间都没有。春季是施工的黄金季节，项目部各分部、作业队都在竞赛，上下游主缆索股每侧牵引由开春后的 3 到 4 根，提高到 5 至 7 根。而有一天上游四公司破天荒拉了 8 根索，下游二公司的副总经理杨忠勇急了，上次破第 7 根纪录的是二公司，这回给四公司抢先了。5 月 1 日这天到晚已经拉到第 321 根，第 7 根在下午 4 点整入南锚坑，到 3 号这天晚 7 点 10 分，二公司第 9 根索股过江入鞍，创拉索股以来的最高纪录。

这意味着老余和徐飞这两天夜里的测量工作面临新的挑战。白天外面再怎么喧嚣，他们已无暇顾及，他们得强迫自己睡觉，否则夜里无力应战。到 4 号为止，343 根索拉完，还有 9 根即可完美收官。5 号这天继续架设调索，眼看着大功告成，但是不能掉以轻心。6 号中央十套《走近科学》栏目到大桥来录制节目，上下游只留下 3 根索没拉，上游第 351 根索根据央视拍摄的需要从北岸起步，还有两根要等到 10 号这天，等央视一套节目摄制组来到，等各大媒体和三方领导到现场举行盛大的拉索仪式。这两天老余才开始过正常人的生活，但突然不上夜班，他反而不适应，白天的太阳火辣辣的，走在路上，心莫名其妙的发慌。

这个经常和星星月亮为伴的人，猛然走在青天白日之下，一下子愣了神。10 号上午，在江边会议室开“劳动竞赛”表彰大会，老余作为获奖者，上台领奖。长时期的黑白颠倒，夜班的孤寂，养成了他非常安静的性格，话特别少，即使开口，声音细得很，大太阳底下，他的脸色比上一回见到时还要苍白，黑头发越来越少。

晚上到食堂吃饭遇到他，才知道当天晚上他还要上个夜班，但时间不会太长，把最后一根索调到位才安心。

老余和徐飞带领各自的班组，从上年腊月至今，在江边码头的测量点，在塔顶的测量柱，在隐藏在山林中的每个测量点，背着沉重的仪器，攀升。704 根索股，每一根都抚摸过。夜班的时候，崔永兴来到猫道，给老余拍下一张珍贵的照片，背景是镝灯下璀璨的猫道，1.3 米直径的主缆沐浴在七彩斑斓的灯光下，老余的右手上捧着卡尺，左手上拿着别的测量工具，藏青色的工作服，天蓝色的工作裤，身上系橙黄色的安全带。老崔让他站在主缆的正下方，摆好造型。灯光下的他面色苍白，目光清纯，表情庄重。白色安全帽上的两行红字“中国中铁大桥局五峰山连镇扬项目部”，在灯光下更加鲜红。帽子下面的额前戴着探照灯，这灯是用来看测量数量的。这一夜，老余还不知道要测量到什么时候才收工。

这两天项目部突然热闹起来，中央电视台的摄制组进驻大桥工地，为了拍悬索过江。老余都是晚班，在白天发生的事，哪怕比天大，也大不过补觉。

白天吃头猪，不如晚上打个呼。睡眠对一个人的重要性可想而知。而老余白天困成烂泥，外面再大的稀奇事都无法吸引他的注意力。江上的主缆牵拉到位，根据工序需要不断推进，新的测量点就在眼前，又将是一场恶战。

雪中有桥初长成

桥是水上的路，是山水的魂，是路的延伸。当山水成为桥的衣裳，这衣裳又成了路的魂，成为时间的宿命，载着人类的脚步飞奔。

早在这个项目部 1991 年建黄河孙口大桥时，就遇到过雨季。那时的黄河滩干得裂成龟壳似的，天天盼雨，建桥人却巴不得一年 365 天中天天晴天，一下雨就做不成活了，后果不堪设想。那时候机械设备远没有现在先进，一直靠人工。现在机械化作业是先进了许多，施工进度和从前比翻了几个跟头，可是还不行，现在的标准与要求也比从前高出多少倍。不管是以前还是现在，大桥人怕雨天雪天的心情是相同的。

五峰山大桥南锚碇选址的地方原本是个山坳，开挖几十米深的基坑时，遇到了坚硬的岩石层无法开挖，爆破了 17 次才理出了一片建桥用地。靠江边的位置是大桥 4 号主塔、辅助塔和南锚碇，南边是引桥，一直往圌山延伸。

第一次跟随崔永兴书记走大桥，从江边起步往南锚，再往引桥段，这条并不平坦的山路曲曲弯弯，爬上 116 级的天梯出山坳，到达一个平地，再翻过两个山坡，才可以望见圌山上的报恩塔与 4 号主塔遥遥相对，自成大桥一景，形成桥、塔、寺为一体的独特景观。这段险路很长，全靠两条腿，汽车根本开不进来。桥址，就是在这样的险峻环境下开工，在险象环生中求胜。

沿引桥往前，大港著名的寺院绍隆寺的大雄宝殿面向引桥方向。绍隆寺在乾隆年间被皇帝赐为金山寺的下院，香火鼎盛。相传早在康熙年间，康熙皇帝的母亲是绍隆寺住持铁舟大师的弟子，皇太后的塔灵就在绍隆寺的后山。更奇的是，绍隆寺内有一块方桌大的龙地，年年生长，怎么也砍不断，这股龙气一直在五峰山周围绵延着，千年来生生不息，一直到中铁大桥来此安营扎寨，才把这股龙气稳稳接住，变成滚滚长江上的一座桥。

遇到险阻，工地人什么都不会怕，但是怕变天。

进了年关腊月时，正赶上2018年的第二场雪。雪是从24日腊八节的这天晚上开始飘起来的。为见雪中的大桥工地，我准备25日早晨前往工地现场。事先说好不要大桥人来接，可指挥部的崔永兴书记还是请办公室的施超到很远的市区来接，我请他们不要来市区接，改到工地附近的大港医院站台接就成。雪大路滑，险象丛生，万一出事，后果不堪设想。

为了到站台接我，崔书记和司机孟师傅等了整整一个上午。本来昨天通知今天要到镇江铁路办开会，因大雪，会议临时取消。崔书记担心路太滑，担心施超车技不行，没让她出来，而他自己候着电话随时去站台接我到工地。

在这里，要留点笔墨给工地上的巾帼英雄施超，这位不让须眉的"女汉子"，被许多来过大桥参观的人记住。虽然她没有西子的模样，但开朗大方，胆气过人。工地是一个雄性的世界，即使有女性，大多数做些后勤工作。施超中文系毕业后进了大桥，工作6年时间，已经跑了几个工地。施超在这个雄性的世界里久了，有了不一样的情怀，加上她性格豪爽，酒量也大，一个女娃娃，能喝一斤多，算得上是"绿林好汉"。那年她在福州工地，一个年轻小伙子跟她喝酒，结果她把那小伙子喝趴下了。施超年纪不大，在别人的眼中算是工地上的老杆子。第一个工地在福州，待了3年，她在办公室搞宣传、人事、团委工作。第二个工地在安庆，待了1年，第三个工地到铜陵，又是1年，后来又到机关2年，才到现在的五峰山大桥工地。

施超说，在机关比较稳定，压力不大，但没有挑战性。作为一个工地人，还是在工地习惯，流动性单位有好有坏，到哪个工地都有很好的朋友。工地人就是铁匠店的猫，待久了就习惯了。和不同的人接触，都会有收获。施超大大咧咧的样子，像个男孩子。

工地生活简单，与外界接触少，施超32岁了，到现在对象还没谈到，父母很着急。为了成个家，施超最终还是回到机关，过朝九晚五的生活，只有这样才有时间解决婚姻大事。

许多人说，对一个女孩子来说，下了班喝喝咖啡，学学插花才是理想生活，可是一个姑娘家长年泡在工地上，这些都成了奢望。

在工地上，施超熟悉所有的工艺流程，对来宾介绍时如数家珍，一口标准的普通话，是很专业的大桥讲解员。

施超跟我介绍混凝土加工厂："我们工地上的混凝土加工厂都是规范化管理，所有的料仓都有管道，自动打入输送带上，石子有几种不同规格的，分大、中、小不同的规格，根据实验室的技术交底单来配混凝土，电子秤称重。配好的混凝土由混凝土泵车送到现场。水泥、粉煤灰，管子打到斗里，每个上面都有发动机，自动搅拌，一趟下来是 2 到 3 立方米的量。"

施超说："也走过了几个工地，但像这样的桥还是头一回见到，这样的锚碇系统目前在中国是第一，无论是从吨位和受力，都是世界第一。"

施超是工地上的开心果，喜欢开玩笑："你们不要以为陆炳良内向，平时和谁在一起，只谈技术，不谈其他，但两杯酒下去，他的话就多了，什么都讲。"施超在工地三四年，练皮实了。工地上的人，不像在机关里，除了不同睡，每天同吃同住，太一本正经一点也不好玩。"我们平时与外界接触的机会太少了，这里是一个相对封闭的小社会。"

施超第一次带我走现场，边走边介绍，从江边的会议中心、主塔，运送砂石料的码头，大桥下面的钢支架，混凝土加工厂，化验检测中心，一直到南锚的脚下，整个现场，就在方圆这么大点的地方挪腾，螺蛳壳里做道场，一点都不能浪费，还得做得像模像样。

开始我只是跟着施超在工地的外围走，并没能深入一线现场，有隔靴搔痒之感，如果无法渗透到真正的现场内部，等于没来过工地。直到后来的某一天，我选择了一个大雪纷飞的天前往工地，为后来长期渗透进现场打下了坚实的基础，像大桥人挖锚碇基坑那样，一层一层深挖下去，分 12 层挖，终于挖成一个巨大的天坑。

早晨 8 点出门，背着大行李包，拎着电脑，奔下楼的时候才发现手套没拿，又返身上楼拿手套，凡目力所及的地方，白茫茫一片。大片大片的雪花铺天盖地，人行道上的雪来不及清除，被行人踩出一条蛇形小道，许多地方已经结冰。零下8度，一步一滑到20路公交车的起点站，内衣尽湿，贴在背上的包越发沉重。但内心抱着一团火，满含期待去看雪中的大桥。伞在风中东倒西歪，伞骨实在受不住风雪的力，翻了背。横竖挡不住，索性收起伞，在风雪中等候。

施超发来信息问几点到达时，我还在站台上等候，让她别急。一小时后，9点发车。20路车的司机姗姗来迟，一路要停靠46个站台，车轮上拴的防滑铁链子在雪地上发出“哗哗啦啦”的声音。

到达新区大港医院站台，已是中午11点30分。下车时风雪迷住了眼，厚厚的长羽绒服挡不住寒气，片刻间绒线帽子上落了一层雪，落到脸上化成水。

两分钟后，孟师傅的车缓缓停在我的身边。老崔怕施超车技不过关，还是带着孟师傅来接站。车门打开，一股热气扑到脸上。老崔下车，脸冻得铁青，一把接过我背上沉重的大包，往车后座上一放，一边说：“这大雪天，人家都往家里躲，你倒好，背这么大个包，搞得像出国似的，工地都停工了，你还往雪里冲，是准备到我们大桥来‘捣蛋’了。”老崔就是这么个幽默的人，不管跟谁在一起，开心的段子，一段接一段。

我也和他开了半句玩笑：“是的，到桥国看雪景来了。”

后来到二公司项目部后的一年多时间，只在工地现场碰到过老崔一两回，两次都见他带着一帮人马参观大桥。远远的打一个招呼，擦肩而过，更多的时候听说他来到工地现场，但我和他又不在一个作业面上，有时候我在几十层楼高的南锚上，他在百米高的主塔上，等赶到下面时，老崔已风一样离开了。他在项目指挥部和现场两头奔波，有时候也出差去武汉开会学习。特别是遇到工程重大节点，各路媒体云集大桥现场，老崔日夜睡不着，把要做的事在心里面都磨碎了，每个接待环节要做到万无一失，不能出纰漏。

雪下成了团，很快把车前的玻璃给盖住，看不清车窗外的人脸，只能看见人影在雪中飘移。我衣服上的雪接触到车子里的热气，很快变成了水，顷刻间化成了雾气。满世界的风声中，仿佛有千万只怪兽在吼叫，愤怒着，凄恻着。

从新区医院门口的站台出发，没往指挥部，直奔二公司的生活区。

三个人一路无话，孟师傅盯着前方，车开得小心翼翼。二公司的生活区门口有个坡子，汽车一口气冲上坡停下。老崔敏捷地下车，去找人。我和孟师傅坐在车里等他。孟师傅知道他与二公司的辛书记交接完很快就会回来，车子发动机就没熄火。

在车上，孟师傅向我介绍二公司的情况，生活区的分布，并说到施工一线与在局指挥部不是一个概念，他们都是做实事的人，很辛苦。但在局指的人也不轻松，崔书记每天累得很，身体也很差，每天都要打胰岛素，遇到大型活动时，一天要接待十几家媒体的记者，还有各地来参观大桥的团体单位，各级领导，最忙的时候，两天两夜没合眼，人也不是铁打的，吃不消。他这个人做事有个怪癖，不允许自己出现任何瑕疵，而且事情不做完，吃不香，睡不实，身体严重透支，有时候一天要打两次胰岛素才能工作。

到现场拍照，也是忙里偷闲。今天上午我如逆风之雀赶往大桥，老崔得知市区的会议取消后，背着相机去风雪中的现场，临出门，不忘在案前写下 6 个字"空气冷，施工热"。老孟把老崔送到南锚碇，就在车上等待。以南锚碇为轴心，老崔捧着无人机，手冻得像煮熟的虾子，在大桥现场上空拍摄，把雪中大桥的身姿留下来。

镜头中的五峰山更加缥缈，远望，如中国的山水画，近观，如五根裹满白雪的指头指向天空。山上白雪皑皑，原先沉重的灰色隐藏在雪下面，五座山峰在雪中静默着。

通过老孟的介绍得知：五峰山大桥施工工地有两个处，一处是四公司，二处是二公司，每个公司又分成几个工区，二公司分成了一工区与二工区，后来把二分部负责引桥的郁文调到江北，又成立了三工区。二公司有六部两室：工程部、机械部、物资部、安全环保部、账务部、工经部，两室为实验室、办公室。两个处的各个分部归项目指挥部统一管理。

老崔把我的大背包拎进 6103 房间，与辛海宁稍作介绍，临走时回头又吩咐："这里是一线中的一线，大家都很忙，没有任何人有空陪着你走，一切全靠自己。生活上有什么需求找辛书记。"说完和老孟急急回局指挥部。那边的情况远比这边还要糟糕，雪天与雨天不同，危险系数更大。那边生活区房间的跨度大，被大雪压塌的可能性也大，屋顶上的雪如果不及时铲干净，后果不堪设想。

局指挥部人手不够，二分部全体人员自家门前的雪还没来得及扫干净，先派了一部分人去局指挥部救援，留一半人爬梯子上活动板房顶撒融雪盐，没人住的房间还得多撒点，因为没有空调的温度，雪融化得更慢些。一辆铲车从绍隆寺门口开始铲雪，一直铲到通往钢筋加工厂的那道路。

7点钟在食堂吃完早饭，辛海宁书记带我去二工区找郁文，雪冻得硬邦邦的，踩在脚下“嘎吱，嘎吱”响，这声音很像一个人被另一个人挠了胳肢窝，痒痒的。

江边，已150多米高的主塔暂时停工，所有的安全通道关闭。南锚碇现场值班室，留两个人值班，其他人员突击铲雪。

在大雪降临前，项目部启动了紧急处置程序，两个人为一组，各分部组成除雪抗冻突击队，到工地钢筋车间、员工食堂、生活区等活动板房的房顶、通道除雪。物资组把提前准备好的融雪剂、铁锹、扫帚、竹梯、防滑麻包及时送到各分部。生活区的活动板房矮，上房顶可以架梯子，但钢筋车间的大棚有10层楼那么高，没有机械的帮助根本无法撒融雪盐，二分部开来了吊机撒融雪盐。

南锚碇刚浇上去的混凝土才两天时间，在混凝土未达到强度以前，这样的大雪天很容易给冻坏。为了给南锚碇保温，在上面盖上了厚厚的棉被，四周围用油布裹上，外加蒸汽发生器喷热气加湿保温。

雪到晚才停止。天寒地冻，滴水成冰，给工地人带来了不小的麻烦。在冬季施工，对浇混凝土的温度条件苛刻，低于零下5度不允许施工，这是硬性规定。这场暴雪深达25厘米，7级以上的白毛风把生活区活动板房上的雪卷出不同的形状，大桥人的心跟着飞舞的雪飘荡。

雪狂舞之际，不可抗力的事情还是发生了，钢筋加工厂的1号大棚受不住雪的重压，有一部分塌陷。第二场雪来临前，生产经理胡铭对这两个钢筋大棚的安全问题提前做好了准备，确保万无一失。

25号下午在南锚碇入口处的值班室，我和南锚碇的现场负责人李浔话才说到一半，门口来了辆送煤的车。后来才知道是为了给钢筋大棚升温，让房顶上的雪快点融化，在钢筋大棚中央的过道上，各准备了5只生铁烤火炉，放在不同的位置。这5个铁家伙不可小觑，后来再降大雪时，外面的大树都被雪压断了，而钢筋大棚顶上的雪却能融化得那么快，是因为钢筋大棚的值班人员24小时守着，不停地往大铁炉子里加煤，5只铁炉子里的炭火烧得旺旺的，保证温度只升不降。

钢筋大棚的外面有高压电线杆子，为了防止大棚向外侧倒塌，在室内提前用钢丝绳拉住，万一发生倒塌，将向里面倒，不会影响到外面的高压线。除此之外，提前用吊车将融雪盐撒上屋顶，好让雪迅速融化。安环部部长“80”后朱文带着我们几个人去钢筋车间巡视，大棚四周的雪依然很厚，屋檐下的雪水滴成一条水柱子，流到铲干净的施工道上，一片泥泞，道路两旁的雪白茫茫一片，在太阳底下泛着强烈的白光，晃得人睁不开眼睛。

检查完室内的安全情况后，几个人又沿着钢筋大棚外面一路巡查下去。厚厚的钢板有几处被风雪撕开一条口子，有的被吹得变了形，钢板墙根处的水泥地基开裂，雪水往里倒灌。一边走，朱文一边提出整改措施。这场雪比第一场雪下得更大，这两个钢筋大棚是保证大桥原材料的重要基地，得严防死守住钢筋大棚。

26日的早晨，雪初霁，屋檐下的冰凌挂了一排，破天荒能在空气中闻出甜味来。屋顶撒的融雪盐，雪已化得差不多。一场暴雪把工地上铁腥气味，旁边奇美化工厂的腐朽味道涤荡干净，满腔的鲜甜反而让人有点不适应。前两天各通道才铲出的雪路，又被新的雪覆盖。汽车淹没在厚雪中，没有人先为自己的汽车除雪，大家从大门口传达室拿上铁锹去清扫通道。空旷些的地方大型翻斗铲车派上了用场，然而铲车铲过的地方也很麻烦，那大家伙一铲子下去可以铲好远的路，但并不能完全铲干净，只能将表面铲干净，车轮压过后，残雪贴在水泥路上，反而更滑且难除净。

翻斗车前脚离开，铲雪队伍后脚跟上，铁锹与冰雪、水泥路摩擦的声音刺耳，呵出的热气才飘出嘴巴，瞬间变成了水雾。

半天的雪铲下来，每个人身上早已被汗水浸透了，安全帽有些戴不住，头发粘在帽子里，可是也不敢不戴安全帽。夏天哪怕四十几度的高温，冬天哪怕零下十几度，除了吃饭睡觉，戴安全帽已成了大桥人的生活习惯。

通往山外的那条路上，泥泞一片，白雪很快被染黑，四处飞溅。通向工地现场的道路，平时开车只需要几分钟，这两天需要双倍的时间。远处传来救护车的呜啦呜啦声。

南引桥 S1 墩已升到 6 米高，南锚碇有 23 米多高。从江边的 4 号主墩到南引桥 S51 号桥墩的这段路很长，凡是有人走的地方都得把雪铲干净。

南锚基坑里积了不少水，抽水机 24 小时在抽，冷却水源源不断放进来，把混凝土内部的热量通过循环水带出去。在施工道上遇到一位扫地的民工，他昨天刚来到工地，第一天上班就遇上这鹅毛大雪，前面的一串脚印很快被刚下的大雪覆盖，一只瑟瑟发抖的麻雀在雪地上寻寻觅觅，但这里没有属于它的食物。

地处绍隆寺路段的连续梁还没有合龙，与生活区正好相对，生活区就在桥墩下面，进进出出就能看见那边的工程进度。

早饭后，辛书记带我去找二工区负责引桥的郁文。一路上辛书记说起刚进场时的艰难，如果没有绍隆寺，自来水都接不到。“项目部直接从绍隆寺接生活用水。整个工程用电，从新区架专线过来，花了 600 多万。但凡修桥修路的地方，开始都不会有好的生活环境，都是从无到有。”项目部的人感谢绍隆寺，如果这里没有绍隆寺，更困难。原来这里没有路，现在有了桥，绍隆寺希望从这里修一条通往山下的路，大雄宝殿的门口正好是引桥，而桥墩正好在路中间。为了感谢绍隆寺的方丈觉俊师傅，项目部在绍隆寺大雄宝殿前面建成非标梁的连续梁，这样可以为绍隆寺让出修路的地方。连续梁的施工工艺比标准梁要复杂得多，80 米宽的大跨度，成本增加不少，还耗时。

一群民工在离绍隆寺最近的施工道上铲雪，铁锹与水泥路面碰撞，发出尖锐的巨响，坚硬的冰雪在铁锹下飞溅。民工们说，雪冻得太实，震得虎口都发麻，安全帽里全是汗，手脚却是冰冰凉的，下雪时反不冷，化雪时才最冷。

白天还是蓝天白云，到四野静寂的深夜，雪又开始下起来。

在项目部的工作群里，老崔发了一条他写的新闻报道。

据气象台预报，这次暴风雪时间长，27日至28日下雪量大，大桥人将面临更严峻的考验，项目部已提前做好对现场和生活区除雪防冻方案，准备好除雪防冻物资，钢筋工厂大棚、拌和楼料仓大棚采取断电封闭措施，进口处拉上警示带，并摆放“暴风雪天气禁止进入”警示牌，由专人值守；生活区食堂、澡堂、住房随时调度人员、机械，及时清除积雪。若恶劣天气造成的灾害超过项目部的处置能力，现场处置小组将立即组织现场人员进行转移或撤离。雪后出现冰冻时，各工点在作业前，必须专人负责安排人员将现场施工道路、作业平台、作业通道等积雪、积冰及时清扫干净。雨雪天气来袭，为保证职工安全，项目部公务车辆外出请提前申请，办公室做好车辆外出登记。私家车如无特殊情况尽量减少外出，确保人员交通安全。

在文人墨客的世界里，雪天是青梅煮酒、吟诗作对的好时节，是诗和远方的遐想。而对大桥工地人来说，风雪之夜睡着的时候都得睁着一只眼睛，留一只耳朵听外面的动静，如果发生险情，他们第一时间就得冲出活动板房准备战斗。

撒在路上的融雪盐还没化干净，通往工地的山路上，几个民工边走边喊着“一、二、三……”只是为了驱寒。路上有水的地方结了一层冰，经过绍隆寺，僧人们的诵经声传来。持续低温，南锚已停工5天。打好的混凝土养护了好几天，还不能拆模板。

南锚已到第七节，每节2.3米，现在才16米多点，要到30多米才能封顶。如果不是受天气影响，这时候应该到第九节。等开春就快了，几天就能上去一节。

这次暴雪，最深的地方达50厘米。山坡上的雪慢慢在融化，施工道边的山体，风雨剥蚀，被冲刷出一条条沟壑，裸露着很难看，暂时用草绿色的迷彩网覆盖住。过不了多久，那迷彩网被风吹成一根根丝带，山上的水往下冲，势不可挡，一张网又怎么能挡得住风雨的力道，慢慢地形成一道壕沟山体墙。雪化掉一半时，红色的土壤与白雪相映，像画师笔下的水彩画。每逢雨天，这个陡坡的最底部会积一层厚厚的淤泥，成了一条无法通行的险路。

雪天不好打混凝土，但工人们也没闲下来。一部分人清雪，养护，排水，另一部分人在逼仄的锚体里安装锚梁、锚杆，恨不得把身子折叠起来爬。整个锚固系统是大桥的核心部位，误差率正负 5 毫米，困难重重。

雪停了后，锚碇上的积雪用热水化开，再用棉被把雪水吸干净，工人们开始紧张的钢筋绑扎，为下一道工序做准备。灰色的南锚区，黄色的安全帽子在移动，像春天里盛开的黄花。吊机把模板抓起来，悬在半空中晃荡。下午 2 点多，太阳温暖，但并不能温暖手脚，风吹到脸上刺刺的，轰隆隆的机械声在头顶上炸开。当吊车从身旁经过时，喷出来的气息冲到脸上，全身上下都有了铁器的味道。

半路上遇到去南锚给混凝土做养护的工人，其中有个瘦子说："南方这个地方冬天冷得要命，夏天热得半死，不像我们在天津的时候，春节穿件毛衣就够了。这一个星期打不了灰，太冷了。休息室有空调，不能进去取暖，出来时太冷，要是感冒了就出不了工，歇一天就是一天的损失。都停工四五天了，闲得身子快长毛了，在宿舍里睡得腰都疼，不如来工地。"

瘦子从我面前侧身而过，黄色安全帽上的二维码下面有他的名字：李向阳。他夹在几个 20 来岁的年轻民工中间，排好队伍，等待班前训话。他们是河南周口作业队的民工，最小的才 19，是老板家的亲戚，学的是厨师，工资太低，跑到亲戚的工地上来。对于自己现在的生活，李向阳自嘲："有钱的人也没闲着，没钱的人也在奔波。"

清扫现场，排水，混凝土的养护，凿毛等这些杂活一样磨时间。天蒙蒙亮的时候，通往现场的山道上，弯弯的天梯上，近 60 名民工顺着山坡鱼一样游向南锚，在高大的南锚下分成两列站齐，班前训话开始，报人数，拍照片，上传到项目部的微信群里。周口龙兴作业队队长黄峰说，这些民工跟在他后面许多年，他到哪，他们到哪，有三对四川来的夫妻，三家住一起，床与床之间用布帘子一拉，就是一个独立的世界。工地上没有蜜糖，只有灰尘，为了生活，这帮民工们像蜜蜂一样，跟着队长黄峰，工地在哪，就飞到哪。

天气预报说要降温，但温度并没有预报中的那么低，白班顺利进行，夜班跟上。4 点半过后，外面的气温越来越低，到 5 点时，天已擦黑，工人们开始准备下班。如果不是低温天气，夜班的工人要来接白班。镝灯亮起的时候，机械的轰鸣声传来，满载着混凝土的泵车从江边的拌和楼缓缓驶出，拐过一个弯，从值班室的门前驶过，分把钟的工夫就到达南锚碇的下面。灰色的混凝土经过红色的泵管，源源不断地向上，操作手启动振捣泵电机的按钮，南锚的生命浆液喷涌而出，上千吨的混凝土流入模板中的钢筋里，一点点填实，经过工人长时间的振捣，混凝土的表面渗出一层包浆，才算是捣实。

南锚碇的上下游分成 ABCD 四个区，两家分包作业队各负责两个区，一家是河南周口龙兴作业队，另一家是北京卓良作业队。北京卓良作业队有不少人是从四川来的，有不少彝族民工。等我从步梯上爬到 20 多米高的南锚碇上时，身上已汗湿，工人们收拾挂在钢筋上的棉袄，正准备下班。一群人像灰色的逗号，从步梯上下来，往山道方向的天梯上走去。

在南锚遇到两名女工，她们是跟着丈夫出来的，这两个红色的身影夹在一群灰色身影中尤为显眼。这是南锚上仅有的两名“娘子军”，因为没有技术，她们只能做杂工。她们是彝族人。小个子圆脸的她才 22 岁，今年刚刚结婚，她跟着新婚的丈夫出来打工，两个人一天的工资加起来 400 元不到。她眼睛里溢出来的笑，带动着她的同伴。她的同伴长脸，瘦削，个子很高，42 岁，是三个孩子的母亲。后来从老崔写的新闻报道中才知道她叫马海什古木。中国人的春节是大事，没有特殊情况都要回家过年。春节，对彝族人来说不算是年，他们从不过汉人的春节，只过他们自己的“库斯”(新年)。当我问她们两个过春节怎么办时，她们一起回答：我们的年已经过了。她们用彝族话窃窃私语，我一句也听不懂，但她们的普通话说得非常标准。

每天的活尽管很重，但她们早已经习惯了，爬天梯的时候，一点也不觉得累，轻轻松松跟玩一样。四川人无辣不下饭，到江苏来很不习惯，一点也不辣，但她们不会去买。

“我们小凉山，从来不下雪哦，还头一次看到这么大的雪。”马海什古木望着远方的雪山，无限感慨。这样的雪天，对她们来说很稀奇。这两天宿舍里的空调坏了，夜里冷得很。

她们用彝族话相互交流，和我说话的时候很快就改口说普通话。她们两个跟自己的丈夫在一起扎钢筋，这是个累活，想做好了，仍然需要技巧。马海什古木的三个孩子闹着等放假了要来工地看看父母，看看爸妈电话里说的超级工程，但三个孩子不可能一起来，工地上没法住。马海什古木对我说：“大姐，月亮都上来了，越是晚上越是想家，但没办法，为了挣钱养活三个孩子，我们也回不去，他们也来不了。”三个孩子，最小的 16 岁，上初中。大的 24 岁，读大三，老二也上大学。对自己的现状，她很乐观。现在还能苦得动，供他们上学，等老了，他们也大了。

回到生活区，吃过晚饭，就想睡觉了，白天一天下来，有点累。农民嘛，到哪里都辛苦的，辛苦是应该的，做一天拿一天的工资，不苦养不起娃娃。

月亮挂在圌山的报恩塔上，工地上的狗在雪地上奔跑了一整天，还不想回生活区，在我的前面走走停停。

工地上的家

五峰山大桥项目部这个大家庭，分散在五个点上，有的在东霞寺，有的在绍隆寺，像五根张开的金手指，合起来又像一个有力的拳头，他们凝聚的力量让一座桥从此岸到彼岸。桥和寺庙都是渡（度）人的，这两者的喻义，都是让这个世界走向光明美好。

初进项目部，首先进入视野的是清一色的活动板房，来工地的新人对情况不熟悉，如果不看房间的编号，一不小心便会进错了门。

除了招待所外，每间活动板房的主人，大多是固定的。

招待所专门为走进大桥的客人或者家属临时入住准备，有中铁大桥局武汉总部来的，有设计院的专家，有兄弟单位前来技术支持的工程师们，有院校来的实习生。

工地上的招待所再怎样，条件自然无法和酒店比。但来者都是客，为了让每一个来工地的人有家的感觉，招待所除了为客人准备了必备的生活用品，空调、热水、网络全都有，但他们自己住的房间条件要差得多。

这些简陋的活动板房起码要住 4 年，大桥竣工之日，便是拆除之时。

活动板房春秋天还凑合，一冬一夏够呛。夜里谁要打个呼噜，声声入耳，那呼噜声跟着外面的风声，带着哨音，从这头窜到那头，对睡眠质量差的人来说，备受煎熬。

一分部的宿舍区都是一层，二分部第10幢和11幢是两层楼。住一楼的人就得做好思想准备，楼梯和走道都是钢板焊的，上楼的人不管有多小心，强大的金属声都由下而上，“咚咚，咚咚，隆隆，隆隆”的声音如同铁锤子在你头顶上敲打，震得头皮发麻，一直麻到心里。几年住下来，钢板楼梯锈迹斑斑，铝合金窗子卡死。

工地上有人说，如今各式各样的纪念馆多如牛毛，但没有一座纪念大桥人生活场景的纪念馆，特别是纪念这样的活动板房，以及发生在房子里的种种故事。

一分部、二分部、局指挥部、上海铁路局、铁科院这五家生活区都靠寺庙而建。一分部的生活区与绍隆寺只隔一道围墙，二分部的生活区倚在圌山脚下的东霞寺前方。

五峰山地处圌山的后山，远看如伸开的五只手指，最后一根小拇指不知道哪一年被削平，建了高压电线塔。这五根手指头矗立在长江边，也不知道等了多少年，终于等来了来建设五峰山大桥的五个项目部。

大拇哥中国铁路上海局集团有限公司五峰山长江大桥指挥部，食指二拇哥铁科院中铁大桥监理联合体连镇铁路监理站，中指三拇哥中国中铁大桥局连镇铁路项目经理部，无名指和小指这两位四拇弟分别是中铁大桥局连镇铁路项目的一分部和二分部，一分部是大桥局四公司，二分部是大桥局的二公司。

为了把五峰山大桥建成精品桥梁，这五位好兄弟走到一起，手指一张开像五个山峰，五指并拢握一起，像一个坚实的拳头，它们皮连着肉，肉连着筋。都说十指连心，这五指，一指动，四指皆动，正所谓：一枝动，百枝摇，牵一发而动全身。这五指心连心，在1600多个日日夜夜中，捆绑在一起。

五峰山大桥选址几十年前就圈定在圌山北边的五峰山。许多人都知道圌山的传奇，这座有王者之气的山，王气已飘荡了千年。中铁大桥局连镇铁路项目中标不久，在2015年的11月26日，打头阵的陆炳良、金玉林和辛海宁先来到这里选址建生活区。

上千号人的工地，吃喝拉撒离不开水电，这里离大港镇还有一段距离，从别处拉线过来很不现实，要增加一笔不小的开支，而从两座寺庙通电接水，省心省力。

第一批进场的人总是最苦的。施工地点在江边上，生活区一不能建在施工现场，二不能建在离现场太远的地方，更重要的是要能顺利地接上生活用水和电。

有七十二洞之称的圌山周围大小寺庙的确不少，与二分部一墙之隔的绍隆寺是圌山一带最著名的寺庙，始建于唐宝历年间，于明万历十四年重建，原来是镇江金山寺的下院。相传金山寺原来有口幽冥钟，放在金山寺多年怎么也敲不响，后移到绍隆寺，叩击大钟，音量宏远悠扬，方圆数里可闻。一分部旁边的东霞寺更有来头，为东晋时代所建，奇闻更多。

两家寺院解决了项目部的大问题，工地上的人对庙里的师傅们也非常的敬重，只要庙里有事，不问大小，随喊随到。

僧人们说：造桥就是造福，桥就是渡。

项目部的人员还没到齐，生活区的选址划定，局指挥部、四公司一部分、上海铁路局、铁科院监理站的生活区就建在圌山脚下的东霞寺。因为开始并没考虑上海铁路局指挥部进驻，没有规划他们的宿舍区，等他们进场的时候，没有宿舍，8 个人只能到大港街上租房子住。负责南主塔施工的一分部四公司与局指挥部毗邻，上海铁路局和铁科院就建在对面，中间隔着一条水泥路。考虑到二分部二公司建设引桥部分，线路拖得长，离施工现场不能太远，生活区建在距五峰山 2.4 千米的绍隆寺边上，如果从引桥段施工道的山坡上翻过去，一刻钟就到达江边的南锚碇施工现场。

整个生活区的蓝图就此铺开。建生活区，对大桥人来说是小菜一碟，三下五除二的功夫。尽管是大桥人临时的家，但在这里生活有几年时间，麻雀虽小，五脏六腑得俱全。

中铁大桥局指挥部的房子编号从 1 号到 5 号，编成两个并排的同号，共 11 幢，最后一幢是食堂。一分部四公司从第 7 号开始编号，到第 12 号的食堂。生活区第一排房子上下两层，当办公区，前面是停车场，打横建一幢员工活动中心，中间留了几间招待所。食堂前面的一排是乒乓球室、棋牌室、党员活动室、职工书屋。

走进员工食堂，目光与墙上的 9 个字的标语相迎：“像军队，像学校，像家庭。”饭桌像学生的课桌，排列整齐，到饭点的时候，办公室和从现场回生活区的人，鱼贯而入，排队打饭。项目部有些人并不能按时回生活区吃饭，比如司机和在现场加班的人员。不过也不要紧，同一个屋檐下，同一个锅里吃饭的人，每天的来去办公室人员心里都有数，他们会提前通知食堂里的师傅，给他们把饭留好。

食堂后面有一块空地，派上了大用场，由传达室的李师傅种植，一年四季各种应时蔬菜从来没断过，前面已说过，不再赘述。

齐刷刷的活动板房，一眼望过去横平竖直，人行道两边的山墙上贴着宣传标语，有“廉政建设，安全生产，质量控制红线，党员活动”，从开工到现在，根据工程进度和学习要求，墙上的标语不断更新。这些文化墙，都是崔永兴书记的手笔。

如果夫妻俩都在工地，活动板房的门前自然热闹些，女人们一刻也不肯闲着，白天在自己的工作岗位上忙得热火朝天，下了班就开始花心思让门前繁荣昌盛起来。她们把食堂里没用的泡沫箱子、旧瓷盆、空饮料瓶子、塑料桶收集来，留着派大用场。五峰山的春天本来就花团锦簇，山上的中草药多达百种，她们约在一起上五峰山，挖野金银花、野薄荷、野兰花栽到这些瓶瓶罐罐里。施了肥，浇上水，阳气往上冒的三四月份，野金银花开始游藤，五六月份花开得一嘟噜一嘟噜的，摘下来晒干，自己舍不得喝，专门给丈夫去施工现场泡茶喝。

房子与房子之间有一小块泥地，栽了些景观树，三月里有樱花树、杏花树、红叶石楠，五月有杜鹃花，八月里桂花飘香。

东晋时的东霞寺距今已有 1800 多年的历史，当地人说，这寺院曾经是家庙。不过家国为一体，家庙也是皇庙，天下都是皇帝的，更何况是一家庙。唐宝历年间是“显孝褒亲院”，宋嘉定前改名叫东霞寺。清末圌山诗人吴芝山《东霞寺》诗中有“谁飞锡杖到圌东，衣钵相传宝志公，唐勒碑文留御篆，老松鳞甲撼秋风”之句。寺中大殿有两根房梁，直径 1.1 米，长 9 米，后不知所踪。冥冥中似有天定，那两根大梁无端消失，五峰山大桥项目部来了，他们要在江上拉两根 1.3 米直径的千米长的过江悬索，不正是把东霞寺的两根 1 米多直径的房梁找回了吗？江水之上的索，正是桥的脊梁骨，庙里的大梁与桥上的大梁都应验了度（渡）人之说。据说乾隆皇帝下江南，每次来，都会到圌山脚下的东霞寺参拜，寺里的天王殿至今还在。

东霞寺和绍隆寺各有千秋，只是东霞寺香火远没有绍隆寺旺。这两个寺庙，最大的靠山是圌山，山中的王气经年不绝，绵绵延延飘荡数千年，是历代帝王将相向往的神秘之地。

如今因为这里有了桥，两家寺庙都在争相扩建。

每天早晨走出活动板房，抬头向右前方望去，圌山上的报恩塔映入眼睑。晴天雨天雾天，景致各不相同。太阳还没升起的时候，走出项目指挥部的大门，向左，一条路通向圌山公园的广场，也通向绍隆寺路；向右，只有一条小路，通向近在咫尺的东霞寺。东霞寺倚着圌山，项目部又倚着东霞寺，这里白天寂静安然，夜晚风清月朗，受东霞寺的庇护，得天独厚，独立卓然，从开工以来，一直顺风顺水。

当万道霞光从山那边升起，湖蓝色的天空上，絮状的云盛开成一朵朵洁白的棉花。太阳像个大气球，在霞光和云朵的簇拥下，爬上东霞寺的天王殿，深情地抚摸着殿外的黄墙黛瓦。项目部的活动板房沐浴在霞光之中，更显庄严肃穆，大门口的三面旗帜，在风中飘展，飘展出大桥人在施工现场的所有信念，他们每天从这三面旗帜下走过，走向江边的施工现场。这三面旗帜，成为工地上的三个标杆。中间一面是五星红旗，左边是中铁大桥局有限公司的旗帜，右边是中国中铁集团的旗帜。生活区的上空，阵阵鸟鸣声能把哪怕瞌睡如山倒的人从床上拖起来，它们在朗声喊："好起床了，好起床了，开工啰，开工啰。"

春天的圌山上满目青翠，阴天的时候，山上云雾笼罩。傍晚时分，劳累了一天的大桥人从现场回到生活区，晚饭后便不想动弹，巴不得马上爬上床，四肢才能得解放。而在生活区办公室坐了一整天的人，肢体僵了一天，腰酸背疼，他们吃了晚饭后不约而同地朝夜幕下的圌山奔去，来回走差不多6000步。回到生活区，冲把热水澡，总算是解了一天的乏，接着再干白天根本没有时间做的各种施工方案、技术指导书。而那些在工地现场奔跑了一天的人，有些早早进入梦乡，他们每天要起早去现场。

局指项目部的生活区里，最引人注目的巨型牌子在三拇哥局指挥部与四拇弟四公司食堂之间，那里有一块巨型展牌。上十几级台阶，竖着一块天蓝色的大牌子，每一位端着碗到食堂吃饭的人，都要与这块巨型的牌子相见。这牌子上的大幅图是镇江五峰山长江大桥的模型，傲立在蓝天白天下，悠悠江水流向无边无垠的天际。巨型牌子下面有一段文字，我想，所有走进生活区的大桥人和外面来参观的客人，都曾默念过牌子上的每一个字："6406 米的大桥横跨长江，总荷载和设计时速大大超过了日本的南备赞桥公铁两用悬索桥，放眼全球，国内外没有现成的经验可以借鉴……"

这块牌子经过 3 年多的风吹雨淋，颜色掉了不少，许多来到这里的客人，都曾在这里留过影。他们目视着前方的 12 幢活动板房，目视圌山上的龙脊山岭，虽然站在局指挥部的生活区还看不见成形的五峰山大桥，但站在这里，可以看得见，在圌山的脚下，引桥像一条游龙，游向我们目力不及的远方。

项目指挥部的食堂在左手，四公司的食堂在右手，最顶头打横有一排不起眼的房子，那是女浴室。食堂里做事的都是桥嫂们，她们人到中年，孩子刚上大学，在双方父母亲生活尚能自理的情况下，她们来到大桥工地陪伴丈夫。重活她们也做不了，只能在后勤做点轻松活。白天，她们的丈夫都在工地现场，踩着饭点回生活区，有时候根本不回来，饭直接送到工地现场吃。

活动板房之间都有下水道，春暖花开的时候，下水道边上，野草蓬蓬勃勃。惊蛰过后，百虫竞走，蛇开始出动。天气一热，浴室开始忙起来，桥嫂们忙碌一天，汗出得多，端着脸盆去浴室洗澡，经常会遇到爬进浴室的蛇。初次看见蛇，魂吓掉一半，脸盆"哐哐啷啷"在瓷砖上跳，肥皂、洗发液散了一地。等到尖着嗓子喊家里的那个人到现场，那家伙早没了影，好像什么都没发生过。于是安慰道："不怕，不怕，它的魂怕是被瓷盆声吓掉了，不敢再出来吓人了，不怕，不怕。"

后来桥嫂们进浴室，都会本能地朝地上看三遍，在斗大的浴室四角多望几眼。

而与绍隆寺毗邻的二分部二公司生活区的家，是另一番景象。天黑下来的时候，如果项目部不开会，沿着门前的那条水泥路，往东走几步就是绍隆寺，往西走好远的路，通向山外面的大转盘。往大转盘方向走，让人心焦，走得越远，对远在家乡的妻儿老小们牵挂越多，想得肠子快打结，也无济于事，无论走多远，还是要往回走。只有少数夫妻俩在工地上的人才会漫无目的地走，无论走到哪，只要两个人在一起，就算走到天边也是家乡。

二分部生活区门前的电子门由两位职工看守，24 小时分成两班。电子门除了上下班时间开着，其他时间都关着。步行的人从侧门进，隔壁有个当地人开的小超市，小超市卖的东西不算贵，一条小毛巾 5 块，大点的 8 块。我到工地的第一天忘记了带毛巾，买了 8 块的毛巾，洗脸的时候，沾了一脸的绒毛。超市也只有晚上下班的时候有点生意，民工们要来买点生活用品，1 块钱的打火机，几块钱的方便面、草纸等。民工和店主讨价还价的喧哗声经常引来守在店门口的那条黄土狗的不满，那狗恶狠狠嘶吼，照例被店主人骂得狗血喷头：“瘟狗，吼什么吼，真要把你的狗眼挑出来当下酒菜了。”于是，狗乖乖地夹起尾巴，踱到墙角落低头认罪。

去绍隆寺散步，成为大家的首选。夜晚的绍隆寺，大雄宝殿隐在黑暗之中，比白天更庄严肃穆，空气中香火味弥散，让散步人的心顿时安详。他们在绍隆寺走得多了，值班室的人也认得，从侧门进去，往庭院深处走去，没有灯光的地方，哪里有台阶，有多少级，都知道。第一次跟门卫王俊峰和另外两个人去绍隆寺散步，听他们讲到后山有三口小窑洞，那是寺院里很神圣的地方。跟着他们往后山走，七绕八绕来到那个神秘的地方，果真有三口土窑，倚着山体而建，每个洞里黑乎乎的，地上有灰烬。离洞不远的地方整齐地堆了许多劈成小段的木柴。借着手机的微光，看见洞底部有炉膛，下面一个小坑。这个神秘之所是往生的僧人坐化升天的地方，后来当地不少百姓也到这里来往生。在他们病入膏肓还有一丝生息时住进寂静的寺院，安详地等待寿尽的时刻，然后就以这样的方式往生，骨灰就放在寺院专门设的灵塔里，供后辈人祭奠。

王俊峰是河南人，40 出头，当兵退伍安置到二公司做了一名大桥人，原来也在工地现场，本不应该看传达室，后来因为得了严重的胃病，项目部才照顾他看传达室。传达室事也不太多，他上夜班的时候捧起了专业书，报考安全员。他对我说：“在传达室虽然轻松，但还是想到工地一线去，如果考上安全员拿到资格证，到现场去多有意思，可以和大家在一起，精神面貌也要好得多。”

一个工地人，如果不到一线去，一点劲都没有。王师傅是这么认为的，许多坐办公室的人也这么认为。有时候我夜里去现场跟班，从侧门出去，正在看书的王师傅给我拿电筒带上，嘱咐我去工地的山坡很长，草丛中有蛇出没，天梯太陡，一定要注意安全。就算不在现场，每个工地人都习惯把安全挂在嘴边，念在心间。

当初二分部的当家人杨柳青来这里选址建生活区时，一眼就相中了这片地，坐北朝南，门前一条大路直通山外。不仅是靠寺院，更重要的一条，这里地势高，如果遇到洪涝，这块地怎么也不会被淹到。

事实证明杨柳青是对的。决定在这个地方选址，杨柳青带着安全总监张伟在周围转了好几圈，详细规划，把项目部建在地势最高处。在后来多少次暴雨的洗劫下，整个生活区的下水道通畅无阻，没有一处被淹过。周边只有三户人家，这三户人家后来都成为大桥人的朋友，他们家有什么困难，只要吱一声，项目部的人很快帮着解决，而他们家在山里养的鸡有了鸡蛋，也会给项目部送些过来。张伟说，工地每到一个地方，就要和当地人交朋友，对这里的一草一木都要有敬畏之心，千万不能搞破坏，这样的话施工过程中才能一切顺当。“一个合格的领头人，如果自己住的生活区都弄不好，还配当项目负责人?”杨柳青对这个地方非常满意，尽管他住在项目部的时间并不多。项目部的事务他都放心地交给二把手杨忠勇全权负责，而他大部分时间都在外面开拓二公司的新业务，有重大事情才回来。在他的带领下，二公司近两年的效益从原来的亏损到现在盈利，这与他在外面的钻劲与闯劲是分不开的。

第一次走进二分部是在 2018 年 1 月 25 日的早晨，一场大雪让大桥人暂时停止了脚步。从 24 日夜里 11 点多开始下雪，在人们进入梦乡的下半夜，雪一直没有停止。

早晨出门才发现，大地白茫茫一片。

中午到达生活区，正赶上饭点，把行李放在 6103 房间，在辛海宁书记的带领下直奔食堂，正好大杨总和小杨总全在，两个人边吃边谈工作，辛海宁书记一一向我介绍。小杨总讲话的节奏特别快，思维敏捷，跳跃性极强，说着说着，就把工地现场的事和当前国家大事扯在一块讲，一群年轻人佩服得五体投地。在工地住的时间久了，发现一个规律,每到吃饭的时候,只要大杨总回来,和小杨总在饭桌上坐定,他们俩身边就围满了年轻人,默默地吃饭喝汤,听二杨说话。

二分部的生活区呈正方形。进门左边是停车场,边上是职工食堂,门朝东。烧饭的师傅是从当地请来的,一日三餐,早晨有大米粥、馒头、包子和油条等,经常换花样。每人一个煮鸡蛋,或有香干红汤面、葱花鸡蛋炒饭,蒸箱里蒸着黄瓤山芋,食堂管理员刘凤腌的萝卜干、雪里蕻咸菜用红大椒炒得脆脆的。

进门的右边是宿舍和办公区,宿舍共 6 幢,坐东朝西,紧挨着坐北向南的办公室。办公室上下两层,一层是办公室、安环部、质量部等科室,二层是书记办公室、生产部、工经部、财务部等科室。办公区的门前是一个很大的篮球场,大杨总的办公室兼卧室就在篮球场边上,门朝西。好在他回来的时间并不多,朝西的活动板房,夏天太阳西晒,冬天西北风猛吹。办公室的年轻人劳累了一天,有时候下班后换上运动装,在球场上酣战一番,各部门都有人来观战,在球场边当起了临时裁判员。局指挥部与四公司都没有球场,他们偶尔也会来搞个联合比赛。安静斯文的辛海宁书记通常站在一边观看,从来不加入球队。不过他很爱足球,微信头像就是一个外国的球星头像,与他本人斯文的性格一点也不像。

清晨,天微明,各种鸟敞开嗓子在生活区呼朋唤友,特别是在烟火气息重的食堂上空,它们叫得更欢畅。食堂周围有波尔羊的膻腥味,有狗花花、小黄、欢欢和它的一群儿女们的味道,更重要的是有米粥、包子、山芋和煮鸡蛋的味道,从食堂半掩的铁皮门内窜出来,勾引着鸟们收拢飞翔的翅膀,降落在食堂门前的停车场的空地上,它们睁着好奇的眼睛望着食堂里进进出出的人,清一色的蓝色工作服,手中不锈钢的饭盆,在晨曦中闪烁着光芒。无论鸟们怎样呼唤工地上的人早点起来,聒噪声恨不得将生活区的活动板房抬上半空,工地上的这群年轻人也永远睡不醒。食堂考虑到办公室的年轻人晚上加班做事,早上喜欢睡懒觉,早饭时间通常延迟到上午 9 点才算结束。南边的活动板房是会议室,靠路边,坐南向北。会议室的门白天很少打开,各部门的管理人员白天要在现场,只有晚上才有时间开会。会议可长可短,遇到棘手事,这会要从晚上 6 点一直开到午夜才能结束。

最北边与食堂毗邻的一块空地上，有几样健身器材，被风雨剥蚀，鲜艳的颜色不在，有些地方生了锈。除了办公室人员，大部分人都在工地现场，从早跑到晚，哪有闲空健身，所以，这些器材就成了摆设。办公室里的年轻人工作之余，都缩进宿舍里或睡觉，或捧着手机玩游戏，更没人往健身器材场走一步。

健身器材最北边是淋浴房，有一次办公室的小姑娘进去洗澡，随手关门用力猛了点，结果锁的保险自动落下，等洗完了出不来，把她急坏了。等人帮忙把门打开，那澡真是白洗了，在一个狭小的空间里，她急得汗珠子直滚。

墙角落边有一只很大的铁丝笼，成为一只波尔羊的家。原本两只羊一起养，其中一只在第二年清明节前后上了西天，这一只活了下来。羊今年 2 岁多，开工的时候抱来，刚断奶不久，尺把长，刘凤理所当然成了它的奶妈，找来只奶瓶，一点点喂，一直喂到它会吃杂食才断奶。食堂里倒剩饭菜的泔水桶放在边上，波尔羊不吃这个，它要吃菜叶子和草，青豆角子，如果能再来点黄豆、玉米之类的干粮，对波尔羊来说再好不过。可是工地上除了钢筋混凝土外，实在找不到波尔羊想要的粮食，况且工地上的人一个萝卜一个坑，各人有各人的事，忙得火烧眉毛，哪有精力顾一只羊的伙食问题。天晴的时候，波尔羊拴在小房子的门口，老老实实，安安静静，雕塑一般地站在太阳底下等待。波尔羊的衣食父母刘凤每天从上灯忙到熄灯，项目部几十号人要吃饭，开饭的点一刻也不能耽误，对于这只羊的伙食，她通常随心所欲地喂它，给它什么就吃什么，不挑三拣四。春暖花开的时候，传达室的王师傅也会把它牵到项目部门口，拴在有树荫的地方吃点青草，算是为它改善一下伙食。

生产经理胡铭说，走南闯北这么多年，每到一个工地猫和狗绝对少不了，有些是人带到工地上来的，有些是从别处打食过来的野猫野狗。食堂成为它们的生活中心，吃饱喝足了随便找个地方在太阳底下打盹。开始的时候它们会和工地上的人保持距离，绝不敢越雷池半步，时间久了，见没人伤它们，越发胆大起来，会跑到项目部的办公室里，猫们会选择一张没有人坐的椅子跳上去，毫不客气展开四肢呼呼大睡半个下午。

年轻的姑娘小伙子把它们当成了自己的宠物来养，找来纸箱子旧报纸放在桌肚底下，就成了它们的家。他们的抽屉里总会有火腿肠之类的吃食，工作累的时候，剥一根扔到桌肚底下的纸箱子里。它们吃完舔舔嘴和爪子，以自己的方式和临时主人缠绵片刻，从活动板房的窗子口跃到空旷的篮球场上嬉戏。

工地生活简陋了些，但也得像居家过日子一般，麻雀虽小，五脏六腑俱全。动植物在这里并不仅仅是盘中的菜，更多时候它们充当着工地人的伴。单调清苦的工地，有了它们的声音，工地才更像工地的样子，日子过得才算有些滋味。除了猫和狗，二分部的电工班长周达斌还养了一群鸡鸭鹅，下班后，别的人会摸摸扑克牌，他这个鸡司令要忙着喂食。春节过后，光秃秃的五峰山上开始生芽吐蕊，去工地现场的那条天梯被野花野草点缀成两条长长的彩带子。这条天梯是工地人回家的天路，四季景不同，从初夏开始，一种叫一年蓬的植物奇迹般长出来，长得非常有气势，高高的枝头上，米白色的花开得像天空中的云朵，落到大地上的雪花。无论是站在南锚上方远观，还是零距离走在梯道上，这条一年蓬的花道，让所有从这里走过的人魂牵梦绕。一直到冬季来临，草木被寒霜收去全部的光华，五峰山才正式开始休眠，蓄势等待春天。但生活区的大桥人，没有春夏秋冬的概念，根据工程进度需要，冬天里就要把来年春天甚至夏天的施工计划安排妥当。在冬季一次次的调度会上，就开始计划着春季里的施工。

忙完了工作上的事，才能计划着下班后找点事做做，打发山里空寂的时光。过年用过的空纸箱子要存起来留着做鸡崽的窝，等到开春的时候，他们到集镇上买来鸡崽，在活动板房的最北角开辟出一小块地，开始养鸡事业。这些活通常由工地上的女人们来做，男人们很少有这个耐心，累了一天回到宿舍，他们最想的是能几个人围在一起，把食堂里打来的饭菜往桌上一放，从床底下摸出 15 块钱一瓶的牛栏山酒，直喝得脸红脖子粗，大脑开始迟钝才各自散去。

鸡们和工地现场的每个节点一起，共同长大，长出气势来。对于这些动物的归宿问题，工地上的人自有打算。

项目部一年到头经常有客人来，有职工家属，有外单位来谈业务的，有上级部门来检查工作的领导。走马观花似的，川流不息。工地上的这些生灵们，自然派上了大用场。每逢这个时候，食堂的厨师便开始忙碌起来，到围墙外面的树林里抓鸡，拎鸭子，再到食堂门口的花池子里拔几把菜蔬。上菜的时候，把这些有别于菜市场买来的熟食菜背后的来历一一道上，此时，无论是招待的主人，还是被接待的客人，都赞不绝口——一个字“好”，两个字“很好”。

墙角落边的波尔羊目视着它的伙伴们从眼前消失，双目放空，无喜无悲，一对弯弯的犄角上凹凸不平，因为它太想挣脱被束缚的生活，渴望自由。如同工地上的人一样，渴望回到家乡但回不去，是同样的心情。它像雕塑一般在工地上站成了一道风景。工地上的人说，这只羊，它从来不吱声，安静得像个尊者，谁走到它的面前都是温文尔雅，目光温柔，或低头沉思，或昂首向天。工地上的人说，这哪像是只羊，分明是位高智商的思想者，这只羊像五峰山一样，大音希声，一肚子的智慧。

随着工期的进展，波尔羊越长越高，膘肥体壮。至于它今后的命运，工地上的人一致认为，羊代表着祥和平安，它每天站在那里，目送着工地上的人，寒来暑往，它已经成为这个大家庭中的一分子，一个或大或小的工地上，少什么都可以，不能少这只羊的存在，哪怕是工程结束了，谁也舍不得杀掉这只陪伴他们好几个寒暑的温柔的羊。

总之，项目部评价这只羊的人越来越多，也越来越玄乎。它呢，活得像个神仙，站在这个不起眼的角落里，被人供养和敬仰着。有时候，他们会走近它，凝视着它温婉的样子，然后心满意足地离去，从来没有人嫌弃过它的膻味。包括我这个不常去项目部的外来者，也受到它的启示，只要去工地，总会不自觉地走近它，摸一摸它坚硬的犄角，蹲下身子和它打声招呼。而它呢，拖着脖子上的绳子，慢慢走向我，低下它的头，把犄角伸到我的面前止步，直到我站起来准备离开，它才抬起头，目送我远去，而我从来没有给它一口粮食。在大家都在讨论这只羊的归宿时，工地上有个职工说：等工程结束我们撤离工地时，把它牵到五峰山上放生吧，让它成为大山里的羊也许更好些。可是又有人觉得，这五峰山上，到处有人在行走，万一它被人发现，反而成为人猎杀的目标，人们会认为它是一只野羊，反而变得珍贵起来，那么它不是更危险了。

谁也不能裁定这只羊最终的命运，如同谁也不知道大桥人到哪一年哪一月才能结束他们漂泊的生活一样。他们像大地上的候鸟，天南地北不停迁徙。如果说候鸟迁徙是为了温暖，那么工地上的人却不是，他们把背影留给家乡的亲人们，把身影留给每一个工地现场，为了生活不得不迁徙到一个他们并不愿意去的地方，只为了家和家以外更多的责任与担当。

我住的6103宿舍在宿舍区的最后一排，隔壁6102是总工李奔琦，6101是吴平林和蒋姐两口子。来工地第一个就遇到蒋姐一家子，一回生，二回熟，每次来工地，蒋姐都记得我上次来的时间。

蒋姐在工地上负责招待所，只要有客人来工地，她得到书记的通知后就开始提前打扫房间，换床单被套，准备好牙膏牙刷等生活必需品。闲来无事，蒋姐在宿舍门前的方寸花池子里撒了菜种，又弄了许多泡沫箱子放在前一排活动板房的墙根下，从五峰山脚下背了些土来，种上了各种时令蔬菜。

在工地上，吴平林是让所有人都羡慕的一家子，他是顶父亲职进大桥的，如今儿子也在大桥测量组工作。在大桥工地上，像他们一家桥三代的家庭有很多，但能像他们一家这样都在同一个项目上的却极少。根据工程需要，绝大部分家庭都被迫分在不同的项目部，真正是天各一方，聚少离多。

聪明能干贤惠的蒋姐后来离开了丈夫和儿子，远去浙江舟山的项目，这是后话。

晚上5点半准时开饭，工地现场的人陆陆续续回到生活区去食堂吃饭。在办公室坐了一天的年轻人电脑来不及关，到宿舍拿了碗奔向食堂，吃完饭后大多数是开会，如果不开会，白天没完成的工作晚上得继续加班完成，每天的事一桩接一桩，事赶着事。

造桥的人，走过一村又一村，翻过一山又一山，处处是家，处处无家，但他们习惯了这种洒脱的行走生活，是骨子里豪情万丈有血性和气度的一群人。历史走到今天，回首往事，这些共和国的建设者们，把心血和汗水洒在千山万水间，连同他们的精力和智慧一起奉献给了中国的桥梁事业。一个地方的历史就这样和我们民族的历史紧紧地融合在了一起,国家的历史也正是通过地域性历史文化展示得到全息体现。社会通过导向性历史文化追求,在历史探寻中碰撞意识和情感、传统和现代,感恩意识,助推着整个社会的大发展大进步。

工程部的精兵强将们

天水生林

“90”后的周生林生在有福地之称的天水。据说天水是伏羲和女娲的诞生地,是华夏文明的重要发祥地,是天地律动之地。天水有陇上小江南之称,但和真正的江南比,气候多少还是有点区别。

每次回天水,周生林感觉夏天的景象很好,冬天枯黄一片。甘肃的枯萎与江南不同,在冬季,一眼望过去,连天接地的土黄色,没有任何生命迹象,所以,他一直想逃离天水的冬天,去寻找真正的春天。

天水的水土养人,周生林长得像标准的江南人,皮肤白净,讲话细声细气,骨子里有了水的柔性。

周生林 2014 年毕业于石家庄铁道学院,参加工作 4 年不到。头两年在机关工作,参与了五峰山大桥的设计。2016 年 7 月份调到五峰山大桥工地。虽然参加工作也有些时候,他脸上的书生气还未脱。也不知道是天生白,还是因为平时伏案的时间多,他的皮肤是那种在成年人中少有的婴儿瓷白。

他不忙的时候经常来职工书屋看书,最近正在看《罗马人的故事》,也看一些小说、历史类的书籍。

五峰山大桥项目的标书是周生林做的,这个项目准备进场,要组织人员,总公司缺人,正好就把他调到了这个项目上。

在机关工作的那两年,从周一到周五坐班,虽然是按部就班,但在设计部门不像行政部门,大的桥梁设计是有连续性的,编制标书,经常要加班。

工地上的年轻人,通常不像别的行业的年轻人,他们大多老成持重,这与他们所学的专业有关。到底是专业改造了他们,还是他们在适应自己的专业，这并不重要。这个项目部的“90”后有十几个，只有一个总工是“80”后，2017年来了六七个1995年的年轻人，他们来自名校，有个性，但不张扬。在这群年轻人当中，周生林年龄居中，也算是“90”后的榜样。

“大学4年，感觉时间特别长，走上工作岗位，一直到这个项目部，感觉时间过得特别快。毕业后找工作，只想离家远一点，远离大片的枯黄。”

周生林参加工作后，哥哥回到父母的身边，多少有个照应。

爸妈对周生林说：“你跑得再远，每年春节总得要回来的吧。”

“离家后，不是不想家，而是每天都很忙，到晚上就想好好休息，不想与外界联系，只想一个人静静的。”说起自己的婚姻大事，周生林说一年365天上班，哪有时间谈对象。“有时候想，一个人过日子也挺好的，为什么要成家，特别是像我们这类常年漂泊在外的人，谈对象简直是煎熬，浪费了多少感情，最后还是难修成正果。”

周生林刚毕业参加工作，并没攒多少钱。如果一年工资10万，至多攒一半，逢年过节回家，来去路费，还要开销。现在年轻人买房子都是这样，没有房肯定结不了婚，有了房子也不一定能结婚。周生林把房子买在西安。总价80万，首付20万，贷款60万，每月还3000多。幸亏2017年买了房子，现在房价年年涨，还限购。

“如果是现在买房子，我都买不了，因为在西安没有户口，没有社会保险，就不给买。南京的房子太贵了，3万起步价，贷款的话还不起。我的同学们，都面临着买房结婚等种种难处。”

对于明天的日子，很多时候不敢想，过一天是一天。

对于职业，周生林有自己的想法：“很多职业对人是有伤害的，但好的职业会成全一个人。比如我所学的建筑设计，想要追求自己的艺术表达与思想，通常情况下业主是无法兼顾设计者的思想的，他们会按照自己的思路来考虑，你得按照他们的要求去定制。中国著名的建筑师马岩松，他就讲到，既要满足业主，又要考虑到自己设计中的艺术内涵，因为不能只考虑艺术性，还要考虑实用性。对于自己的职业，首先一定要做好，全身心去关注它，这才是对职业的敬重与境界。这样想来，职业还是会成全一个人的。”

对于设计师来说，如果能将商业性与艺术性结合在一起，当然更好。这如同一部电影，也要受到许多制约，要想在商业票房与艺术上都要达到预期的效果，就不能过于脱离物质而限于纯粹的艺术性，太不现实，还是需要与社会需求接轨。周生林说，像这座桥的总设计师徐恭义，在桥梁界真是凤毛麟角。中国土木工程的飞速发展，为中国的桥梁设计师提供了广阔的舞台，长江上许多大桥，他都参与了设计。他的职业就是成全了自己，也成全了这个行业。

“我希望与外界交流，自己才能进步。武汉大桥局经常有年轻的设计师来工地现场，他们太忙，很少有机会遇见他们，更谈不上与他们交流。这是件很遗憾的事。”

施工和设计是两码事，施工过程中有许多设计需要变更，一直会有。干到哪里才知道哪里有问题，并去解决问题。设计上有自己的要求，但施工有施工的规范，难免冲突。设计画图的人完成一个设计，没有时间到每个项目去看，接着又去设计下一个工程，施工是后面的事情。

在编制方案的过程中，也会遇到问题，要去问别的施工项目，获取经验。现在的施工工业化，没有特别性的东西，但相对来说，也有没见过的东西。

刚毕业时有时间，周生林从南到北走了许多地方，不说走遍了中国的长江大桥，但大多数长江上的桥都走过了，最南到港珠澳大桥，最北边走到黑龙江的中俄长江大桥。除了回家的路，还有出差的途中见过许多不同的桥梁。这对他参加工作后的设计理念有许多直观的帮助。

“以前造桥很困难，且桥的寿命比较短，承载力小。现在修的桥跨度越来越大，在不断超越前面的桥。在同类桥中，公铁两用的桥还没有。”周生林谈到五峰山施工过程中最大的问题，“我们的项目也要对业主和监理负责，施工过程质量终身制，监理要对业主和施工方负责。”

现在的交通太发达，这座大桥的设计生命是 100 年，业主要维修 100 年，除了遇到垮塌等质量事故，就得要追究施工方责任。理论上各种各样的质量问题，比如混凝土会老化等等方面的问题造成的事故，施工单位都要负责。

周生林所在的工程部，是整个工程的核心部门，相当于电脑的CPU。作为工程部部长，要组织现场施工，遇到反馈过来的问题，要及时修改方案。

五峰山大桥是周生林参与设计的第一个桥，并且他跟着来到施工现场，对桥的了解比任何人都多些。如果能在南京桥处定下来，对成家要好一些，流动的岗位太不安定了。对于婚姻，周生林觉得很难。“我有可能找不到对象，或者不会找对象，或者谈对象不会结婚。结婚就是契约。到底在什么样的时候才要结婚，确实不能确定，很迷惘。如果因为婚姻要改变自己的职业，又会有更多的困难。”

因为婚姻问题，周生林确实考虑过改行。设计这个行业想改行的话很不容易。如果有管理型对口的单位，还是可以考虑的，这就要看自己的运气。大桥人的家属一般都在文职岗位，工会、办公室、宣传、后勤上面比较多。但大桥现在基本上不招聘女孩子。

在工地上枯燥无味，下班后看看电视，偶尔玩一下小游戏。买东西要去大港，如果去镇江，要一天时间才够，外出一天就得请假，所以一般也不到镇江去。冬天冷，更不愿意出门，不如在办公室加班。冬天天黑得早，时间过得飞快。

当一个人拥有一个平静的心态看待身边的万事万物时，所有的浮华对他而言是微不足道的，相反，他能从浮华中获得内心的灵力。

在这个项目设计部的几个年轻人，便是一群内心有灵力的优秀团体。在大学校园时，他们的学习成绩就非常好，走出校门，正是他们挥洒才能的时刻。他们中大多是211名校毕业，自控能力很强，偶尔玩一下游戏，但说停止就停止，很快投入工作。优秀的人在一起，会有无限的动力。

周生林说自己小的时候很贪玩，没少让妈妈操心，从上了初中后说开窍就开窍了，听话得很。

“我们老家的教育比较差，许多人初中毕业就出去打工了，当时高中也不太好考。我的大伯和村里的人不同，对我的要求很高，对我的帮助也很大。妈妈说镇上那些做生意的人都是读过高中的，很聪明。妈妈对我的要求不高,她认为我能读完高中就很不错了,做点生意。爸认为我心里有谱,知道自己要走的路。爸从来没打过我,但妈妈打过。考上高中后,我觉得自己应该考个大学,起码考个二本,后来觉得应该考一本。从小学到初中,一直是边玩边学,成绩一般,到高中的时候才知道用功,因为邻居家的孩子考上大学,录取二本,他都没有去读,他的目标是一本。后来他复读时,我便和他在一个班,我们两个人一起用功,他考取了兰州大学,我也如愿考上一本。”

就是在这种轻松的状态下,周生林考取了大学,走出天水。出来后才发觉,一个人局限于小空间,看世界自然狭隘,很难走出内心的困境,一旦能克服这种狭隘,人才真正走出来了。

自从到了这个工地,周生林的心也没有多少波澜,他说自己是那种随遇而安的人。

“人是需要包容的,如果无法包容,就是一种痛苦的折磨。现在的项目领导都年轻化,许多同龄人一起,大家互相鼓励着向前走。我们都太年轻,有理论知识,但经验欠缺点,经验是需要时间来打磨。这么大的项目,大家都没做过,压力挺大的。经常睡不着觉,或者睡一觉醒来,压力就减轻了许多。”

周生林参加过港珠澳大桥的建设。这样的超级工程,谁都有压力。说实话,工程越大,被外界关注的程度越大,压力也越大。这种特大桥,如果发生安全质量问题,不只是一个人的事,而是整个公司的大事,会造成不可逆转的影响,所以大家都特别谨慎。有些后果无法预见,但还是要预见,比如垮塌。

“我曾设计了许多模板,有一次算预制板的受力数据,算得我心惊胆战,手心直冒汗,万一在拼装过程中拼不上去怎么办?后来在施工过程中浇筑混凝土结束,没有发生任何技术问题时,心里才松了一口气。人脑毕竟不是电脑。”

因为年轻,没有经验,不知道设计出来的东西到底行不行。在做过一次成功后,心里才有了底。每一次设计,不管大小,都要经过大家的反复修改讨论,不断去验证,设计的方案才能确定。最终的决策:安全系数是第一。

温文尔雅的周生林，对婚姻大事很是灰心。流动的工地，流浪的心绪，无处生根。

2018 年 7 月中旬的生产调度会上，工程部部长周生林就连续梁的施工方案，用演示文档做了一个小时的详细介绍。为了连续梁技术交底方案，他埋头苦干了好几个月，记不得熬了多少个通宵，沉浸在设计的世界里。那些专业的语言，像一块磁铁吸附在大脑里，让他欲罢不能，又无法自拔，最后又臣服于它。这样的过程对每一个设计工程师来说，都可能遇到过，他们这一路走来，如履薄冰，从组织召开专家评审会，到对每一个工序的施工过程编制施工方案，到最终的技术交底，才能尘埃落定。

调度会不知不觉开了两个多小时，外面下着大雨，整个五峰山被蛙鸣包围着。黑暗中，有一股巨大的力量向生活区的上空聚集，和着豪雨的声音，天籁一般。调度会上，周生林没喝一口水，一气呵成将他的连续梁施工方案亮相。后面的事情，就是要在施工过程中，每天去现场观察结果，并不断修正施工过程中可能出现的问题。

明天还要下暴雨，江边的防汛值班室严阵以待，靠山脚下的南锚边坡那儿，雨量如果太大，大量的黄泥就被雨冲下来，在山洼里的南锚碇施工现场虽然场地小，但排水系统很好，并没有积水现象。

鲲鹏于飞

庄子《逍遥游》记有："北冥有鱼，其名为鲲。鲲之大，不知其几千里也；化而为鸟，其名为鹏。"鲲鹏为灵物，助天，被帝封为九天鲲鹏。在五峰山的江边，也有一鲲鹏在，这鹏天生是来助桥的。

1984 年生的陈鹏飞，老家在黄梅戏的故乡安庆，他坦然地告诉我："我们'80'后这代人，都到了奔四的年龄，也正是担当的年龄。家庭和工作的双重压力，压得人喘不过气来。"

和大多数"80"后的家庭一样，陈鹏飞有两个孩子，都在南京上学，大的上小学，小的上幼儿园。

作为项目部的副总工兼工程部副部长的陈鹏飞，到大桥上工作已有十几个年头。

“也许是走的地方多了，忧患意识变得强，所以更需要自己稳重再稳重些。”

陈鹏飞在工程部待的时候算是长的，捧的是纯技术饭碗，经常加班到下半夜两三点，要紧的数据资料说要就得要，时间卡得特别紧。白天大部分时间都在现场，要面对许多杂事，好不容易有点思路，就被打乱了，所以白天做方案效率非常低。白天跑现场是体力活，一到晚上就打瞌睡，困得要死，困得狠了，趴床上睡一会儿。人不能打疲劳战，晚上硬撑的话，头脑一片糨糊。怕醒不过来，陈鹏飞请闹钟帮忙喊自己起来。下半夜 4 点，四野寂静，翻身起床，头脑特别清醒，思路清晰得很。选择这时候起床做事人最精神，脸也不洗，怕水龙头一开，隔壁房间里的人就能听到而吵了人家的觉。

6 点不到，“咚咚，咚咚”的声音在生活区准时响起。都不需要看时间陈鹏飞就知道到了几点，从电脑面前站起来伸个懒腰，去洗脸刷牙，把刚才的思路续上。

可别小看天亮前的这 2 小时，比得过一整天的工作量。

有那么一刻，陈鹏飞感觉又回到了学生时代。

陈鹏飞 2006 年从山东交通学院毕业，学的是土木工程中的桥梁专业。那时候在大学里过的是繁华的城市生活，刚参加工作的时候网络还不普及，下班后就是打牌、喝酒，感觉像是从天堂被扔到凡间。

第一个工地在大别山的一个山沟里，建合肥到武汉的合武铁路。山里又是风又是雨，电线经常被刮断，停电成了家常便饭。白天没事，到了晚上，几个人在一起点盏煤油灯，如豆的微光在风中摇曳，感觉过着原始人的生活，想家想得魂快断，真的是度日如年。

拿到第一个月的工资后，陈鹏飞买了个诺基亚蓝屏小手机，这样可以随时和父母联系，但山里信号差得很，手机成了摆设。工地上有小店，打电话的人太多，经常排好长的队才能轮到自己，也不敢说太多，怕父母担心自己，报个平安，匆匆挂断电话。

“我当时在四公司的三工区，一个工区 80 号人，我也不喜欢打牌，也不会喝酒，没电的时候，就在工区里瞎走，每个工棚里都点着煤油灯，忽闪忽闪的灯光，更勾起我想家的欲望。那些煤油灯像天上的星星，掉进山沟里，到处都是，看得人的心温暖且惆怅。”

工地上十几年前的生活区与现在的生活区比，变化之大之快，让人不敢想象。

猫道上开始通电的时候，两条灯带穿越长江，在黑暗中闪烁，遥望灯光下的猫道，陈鹏飞依然记得那年那时那个工地山沟里煤油灯的光亮。

说起哑铃型的主塔，陈鹏飞的话匣子打开。江边的 4 号主塔，在打钻孔桩的时候遇到复杂的地形。镇江地区岩浆岩分布较广，五峰山区域为燕山期活动岩浆，从晚侏罗世开始，到晚白垩世结束，基本上是个连续的过程，但又有阶段性。大桥的地址正好在基岩主要为白垩系下统圌山组火山碎屑岩及燕山期火山岩，4 号主塔的位置就在此地。岩石的硬度和软度不一样，硬的地方，钻头一会儿就磨掉了，软的地方又容易卡死。而设计的图纸，我们只能做参考，真正施工的时候，无法控制。上下游钻孔都不同，钻机设计的最大深度是 130 米，实际钻孔桩的深度 138 米，超出了设计范围 8 米。这样的深度目前在国内也是第一。能不能往下钻，很有疑问。一台钻机要几十万，风险非常大。在实际操作的时候，遇到了很多意想不到的困难。承台，这个大家伙起着承上启下的作用，有 4 层楼那么高。在专题片上看像一块大铁饼，如果在现场看很是震撼。为了确保质量，9 米高的承台要分层浇筑。

对于技术问题的表达，陈鹏飞的思绪立即回到了现场，真正浸入其中。主塔从 2015 年 12 月开工护筒插打，差不多一年的时间基础工程才结束，才开始上部工程的施工。因为设计变更，图纸也要变更，设计院直接调整。就这么一打岔，和北岸中交二航比工期落后了不少，大家心里面那个急。总工期是定死的，现场施工不可控的情况太多，设计好的方案都是死的，现场的不确定性总是瞬息万变，不由人来控制。

“就这么个设计变更，熬了多少个通宵都没睡。当时压力太大了，两家单位，一个江南，一个江北，同时开工，比别人落后，这种压力是空前的。当时，工程部的会议，从现场开到会议室，再从会议室开到现场。

4号主塔的承台施工在水边上，按道理就在水下施工。在水下施工还不能抽水，压力大，用钢板桩做围堰会坍塌，我们把钢板桩加长，通过勘探测试是否渗水，在不透水层的地方施工，本来应该在水下施工的，到后来在陆地上施工，工期反而提前了两个月。铁路总公司对这座桥的要求很高，因为是悬索桥，在铁路上从来没有过的，所以难度不是一般的大。质量和安全必须保证的前提下，才能考虑工期，工期并不是唯一，这让大家心里又松了口气。”

外行人看热闹，内行人看门道。整个建设过程繁复，每一步都要去检查，测量，观察目测，焊渣要打磨干净。工程部每天都要到现场检查，保证每一步施工质量都要在可控范围，不能出现任何偏差。

陈鹏飞说，如果哪一天不到现场去，遇到的问题没及时解决，这一天夜里是睡不着觉的。不敢睡。心里总是在问自己，行不行？到底有没有问题？反反复复问自己。况且每个人检查的水平都不一样，还要复查，一查到底。关键的地方一定要自己去看，现场的技术员都年轻，不是他们不用心，而是他们的能力还没达到一定的水准，知识面还不广，他们需要在现场磨炼几年，才能担起责任。

工程部有5个年轻人，平均年龄25岁，陈鹏飞算是元老。作为他们的学长，要做好他们的榜样，让他们在工地上日渐成熟起来。

陈鹏飞很自豪地说：“我实习期结束后，分到了南京大胜关大桥，那座桥极具挑战性，一大批高级专家汇聚。造这座桥时，装备不如现在精良，所有的钢梁都是工人们一片片拼装，工人们那个苦。至今共经历过3座世界第一的大桥，第二座世界第一是斜拉桥沪通大桥，第三座就是这座1980年代就开始规划，一直到2015年才开工的世界级的悬索斜拉桥。想想我们这代建桥人是非常幸运的，在工作中，无论在哪方面，大桥局给了我们很高的平台，施展我们的才华。我们参建五峰山长江悬索桥，尽管辛苦，困难多，越是困难多，对一个设计工程师来说，越是能够在困难中成熟成长，这座桥太了不起。”

“像我们学理科的人，不太喜欢多说话，重在思考。”

虽然现在的工地离家近，开车1个半小时，但还是没时间回家，都是老婆带两个孩子到工地来。陈鹏飞被老婆抱怨成了常事。

“有一次老婆感冒，两孩子也感冒发烧，可是我回不去，工地每天要盯着。岳父打电话来把我给骂了一顿。娘儿三个都这样了，也不回来看看，太不像话了。那段时间，他们三个人吃饭都成问题，靠叫外卖过日子。”

陈鹏飞这代人，孩奴加房奴。两个孩子慢慢大了，父母来了根本住不下。现在最大的愿望是换个大房子，可是在南京没有 300 万搞不定大房子。2009 年陈鹏飞在南京买房的时候，才工作 2 年，工资也不高。身上只有 1 万块钱，家里给了 6 万多付首付，至今一直在还贷款。

在工作中再苦再难都没怕过，项目部是一个大团体，有难大家一起上，有苦大家一起受，可是面对家庭的困难，只能忍耐。等待孩子们一天天长大，努力工作，改变生活现状，相信会越来越好。

塔柱冬季施工保温是件大事，冬天水要加温，用电加热把水烧热了升温，保持在 20 度。主塔上横梁施工的造型太困难，搭支架要有钢管支架。满堂支架在 20 米以下才可以搭，太高了危险系数大，如果发生安全事故，会像包饺子一样把人给包进去。这么高的桥梁，用的是多功能空中支架，节省成本，先把横梁面做好，再吊上去，控制质量，又节省了成本。这么高的支架，没有办法验收，只能靠工人们操作时有自觉的质量意识。

空中支架一片 27 吨，一共 9 片。主塔施工请专家专门到现场召开冬季养护施工会议，主塔爬模全封闭施工，拆模时间将 3 天延长到 5 天，拆模后贴薄膜，盖防火棉被，里面增加蒸汽养护保湿保温，防止冻裂，这些让工程部的人操碎了心。在施工难度大的情况下，他们要用双倍的时间去做准备。

刚开始施工的时候都以为简单，真正施工过程中什么样的情况都可能出现。

冬天保温，夏天降温，冷热交错，4 号主塔从打钻孔桩到封顶，让陈鹏飞和所有同事心吊到嗓子眼。到后来的猫道架设，主缆牵引，安装索夹、吊杆，钢梁合龙，每一步都走得艰辛。

永强的悲愿

一座桥与心的连接，在特定的时期，可以统治整个世界。战胜内心的劫难，并不需要辽阔的战场，只需要一个角落，一只鸟的翅膀拂动，可以感受到世上最柔软的温度，让自己身心平衡。在平衡的国度里，赢得足够的时间，去历经时间的波涛。神秘的潜力在内心激荡，这力抚摸遍人世间所有与之相约的召唤，在绵长狂野静寂的风暴中找到我们的挚爱。

参加工作的时间并不是太长的田永强，说自己看上去比较成熟，但在别人眼里，他属于那种笃静悟初之人。

“从大桥现在的生活和工作环境看，我们这代人是非常幸运的一代。”

兰州铁道学院毕业的田永强1981年出生，甘肃惠临人。这所学校后来改名为兰州交通大学。

在老家上学，从小学到高中，他在班上不是第一名，就是第二名，优越感很强。可进了大学的门，就感觉明显低人一级，学习的兴趣弱，人有些消沉。田永强还弄不清学工程管理这个专业是怎么回事，一直到毕业，脑子里还是昏昏乎乎的。

报这个专业的时候，自己什么都不懂，父母亲更不懂。毕业后，家里的亲戚让他留在当地找个合适的工作，但当时田永强就认个死理：一定要跳出来才能算成功，一辈子待在一个地方一点意思也没有。

找工作的时候看了中铁大桥十四局等好多家单位，一时没定下来，那时恰巧大桥局有人到湖北来招工，而他正好谈了湖北孝感的女朋友，心想，如果单位在湖北地区，离女朋友近一些。

进大桥局的时候，他什么都不清楚，还是觉得昏昏乎乎的，几个月后才回过神来，感觉自己活得太感性。

刚参加工作的时候，房价还算低，对于到底要到哪里买房子，心里也没底，糊里糊涂过着。

眨眼的工夫,孩子3岁了,才如梦初醒:孩子要上幼儿园了,是应该买房子了。可这时房价是最高的。

田永强在武汉局机关工作的时候,孩子在老家出生,武汉没房子,最终还是逼着自己在武汉买了房子。对于买房,有两句很流行的话:有钱的人到银行去贷款,没钱的人到银行去存钱。

因为两地分居,妻子把老家的工作辞了到武汉。毕业于北京林业大学的妻子并不喜欢工地的工作,在工地上了2年班,就不想干了,又回老家待了2年,等孩子大了才回到武汉,在社区随便找了个工作。

这么多年,田永强最不愿意触及父亲的话题,特别是在父亲过世的头3年,这是他心里的禁地,也是最不舍的悲愿。

2008年田永强参与第一个项目那年,父亲突然走了。

父亲平静地走到了生命的尽头。尽管在岁月长河中,所有的悲哀和创伤都会被时间抹平,但是如果没有记忆和历史,一切都将显得虚无。所以,他在顽强地记住父亲的一切。

父亲在世的时候,田永强还没结婚。有天父亲把他喊到面前说:"永强,结婚是终身大事,要花不少钱,但不要乱花,能留一点最好,我要去看病。"

父亲的这句话,给田永强当头一棒,好像被人一脚踹到深井里。新婚的喜悦暂时盖住了那口不见底的深井。他当时没能意识到父亲的病到底有多重,直到婚礼结束,小两口回到武汉,才知道父亲得的是绝症。

"父亲只舍得到乡镇医院做检查,查出胃癌,晚期。"医生预计了父亲的生命期限:不会超过3个月。

劳碌了一辈子的父亲,在去世的前一年时检查是慢性胃窦炎,为了省钱给儿子结婚,没看,一直拖到儿子办完婚姻大事。

父亲从确诊胃癌晚期,到去世,40天。

田永强丢下手头的工作,带着在工地打工的弟弟回家,感觉天塌下来。

他坚持回去照顾父亲40天,直到父亲去世。当时花钱如流水,还跟别人借了不少。

从工地回家前,项目经理安慰田永强说:"什么事情都能过得去,有什么困难要说出来，别把自己闷坏了，大家帮你分担。”

就在这个节骨眼上，局里面下了一纸调令，把田永强调到广州的项目。因为父亲的病，他没顾得上去报到，等父亲去世再报到时，已经晚了2个多月。

去广州报到，只待了3个月，紧接着又调往重庆。

这3个月，田永强有种魂不附体的感觉。父亲是自己成长的一座丰碑，随着这座丰碑的轰然倒塌，他突然觉得找不到自己人生的坐标。

正值盛年的父亲突然亡故，而自己初为人父，就离开家庭，整个人有种剐骨的疼痛，妻儿都在远方，也不敢说给妻子听，怕她跟着难受。于是经常半夜打电话和朋友们谈悲伤的事，感觉自己快活不过来。

到了重庆后他开始全身心投入工作，努力不去想家里的事。

一直等到父亲三周年祭日的那天回乡上坟，田永强把3年的大悲大痛在父亲的坟前一倾而空，放声痛哭。也就是这一场撼动心扉的长哭，从此解开了心中的那个死结，心真正放下，并决定往后不再与人谈起父亲留下的一切哀伤。

“我想，父亲在天之灵如果知道儿子如此不堪，他对人世间的牵挂会更多。我还没结婚的时候，父亲从来不用我的钱。为上街方便一点，父亲一直想买一辆摩托车，到他去世都没买成。”

田永强那时候快要结婚了，还是想法子给父亲弄了5000块钱，让他快点买摩托车。

父亲并没有买，这5000块钱在他临终前一个角没动，用一张旧报纸包得好好的。

长兄为父。这5000块钱，田永强给弟弟买了辆摩托车，心里才安些。

面朝黄土背朝天一辈子的父亲，为了供养两个儿子，历尽辛苦，提前透支自己的健康。父亲的早逝，让母亲的精神受到重击，身体状况变差，她一个人在家，更孤单。田永强跟着工地走四方，母亲成了他最大的牵挂。

2019年清明都没能给父亲上坟，心里总觉得不安。还因为舌头出了点小问题，做了个小手术。而母亲有几种基础病，高血压、血栓。母亲抢救了两次，田永强都没能回家。几乎所有的工地人都亏欠父母妻儿，更无力偿还这个心债。

那几年在港珠澳大桥时，母亲到大桥工地过年，是第一次坐火车、船和飞机。来五峰山大桥3年多，田永强每年都回武汉过春节，然后把母亲送上回老家的飞机。母亲回到村里很开心，逢人就说自己胆大，不要儿子陪，一个人还敢坐飞机。

父亲没享到的福，田永强要在母亲身上补偿，可又能弥补多少呢？

从工作上来说，田永强并不觉得苦，大多时间在局指挥部，到一线去值班的机会不多。在港珠澳大桥时，离陆地比较近，当时项目部住在陆地上，每天坐运输船到海上检查安全质量。

无论走到哪里，父亲的影子经常在眼前出现。父亲对田永强的影响太大，父亲一生活得委屈，那个年代，父亲中专毕业，被分配到西藏，是奶奶死活不让他去那么远，才做了一辈子农民。田永强小的时候，父亲对他的期望很大，当他走出去的时候，村里人说："你父亲那么好的学习机会错过了，你可不能走他的老路。"父亲在村里人眼中是那么的优秀，但有思想却没主见，他希望儿子有主见。

对五峰山大桥的建设过程遇到的问题，田永强有许多自己的想法："我们正在建的五峰山悬索桥的结构，目前是没有标准，这意味着要靠这个桥去固化新的标准，所以在建设过程中难免会遇到这样那样的问题。比如主塔的验收，也是参照斜拉桥的主塔验收的，但像锚碇技术的地连墙、锚体、索鞍、主缆在铁路桥上都是没有的。特别是地连墙施工，怎么开槽，怎么开挖，控制到什么范围，钢筋笼怎么下放，这些都需要我们仔细研究，把它写到方案里，再反传到设计院，然后由设计院写到图纸设计说明里面，在验收的时候，我们就作为依据。这就是我们做标准的过程。包括锚体、承台、墩身、索鞍、主缆等这些验收标准，我们都是按公司标准把它转化为铁路标准造出来。等这座桥完工，那么这个标准就将成为新标准的章节。"

在建造的过程中不断摸索经验，才有了这些新标准，具有里程碑的作用。

铁路上用悬索桥，在国内以及世界来讲，都是第一，标准从这个工程起步产生，这个标准的制定可圈可点的地方有很多。

“现场管理中我们有我们的压力，但我们的压力不同程度上转移给了现场施工人员，他们的压力比我们更大。”

作为分管质量的负责人，年轻的田永强希望这种模式能改改，到最底层去接受锻炼，对日后的质量管理更有提高。更多的人把片区划小一点，都去做具体的事，工程质量会上一个台阶。现在局里面已经在解决这些问题，像这样两层机构的模式不多了，新的项目基础上面是联合项目部，下面是完整项目部的模式。

如果把一个人放到更合适的位置上，可能会发挥更大的作用，跳出去做更多的事。

田永强是个非常内向的人，用他自己的话来说：是个善于“伪装”的人。他的这种“伪装”只是不愿意让周围的人看出他脆弱的内心，他更希望自己的内心强大起来。从小他就是一个常立志的孩子，在成长的过程中又为自己立下的远大志向感到困惑。他的困惑来自于他们所处的这个时代的困惑。

如他自己所说：“也算是最近几年才意识到，那个老家的确是回不去了。有时想，等我走了以后，孩子在世上真正是孤零零的了，而在我有生之年能给他什么？所以近两年来是展望也好，期许也罢，孩子是轴心。孩子今年8岁，二年级，在我偶尔回武汉的时候，他会像个小大人一样跟我正式谈话，要我回武汉工作，能陪他的时间多一点。我无法允诺他，因为我的梦想就是要把这座桥建完，这是我的理想，最起码我要跟着这个项目团队走到底。我常常用自己的理想和所谓的道理鞭策他，他似乎也能理解。但每次回去，他问的第一句话就是爸爸哪天走，走的那天他起床开始闹点小脾气。”

面对他们母子，每一次迈出家门的第一步，是那么困难，但只能狠狠心走。

“爱人在我走的时候，什么都不会说，她默默地送我出门，我能感受到她的目光贴着我的脚后跟，直到我的背影消失在她的视线中。她要上班还要照顾孩子，家里经常看起来有些凌乱，不是她懒，而是根本来不及收拾。她感冒生病的时候，高烧不退，想烧一壶水都爬不起来，更别说烧饭给孩子吃，好心的邻居帮忙给她买药，把我们的孩子领过去吃饭。

我作为一个父亲，一个丈夫，在遥远的工地都使不上力。如果发感慨的话，将一发不可收拾。其实我身边的同事们，还有许多在外漂泊多年的人，也深沉地爱着工地生活，一样不想离开。”

我知道这不是田永强叙述的全部内心，这个内心纤细如丝的人，心上的那根弦还没有拨响，那一声清音，是他在今后的建桥生涯中最壮阔的弦歌，在千山万水间起起落落。他和同事们如建筑宫殿里流出的一股清流，奔向远方。

项目部和圌山的捆山河山水相依，田永强下班后喜欢和同事们一起往山脚下的河边走，他的思绪会跨过这里的山水，飘向甘肃惠临老家，自己和自己腹语。

调度会，共渡难关

冬天就要过去，春天还会远吗？

雪后第三天晚饭后，丁酉年腊月第一周的生产调度会如期举行，从6点半一直开到9点半才结束。

从南锚碇开工至今，已520天，钢筋绑扎与混凝土的浇筑循序渐进，南锚已长到23米高，离完工还差27米。引桥继续向前延伸。

其他的会可以少开或不开，每周一次的调度会雷打不动要开。

调度会不同于别的会，是纠错会、批评会、恳谈会，也是各部门负责人展示才干的竞技场。没法经过排练，就必须拉到战场上真刀真枪实干，几十个大脑互相碰撞，擦出新的火花，产生新的思想，让一件件来自现场很棘手的事件，在暴风骤雨般的争论中一一摆平，因此，难免有那么点火药味。在公司内部调度会更像一场辩论会，正方和反方都代表各自的真理，以正视听，具备了庄重感与仪式感。调度会最大的意义，在于解决工作过程中的困难，调动大家的积极性。决策者在调度会上要引领大家走上一条遵守规范有秩序的道路，并和他们一起共渡难关。

刘凤下午就把会议室的水瓶给灌满了，不过这样的会议每个人都很紧张，不会有人捧茶杯进场。

参会人员从项目部总经理到各班组长，作业队队长。圆桌只能坐二十几人，靠窗子一排椅子，实在不够坐，拿塑料方凳加座。

圆桌子上，每个人面前都有无线话筒，为了节省发言时间，各部门的问题都提前做了梳理。

因为是第一次参加他们的调度会，辛海宁让我坐在他边上，会议签到表传到我手中的时候，我端端正正写上了自己的名字。当本月的生产进度表和考核表分发到最后一名参会人员手中时，小杨总对着面前的话筒清了清嗓子，宣布会议正式开始，要求手机调到静音状态，中途尽量不要离开会议室。

大杨总杨柳青在项目部的时间少，今天他难得有空，端坐首位，一言不发，带着耳朵听杨忠勇主持会议，按照座位的顺序发言。

胡铭是急性子，第一个发言：锚杆正在安装，分公司的人员要满足现场的需要；引桥施工，所有的工具材料归类；用电、支架、挂篮集体堆放，归类码放；塔吊、连续梁两侧清理干净，不许有杂物。

工区长李浔第二个发言：现在应该做的事都要做好，主要是锚杆安装时有困难，空间太小，难免磕磕碰碰，架子队是安全问题最大的地方，现场场地狭小，50 根锚杆，各种支架的堆放，给现场施工都带来了困难，还有作业队伍的协调非常困难，扯皮的事太多。混凝土与钢筋绑扎施工不能停工，后面还要下雪，现场会有许多不可抗力的情况发生。

安环部部长朱文有备而来，他把近期在现场发现的所有安全隐患做成了 PPT，是唯一一个带着笔记本进会议室的人。他用大量的图片把现场的问题全部梳理出来。10 条注意事项中，最大的问题是结构不能随便更改，所有的人都不能违规，要安全防护，警示标识。验收材料，20 米高度支架的安全方案。地基的处理，严重破损。本月安全隐患共 52 条，在安全隐患上报系统中上报出来的，经一一排查，全部整改闭合。高空作业平台，文明施工，通道安全，模板、爬梯的安全。南锚碇上游的爬梯还可以，可以参照。北京卓良作业队的爬梯安全不到位。

杨忠勇本来想等到所有人发言结束后做总结发言，因为李浔抛出来的问题不小，朱文摆在面前的 52 条安全隐患，听得他头皮发麻，脸开始发红。桩桩件件都来自现场，52 条中虽然小问题居多，但是小洞不补，大洞要吃苦，他相信朱文的细心与能力以及处理问题的魄力，但他还是要给朱文压好阵脚，安全在所有部门中，是一个最容易得罪人的部门，也是最重要的部门。

他担心接下来的人发言有畏难情绪，赶紧把面前的话筒打开，提前发言：因为下雪，施工现场非常被动，大家要坚定信心，统一思想，南锚碇作为大桥的一个关键节点，无论外部环境多么艰难，千万不能停。特别是后面的大雪又要来了，至多只能停 2 到 3 天，这是没办法的事。就是这样的天，打灰都不能停止，除非监理方下达停工令，否则，都要坚守在南锚上。在没有收到纸质停工命令的情况下，只要气温不低于零下5度，混凝土不冻，现场具备了打灰的条件，都不能停止。尽管现在外面的雪还在下，我恨不得明天雪一停就打混凝土，所有的设备全部要到位，调度长要提前沟通好，提前到位。混凝土也要保证到位。外部环境再好，如果砂石料不到位，等于是一句空话。混凝土从生产，到浇筑、养护，每一个环节都要保证。质量保证上不敢说大话保证100%，但至少要保证99%以上才行。哪怕过春节，肯定不能停工。要保证项目部的总工期跟得上，C区和D区两个后区，能不能打混凝土，要看锚固系统是否安装完，是否具备浇筑的条件，这不取决于拌和楼的生产及其他，所以，C、D两个区都要提前报方量，下个月总的方量要在1.5万立方米，保证年后的生产，每个月都要有3万立方米混凝土的方量，这包括引桥部分，重头在南锚碇用混凝土多，所以要提前报拌和楼准备砂石料的供应。

这样的天气施工的确有风险，昨天业主在14号墩身第一节处检查时发现了问题，纸是包不住火的，现场的问题一下子就能看出来。昨天气温那么低，防冻保温措施没做到位，14号墩那边却彩旗飘舞，在这样的情况下，混凝土质量怎么能保证？别说让业主看到了，就是我们自己看见了，心里难道不会有触动吗？材料、机械的准备都要根据实际生产量来做准备。

腊月里，个个想回家过年，人心浮躁不安，有些人要回家，无心工作，整个南锚碇有许多事要做，心千万不能散了。检查工作的时候不能见不到人，年前还有两次重大的活动，安全生产月大检查，业主还要来检查。在措施没有完善之前，所有人一个不能放回去过年。所有的道路全部要通畅，排水系统要保持通畅，积雪要铲干净，全部隐患消除了，才能走。

冬季混凝土养护，所有的部位要检查到位，包裹要有效，前天看到的14号墩，包裹都有问题。资料全面梳理一遍，有没有硬伤和死角。17号、18号墩承台打成那个样子，是人员问题，还是技术问题？你们有没有总结过？在现场，郁文知道没有，电工班知道没有？到现在还没报到我这来。为什么不去测量一下？裸露在外面的问题都没去整改，是没发现，还是发现了没去做？竣工资料怎么交得过去啊？

小杨总一连串的发问，让会议室所有相关人员大气也不敢出。因为大家心底相当清楚现场的场景，所有的事情都刻在心里。

杨柳青尽管在现场的时间不多，但工地上的整体情况了如指掌，每次从外面回来，他要做的第一件事就是去现场跑，每一个角落都去，这一转不打紧，现场的问题就出来了。对于结构方面的问题，杨柳青忍不住中途插话，提出了一系列存在的问题："你们现在不要回答我，明天你们去现场把详细的数据测量结果汇报给我，你们测量不了，请专业的测量组去测。尺寸都搞不清楚，不要说测量，目测过去，歪歪扭扭的弧线都出来了，而且两个墩都是同样问题，这么大的问题你们都看不出来？应该凿的凿，应该补的补，不能留下永久性的问题。我们的管理到哪去了，质量部门检查过没有，管理到位了没有？"

杨柳青说完，目光向杨忠勇望去，让他继续主持调度会。

杨忠勇接住上面的话题往下延伸：锚固系统的安装还要准备。目标要明确，不能人心涣散，争取 2 万立方米，坚定不移地推动生产。南锚碇控制着整个主桥缆索和钢梁的安装，制约着整个引桥的施工，因为锚碇上还有两个桥墩 S3、S4 号墩，还有后续的挂篮施工、公路梁施工，这些制约点都将出现在南锚碇。锚碇如果滞后，将影响整个大桥的进度。春节期间，锚碇不停，锚固系统安装不能停，混凝土生产不能停，这是基本的方向。引桥这边，也不能停。移动模架和挂篮的施工也要抓紧。利用最近下雪停工的时间，大家要收收心。

今天是四九的第九天，腊月寒冬，民间说三九、四九是最寒冷的，最冷的天就在此时，寒冬也快要结束，春天还会远吗？春天在哪里？春天就在我们的眼皮子底下，2 月 4 号就立春了，也就是下周六的时间。下一次的调度会我们是星期五开，也就是立春的那天。春天真的很近了，尽管天气预报说这两天要到零下 9 度到零下 10 度，实际上并没有这么寒冷，现在也不过就是零下 5 度到零下 7 度的样子。所以不要怕眼前的寒冷。2018 年最大的雪可能就在这两天，冷只是暂时的，我们这边毕竟不是黑龙江、哈尔滨，要下到 4 月份才能解冻，没有那么恐怖。

我在东北也待了 7 年，我们项目部的许多同事都曾在哈尔滨待过，你们都经历过，最冷的天有零下三十几度。我们在东北时，零下十几二十几度都在关键性的线路上施工，这都是很正常的事。我们当中有好几个在东北干了十几二十年才离开的，这点难度算得了什么？而且天气预报说最近都是夜里下雪，白天不会受到影响。不能因为这点雪就不干活了，难度有，目标也要有，我们要围绕自己的目标开展工作。不能被外界的条件干扰，希望大家明确这一点。

今天各部门的汇报，安环部和质量部都做了大量的准备，非常细致。安环部的朱文部长虽然汇报时间长了一点，但非常全面到位，把所有检查出来的隐患做了通报，有总结，有数据，有分析，对每个单位的缺点都提出了整改意见，对不足之处全部做了点评，这种会开得很直观，很有必要性。但是对于安全质量，说得再好，总结得再到位，关键还要靠我们去一一落实。并不是说安环部说说听听就行了，把工作中遇到的问题在会上晒一晒，亮一亮，让大家感觉到工作中的不足与差距。对有些做得不好的，希望下次在会上少被点名批评，要是被安环部朱文部长找到你了，就出问题了，小则批评，大则罚款、约谈，影响不好，而且会导致生产的被动，进入恶性循环。

工程部的汇报概念化，没有像安环部那样做成PPT，没有直观的数据。我们要明确每周做的事，完成的情况，出现的问题，解决的过程。到月度调度会时，我们要评比哪个部门做得好，做得快。以后的会议每个部门讲话发言控制在5分钟左右，时间不能拖得太长。月会在10分钟左右，把需要解决的问题做个统计报表，所有人员要统一思想。

明天将有暴雪，各部门要组织抗雪。前两天的大雪，各部门，包括作业队都做了大量的准备，第一时间加入除雪行动，包括钢筋大棚以及拌和楼上的升温。我们这次压力比上次小多了，上次暴雪来临的时候，我们是束手无策，想到化雪剂，我们没有，想除房顶上的积雪时，我们手里没有工具。明天上午将有暴雪，下午大雪，晚上中雪。不管它下不下，我们要按照我们的方案执行，做到万无一失。如果发生紧急情况，我们按预案分批紧急撤离，如果有特殊情况，安环部会在项目部群里发布通告，大家要互相转达通告，第一时间做好抗雪的准备。不管雪停不停，天亮的第一件事就是除雪，明天后天跟着除雪，我们的道路就会很清爽，快速恢复施工，保证生产能力。不能拖，不能等，如果不去做，等别人都复工了，我们的现场还是冻得硬邦邦的冰渣子，想清都清不掉。总之，风雪再大，绝对不能停工。

每一周的调度会议上，安全生产是跨不过去的话题，而平时话很少的安全总监张伟的发言极少讲道理，字字句句，实实在在。一辈子走的桥比别人走的路还多的张伟，为人处世特别低调。作为二分部抓安全的大内总管，他更注重做，而很少说。在工地现场，只要他往那一站，就是“安全生产”的旗杆子，他走到哪，插到哪。我和张伟做了很长时间的邻居，进进出出从他宿舍门前过，平时他发出的声音很小很小，只有他刚退休的妻子来大桥探亲，带着宠物狗小白来时，张伟的宿舍才听到“叮叮咚咚”的声音。妻子偶尔来帮他改善伙食，洗洗晒晒，妻子从南京带了饺子皮，到五峰山下采些荠菜、蒲公英剁碎了加肉末给他包饺子吃，很客气地留我吃饺子。张伟的妻子很善解人意，高高的个子，清秀，知性，标标准准的贤内助。几次想和张伟说说工地，只有一次他和弟兄们一起喝酒时，张伟才说了几分钟话：“我这人只会闷头做事，不会说话，怕说错话。”我才知道真的不应该打扰张伟，如果逼着他说话，对他而言，如同受刑。在生产调度会上，轮到张伟发言时，他很庄重地把话筒拖到自己面前，摆正，深吸一口气，郑重地说：“我们每个人，对安全工作要有敬畏之心。我在大桥工地上走了几十年，如果说一点事不出那是讲神话故事，但我到五峰山这个项目部，这个工地上的安全工作是做得最好的，从开工到现在，从来没有出大的安全事故。对安全生产有敬畏心，就是对人命有敬畏心。我们别的大话套话都不要说，我只说一句掏心窝的话：你们谁没有亲娘老子，老婆和孩子，你们出事了，他们怎么办？所以安全生产，不能当儿戏，命比天大。”

停顿片刻，张伟又开腔：“最近天气预报要下暴雪，气温要下降到零下 4 度到零下 8 度。所有人员外出或值班都要注意保暖，防止感冒、冻伤，离开宿舍要切掉电源，以前一直说，还是有人记不住。还有地面要做好防滑措施，比如我们这个会议室门口的地砖很滑，要用防滑垫、草袋或麻袋垫上。明天继续下大雪，钢筋大棚要注意警戒。雨雪停止复工后，所有人员要戴好劳动防护用品，手套、防滑鞋等。安全帽与安全带更不要说了。复工时，作业班长首先要组织清理施工道、步道、作业平台上的积雪，工班长要第一个上去排除隐患，如果有一时排除不了的，要告诉后面的工友们要注意防滑，防坠落。每天上班前要做安全交底，安全得到控制了，才能作业。所有因公因私开车外出的，无论是电瓶车还是汽车，驾驶都要谨慎。尤其是上下坡，一定要小心。最后一点提醒，这种雪天干活时，一定不能一个人去，起码两个人以上，有个照应。比如上午我们看到 14 号墩，防护的油布滑开了，当时就只有一个人上去了，我在下面看着都害怕，太危险了。这样的天气，不能单独行动，万一掉下来，都没有人知道。”

围绕工程质量方面，总工程师李奔琦三句话不离本行，施工过程中的每一个工艺尤为重要，特别是遇到这种突然降温的状况，让工地进入了少有的混乱状态，这种状态要及时纠正，在打灰前，必须准备到位。S1 号墩、S11 号墩还没准备到位，就去浇混凝土了。连续梁张拉，需要压浆的话，要在 5 度以上。张拉完后，要进行加温，否则到时候压浆不行，后面是零下六七度，肯定要冻住了。S2 号墩在钢板桩拔除之前，要回填土，这是一个重要的施工平台，一定要把回填土夯实，否则会导致下陷，所以回填土并不是小事情，要填密实。锚体的温控报警了两三天，仪表温差超过要求。所以对循环水的温控要控制好，不能过快，也不能过慢。表面温度很低，是不是被子盖薄了。

小杨总做完调度会的总结，会议室里的一群人向门外涌去，在灯光的映照下，门外的雪飘飘扬扬，风正紧。等我抱着笔记本冲进雪中，回到 100 米远的 6103 房间时，头上落了一层雪花，身后还听到作业队队长周理群公鸭嗓子沙哑的声音响起：“都要过年了，这个鬼天，真差劲……”

在宣布散会前，小杨总点了几个人的名，单独留下来再开一个小会，解决其他的事情。这个会又不知道开到什么时候，明天的工作还要继续。

开工以来，不知道开了多少次调度会、安全生产会议、质量会议、生产进度会议，工程进度中所有的问题一一在会议中解决。

时间一点点往前走，工地现场，每天都有不一样的新鲜事发生。春节过后没多久，五峰山的春天真正来了，S17号墩与S18号墩引桥上，框架墩建成，移动模架百米高空处，在镝灯下发着神秘的光。晚上工人们还在加班，这天是农历二月初九，月亮半圆。山坡上，零星的青草冒出。正月初六来工地的时候，山坡上还是白雪一片。再过几天就是春分，山里的夜晚，双手伸出来后，冻得生疼生疼的。江上在调索，晚班整个江上十几人，中跨有几个测量人员，边跨也有人守着。南锚碇到这天正好是1234天。

南锚值班室，张国庆晚班。春节后，他一直没有时间回家，直到80多岁的父亲生病不得不回去，辗转于曲塘镇、海安县人民医院挂水一个多月，没有查出什么病，最后在省城才查出是美尼尔斯综合征。医疗费花了几万，但无法根治，医生开了点药给他带回去吃。父亲发病的时候，手脚冰凉，全身出冷汗，心慌到极点，但他忍着。父亲本来有只耳朵聋了，这个病是由耳朵引起的。对于长年在工地现场的人，大部分人的听力都有问题，噪音伤了听力。

11点多，食堂为上夜班的人员准备的消夜送到了值班室，有包子、馒头、菜汤、咸菜。张国庆让大头洪兵把现场的工人都喊下来吃一点。值班室一下子就挤满了人，挪不开身，还有两个开塔吊的没下来，他们嫌麻烦，从80米高空中下来，然后再爬上去，太费事了。

每一次雨雪天气，都会让小杨总彻夜难眠。恶劣天气给施工带来意想不到的困难，为了确保工期，想与天斗门都没有，只能在会上苦口婆心鼓励大家，才能杀出一条血路来。

在食堂吃饭，小杨总和我说这话的时候，耸耸肩膀，一脸无奈。但是他面对每一个遇到的困难充满了信心。项目部的年轻人们评价他："咱们的小杨总，是个打不死的小强，像混凝土一样，越是环境恶劣，抗压力越是强，他可不是一般的材料做的。"

记得我每次进驻工地都没好天气。头次进项目部时雪正烈，7月份去项目部正好是大暴雨。小杨总说我上回来把雪招来了，这回来又把雨招来了。打灰要连续打40多个小时才能完工，总方量要4400多立方米，中途不得停工，打灰是整个工程的重点，每逢这个时候，如果没有好天，还不能眼巴巴等待。在南锚上，工人们穿着薄薄的雨衣，在风雨中抬钢筋，绑扎。只要不是下刀子，工地现场都不会停工，每个人都希望早一天竣工，早一天通车，早一天离开这个工地，奔赴新的工地。

自项目开工3年多以来，每个工程节点像雨后的春笋一节节往上开，从地下的基础工程到上部工程，主桥猫道架设，边跨大节段钢梁安装，公路合建段、铁路连续梁和公路移动模架，整个施工区域涵盖大江南北两岸，每个节点的重大转换过程，既欣喜，又忧心忡忡。于是在杨忠勇的建议和精心组织策划下，一本《五峰真经——五峰山长江大桥汇编》在无声无息中开始整理编撰，项目部全体成员既是建设者，也是撰稿者。

为了编好这个汇编，所有参与编写的人员晚饭后全部坐到了会议室。为了提高项目部技术和管理人员的整体素质，让大家的心拴在同一根绳上，让每个人与大桥共同成长，编写工作正式拉开序幕。这并不是一个人的事，而是整个项目部的大事。

技术篇21篇、管理篇18篇，包含了3年多来施工过程中的每一个细节，有成功的范例，更有失败的总结，39篇汇聚在一起，图文并茂，从封面到封底，正好365页，对应一年的365天。这本《五峰真经》我有幸得到一本，每一组原始数据，每一个问题的呈现，每一张图片的见证，对问题解决的方法，都来自现场中每一个宝贵的经验。杨柳青作序，这本厚书，有杨忠勇长达8页的项目管理工作总结，工经部部长谭希对项目管理的深度思考，辛海宁在党群中的工作总结，安全总监张伟的肺腑之言，项目部总工程师李奔琦对南锚碇地连墙成槽施工的总结，朱文的移动模架拼装，沈伟对基坑开挖的总结……还有很多我不熟悉的名字，他们根据工程的需要，有的已调离项目部，到需要的地方去继续战斗。

调度长

在4号主塔和南锚碇施工现场,他们俨然是大将军,在威武的机械丛林中,车辚辚,马萧萧,千军万马在桥上,愤怒的小鸟在远方。

大肚弥勒陈圣飞

从五峰山脚下打下第一根钻孔桩,南锚碇破土动土开挖基坑,到现在主缆索股即将牵拉结束,接下来为主缆缠丝,吊索夹,索杆,然后架钢桁梁,陈圣飞和南锚碇在一起近1500天。作为南锚碇的调度长,陈圣飞每天早晨第一件事情,是去江边看水位,然后回到值班室烧开水。陈圣飞用的一只奶瓶形状的粉红色塑料杯子,是儿子买的,脏兮兮的样子。他每天早晨用这只杯子泡上一袋排石冲剂。从到这个工地起,他就喝这种中成药,但对于肾结石排石的作用并不大,反正每年公司体检,肾结石从来没有消失过。

在现场,作为南锚碇施工现场的机械总调度长,作业队的人喊他陈调。和同事们在一起,大家认为陈圣飞这个名字文气了点,加上他平时有点大哥大的风范,都叫他飞哥。

如果没有特殊事情非要到现场,陈调通常坐在值班室用对讲机或手机指挥,因为怕动,又管不住嘴,他的脸变得越来越宽,笑起来的时候,双下巴泛出圈圈,看不见他的腰,只有肚子。生产经理胡铭老吓他:"飞哥,再这样下去,三高马上就要找你麻烦了。"

于是,飞哥迈开腿,管住嘴,每天步行1250米去南锚值班室。和飞哥第一次认识就是在那条通往天梯的羊肠小道上,这条道只能一个人走,飞哥让我,我让他,最后还是他让我先过。这条小道上有一幅卡通画,在修建这条施工道的时候,不知道哪个调皮的人在尚未干的混凝土路面上画了一只小猪，小尾巴卷着。后来每次经过这条路，都联想到飞哥胖嘟嘟的样子。

翻过两个陡坡，爬过那条 116 级的天梯，把他累得够呛，这样坚持了一段时间，小有成效，飞哥果然苗条了许多，眼睛变成了双眼皮，脸也英俊了三四分。

在现场的陈调，不好说话的时候变成黑脸的包公，现场哪里有看不顺眼的事，他会瞪着铜铃大的牛眼，扁着嘴把少数要滑头的人恶狠狠批一顿："把活做漂亮点，不给人找麻烦就是不给自己添睹，谁偷奸耍刁，当心我的虎头铡，铡了他的小狗头。"下面的人只要把事情做好了，飞哥笑得像大肚弥勒佛。

他对师傅们说："你们是手握方向盘和操作杆的，你们的失误不但自己受损还要连累他人，轻则断手断腿，重则危及自己和他人的生命，所以请师傅们只要一上车，要精神百倍，严格要求自己按照操作规程操作。"

陈调每天早晨还有件最重要的事，对十几台机械的工作安排，对司机进行班前工作安全提示和要求。一天工作的技术交底，是每天雷打不动的事。这 10 分钟的指令话不多，言简意赅。别小看这短短的 10 分钟，都是与安全质量生产密切相关的大事。这么大的工地，这么多的机械，24 小时都在狭小的施工现场跑来跑去，在任何地方都可能发生磕磕碰碰的事情，挖机司机、吊机司机有些不听指挥，发生争吵，要去调解，现场工人违规操作，要去制止，有危险和吊重物，肯定要到现场指挥。

在别人看来，陈调稳坐值班室轻轻松松上一天班，其实事情全装在他肚子里，哪怕晚上躺床上，都得从脑子里过一遍。

和所有的桥二代一样，飞哥在顶职进大桥前，在外面的世界转了一圈，最后才打算把心落在大桥。

飞哥记事早，他记得 5 岁时候跟妈妈去南京长江大桥工地看爸爸的事。妈妈手里牵着他，怀里抱着妹妹。有一次妈妈累坏了，身体不好去医院看病，爸爸在上班，小飞哥一个人跑出去玩，只记得经过一个洗石厂，结果找不到回家的路，一边走一边哭，哭累了就睡在一张大板凳上，等爸妈找他的时候，脸上还挂着眼泪。

1980年高中毕业的飞哥，高考成绩与录取分数线差27分，平生第一次知道愁的滋味。其实飞哥是有学习的天赋，在高一的时候成绩就拔尖，数学能考满分，附加题目能用物理的方法解答出来，这在班上都少见。

在母亲的眼中，儿子还是个嫩牙花子，觉得还是学个手艺靠谱。荒年饿不死手艺人。

飞哥不甘心做个手艺人，听村里人说上海的农场有活干，脑子一发热，就跟别人后面去了。夜里到的农场，黑灯瞎火什么也看不见，农场里的人给他找了个地方睡，第二天早晨醒来一看，一头牛昂着头，朝他瞪眼，爬起来一望，墙上到处是牛屎。几十年的时光，飞哥怎么也忘不掉睡在牛棚的那个夜晚。在农场做的活是采茶叶，这是女人干的活，他哪有耐心，工资也没有要，一周后落荒而逃。

回家后还是听了妈妈的话老老实实学木匠，一年半后就开始带徒弟。也就是这门手艺给他的生活带来了希望，后来还开过家具厂，在1990年代中期家里就买了新房子。

爸爸在大桥是内燃司机，也开过货车，在他退休回家的时候，看他靠手艺吃饭干得热火朝天。爸爸说，手艺人吃的是百家饭，端人家饭碗，受人家管，挣的全是血汗钱，做的活经常是有上家没下家，很不稳定。

爸爸在准备退休的时候就希望他顶职进大桥。爸爸说："到大桥是铁饭碗，在外面单干是瓷饭碗，弄不好就容易碎掉。"飞哥那时候开个小家具厂也是操心得要命，最后还是顺了爸爸的心，顶职进了大桥，那年是1993年。

第一个工地到了九江大桥，分在食堂做白案，这一干就是4年。

九江大桥，有4个桥头堡，桥头堡要做一种旋转扶梯，一般的木匠做不了。4个装吊工里面，年纪大的会干活，但不会看图纸，年纪轻的会看图，但不会干活。木工班班长打听到食堂的陈圣飞是木匠出身，把他调到桥头堡救急。

陈圣飞拿着图纸一看，桥头堡的图纸上有个自由段，图纸上没有办法体现出来，只能画了个圆圈代替这个自由段的存在。谁也不知道这个自由段怎么弄。有一个木工师傅在干，陈圣飞跑过去一看就知道问题出现在哪里，告诉他说："你这个错了，相差一个板面的厚度。"师傅不相信，3 天做得差不多，发现果然错了。师傅觉得很丢面子，从此再也不干了。

到现场看的时候，飞哥并没有看到图纸，在交叉的地方看到了重叠部分，然后通过想象预测到了潜在的问题，再与图纸上的自由段一结合，一下子就找到了问题的关键。这是需要悟性的。那个旋转扶梯在电梯井里，电梯井的施工非常困难，只能把旋转楼梯吊上来，推翻前面的，重新开料。

在九江大桥 5 年半的时间，到 1996 年离开九江大桥，转战福建的闵江四桥，陈圣飞还是做老本行。那个年代的人文化程度偏低，许多老师傅只读过小学，苦能吃，图纸在手上拿倒了都不知道，更别说去看，技术员怎么讲还是听不懂。

谈起江上拉索股的事，飞哥的见识并不比技术总工差，凭的是多年来造桥的经验。说到索股的长短，通过云计算，每个锚头的位置，每根索的长度、弧度的差异，承载的吨位不同，锚头的距离都不相同。作为总调度，要学的东西很多很多。在工作过程中，飞哥觉得从来没有困难。

到桂林解放桥的时候，飞哥开始当分队队长，管两个分队的木工。每到一个工地，他都是管木工，积累了很多的经验。结束广西贵港的郁江桥的工程，他暂时离开了一段时间，又到了无锡的青年桥、顺德桥、台湾水泥铁路专线、南广铁路逢远河桥、广西柳州的白鹭大桥、南通的东方大道、扬州万福桥，现在到五峰山大桥。这一走，半辈子结束。

建过的所有桥中，飞哥感到最震撼的有两座桥，第一是九江大桥，第二座就是今天的这座五峰山大桥。现在造桥有了各种高科技手段，不再需要传统的木工，所以飞哥的手艺也荒掉了，再无用武之地。

飞哥的这双巧手，不仅木匠活做得漂亮，做针线活也相当利索。

这要从他的裁缝结发妻子说起。飞哥和妻子是同一个村的。妻子不仅长得漂亮，而且聪明又能干，在飞哥顶职进大桥的时候，她在家学裁缝开店，每天忙到深更半夜。飞哥那时候还在家中，帮她一起撬裤脚边，锁纽扣眼。一个主内，一个主外，儿子聪明可爱，小日子过得甜滋滋的，在县城里买了房子。飞哥在福建闵江四桥的时候，他们的婚姻亮起了红灯。

飞哥觉得有儿子，有房子，有贤妻，此生再无忧。他们吃了那么多苦，尽管不算大富大贵，按理说，日子好过了，不应该分，但很多时候人与人之间可以同苦，不能同甘，他们因为分得太久，一个天南地北漂，一个守着老的和小的。

夫妻两个都是优秀的手艺人，妻子给别人做了多少嫁衣，自己都舍不得做件好衣裳。为了让他们娘儿俩过上更好的日子，飞哥在工地上很努力。

和妻分手那年，飞哥 37 岁，儿子 14 岁，由爷爷奶奶带大。

飞哥说以前的事，什么也不想说，说起来难受，他心底像有颗盐煮过的豆子，这粒苦涩的豆子经常跳出来搅乱他的心，咸咸的。用他自己的话来说，大桥人就是这个命，家庭幸福的真是凤毛麟角，大多数人的内心里都被长期分居的盐霜腌过，时间久了，慢慢风干，也就不知道疼痛，都麻木了。

的确，大桥人的婚姻岌岌可危的不在少数。劳燕分飞的并不少，也有的为了孩子和双方老人将就着过，但质量很差很差，对孩子反而是另一种伤害。婚姻工程如同建桥一样，是一个庞大的系统工程，其复杂性并不比建桥低。工程上的难关可以由一个技术方阵来攻坚克难，但婚姻家庭的圆满或瓦解，永远是两个人的事，外人谁也走不进那个谜一样的城堡。

飞哥和妻子的婚姻就是如此，他有本事解决复杂的旋转扶梯，她可以裁剪一件式样很复杂的衣裳，但他们终究解决不了自己的感情问题。他们的感情倒在长期分居，抚养孩子的复杂枪口上。

谁不希望有个圆满的家，可是那个家，像天上的星星，海底的月亮，摸不着，捞不到。这十几年，飞哥和前妻一直单着。飞哥经常相亲，相来相去并不是没有中意的，而是有些相处一段时间后，就会有这样那样的问题。有的性格太刚烈，有的拜金，最让他不能忍受的是不接纳他的父母。就是因为长年在大桥上顾不着家，家才散了。所以他把择偶的标准定死了：一不求她的财，二不看她的貌，百善孝为先，如果不能孝顺他的父母，哪怕她是王母娘娘的亲闺女，也不娶。其次是要跟着他走，他到哪，她也要跟到哪，哪怕吃糠咽菜，都要两个人在一起生活。孤孤单单的大桥人，以桥安身立命，按说这点要求不算啥，但在外人看来，却难上加难，哪个女人愿意从米箩里跳到糠箩里来过漂泊生活。所以，飞哥的硬性条件，把一个个女人给吓跑了，他到现在还一直单着，高不成，低不就，成了父母的心头大事，连儿子都向他发出了"警告"。

儿子买了一对卡通玩具，固定在飞哥车子的前方，是两只连在一起的小鸟，是动画片里的，它们的名字叫"愤怒的小鸟。"儿子对他说："老爸，你年纪越来越大了，再不找个女朋友，别说爷爷奶奶难过，连我们都要愤怒了。"

飞哥不是不想找，他只是在等待，等待那个符合他标准的女人向他靠近，然后把汽车里那对愤怒的小鸟换成一对幸福的卡通人物。

只有一个女人走进了飞哥的心坎。他在扬州万福桥的时候认识了她，万福桥因此成了他的爱情福地。她比他小整十岁。当他带着她回启东老家见父母时，她见他的父母如见自己的父母，他终于放心了。两个人一个扬州，一个在镇江，隔江相望。他现在最大的希望就是退休后与她会合，侍奉父母，照顾孙辈们。他最终还是不忍心带着她进工地，工地粗粝的生活会磨损心爱女人的容颜，所有的女人是用来疼爱的，而不是来受苦的。

他们每天通过微信隔着五峰山的江水，鸿雁传情。

大桥人的家庭，幸福的极少见，不幸福的家庭一抓一大把，各有各的故事。这些故事如果没有人去剖开，将永远被工地上的黄尘湮灭，很少有人知道他们和妻子、父母、子女长久分别后的锥心蚀骨的苦涩与无奈。大部分时候，白天在现场，忙得没有时间想家里的事，只有夜深人静时，才会去想，他们都努力将不幸福的往事尘封在心灵最深的地方，不愿意轻易示人。

工地上的人都知道飞哥是一个人吃饱了全家饱，日子过得比较马虎，和前妻离婚的这十几年，除了孙子和父母让他挂心，别的真没多少事能让他放在心上的。

陈圣飞一边打开施工日志，开始写调度的作业，一边打开对讲机与各个泵车联系，填写南锚及桥墩的混凝土的实际方量。等这套活忙完了，杯子里咖啡色的排石冲剂已经凉透了。他也顾不了许多，仰起脖子一饮而尽，算是完成了每天吃药的任务。同事们都知道飞哥好吃，怕动，过几天就要约大家小聚一下。其实大多数情况下，飞哥并不好吃，他只是好客。尽管他的厨艺呱呱叫，但很少动手做饭，他负责采买食材，让张俊杰当火头军，那手艺也是一绝。等大家到齐了，飞哥开始安排位置，年长的床沿上坐，年轻的坐塑料板凳。他吃得并不多，酒量也不行，他专门弄一双筷子帮坐得远够不到的人夹菜，看到别人吃得香，喝得尽兴，他那张红光满面的大胖脸笑开了花，笑起来的时候，搁在大腿上的啤酒肚晃来晃去的。有人说飞哥是如来佛转世，好人肯定有好报，和扬州的美女朋友相遇相恋，就证明了这一点，他呆人有呆福呢。

飞哥谈起旋转梯，眉飞色舞，笑得像弥勒佛，当我的话题转到他的家庭时，飞哥胖嘟嘟的身体本能地缩了下去，神情开始暗淡，好像受了天大的委屈。他担心现在的女朋友哪天和他吹了，还有她的小脾气，发起火来横七竖八瞎来，一个不高兴就把他的东西扔得干干净净，让他有多远滚多远。这让他很难受，毕竟人家年龄小，哪有小女人不任性的，只能让着她。

飞哥前天回家看父母，特地从吕四港买了带鱼来，晚上准备在宿舍办满汉全席。几天前就约了工区的兄弟们来宿舍喝酒，飞哥昨天就开始拖地，抹桌凳，床上的被子理得很整齐。

张俊杰从现场回来洗菜切菜，怕晚上锅不够用，红烧的大菜牛筋中午就提前煨熟。

我还一头汗在 70 米高的南锚上，崔永兴和陆炳良已经出发到工区吃晚饭，他们说到现场接了我一起到工区。等我回工区宿舍洗了把脸，换上干净的衣服赴宴时，已经 6 点半，人全到齐了。

两张铁皮桌子拼好，塑料板凳排开，油炸花生米、手撕腊肉、凉拌海带丝、白凤爪、凉拌黄瓜等几个冷菜先上了桌。红烧鳗鱼、带鱼、鲫鱼，红珠鸡到大港街上买的，炒土豆丝，青菜炒香菇，最好的一锅菜是电磁炉上煮的牛筋火锅，各色素菜洗了一堆放在边上备着。周达斌到食堂去打了菜和饭，开洒水车的吴平林，朱文、胡铭，工经部的谭希都来了。崔永兴和陆炳良坐床沿上，其他人围坐，13 人，坐得挤挤的。

喝的酒不超过 15 元，要么是牛栏山，要么是二锅头。能喝酒的喝几口，不能喝的倒碗矿泉水充当酒。工区的酒桌上，酒碗端在手上，没有上下级，称兄道弟。一顿饭结束，酒干菜光，平时工作中的那点鸡毛蒜皮的恩恩怨怨，一笔勾销，各自回宿舍蒙头大睡。

父母年事已高，三天两头生病，这成了飞哥最大的牵挂。最害怕的是接到家里的电话，像电烙铁一样。

这两天，飞哥的爸爸住院，医生说要手术，妈妈有个小病也要手术，飞哥感觉天快塌下来了。坐在我面前的飞哥像霜打过的茄子，每说一句话都觉得困难，内心的疼痛像一不小心炸开了马蜂窝，蜇得他心惊肉跳，以至于他本能地抱着头，想躲也没处躲，只能面对。

别人的事从头上过，自己的事从心上过，飞哥真切地体会到这句话的内涵。如果他有个完整的家，他在大桥上打拼，家里有个媳妇照顾父母，那么他就无须两头牵挂。

飞哥曾经希望儿子能像他一样子承父业，到大桥工地上来大展宏图，可是那小子到项目部来上了个把月班，就请假溜号了。走的时候怕老子来火，衣物都扔在宿舍没有带走，反正老子在工地上，不怕丢了。

儿子像风中的鹞子飞离飞哥给他设定的人生路线，独自闯荡江湖，做起生意，倒也风生水起，钞票飞飞的，小夫妻俩日子过得美滋滋的。这对飞哥来说很是欣慰，好在当初没把儿子摁在大桥上，否则儿子也和他一样在外面飘。

飞哥说，我们大桥人，像天上的风筝，无论飞多远，那个扯线的人永远在家里头，线的那头，是妻儿老小，那线越扯越乱，哪怕把肠子扯断了，也回不去那个家。工期就是如山的命令。

4号主塔上的飞天

朱治国家两口子属于那种半日不见，如隔三秋类型的。

作为4号主塔和5号、6号桥墩的总调度，朱治国忙得连坐下来的时间都没有，妻子罗燕的电话没空接。这让罗燕很是恼火："有那么忙吗？要死喽，要死喽，我的电话都敢不接了！"

朱治国的飞毛腿在江边4号主塔飞来飞去的时候，罗燕在食堂的厨房里拣菜，洗菜，切菜。那双粉嫩的小手，像流动的白玉，像欢快的云雀，在一大堆菜面前上下翻飞，眨眼的工夫就拣满了一筐生菜。把菜放进水池里泡着，转身拿切菜板切香干，那刀工，也是炉火纯青，响声连成一片时，案板上已经码了一堆切好的香干。

朱治国每天早早骑电瓶车去江边4号主塔上班，快言快语有绘画艺术天分的罗燕在食堂帮厨。罗燕可不是一般的心灵手巧，画的画能挂在网上卖，手工做的各种糕点不比正宗的糕点师傅差到哪去。

朱治国过生日的时候，她亲手做了一个裱花的大蛋糕，让他足足回味了半个月的时间。

下了班，两个人一起遛一条叫米菲的拉布拉多犬。米菲正怀着胎，懒懒地趴在笼子里待产。一间活动板房，是他们工地上的家。有女人的家，是缤纷的，生活日用品，罗燕喜欢的饰物，鱼缸等塞满了房间的角角落落。门口一个白色的花架子，放满了花盆，栀子花、月季、长寿花等十几个品种，都是家常花，还有一些从五峰山上采来的野花野草。单单是那两棵从五峰山上挖来的金银花，养在两只大塑料桶里，当五月杜鹃花开得漫山遍野时，朱治国家门前的金银花也开得前赴后继，草药香飘到活动板房里。罗燕又要忙米菲，又要忙着采摘含苞待放的金银花。如果等金银花开足了，就没有药用价值了，所以只能在还是花苞的时候采。

作为江边主塔的总调度，有人开朱治国的玩笑："他是主塔上两条腿的蜘蛛侠，人家从地上走，他贴着墙壁走。"玩笑归玩笑话，朱治国在通往主塔上空的升降机上，不知道爬过多少遍，个中辛苦旁人怎能体验。升降机的声音震耳欲聋，有的时候开升降机的女工有事不在，他坐进帘子里开。

大家也没说错，朱治国要走的路都在空中。随着主塔越长越高，他在塔上的时间也越来越多。除了工作，上主塔参观的人越来越多，人家对现场不熟悉，他要在前面带路，带领大家过通道，上升降机，攀主塔。升降机限载，最多只能上去8个人，遇到最大活动时，来宾有百把号人，这个时候，朱治国嫌自己只有两条腿太少。

白天走得太多，下班后两条腿像灌满了铅，为了陪罗燕到圌山脚下散步，朱治国牵上爱犬拉布拉多，强撑着两条腿出门。回到宿舍，各自忙各自的事，罗燕搬出画架开始作画，朱治国倒在地铺上刷手机。

1977年出生的朱治国，是土生土长的南京人，父母当年是知青，他和妹妹随父母一起到盐城建湖，在徐州读高中，毕业后去福建武警部队警卫连当兵，第三年当了班长，并入了党。警卫连训练严格，素质要求高。在部队，荣誉是一个优秀士兵最好的见证，朱治国获得过不少荣誉。

朱治国表现出色，部队领导瞄上了这位优秀的士兵，正准备把他作为后备干部留下来的时候，他的一些老乡全准备退伍回南京了。老乡们说："治国，一起走吧，回南京我们还在一起好好干一番事业。"就这样，脑子一时发热，他跟着老乡们退伍回了家。

人生总是充满不确定性。退伍回家他才发现，创业是多么难。

"唯一后悔的就是退伍。如果留在部队，第二年的提干就会有我。我在部队得过许多奖，领导对我青眼有加，三年兵，参加军区大比武，拿了奖。如果那年不退伍回来，就不会进大桥。"

如果生活是一场奔波，到哪里都将是一场在未知世界的竞走，朱治国的骨子里天生有一种野性基因：喜欢跑。作为一名优秀的退伍军人，1999年的时候，他被分到了大桥局。

"刚分到桥处，还挺高兴。流动单位，可以到处跑，一直跑到现在，也没厌过。"

20世纪90年代中期，全国到处搞下岗，桥处也不例外。他刚到桥处报到，就没有岗位，关系挂在大桥局四公司，上不了班。那一年退伍兵特别多,全国在大裁军。朱治国说自己算是幸运的,许多战友分的单位都遭遇了下岗。

一直到2010年,朱治国一直在外面飘着,跟在朋友后面东奔西跑,只要能挣钱,什么苦都吃过。

2012年大桥局经济开始复苏,朱治国才正式回到大桥工地上班。

第一座参建的桥是嘉绍(嘉兴到绍兴)大桥。嘉绍大桥结束后,紧接着去了湖北荆州公安大桥,再后来就到了现在的五峰山大桥。

以前在南京跑还能照顾到家,进了大桥一步跑不掉,家难回了。父亲去世后,女儿和奶奶一起生活。奶奶年纪大了,管不住孩子。

"自从离婚后,每次回南京,临走时女儿都会哭。"

朱治国觉得亏欠孩子,在她小的时候还愿意来工地,长大后再也不愿意来工地,特别是上了初中后,在城里和同学一起玩。现在能给她的,就是带她上街吃好的,给她买喜欢的衣服,只要她开口,基本上都满足她。这也给她养成了坏习惯。可是,有什么办法呢,成长中的孩子,需要的是更多的陪伴。

接到去五峰山大桥的调令是2015年12月1号。那年6月份,朱治国在武汉学习三个月,课接近尾声时,向学校老师请假回家陪女儿过儿童节。晚上11点钟,女儿说要吃烤串。吃完烧串回家的路上,女儿坐在电瓶车后面打起了瞌睡。朱治国一只手骑车,一只手在后面扶着她,结果出了车祸。女儿颈椎第三节错位,直接被送到上海治疗,好在孩子小,没太大的问题。朱治国颅脑积血,送到省人民医院,立即手术。在重症监护室昏迷了5天,第6天才醒过来,捡了一条命。

"所有离异的家庭,大人的日子都能过,孩子的日子难过,哪怕你给孩子创造再多的物质,都是残缺不全的。"

朱治国比罗燕大9岁。她来自辣都重庆,她爱他像爱辣椒一样,麻辣火爆,但她善解人意,特别能吃苦。我们谈话的工夫,罗燕打两次电话来问朱治国到哪去了。"尽管她脾气有点火辣,但对人真诚,心肠好。"朱治国说,大桥人苦,从来没有节假日,24小时待命,罗燕就得跟着苦。她是个闲不住的人,业余生活像门前的花儿草儿一样,多姿多彩。

朱治国的手机铃声是冲锋号的声音,他还是部队的作风,冲锋号一响,就得准备去战斗。

“在施工一线,手机铃声必须要大,否则听不见,容易误事。”朱治国解释说。

可是到了宁静的生活区,一阵风吹过活动板房,一根针掉地上都能听得见。

电话是现场打来的。广告公司的人在主塔上游拉宣传标语,要用升降机。朱治国打电话给电梯女工王红,让她去开升降机接广告公司的人下来。

现在的妻子,不管朱治国到哪,都把她带在身边,哪怕再苦。

作为在一线的调度长,所有的事都得亲力亲为。

朱治国参建的大桥虽然不多,但在现场历练了几年,经验越来越丰富,这得益于他喜欢钻研,能将书本上的理论知识活学活用,却不去依赖书本知识。

中铁二十四局的架桥机已经架好了梁,五峰山这边的引桥工程已经结束,就等架梁。南锚前面的直线段和 0 号块施工,框架墩和预留段框架墩施工都在有序进行。

对现在的生活,朱治国很满意,只要努力工作,总有回报。这个月拉主缆索股比较快,公司为了激励大家,发放奖金。

如果没有特殊情况,朱治国不请假回家。奖金与出勤的天数考核挂钩。

朱治国说爸爸 2016 年出事的时候,不得不请了长假照顾爸爸。爸爸是 2016 年 12 月 21 号出事,高血压中风引起脑梗,到 2017 年 7 月 4 号去世,全住在医院。刚出事的时候请了一个月假陪伴,假期结束赶紧回到工地,那个时候主塔才在浇筑承台。

等妈妈打电话来说:“治国,你爸快不行了,快回来。”朱治国又请了几天假赶紧回家,一直陪伴到爸去世,过完“五七”,才回工地。爸爸的死是个意外。爸爸在一次过马路时不慎跌倒,过路的人打了 120,然后在他手机里找到朱治国的亲情号码。朱治国在工地,只能请南京的兄弟们帮忙送医院抢救。两个月后,爸爸又查出来胃癌,无法化疗,撑了 7 个月,撒手人寰。爸爸没享过福,身体那么好,说倒就倒下了。爸爸走得很安详，在睡梦中离去，这让他的心里多少有点安慰。家里拆迁快要拿新房了，可是他没等到。这大半年时间，朱治国不知道是怎么熬过来的。朱治国两头奔波，一边是桥，一边是爸爸，家里出了这么大的事，都是一些好兄弟在帮忙。

朱治国江湖义气重，只要谁说有事请他帮忙，他马上就能赶到。朋友们说他是那种可以为别人两肋插刀的人。

虽然在大桥年数并不长，朱治国对大桥建设有自己的理解。“在设计的时候设计师可能只会考虑物的因素，很难考虑到人的因素，而在现场管理过程中，人的因素比天大。现在工地上对安全抓得特别紧，任何人都不敢掉以轻心。”

在嘉绍大桥的经历，对朱治国来说是刻骨铭心的。钱塘江每年八月十五涨潮，潮水特别大，非常壮观。施工时必须躲避潮汛。在嘉绍施工时，有一个十几米长的栈桥，当时有家供货商来送货，那天下着毛毛雨，栈桥面铺着铁板，不下雨都很滑，一下雨，铁板上如同抹了层油，更滑，司机也许是踩了急刹车，车一滑，掉进江中，那一段正好在江心。下去就被潮水卷走了，连尸体都没法找到。

一直到主塔封顶，猫道开始铺设时，开启了大江上架设主缆与边跨梁的航程。“现在造桥，全部是高科技，有效地控制了各种风险。”2019年1月29日下午4点30分，南岸边跨第八个大节段钢桁梁架设顺利完成，至此，南岸（镇江侧）边跨钢梁架设全部完成，钢梁施工转入北岸（扬州侧）边跨钢梁架设作业，二公司三工区的负责人郁文那边开启了紧张的架梁阶段。

站在主塔上看五峰山的风光，看着大桥工程节点的每一个变化，朱治国向来参观的人介绍大桥建设中的情况。边跨钢桁梁，江南江北各8片，江面上的主跨37片。这个大家伙长30.8米，宽46米，高17.8米，重1632吨，其中最重的达1760吨，用2500吨浮吊往江上吊。以前都靠人工拼装，现在全在工厂拼装好，直接运过来吊装，把工人解放了出来。

升降机升至主塔一半时，可以中途下来看架设好的钢梁。钢梁与钢梁之间的连接更是壮观，用高栓连接，每一个高栓都有一个号码，像我们每个人的身份证，通过系统可直接追查到操作人员的工号。第三代定扭矩全自动的电动扳手，是首次在五峰山大桥上使用。因此，每天坐升降机上上下下的过程，对朱治国来说也是学习的过程。

江上风大的时候，猫道会晃，主缆也跟着晃，像蛇一样扭来扭去。朱治国在猫道侧网还没有挂好的时候，从 4 号主塔的边跨往南锚走，身上挂着安全带还是感觉害怕，45 度的坡度，走在上面两条腿发抖，走了一趟，腿酸了 5 天。毕竟当过兵，心理素质还是有的。朱治国要带罗燕跑一趟猫道，罗燕怎么也不想去，她怕。还有一个原因，她不想去感受朱治国每天在高空中的生活，受风霜之苦，还危险，她宁愿把生活中的美好带给他，用小资的生活方式点缀工地上的清苦日子，只要两个人在一起，虽苦犹甜。

人人都说当兵苦，造桥比当兵更苦。

从 2017 年 3 月份开始主塔施工，到 2018 年 5 月，4 号主塔封顶大典，朱治国忙昏了，全天候上上下下飞，才到下面，塔顶就有人喊，刚到塔顶，地面又有人喊。有时候喊不到人来开升降机，他自己开。升降机到达主塔 191 米高空处需要 8 分钟左右，来回一趟约一刻钟上，他不知道要上下多少次。他和同事们一起，守望主塔到封顶，看着它地底下长出来，横梁混凝土用量，每次需要 600 多立方米，分 4 次才浇完，整个主塔混凝土用量需要用 4 万立方米左右，包括承台。

朱治国经常站在地上仰望空中的主塔，有 64 层楼房那么高，两根擎天柱，把他的心一下子升到天空中。而从 191 米的塔顶再往下望，承台以下呈梅花式布置的 67 根直径 2.8 米的钻孔灌注桩，最长的桩伸到地底下 138 米深，相当于 46 层的“高楼”永远楔入地下。这样长的大直径钻孔桩群不仅在长江流域绝无仅有，在国内乃至世界范围内都十分罕见。来参观的人看不见，造桥人历历在目，每根桩都矗立在他们心里，沉重，庄严。朱治国的内心一次次被震撼，每个大桥人所受的苦，终是值得的。

在朱治国的值班室，有一个大本子，记录每天的施工日志，记录了从开工到现在的每一个小节。

再后来，我找到一大摞子这样的本子，它们整齐地排列在质量部的铁皮档案柜的文件夹里。我把它们带回宿舍，从第一页阅读到最后一页，将每一页拍成图片存进电脑，花了整整两天的时间都没有拍完。每一页施工日志，调度长日志，一笔一画都曾有过他们的汗水，透过这些字迹，我在寻找他们在工地现场的行走轨迹，在高大的桥墩下、南锚碇、引桥、混凝土加工厂、钢筋加工厂、生活区，只要是来到工地现场的人，走着走着，你就能发现，到处都有他们的身影。

朱治国没有任何不良嗜好，喜欢听歌，养狗，喜欢做事，有一点时间，总不会让自己闲着，这习惯像他远去天堂的爸爸。

吵吵嚷嚷的调度室

三道门，三个世界，老、中、青三代，三四马拉着同一辆战车，驶向百米高空的千米大桥上，面对 1092 米宽的天堑，他们披星戴月，缔造江河上的神奇。

进入五峰山大桥施工现场的大门，左边是江边的主塔，右边是五峰山山坳里的南锚。大门右侧有三间很不起眼的集装箱房子，那是二分部南锚施工现场的防汛值班室。房子后面砌了水池做洗车台，水池里的水是死水，在阴天的时候会发浑发绿。池子里有几条瘦鱼，我在跟调度长陈圣飞上早班的时候，食堂还没到开饭时间，师傅给我到蒸箱里抓两只馒头，一路走一路啃，实在吃不下的时候，揪碎往池子里一扔，几条苗条的鱼跃出水面，眨眼的工夫便吃光。七八月份的时候，39 度的高温，水绿成蓝藻色，池子里的鱼全浮上水面，从此再也没有见过鱼。

三间小房子，第一间是技术员和工区长的办公室，四张铁皮桌子，一张打横放，桌上放着监控设备，24 小时戒备状态，由所有当班的技术员守着。其实不算是办公室，测量组的测量工具占了一块地方。工区长李浔，一工区技术主管沈伟，技术员韩敏，测量组长徐飞等人，他们守着这间值班室。档案架子上摆放了整个大桥施工的全部施工图纸，像砖头一样码着。大桥建设中的每个细节，详细到每根钢筋的位置都能在图纸上找到。从这间房子里进进出出的年轻人，平均年龄不超过 35 岁。

第二间是现场作业队张国庆，现场经理柳桥宁，调度长陈圣飞，专职安全员方文忠、冯永前、洪兵、沈海兵，以及各分包作业队队长的。他们有两个本子，是每天的施工日志和调度日志，记录每天现场的施工情况。靠门口有个冰柜，一个电茶水桶，夏天给现场的工人准备冷饮，冬天准备开水。平时这间屋子最闹腾，是信息最集中的地方，来自现场的各种问题，全部反馈到这里。

第三间房子可以说是五峰山大桥首创的一间特殊办公室“安全积分超市”，由洪兵和沈海兵两个人轮流值班，平时铁将军把门，有人来领东西的时候才会打开一下。里面有一排货架，整齐地摆着牙膏、肥皂、电蚊香等日常生活用品。每样生活日用品并不标价，按分值摆放，从2分区，4分区，到10分区。靠门的小桌上，好几本拉杆夹夹着一堆材料，是两位专职安全员给每位来兑换商品积分的群安员们准备的积分登记表。翻开表格，记满了熟悉的名字：方文忠5分，电蚊香1盒；张国庆10分，飘柔洗发水1瓶；邓雷现4分，肥皂、牙刷各1；沈伟2分，香皂1块……货架的最底层，整齐地摆放着各类安全宣传小手册。

别小看这个小超市，它是安环部的负责人朱文通过多方取经创立的。把二维码＋移动互联网＋云技术这个新型的安全系统经过无数次推演，变成全项目部的一个安全微信上报平台，形成“五峰山安全积分管理办法”，正式设立群安员岗位，将来自现场的安全隐患拍摄上传到系统，给现场的安全设立了一个屏障。无论是谁，只要拍下现场存在的安全隐患图片，二维码一扫，就能进入这个系统。

为了这个“安全隐患排查系统”顺利运行，2017年12月20号这天早晨，中铁大桥局集团公司把安全会议开到了江边现场，集团公司安质部部长王振伟专门对群安员进行安全隐患排查系统知识培训。

一个先进的工地，不能少了先进的安全质量控制管理和配合默契的作业队。要在从前，几千米宽的江面就是一道难以跨越的天堑，但在今天，各种先进技术装备的出现让大桥的建设不再像从前那么难。走南闯北的作业队队长周理群，在长江上参建过许多桥，他作为施工单位的一线管理者，也称得上是半个建桥专家。以前参建的桥跑公路，而这座桥要跑高铁，这可算是悬索桥中的“大忌讳”。

周理群在建桥行业这么多年，参加各种技术组织会议，他听设计桥的专家说：悬索桥属于典型的柔性结构，与其他大桥一样，都无比坚硬，从力学的角度来看，在上千米的尺度上，悬索桥是一种非常轻盈的结构，有很大的变形空间。对于公路桥来说，这种柔性是一件好事，它会使得悬索桥在内外力的作用下“宁弯不折”，即使遭遇地震、沉降等自然灾害也不易损坏。并且，对于只有几吨、几十吨重的汽车来说，它们所造成的悬索桥变形是微不足道的，不会影响通行。可高铁的运行恰恰对变形特别敏感，由于需要高速运行，高铁道路必须保持相当的刚度，任何一点小小的变形都可能会导致高铁运行不稳甚至事故。

悬索桥和高铁“五行犯冲”，但桥梁工程师们又不得不选择它。周理群在接下了这个施工大项目后，更激发了他的好奇心，他丢下另外一个项目的工程，交给其他人打理，跑到五峰山大桥来取经，这样的机会绝不能错过，能为今后的施工积累更多的经验。他知道，一座大桥的建筑材料用量比建一个规模很大的小区还多，这么重的大桥，又怎么吊得起来呢？

在项目部每周的生产调度会上，老周的耳朵一直是竖起来听的，他要把学到的东西讲给作业队的人听。

我在五峰山大桥工地现场见到镇江恒盛作业队队长周理群时，已是腊月十三，他站在 S2 号墩的钢板桩前面，脚下厚厚的积雪。这段时间因为停工，他急得上了火，嗓子嘶哑，不知道是谁给他取了个绰号：公鸭嗓子。

天晴雪止，五峰山脚下的南锚碇现场，又恢复了往常的喧嚣。

南锚工区长李浔从现场回到值班室，脸拉得三尺长。这两天，各个作业队开始炸窝了，工地上留不住工人过年，不亚于天要往下塌。即使有些人勉强留在工地过年，但心思不在现场，做活的时候跟丢了魂似的，质量和安全都让人忧心不已。

李浔人还没进屋，声音就从外面响起：“上午回填土渣土车出了故障，下午只有一辆车来回折腾，今天回填土又要拖班了。回填土不结束，打不了混凝土。”

每逢天不借势，各作业队的队长们急得如热锅上的蚂蚁，值班室自然成了撒气的地方，涌到值班室找工区长评理，高喉咙大嗓子往死里吵，那声音快要把房顶掀掉，一个个像斗牛场上的疯牛，眼珠子发红，喉咙口发紧，粗气直喘。

工区长李浔毕竟年轻，开始说话还有底气，才开腔的时候，还会从脸上挤出点笑来应对他们。围着他的人一多，他再无招架能力，像一只被放掉气的轮胎，瘪在一边。

为首的周理群如斗鸡场上的公鸡，脸红得像鸡冠子似的。柳桥宁本是个慢性子很文静的人，开始还能坐得住听听，看到李浔招架不住，再也坐不住，站起来跟作业队解释一番，让大家不要急躁，总算让值班室平静下来。

“昨晚上才开的调度会，情况你们又不是不了解，老天爷不借势，谁也没办法。我们也不想停工，有什么办法呢，只能耐心等。天好了马上就可以复工，不要急，不要急。”柳桥宁的一席话好不容易让为首的公鸭嗓子住了口。

工地现场，每天的事看起来是事先安排好的，其实不然，每时每刻遇到的事都有可能不一样。谁也不是神仙，脑筋 180 度的大转弯也难应对。

生产经理胡铭搓着冻得通红的双手进来的时候，吵嚷已告一段落，他和李浔一前一后往南锚走去。

“其实这天也能打混凝土，只要保护措施做得好就可以。主要是业主和监理抓得贼紧，只要低于零下 5 度，工地上就得趴窝。不怕一万，只怕万一，万一混凝土表面冻裂冻酥了影响强度的话，我们就是把头拎着去见业主都没用。这腊月黄天的，拎只猪头还好看，若是拎着人头去见上司，这年是没法过了。”生产经理胡铭说完，摇晃着刚理过发的小平顶直叹气。

眼看着还有 4 天就要立春了，气温节节攀升，春节期间正好是大干的时候，但也正是大家想回家过年的时候，难免人心涣散。

一屋子的人七嘴八舌各抒已见，也没有人想出更好的点子。纵然把天给说破了，还是得看天的脸色行事，嗓门再大，也代表不了真理。

值班室的铁皮桌子，中间的接缝处摆放了一排高低不等的水杯，有夜班女塔吊师傅的粉红色杯子，有李浔、柳桥宁、陈圣飞的杯子，还有 24 小时在现场倒班的工区队长张国庆，专职安全员方文忠的杯子，但没有一个作业队队长的杯子，他们像天上的鸟，停不下来。

柳桥宁肝不好，只喝蒲公英泡的茶。这茶都是他妻子刘凤在五峰山上挖来的，一棵棵洗干净，晾晒干给柳桥宁带到工地现场喝。这样的茶水自然不寻常，柳桥宁喝得格外仔细，每次捻上一小撮，小心地塞进一只细细的玻璃瓶子里，注满水，等待枯叶子在杯子里伸展开来。

李浔的杯子是个粗壮的塑料杯，上下可以过滤的那种，是老婆帮他买的。

陈圣飞的杯子有点萌，是他孙子喝水的那种奶嘴一样的塑料杯子。他看到柳桥宁喝着蒲公英泡的茶，心里痒痒的，也想喝，但老是喝人家的心里过意不去。他给启东老家的老母亲说起这事，80 岁的老母亲在春天里拎着篮子满世界给儿子找蒲公英，陈圣飞喝上了母亲晒的蒲公英，嘴笑得咧到耳朵根子，并且把一包包的蒲公英分给同事们喝。用他的话来说，这茶有了老妈的味道，跟街上买的就是不同。

张国庆的茶杯和他的人一样，是流动的，人在哪，茶杯跟到哪。杯子跟着他有时候在值班室，有时候在电瓶车的座位里。杯子经常是空的，就是有茶水，在冬天里倒的热水很快变成了凉水，夏天里的凉水也成了热水。作为分队队长，他的工作都在现场，除了写施工日志或工作中的交流意见，他很少来值班室，很少看到他喝水，并不是他不渴，而是习惯了不喝水，所以他看上去又干又瘦，像北方沙漠里风干的胡杨。陈圣飞习惯了拿老实巴交的张国庆开玩笑："张国庆细头细脑，细胳膊细腿的，往六七十米高的南锚上一站，要是来阵七级大风，肯定被刮跑，如果哪个人下手狠点，他那细胳膊腿一掐就断。"

每次到南锚碇现场，张国庆随时在。有好几次下雨天，他穿着雨衣站在现场，像根弱不禁风的小树苗，被风雨包围着。看不清他的脸，但知道是他，默默地站在霸气庄严的南锚碇脚下。整个工地上，他最瘦小，那腰瘦得不盈一握，工作服挂在身上飘，因为头小，最小的安全帽他还是嫌大，里面塞了许多纸。因为是同乡，我和他的话自然多些。记得 2018 年盛夏，在南锚碇的防汛值班室，和他一起上晚班，谈大桥的前世今生。这位桥二代怎么也不愿意让自己的儿子干这一行。当我捧起他每天写的施工日志时，他很自豪地说："想想我们这些人真的了不起，看着桥一点点长高，如同看自己的儿子一样，像这样的超级工程，这辈子能遇到，算是幸运的。"晚上 10 点半，张国庆开着面包车去生活区拿消夜分给工人们吃，一边吃一边感慨："从 1949 年到现在，长江上建的桥越来越多,少说有几百座,在我们百年之后,当这些桥成为危桥,不得不炸毁,这些建筑垃圾污染江河大地,那可怎么办?”但又一想:“等我们这代建桥人都作古了,说不定发明出一种专门吃建筑垃圾的虫子出来,根本不需要担心。”说完了桥事,张国庆忧心起儿子的婚事。儿子准备2019年10月份结婚,他在一张废纸上算了一笔账,连买房子到装修,还要给女方十几万的彩礼,十几桌的香烟酒水,杂七杂八加起来,没有130万这婚是结不成的。在大桥工作几十年就这么多死收入,给儿子办场婚姻都拮据。我后来才知道,每次张国庆很少参加同事们间的小聚会,他的工资,1分钱恨不得撕成2分钱用,全部攒起来给儿子结婚用。工地生活清苦,他的瘦也跟营养不良有关。这位和我一样大的人,半头白发,脸色黑黄,满脸风霜,但只要他站在南锚碇的任意一个地方,就精神抖擞,死守现场,手握对讲机指挥空中的塔吊,颇有大将风度。

除了张国庆喝水少,专职安全员方文忠喝水也不多,他因为股骨头坏死,换过三回股骨头,一条腿不得劲,他怕上厕所,尽量减少喝水的次数。事实上,每个从工地现场转身到值班室的人,很少想起喝口水,桌上的茶杯大多时候是个摆设,他们的嘴唇上经常会有一层翘起来的皮,嘴丫子长水泡,干得快着火。

围着51座桥墩和南锚碇的5家作业队,每个作业队的领头人像工地上的无脚鸟,从地面飞到高空,从现场飞到值班室和项目指挥部,施工现场的每一个角落都有他们的身影,个个忙得如失火,更不会有人喝水。他们只有上班时间,没有下班时间,不分昼夜地盯在现场。活做不好没法交代,如果出了质量问题,作业队伍的名字一不留神会进入黑名单,被行业封杀就完了。所以他们对每个工程节点,都得十二分小心,心里那个累。

作业队的几个头儿,只能死守现场盯着,实在困了躲进车里打个盹,但也睡不实。

这5个作业队,如5把尖刀,安插在工地现场不同的阵地上,牵一发而动全身。上一级下达的施工指令,需要他们来严格执行。5个作业队的领头人与现场管理人员之间是鱼水关系,谁离了谁都活不下去。

值班室的门不停地开关,空调有气无力地把冷气吃进去,把热气吐出来，这间铁皮小屋子夏天并不凉快，冬天也很少暖和。

隔壁李浔他们的值班室相对安静得多，很少听到他们的声音，他们除了写施工日志，其他的工作全部在电脑上完成。而柳桥宁他们这边的值班室，大多是老一辈的，会用电脑的并不多，有些靠手工写。李浔是工地上比较年轻的管理者，老一辈的人面临退休，现场正是青黄不接的时候。年轻人不缺少理论知识，只缺少管理现场的经验。老一辈的大桥人书读得少，学历不高，但他们这辈子在不同的桥上打滚，一肚子经验，不能烂在肚子里退休，把本事带到骨灰盒里也没用。再不教会年轻人就来不及了，所以，工地上大多是一对一的师徒关系，不把他们带出来，对不住他们。

冬天的棉帽子刚发下来，戴着还有点不习惯。出门时我忘记拿安全帽，又返身回值班室拿帽子，跟在张国庆后面去看现场。初进工地的时候，戴的白帽子，工人以为是大桥局的人来检查安全，格外小心。后来才知道，戴白帽子的是管理人员，红帽子是来宾，黄帽子是工人戴的。

和张国庆一边往工地走，一边听他说施工一线现状："我们这些老家伙老了，没用了，大桥的天空以后就靠他们年轻一辈……"后面的话被一阵巨大的机械噪音吞没，像是什么也没说过，等不及抬头，抓在手里的对讲机发出"呲呲啦啦"的声音，接着传来高空中塔吊师傅的声音，问他钢管摆放的确定位置。张国庆赶紧打住话头，仰起脖子，双眼盯住空中飞过来的货物，指挥塔吊的方向。

S2 号墩是公鸭嗓子作业队的施工任务，几个人站在钢板桩前的一片积雪上注视着渣土车、挖机、机械手、汽车吊等不同的机械来来去去，不同的噪音像一台大合唱，相同的调，不同的音阶。

张国庆站在一堆烂雪上用对讲机指挥渣土车回填土，公鸭嗓子嘶哑的声音从背后飘过来，夹杂着咳嗽，有痰堵在嗓子眼，这声音是从胸腔里嘣出来的，像卷了口的钝刀剁木头的声音，带着冷金属强硬的气息，一下子把张国庆和现场指挥的柳桥宁给唬住了。公鸭嗓子这两天每时每刻都泡在工地现场，这两天不停有工人闹着要走，搞得他心里毛躁躁的。这么冷的天，他里面只穿了一件酒红色格子的保暖衬衣，外面套了件咖啡色的皮夹克，拉链没拉，两手插在裤子口袋里。双眼布满血丝，鼻子冻得通红，脸红得发紫，紫中发着黑。因为雪天，这边已停工两天，工期对作业队来说，是他们的生命线，那么多工人闲一天就是一天的损失。民工是做一天拿一天，他们巴不得一天不休息，早把活做完早回家过年。

“你想让我的机械往哪边去，这个破机什么时候才能修得好啊，那边大里程不是在做事嘛。要命的是这两天都是在零下 5 度，雪什么时候才能化掉。反正我 10 号就要走人了，再迟工人们买不到回家的车票。”

柳桥宁说话似乎有些气短，一脸的无奈，好像鬼天气是他给招来的，和公鸭嗓子有理也说不清楚，但还是要讲。业主与监理有硬性规定，恶劣天气，不能强行施工，如果出了事，有十个脑袋都不能挽回损失。柳桥宁一生中经历过那么多桥，早已习惯了一切行动听指挥，不听指挥，就是找事，甚至是找死。

“6 号左右气温就要回升了，就可以打混凝土，不急在这两天，天马上就好了。”柳桥宁说。

“唉，你是站着说话不怕腰疼，温度要等到 10 号才能上来，10 号都腊月多少了，25 号要过年了，让人家怎么买票？这几天都是零下 6 度呢，立春又咋样，倒春寒的天还能冻死一头牛呢，气温回升个鬼啊。冷一点不怕，就怕雪不化冻，你们看看，现在化的雪只能靠地表温度，中午 12 点才能化点，下午 4 点不到，又开始上冻。今天没化多少雪，还不是和昨天一个样哇。”

决策是管理者的事，但要把纸上的决策还原成实物，得靠一线工人的力。工人对现场的理解，操作过程中的严谨态度，决定了工程质量。老周说：“管理一个民工队伍，与管理一个兵团没什么两样，我们容易吗？我们拼着命赶工期，为的是什么？工人也可怜呢，我们就靠这帮兄弟们干，留下来的全是骨干，没用的全部都滚蛋。我们除了飞机大炮不能造，什么事都能干。”

公鸭嗓子越喊越得劲，正好在气头上，嗓门又提高了八度：“我做大桥的工程都 20 来年来，在哪个地方下雪没打过混凝土，那年在崇明大桥做现浇水泥桥梁的时候，下雪天上冻我们不是照样打混凝土，那一次还是最冷的一天。那雪下的，混凝土一打上去就冻，温度下降得快，盖着麻袋也没用，我们用大空调放在工地上猛吹，用电热毯挂上去保温。这可不是跟你们开玩笑的，并没有因为下雪天就停止打混凝土，那可是公司选的好日子，非开工不可。”

胡铭从南锚上转了一圈下来，看到公鸭嗓子还没走，没好气地说：“别吹牛了，你看你现在吹起来满嘴像开大炮，能把气温升上来，才算真本事，跟我们喊，有啥用。”

胡铭这两天急得冒火，看到谁头都发胀。

公鸭嗓子也觉得今天有点过分，于是见好就收，正准备熄火闭嘴的时候，翻斗车“呜呜”的开过来，把回填土倒进基坑中。公鸭嗓子只顾着说话，没注意脑后开过来的翻斗车，说得两嘴丫子白沫直泛。柳桥宁本来话就不多，说一句管别人说十句，口气力道并不大，但很有内力与定力，所以别人都很买他的账。有人说柳桥宁在大桥工地几十年的生活，练就了眼观六路，耳听八方的本事，他后脑勺长了双眼睛，就是不往后看，也能看见后面的情况，另外他还有对顺风耳。在他平静的面部表情后面，会看见他的耳朵不自觉地一掀一掀地动。我们几个人站着听公鸭嗓子发牢骚的工夫，柳桥宁眼睛的余光扫到了公鸭嗓子后面的翻斗车，准确地闻到了危险的气味，身子往前一倾，脚步都没来得及移，长长的手臂伸向公鸭嗓子，一把揪住他的一只衣袖，使劲一拽把整个人拖了过来。翻斗车正好到达刚才公鸭嗓子站的位置上，好险。

公鸭嗓子脸都吓白了。

安全事故的发生，往往就在那一刹那，几秒钟的时间，关乎的是一条人命。

春节临近，每个人回家的情绪都被宿舍区正准备张贴的红春联和大大的福字点燃，这喜庆的红色有传染功能，一传二，二传四，传遍整个工区。只要有人看到别人回家，就眼发红，心跳加速。越是这个时候，在工地上的人越不定神，个个心浮气躁的，特别容易出纰漏。

说归说，做归做，公鸭嗓子也只是发发邪火作罢。二十几年来，一直做大桥工程，带着这个工程队走南闯北，根据工程大小，要多少人有多少人。做这样的大工程，仍需要垫资，但垫得少，国家工程，资金都能保障。再说除了这边的工地，芜湖那边还有一个工程，业内的人都是这样，工程养工程。工人都不是本地人，难找。这个工程上来的大多是河南人和四川人，江苏人反而不会在本地做事。

“这些工人跟着我许多年，我在哪，他们跟到哪，但现在的工人也难说话。”公鸭嗓子倒苦水的时候，声音降低一半，表情开始柔和，腰不自觉地弯下来，更像只斗败了的公鸡，没了刚才的底气。

“说实话，要带好一支很专业的民工队伍，并不是件容易的事。现在肯吃苦，能吃苦的工人越来越少，而且年龄偏大，风险系数增高。民工不仅越来越少，而且超过 60 岁的民工工地上不准再用，都要身份证复印件，做不了假。年轻一代的人宁愿到城里端盘子刷碗，也不愿意到工地上来，一天上 12 小时，工期紧还要加班加点，谁都不想吃这个苦。一个作业队的领头，有天大的本事，还得靠工人来做事，找不到合适的工人就熄火。其实好的民工才是我们做工程的衣食父母。”

大桥建筑比房屋建筑要求高得多，对工人的要求也高。同样是建筑，标准和要求完全不一样。公鸭嗓子说因为招不到好工人，大伤脑筋，老的桥建工人成了宝贝。房建工人居多，怎么办？一边用一边培训上岗。对于那些可以教得好的工人来说，只要肯学，过不了多久就能适应桥建的高要求。做房建的工人初来工地，太随意了，特别是钢筋工，都是做房建的，不给你按要求做事，想怎么干就怎么干，他们会振振有词地说：“我就是这么干的，在人家那能干，到你们这就不行？他们把在房建上的那一套坏习惯用在桥建上，那肯定是不行的。”

房建的工地，有些钢筋扎不牢，糊里糊涂验收过关，等验收一结束，脚上去踩几回，钢筋很快变形。在房建上钢筋绑扎，为了求速度，扎丝不到位也就算了，但在桥建上，扎丝一定要捆紧不露头。“他们没这习惯，真要命的。”这是公鸭嗓子天天盯在现场死守的原因之一。

“不能让他们有机会犯错误。如果等监理或业主来验收不合格返工的话，整个工程进度跟不上是一方面，最要命的是，返工的工时不能算工资，工人老返工拿不到钱，很快就会跳槽走人。他们反正不怕，走遍天下都是打工，打一枪换一个地方，到哪都能待得下来，工程一结束就走人。可是，作业队不行，在任何一个项目上，都需要立口碑，口碑不好，以后别想接工程了。”

钢筋绑扎得再好，最后都是隐蔽工程，被混凝土永远尘封。按理说，稍微马虎点是没人能看见的，但它是所有建筑工程中最拿魂的工序，如果钢筋的抗拉、抗压强度出现问题，将直接影响到工程质量。所以工程技术人员在施工过程中都要站在现场看着工人们绑扎钢筋，防止偷工减料，绑扎不到位。质量验收的时候更不能马虎，带着钢卷尺测量，正负差不能超过 5 毫米。

公鸭嗓子对工人们说：“无论你们从哪里来的，凡是到我这里来做事，丁是丁，卯是卯，哪个敢糊鬼，哪怕是自己的亲娘老子，我都得请他滚蛋，没有什么可以讨价还价的余地。”

遇到实在不听话的工人，不把工程质量放在心上，公鸭嗓子说到做到，而且这类人以后不可能再用，否则一颗老鼠屎坏了一锅汤。这是国家工程，如果因为一个人而影响了大事，肯定不行。也有些工人把大桥工地当成跳板，到这儿来跑几天龙套，过不多久就走人，真正的技术没学到什么，但到别的工程上去就是资本。也有的想转行，就到这儿来。

干哪一行都不容易，标准高，竞争太厉害，你不做有人做，抢着做，亏本也要做。工地上多加用一个人，无形之中一年就多出十几万的支出，一个管理人员的工资可能相当于三个工人的工资。公鸭嗓子带的这个作业队，做的全是与路桥有关的大工程，在管理上，如果没有一点劲，这个队伍老早就散架了。

公鸭嗓子说自己本来可以在家享天伦之乐，儿子 32 岁，一个孙子，一个孙女，在家带带孙子多快活。“这么多兄弟跟着我不少年，大家都习惯了，我怎么能突然不干，对他们没有交代哇。”这只是一方面，另一方面就是做大桥工程这么多年了，心里总有个情结在，不愿意丢下来，只要有这个能力做下去，就多做一天，能做多久就做多久。公鸭嗓子说这些年来他一直牙疼，再冷的天一件衬衣，一件皮夹克都不觉得冷，但夜里只要躺下来，牙就开始作怪。工地上的人，没几个不牙疼的，山里寒湿气很重，对每个工地人的身体都是严酷的考验，白天热，夜里凉，冷热交错间，形成了“火牙”。这牙疼对他们来说早已不算什么毛病，公鸭嗓子对我说：“如果哪天牙不疼了，反觉得身体少了点什么，真是犯贱。”

柳桥宁、张国庆、李浔和我四个人，站成一圈，把公鸭子嗓子围在中间，你一言我一语，半是安慰，半是鼓气，说得最多的是气温的事，恨不得明天五峰山上的桃花就能开放，对于未来的天气状况，其实每个人心里一点底都没有，只能听天由命。

从6号墩到江边是四公司的项目，S1号墩往南是二公司，要说工程进度，四公司远远在前面，发工程进度奖，二公司肯定拿不过四公司。四公司靠4号主塔拿魂，主塔191米高，到目前为止，已经上到155米高。2018年6月前，主塔封顶。论工艺，不能和南锚碇相比。主塔从承台往上，一节节是标准层，可以复制，而南锚碇的施工，每一个工序都有挑战性。柳桥宁坦言，走过那么多大桥工地，遇到这么大这么复杂的锚碇施工是大姑娘上轿子——头一回。

我们和公鸭嗓子理论了足足有2个小时，最后也没有理论出什么名堂来。几双鞋子把脚底下的积雪踩得结结实实，每双鞋无底无帮，黑乎乎的，认不出鞋子原来的样子，脚下滑得很。我们几个都穿的休闲鞋，只有公鸭嗓子穿的是一双单皮鞋，鞋面上涂满了泥巴。公鸭嗓子嘴上说不怕冷，站在风中和我们说了2小时的话，声音一直在抖，两只手没离开过裤口袋。

一群人离开S2号墩时5点多，太阳的余晖照在长高的南锚碇上，庄严，肃穆。15层楼房高的南锚作业面上，工人们在寒风中开始收拾工具，从地上拿起白天脱下来的外衣，沿着施工步梯，像墨色的鱼一样游向地面，游向2000米外的活动板房。

螺蛳壳里做道场的“老中医”

一座桥，看到的不仅仅是现在，更多的是未来，具有史诗的恢宏。在现场，生产管理者则是史诗的开篇。

在家族中按辈分排，陆炳良是炳字辈。

陆炳良是无锡人，1982 年大学毕业就进了大桥工地，一晃已 37 年。他离开无锡多少年，父母一直在无锡老家的祖宅哪也不肯去。他会常回无锡老家看看，到南京自己家的次数屈指可数。每回匆匆忙忙，当天就返回工地，怕桥上有事。

在同事们眼中，炳良总工的嘴“笨”得不可救药。尤其是在上级领导面前，他习惯了往后躲，实在躲不过的时候，也是金口难开。但在与一线技术人员讨论生产过程中的难题时，他肚子里的话长得像蜘蛛肚子里的丝，越吐越多，怎么也吐不尽。他这样评价自己：像我们这样的人，学的这个专业，太专，能有共同语言的人太少，我们这一辈子吃的就是这碗饭，别的饭再香，我们也吃不了。说一千道一万，重要的是工程技术的思想，并踏踏实实地去做好每一件事。

当我坐在陆炳良简陋的办公室，他显得很不自在，我说一定要写写他时，他更加不自在，讲话开始结巴，倒弄得我一下子慌了神，也不敢开声提问，怕问多了，反而冷场，所以就任他自由发挥。

他把眼睛盯在办公桌上，开始讲述他和桥。

“对于我们这些学理工科的，与学文科的不同，无论是学文还是学理，各有千秋。很多人不理解这一行，毕竟隔行如隔山。造桥不同于制造飞机，那是比较震撼人心的。想在工业类题材上做锦绣文章，想想都枯燥无味，你写起来一定很困难。”

当陆炳良替我着急的时候，本能地从桌上抓了纸，开始给我画五峰山大桥的草图，让驻扎在他心里的那个长江大桥呈现在纸上。

他在替我担心的时候，我庆幸让他找到了表达的兴奋点。

他开始在纸上给我讲那根能吊起万吨之重的悬索，我才知道那两根世界之最的主缆钢索在陆炳良心中的地位，每根钢丝都让他牵肠挂肚。

陆炳良开始“吐丝”，江上钢索直径1.3米，由5.5毫米的钢丝组成，如何吊起千米大桥，如何安置钢丝，陆炳良费了一大番心思。主缆钢丝由江阴华尔胜东钢公司和南通宝钢两家生产厂同时生产，从当初为什么选中这两家具有实力的公司，到正式生产，这中间不知道开过多少次专题会议。要知道，选择怎样的厂家，就意味着大桥会有怎样的质量。大桥的生命，全由主缆主宰。在行业中，能够生产这种钢丝的厂家很少，包括做索鞍的厂家都非常少，因为一般的厂从技术到经济没有这个实力做到。国家重大工程，没有相匹配的高质量钢丝，就不可能建成百年的精品大桥。

他给我讲南锚碇对这座桥的重要性，就是给江上的悬索建了一个超级房子，把索保护起来。钢材在潮湿的环境下容易腐蚀，锚室里面需要有干燥系统，保持空气干燥，相当于在衣服口袋里放上干燥剂。索对桥来说，是不可复制的，其他都可以更换，唯独悬索不可以更换，索断桥亡。

为了这两根过江主缆，陆炳良要盯死现场，还要组织施工，跑原材料生产厂家。前期工作的准备起码用了大半年的时间。

“建造这样一座特大公铁两用桥没有现成的经验，每一个细节都很重要。像这么大跨度的公铁两用悬索桥，在我的职业生涯中，还是头一次遇到。在公路桥中，1800多米的都有，但下面同时走铁路的没有。走汽车与动车不一样，每小时250千米的速度冲击力很大，速度太快。1092米宽的钢梁要吊上去，在铁路上用得很少，一直不敢用。因为荷载不够，火车有轨道，定死的，不能有一点高低误差，否则会翻车。”

作为生产部门的总指挥，在生产过程中要到现场抓生产进度，要根据设计院的要求生产，编制出年度计划生产进度表，来指导一年的生产量，什么时候做什么事，全部要细化到每一天。落实资源、设备进场，进来一趟太不容易。今年要有吊船进场，仅进来一趟的费用是1000万，还不算干活的租用费，只要开工就是费用。

大桥的总预算是37.5亿。整个项目的开支要在这个预算中完成，还要交管理费、税费、人工工资等。一个电焊工的工资每天至少要350元，还有其他各项杂费。

在2018年全年生产进度表上，散索鞍的安装天数，规定在5个工作日，包括施工过程中的每种配件，都要策划好。吊280吨的散索鞍，要依靠很多设备，都要预算出来。

在建设过程中，遇到“疑难杂症”要组织各部门“会诊”，在大桥局，熟悉陆炳良的人称他为“老中医”。虽然是主抓生产，但也要懂技术上的工艺流程，如果对技术不精通，怎么去安排生产呢？

猫道铺设方式，悬索、配件的购买，在几年前就已启动。当时国内都没有这样的技术，专门成立科研机构来研究制造，而且所有都是定制，如果预算不到位，到时候买都来不及，没办法去买。比如，钢梁结构在九江制造，一船要运2000吨，另一个厂在扬州，锚固系统、支架都是由我们自己做。

一个外行人看大桥的图纸，如同看天书，所有的细节都通向通车那天。当时南锚施工的重大难题，在现场陆炳良说，当时真的想破了脑袋。一边是五峰山，另一边是一家大的合资企业化工厂，往南是圌山，真正是在螺蛳壳里做道场，还要把这个道场做圆满了。

“真正做实事的还是下面的项目部，他们很辛苦。我的工作是下去看是否有偏差，如何纠正这样的偏差。”陆炳良谦虚地这样说自己的工作。其实不然，作为负责生产的总指挥，事无巨细，哪一项关照不到，都可能延误工期而导致重大的经济损失。

就拿头天下午遇到的一件事来说，两个梁之间有很大的伸缩缝，2米的伸缩缝，太大了。设计院来会诊，召开六方会议，重新向各投标单位发招标文件，技术参数的变更内容就有很多。所有专业的事，要请专业的人来做，不懂不能装老大。

“这个工地现场的管理，还是有许多值得骄傲的地方。我们有独立的钢筋和混凝土加工厂，与试验室为一体，有专门的供货商坐在这里配送，有力地保障了施工进度，我们集中精力保证物资、机械和生产调度。

每一根钢筋都有身份证，签字后才能出厂。检验的台账很详细，这是最基本的。所有的工程，就靠钢筋与混凝土支撑，这两样都无法保证，再好的设备与技术都无法出精品工程。我们的混凝土加工厂与上海联网，全部远程控制，自动生产，只要生产系统启动，上海就收到信息。如果生产的产品三次不合格，上海远程系统自动停产。偷工减料的机会为零。”

陆炳良说他刚上班的时候，水泥和黄沙加水搅搅，就可以用了，现在不可能。“外面有商用的混凝土工厂找上门，通过很多关系来跟我们谈合作的事，而他们无法理解我们的做法，他们觉得商用混凝土做得非常棒，所有的商品房都是用这样的混凝土，大桥为什么不能用呢？”

我们买的沙子和石子都要洗，还要筛干净。我们用的是中粗沙，在2.0毫米—2.4毫米之间，最好为2.6毫米。3.0毫米粗了，2.0毫米又太细了。石子用5毫米的颗粒，误差不能超过1%，要去尘洗干净，不能有杂质。商用混凝土商看了我们的加工厂，再也没来跟我们谈合作的事。

追溯到几十年前，其实陆炳良曾来过这里。20世纪90年代他第一次到镇江，过江靠汽渡，一座桥对江南江北人来说，就是奢望，没有人敢想象会在镇江造一座大桥，而东乡这里是无边无际的芦苇荡，用脏、乱、差三个字形容并不为过。30多年后，陆炳良再来这里找当年吃东乡羊肉的地方，怎么也找不到了。同样的地方，翻天覆地的变化。那时候五峰山一带，全是破房子，还没有楼房。几十年后重返旧地，而且是来这里建桥，感觉三十年河东，三十年河西。也许与这个地方有缘，在建扬中一桥的时候，陆炳良也曾来过这里。以前这里还是一片荒地，一条小路。那时候从南京到这边，坐公共汽车，一路颠簸，要三四个小时才能到。

南锚施工刚开挖地基时，非常辛苦，在地下施工，风吹不进去，热气在基坑里盘旋，工人们在地底下待时间长了，感觉到窒息，像在沙漠一样。只能买冰块放盆里，用电风扇吹点凉风降温，顶上搭凉篷。工人们太辛苦，累，渴，吃冰棍的时候，手上拿一根根本不过瘾，两根一齐吃。值班室冰柜里的冷饮保证24小时供应。但几十米的深坑，太危险了，一日不填实，一日担心。

“开挖南锚基坑的时候，我们每个人晒得像非洲人，而且瘦。39度以上的高温，怕有人中暑，怕发生安全事故，每个管理人员都难逃其责，每天脑子里的那根弦都绷着。”

锚碇周围全是山，挖个大坑容易垮，要做一个支撑。先做一个桶，圆的混凝土不好做，我们分成块，挖一段，做一段支撑，分段支撑，6.4米长，跳着做，用铣槽机，做成圆形撑住，这样不容易塌方。后锚区不够，填完土到正负零的时候，做支护桩。桩心的力传到地底下，成为基础的桩心，力量从顶上传到地底下去，一层层传下去。38万多立方米混凝土浇筑的南锚碇全靠基础桩心的力量来支撑，基础是大桥的魂。这就是设计大师们的智慧，世界之最就在这里体现。

南北两岸的锚碇和主塔控制着总工期，不能停止。签订合同期内要通车，不能延期。整个一条线要通车运营，花费要达到300到500个亿，如果不按时通车，后果不堪设想。这不仅仅是一座桥的成本，而是连接几个城市的整条线路的预算。

主塔才开工不久，就出师不利。围堰漏水。从来没有听说过打到地下的钢板桩会漏水，4号主塔墩挖到24米深的地方，开始漏水，不得不停止施工。所有人都急坏了。在工地上有“老中医”之称的陆炳良每天蹲在工地现场，组织技术人员修正各项参数，最后想了一招：用混凝土做了个补丁，把它给补起来，那3根钢板被永远封存。最终67根大直径钻孔桩全部达到Ⅰ类桩的标准。

除了管生产，陆炳良还分管物资，在项目开工之初，材料便宜，资源也充足，他当机立断与各材料商签订合同，做好物资储备，没有因市场价格的复苏带来经济损失，反而节省了一大笔。

铁路桥和公路桥的区别很大，铁路桥上的电系统与信号系统要在桥建好后才能对接，前期的许多工作必须要拼命，因为后面还有许多辅助工程。

一般的铁路是用轨道摆到水泥上面，不用道砟，但这座桥下面的铁路用道砟铺设。缆索的线形问题不能改变，经过多少次试验与技术论证，觉得还是用道砟更科学。

那天下午，在江边，陆炳良和施超带我看码头传送带上的砂石料，直接从皮带输送机上运送到混凝土加工车间，再由不同的管道送到车间的每个料仓里去。

老陆骄傲地说："整个大桥建设，就我们一家这么运送砂石料。减少了车辆运送，又节省了一项开支。"

沙子一斗一斗从江上的船上抓上来，用喷淋水冲洗，污水流到船里再拉走，不能污染长江。给石子洗澡，让它们干干净净走进料仓。站在110米高的4号主塔上往下面看大明码头，抓斗像女人的一只发卡，一张一合在抓着沙子。

陆炳良做了这样的一个比喻："项目从前期考虑了很多细节，现在的建设与前期的合理的统筹是分不开的。就像炒菜一样，把所有的佐料都备好了，炒菜的时候就很方便。"

陆炳良还记得刚进五峰山大桥时，这里还是一片荒地，他和一分部二公司的辛海宁书记，二分部四公司的金玉林书记同一天来到工地。从选址，到修路，蚂蚁搬家似的，建生活区，然后准备施工生产，大量的人员开始进场，那场面，现在想起来依然觉得壮观，整个施工区，人欢车鸣，忙得不亦乐乎，每个人心里都充满了信心和希望。

陆炳良有两个手机，一个是私人手机，一个是工作手机。这两个手机公私分明，但也时刻缠绕在一起。偶尔回家一趟，工作手机突然间安静下来，非常不习惯，心里慌张。

刚进场的时候，钢材2000元每吨，现在要5000元每吨；石子从50元每吨，到现在150元每吨。价格随时调整，如果国家不批准价格的差价可以随时调整，谁敢建这个桥？现在的国家政策帮企业止损，相对来讲风险要少得多。

央视科教频道来大桥拍摄最后拉索股的时候，作为局指挥部生产副总，陆炳良全程跟在摄制组后面，帮着摄制组扛器材，从早晨到下午才结束拍摄。在3号塔的散索鞍，摄制组让他对着镜头讲整个施工工艺，面对央视的摄像机镜头，平时挥洒自如地指点现场的江山的那个陆炳良，很是羞涩，眼睛都不知道往哪里放，停顿片刻，他把目光伸向茫茫江面，不知道从何说起。

"主索从北岸放索区，通过牵引机牵到南岸去，经过3号和4号主塔的两个主索鞍，跨过长江，一头锚在北锚碇上，一头锚在南锚碇里面。”就那么几句话，在节目组的反复要求下，录制了三四遍才算过关。他身上出了一身汗，感觉像打了一场大仗。

从春节过后，一直到最后一根索股顺利过江，这几个月经历了太多闹心的事。尽管早在几个月前陆炳良就去跟生产厂家谈原材料供应的事，不停地跑九江的生产厂家，可最终还是怕什么来什么。因为整个工期提前了一个月，而生产厂家生产的速度严重滞后，这就将面临停工待料的可能性。这么大的工程别说停工一个月，就是半天，所造成的各种可预见和不可预见的经济损失就无法计算，火已经烧到眉毛，他有种无力回天之感。

真是天佑大桥人，这些棘手的问题，最终都得到解决，化险为夷。

陆炳良告诉我说，主索鞍拉索结束后，主索鞍上要建一间房子，把索密封起来，中间一间大房子，信号与通讯功能及供电系统，组成了两室一厅的房子。在和平年代还好，如果在战争年代，一座桥对军事很重要。所以南北锚完工后，除了维修人员，通常情况下不会让人进去。一座百年大桥，必将成为整个时代的实证，包括陆炳良向我描述的大桥建设过程。

“百年之后，我们这代人将灰飞烟灭，五峰山大桥将代替我们活下去。”

告别陆炳良时，他最后给我讲了这句很有哲理的名言，这哪像是个嘴笨的理工男，如果给他更大的舞台，他一个人可以导演一台精彩的大戏。

引桥上奔跑的麋鹿

古今中外对麋鹿的记述浩如烟海，它是人类崇拜的图腾，带着神秘的生命力，安宁，兴旺，自由，和谐。在引桥奔跑的郁文像麋鹿，两条修长的细腿，从故乡启程，走向大桥工地现场。

和辛书记从项目部出门，大路上的雪清除铲得差不多了，吴平林的洒水车和铲车一前一后，把路上的雪渣子全部搞定。在通往一工区郁文宿舍的山道上，雪冻得硬邦邦的，七八个民工拿着铁锹在和冻雪拼命。刚吃过早饭下工地，每个人的脸上血色充盈，把全身的力凝聚到膀子上，手中的铁锹飞舞，铁锹与冰雪下的水泥路面的摩擦声惊飞了电线杆上的几只麻雀。

我和辛书记加快了步伐向一工区走，边走边说着他以前在北方工地上的寒冷境遇，几分钟就到了郁文的宿舍。

郁文难得能睡个懒觉，因为我们要找他，不得不起来，到食堂抓了一只馒头回宿舍，水瓶里的水是昨天的，半温，啃完最后一口馒头，我们刚好到门口。

到底年轻气盛，一夜没开空调，宿舍里冷冰冰的。他找了张塑料板凳让我坐下，再去给我倒水，才发现水瓶底朝天。然后他说，坐在宿舍的冷板凳上，会越坐越冷，不如出去走走。

我们谁也没提出要往哪里走，出了门，条件反射似的往江边的桥墩走去。经过绍隆寺门口，郁文指点我看每个桥墩下面的二维码，只要一扫，基本参数，高度，混凝土多少立方米，钢筋多少吨，全部在手机上出现。通过二维码，可以了解施工过程中不断更新的数据，再把这些数据上传到项目部的系统里，节省了大量的时间。在混凝土强度还没达标前，需要支撑和养护。门式桥墩下支架还没拆除，挂满了长长的冰凌子。

到了南锚前面的门桥又返回，再次经过生活区，一直往圌山脚下的引桥走去。

山路向前延伸，望不到头。天灰黄，一场更大的雪积蓄着力，等待再度扬起。从峡谷那边经过，风特别大，走得非常吃力，背脊上汗津津的。南锚地处山洼地，风并不大，攀上那条116级的天梯到7号墩的平台处，没有遮挡，风穿过那个峡谷扑过来，如果瘦削一点，可能会站立不稳。

我问郁文是否被山谷里的风扑倒过，他笑笑："怎么可能呢？工地现场，我们什么事没见过，办法总会比困难多，遇事见招拆招，依靠大家的力量，共渡难关。"

郁文是那种吃再多也不长肉的人，1米8不到的个子，百把斤重，细腿裹在牛仔裤里，像两根移动的青竹竿，走路特别敏捷。他每天从生活区往南锚方向的S7号墩走，再折回头往S51号墩走，每天的脚程不少于2万步。随你怎么去想象他的工作日常，他都像一阵绿色的风从山道上飘过，修竹似的双腿，像小树林里一头优雅的小麋鹿沿着引桥奔跑。

引桥很长，从绍隆寺以北山坡上的S7号墩开始往南，一直到圌山脚下的S51号墩，与中铁二十四局的1号墩交汇，要走1万多步才能到。因为路远，用水泥硬化路面代价太大，所以在施工过程中，这里无路可走，后来走的人多了，被无数的脚踩出了一条结结实实的长路。晴天的时候，没有渣土车经过时，道两旁的那些叫不出名来的野花野草，不管不顾地生长开放，洒下一路清香。

这条坑坑洼洼高低不平的山路，在工程结束后将全部消失，变成大桥下的绿化景观。越是往山的深处走坡度越大，像过山车一样。

这条山路在晴天鸟语花香，在雨雪天变得狰狞。

为了体验一下郁文每天走的路，一个暴雨天，秦战晓专门开车带我去看暴雨中的引桥施工工地。雨中的道路，一坡连着一坡，弯弯曲曲向前，工人们在桥墩上浇混凝土，绑钢筋，工区长江滨没穿雨衣，全身湿透，站在雨中指挥车辆。引桥离生活区很远，如果早晨出门忘记带雨衣，中途下雨，只能淋着。山路很滑，有个工人从山坡上不小心滚下来，全身泥泞，一群人把他拉起来，倒矿泉水给他洗手和脸。

雪天走这条路更危险，从 30 号墩到 51 号墩还有很长一段山路，雪太深，无法过去，郁文决定带着我从青年团员路硬化过的水泥路绕道去 51 号桥墩。

引桥段施工过半，在 S35 号墩前方的山坡上有高压线塔，辛书记和当地电力部门沟通了无数次，还没谈妥，这个高压线塔年后再不迁移，将会影响到整个引桥的总工期。

引桥线路拖得长，有三家作业队同时施工，加上南锚那边有两家作业队，打混凝土得排队。郁文经常感觉力不从心。每次开调度会，郁文被批得也最多，会后不停地整改，不整改，停工令一下，急得眼珠子都不会动了。

风把地上厚厚的雪刮得旋起来，呼呼啦啦向前飞去。郁文和我的谈话声被脚底下冻雪的“嘎吱，嘎吱”声切割着，断断续续。一路上，他讲起了大桥、妻儿和父母。

郁文在武汉桥校中专毕业后，又读了两年专科，在 2006 年分到大桥局。当时之所以会选择到二公司，是因为二公司在南京，离家近一些。却没有想过修桥筑路会四海为家，还以为靠家近点，可以常回家看望父母，到后来彻底死心后才想到等自己老了最后的归属问题。

郁文谈到自己的归属问题说：“等到退休，我还是想回徐州新沂的老家，在我们单位，我是唯一一个把户口从城里迁回农村的人。外面再好，不如在老家踏实。对于家庭，要承担自己的责任。”

把户口从南京迁回老家新沂是郁文的心愿。那几年回家，郁文经常和父亲嘀咕这事。哥哥郁枫一家子在苏州定居，肯定不会回家。父母在农村，这个家以后要靠他撑着，如果户口不迁回来的话，这个家以后就是空户，想再回家立足是不可能的。

在农村长大的孩子，怕吃苦是不行的。郁文和哥哥就是吃苦长大的。在没有机械收割的年代，都是手割麦子。那时候就想出去读书，想逃离农村的重压，后来到工地上并不觉得苦。第一个工地在京津城际，一待就是 3 年，北方的冷与南方的冷不同，南方是湿冷，北方是干冷，冷得手都伸不出来。

从记事开始，家中一直是十几亩田，每年麦子熟了的时候，郁文都争取回去帮父母抢收抢种。父母奔六的年龄，干重体力活吃力得很，但这十几亩田，不种也不行。弟兄俩都跳出了农村，父母在家太苦了，不回家帮一把不行。

他们那不长水稻，缺水。一年只种小麦和玉米两季，收麦子有收割机，但收玉米全靠人工。玉米秆子要全部砍倒，再剥玉米，秆子要弄回去烧大灶，家里养了些猪，玉米秆煮猪食。

到了工地郁文才发现有一种苦比种地更苦——回不了家，照顾不了父母妻儿，在外面还要让他们挂心。

郁文说起自己的姻缘，还是桥为媒。

在北京的时候，妻子的舅舅和岳父母也在京津铁路的工地上，工地转场杭州时，他们也跟着去了。那时候项目部有好几个刚参加工作的年轻人，妻舅看上郁文老实，又能吃苦，才给他说媒，郁文就调扬州去了。因为走得匆忙，只留了一下号码，就这么天各一方开始谈对象。一年时间，一次面都没见过。

父母说，不能总纸上谈兵，要快点见一面。第二年元旦，郁文才请了假决定去见她，一路上心中忐忑不安。一个做工程的人，像个出家人，成家后，肯定顾不了家庭。另一个原因，2011 年，她才 19 岁，那个还没见过面的她小郁文 7 岁，在年龄上，会不会有代沟。

一路转车到她家时已是凌晨。去了后，才知道她的舅舅、妈妈是一家人，他一下子慌了神，都不知道如何开口喊她的家人。

郁文在她家待了三四天，又回工地，还是靠短信电话联系。

初次见面，郁文的心里就犯嘀咕，毕竟比她大 7 岁，她还是个不懂事的孩子，会不会是因为父母才答应这门亲事。

第二天就问她："我是建桥的，你懂建桥的人吗？"

她说："不懂。"

"建桥的人常年是流动的，我照顾不了你，你要是跟着我，很受苦，你自己可要想清楚。"

她说："你愿意养我吗？"

问得郁文心里又慌了神：我能不能养得起她呢？

本以为她年纪太小，单纯得像一张白纸，离成熟尚早。事实证明，成家后，她没要郁文养她，反而是她一个人给两个孩子撑起了一片天。

两年后，他们回到新沂老家举行了订婚仪式。结婚的时候，她虚21岁，年龄太小，到第二年才补领结婚证。

走了1000米的雪道，在郁文讲到和妻子喜结连理的时候，我们走到了引桥第51号墩。太阳跃上头顶，照着苍茫大地，反射出强光，照得眼睛睁不开。大雪中的引桥，在蓝色的天空下静穆，云朵飘得随心所欲。这条路，郁文每天至少走四趟，如果有特殊情况，走得更多。

郁文说起远在江西鄱阳湖的妻子，满是愧疚。结婚后，为了孩子能进城上学，在江西买了房子，当时的房价3000多一平方米，不算贵。岳父母依然在工地，照顾不了她和孩子，她和70岁的奶奶在一起。孩子大的6岁，小的4岁，都上幼儿园。妻子毕业于卫校，本来应该可以找个合适的工作，有了孩子后被家困着，就在自己村上的超市找个活做，每天上半天班，2000元工资，多少补贴点家用。不管做什么，只要能照顾孩子就行。

春节或收麦子的时候，郁文和妻子开始了迁徙。她带着孩子从江西鄱阳湖出发，郁文从工地出发，目标是郁文的老家徐州新沂。为了给父母搭把劲抢收麦子，每年的收麦季也成了郁文全家人团聚的好日子。而每年春节是最闹心的时候，郁文嫂子的老家在长白山，她也要回家陪父母过年，兄弟俩商量，轮流回家陪父母过节。

“我们家还是那种老式的瓦房，只要往老家打电话，父亲说的第一件事是不要老请假，没重要的事别往家跑，工地上离不开人，特别是年关的时候，人比较容易松懈，特别要注意安全；第二件事就提盖房子的事。今年要盖房子，20多万，我们兄弟俩各出一点，父母卖粮食，卖猪的钱，一年能挣个四五万，全投到房子上去了。”

“我也想过把他们娘儿仨带到工地来过日子，但太不现实了，孩子要上学，工地是流动的。这种想法真的是太不靠谱，但也是大多数人的想法。”

郁文和妻子从来不为自己吵架，偶尔会为管教孩子的事拌嘴。孩子总是难管教，郁文也无法管，但会跟她提管孩子的要求，她急起来的时候就和郁文抬杠:“有本事,你回来管孩子。”

妻子虽然小,但是一个好强的人。她生女儿那年,郁文在港珠澳大桥,他本来准备到妻子预产期再回去。那时候,她父母都不在家。离预产期还有 15 天的那个下午,郁文突然接到她姑姑打来的电话:“快点回来,要生了,比预产期提前了半个多月。”半个小时后,姑姑又打电话:“孩子脐带绕颈,马上就要剖宫产。”要直系亲属签字,而姑姑不能签,最后是奶奶签的字。奶奶又不识字,按了手印,让孙女进了产房。

郁文请了假马上回家,刚上火车,姑姑来电话说:“生了,生了!生了个白白胖胖的小姑娘,路上别急,到家就行。”紧赶慢赶,下车转车,再下车,等赶到家的时候,她躺在医院的病床上,脸上蜡黄,眼泪水滴在婴儿粉嘟嘟的脸上。在她最需要郁文的时候,他还在工地场上。

每天的工作从早晨 7 点开始。班前 10 分钟技术交底讲话,然后开始一天的奔跑。每个桥墩子都要去看,在地下打钻孔桩的时候还好,到承台以上施工,就要往上爬,高空作业危险系数加大,操心更多。发现问题,要立即整改。

从 S51 号墩回到生活区,郁文的手机响了好几次。

11 号墩的蒸汽养护机冻住了,需要重新启动。

从引桥回到生活区,郁文到宿舍隔壁的大办公室,和大家交流工地上的情况,对于明天天气预报的暴雪,大家都在担忧。工地现场的线路拖得太长,仅靠郁文的两条腿根本跑不过来,好在项目部有微信群,通过群可以解决许多问题,节省了跑腿的时间,否则真的要把腿跑断了。几个作业队一起施工,这两天武汉双科作业队 S14 号墩养护 1 个人,S18 号墩凿毛 3 个人,另一家作业队,S6 号墩左侧钢筋绑扎,拆模板 3 个人……他们每天都在群里报现场情况。每天要把这些现场事件做成表格,再发到项目部的群里,全体人员都可以看到工程进度。但是不能只看群,还是要到现场跑,眼见为实,耳听为虚,群里的消息并不能作数。

郁文简陋的宿舍,墙上贴着引桥施工的图纸,孩子们来了可不管这些,图纸给撕得稀巴烂,用水彩笔把活动板房的墙上涂成了大花脸。办公桌上放着一个相册,是郁文一家四口的照片,他抱着 1 岁的儿子,妻子抱着 2 岁的女儿，夫妻俩的肩膀挨在一起。在工地这么多年，郁文的脸上没有一点沧桑感，还是有点青涩。其实他的心比外表更成熟刚健。他的妻子，虽然小他 7 岁，并不是娇气的女子，乌黑的刘海下面，一双黑漆漆的眼睛里透着果敢和刚毅。大桥人的家属们，没有一个不刚毅的，她们靠不到，等不来远在他乡的亲人。天上的风筝，线还可以缠绕在手上，而她们连那根线都抓不住。作为家中的长女，她为弟妹们做出了好榜样。郁文在港珠澳大桥 3 年多时间，这么重大的工程，他不能随便回家，每天在海上作业，工作压力不是一般的大，经常忙得连往家打电话的时间都没有。港珠澳大桥还没有完工，他就被调到镇江的五峰山长江大桥，担任引桥段工区负责人，每天都是千头万绪。尽管他们聚少离多，一家人合影的照片上，两口子的笑容都如同一个模子刻出来的。而她的目光，更加坚定。

最让郁文骄傲和难忘的工地，是港珠澳大桥。这是最辛苦的一个工程，但也是最值得所有造桥人骄傲的超级工程。一个造桥人，能参加顶级的桥梁建设，终生难忘。

那时候，每天早晨 6 点半就出海，坐半小时船才能到工点。中午在海上吃饭，一直到晚上 6 点才能回来。海上搭了一个平台，一个桥墩一个桥墩施工，活动的范围也就六七十平方米。一个桥墩，就是一个孤岛。如果到另一个桥墩，得坐交通船。建这座桥太难了，难得不堪回首。一直到架梁结束，全线贯通，他们才撤离工地。

在那座了不起的大桥上施工，郁文头一个月没少受罪，坐了一个月的船，就晕了一个月。许多人都和他一样晕船，晕得吃什么都吐，头重脚轻找不着北。海上的桥墩平台在晃动，海浪不停地扑打着桥墩的作业面，一回到地面上，感觉整个地都在动，天旋地转。每天晚上回到宿舍，躺在床上就感觉整个床都在转，感觉活动板房都飞起来了，怎么也不受自己的意志控制。

对于造桥的人来说，许多自己参建过的桥，也许这辈子都不可能从上面真正走一次。当工程竣工，所有参与建桥的人全部退场，进入试运行前的调试封闭期，连上桥面的机会都不会有。港珠澳大桥，二公司做的是主桥，7000 米。二公司前后有 500 多号人参建，这是一座技术难度最大的桥。

每一次回到家，郁文除了帮家里把农活做做好，有点空闲时间，妈妈会带他到各家走走看看。妈妈说："小文子，你久不在家，对村里的人别生分了。"只要郁文回来了，开拖拉机的活就归他，杀鸡剖鱼肚子的活和父亲一起搭手。田里的事，现在收麦子有大型收割机，收玉米和花生辛苦些，戴手套在田里干一整天。这两年花生收成很不好，虫太多，加上天不借势，少雨干旱。

父亲一直抽烟喝酒。郁文以前从来不喝酒，自从到了工地后才学会喝点酒。每次回家，白天在田里忙，到了晚上，妈妈炒两个菜给他们爷俩喝酒。父子俩的酒量都不大，二两的样子，那不叫喝酒，只是小口抿一下。酒杯总不见浅，父子俩的脸开始发红，眼睛开始迷离起来，话越说越多。父亲说家里和田里的事，郁文说工地上的事。父亲问起在江西的媳妇和孙子、孙女，说他们过得不容易，隔得太远了，想见见他们娘仨都不容易，也照顾不到他们，心里总觉得亏欠他们。父亲说："要在家种好地，多忙点收成送到江西去。"

郁文和父亲一起喝酒的时候，感觉是人生最惬意的时候。酒不在多，菜不在好，多年父子成兄弟，不同的空间，相同的时间里，父亲在土地上奔波，儿子在工地的黄尘中奔波，难得相聚在一起，爷俩只谈事，从不言一个"苦"字。一杯酒下了肚，把一年 365 天的劳累、孤苦统统从喉咙口咽进腹中。父子俩都不善饮酒，每天晚上的两小杯酒只是架起父子二人间情感的媒介，这酒已不是寻常的酒，成了瑶池中的仙琼佳酿。

郁文不在家的日子，父母一年要去江西两趟，上半年一次，下半年一次。他们把家里能带的东西准备好，只要拿得动，一起背上车。孩子放暑假的时候，郁文便回家接上父母一起去江西鄱阳湖的老婆家，从徐州坐火车到江西 12 个小时，然后还要转几次车，一路上背着那么多东西，乐在其中。

说实话，老婆太不容易了。那年郁文在港珠澳大桥没法回家过年，老婆带着两个孩子来工地，手上牵着女儿，怀里抱着才几个月的儿子。为了不转车，她放弃坐火车，选择了不要转车的长途大巴。早晨 9 点半上车，到凌晨 2 点半才到。十几个小时，这一路带着两个孩子，也不知道她怎么弄的。到工地过年也没多少时间在一起，郁文一大早就得出海，晚上回来时，两个孩子都睡着了。过年的时候，工会组织大家一起去深圳的世界之窗玩，郁文去不了，她带着两个孩子，跟在别人后面去玩。回想起初相识时她问郁文能不能养得起她，郁文很感恩，说自己找对了老婆，这是上天对他的恩赐。

去年整个暑假他们娘仨都在工地度过，工地离生活区不远，郁文可以回来吃饭，一家四口人一起吃饭。这两年工地管理更人性化，凡家属来，一年报销两次路费，在食堂吃饭免费。为了让他们安心工作，项目部准备了十几间招待所供家属们居住，食堂里的大锅菜，简陋的活动板房，让他们有了回家的感觉。

"在工地上苦点累点都不要紧，最怕家里有事。家里面不能有事，有了事，魂就飞了，心挂两头，恨不得能飞回家。"

郁文说爷爷病重的时候，他正好在港珠澳大桥，父亲打电话让他回去，在家待了两天父亲就让他赶紧回工地去。走的时候觉得爷爷还好，应该能撑些日子。才回工地半个月，没想到爷爷走了。

回想和妻子的人生初见，岳父母说："我家这丫头吃东西太挑剔，猪肉和海鲜从来不碰，只吃牛肉。"但自从和郁文结婚后，她什么都不挑，有什么吃什么，工地在哪，她就跟到哪，只能吃食堂，偶尔出去吃一次，也不可能天天在外面吃。

"她为了适应我，变化太大了。"郁文到老婆的家乡鄱阳湖，湖里有一种草，到处有人挖那种红根的蒿菜，味道很特别，他开始很不喜欢吃，后来慢慢也喜欢上了，每年都给徐州的父母带上一大包。

在工地待久了，郁文感觉自己与外面的世界格格不入，每天接触的全是项目部的人，就这么个有限的圈子。出去之后，外面的那一套什么也不懂，还好现在网络发达，什么都看得到。但网络再发达，人与人之间不能面对面的交流，总是不一样。包括跟老婆孩子他们视频，终究隔得太远太远，远得心里发苦，感觉像生活在真空中一样，很不踏实。

"在施工现场，我们可以是工地上的主宰，可是当我们走出工地，突然间觉得一无所有，一点也不自信。我们自愿和工地捆绑在一起，已经不愿意走出这个世界，也不希望有人走进我们的世界。

如果哪天离开工地，会一辈子惦记着。刚参加工作的时候，很怕看见领导，看到领导都会躲着走，做的事情越多，胆子越小，因为见得多了，才感到对大桥工地的敬畏。

在这个工地上收获很多，压力很大，特别是遇到突发事件，头脑里考虑的事越多越累。工作上也有这样那样的矛盾，集中体现在作业队的矛盾和生产中的矛盾。作业队是要挣钱的，我们是根据业主的要求来管他们，同样也是服务于他们的，必须用标准去衡量作业队的工程质量，矛盾在所难免，有时候还很尖锐。比如说工程中的误差，当5厘米可以的时候，他们会想到6厘米是不是可以让步。时常像拉大锯，你来我往，不断扯皮的现象是相当普遍的——一个合理化的矛盾体。有些可以让步，但对于安全质量，绝对不能让步，因为事关人命，事关大桥的寿命，不是儿戏。双方之间需要不断磨合，直到找到一个共同点为止。”

每天下午的5点钟，郁文都要给各家作业队开现场会，安排好第二天的工作，准备作业队施工中所需的各种材料，机械配备等等，哪怕少一个螺丝都不行。还有混凝土标养的送检，都要由他们来做。第二天一大早就要开始做事了，哪有时间来开会解决问题。

从工作到现在，郁文体重从来没变过，110斤左右。

现在他最大的希望是抽时间能继续学习，把一级工程师证考到手。

2018年7月6日，郁文提前买好了车票，他要回家接妻子和孩子来五峰山大桥工地。这一路上，火车要8小时，下火车上汽车，下汽车，再转车，然后步行20分钟到家。

五峰山大桥结束后，还不知道下一个工地在哪里。记得那年北京的工程结束，他和辛书记一起又到了杭州的钱塘江新桥，那座桥结束后，两个人又分开了，郁文到了扬州京杭运河的一个公路桥，然后又去了港珠澳大桥，绕了一大圈，再到五峰山大桥时，与辛书记重逢，这一分就是10年。

郁文说：“我们这些造桥的人，一辈子都要在桥上转，何处不相逢。”

山谷里的南锚碇封顶

不仅是用数字堆砌的奇迹，而且那些甘愿入地上天的智识者，用大脑和铁肩为南锚碇围起了一个圆满瓷实的天空。

35个月的时间，不算长，也不算短，这个35个月大的孩子由大桥人的父精母血浇灌，在五峰山的天空下奔跑的成长故事，可以用车来载，斗来量。在35个月后的今天，南锚撒开大桥人的手掌，从艰难中走来，走得壮观，走得与众不同。它的施工工法，获得江苏省2018年度唯一一个省级重点工程先进操作法。

2018年11月18日下午4时30分，南锚碇锚体最后的1254立方米混凝土浇筑在A区锚体内，南锚碇38万立方米混凝土浇筑施工圆满完成。至此，南锚碇锚体已经“锚定”，为上部结构施工奠定了坚实的基础。

这个重力式的大家伙总重量达97.8万多吨，混凝土用量38万立方米。如果将它称之为大桥的大脑并不为过，混凝土浇筑的ABCD四个作业区，就是它最强大脑的四个脑室，而它的脑干在锚体的锚坑里，永远被封存的锚杆是它的手脚，固定主缆索股的锚头是它的眼睛，锚梁是它的筋骨，整个锚固系统被混凝土结构包裹，永远无法替换。这一从地心上长出来的“秤砣”为江上主缆的万吨之躯压住阵脚，对大桥人这个父母来说，它是大桥人孕育出来的巨婴，把大桥的精魂——江上的704根主缆索股锁定在脑干芯片上，正是这个“巨型婴儿”托起了大桥的万吨之重。

在轰隆隆的施工现场，安装索股的师傅们说起南锚施工过程中的难度，是带着笑的。每个父母养育孩子的过程，虽苦犹甜，看着自己的孩子一天天长大，受再多的苦也心甘情愿。锚杆是连接主缆的，锚杆斜插在锚体上，一根一根伸向天空。352根锚杆，集中在163平方米内，越往上空间越小，锚杆之间间距有的地方只有二十几厘米，人都进不去，做起事来缩手缩脚伸展不开，要比正常施工多用一倍多的时间。锚体打到上面几层，要进行钢筋绑扎、冷却水管安装，锚杆外露处模板施工，施工起来难度很大。为保证施工质量，每道工序都严格按规范和方案要求施工，宁可慢也不应付，切实严守质量安全红线。

二分部总工李奔琦说："锚头安装偏差要控制在5毫米，锚头施工处空间狭小，又是高空作业，所以技术人员要测量锚头三个点，三个方向同时设置千斤顶、倒链等工具，同时抄垫，使每个方向都有角度要求的锚杆一次调整到位，确保施工质量。整个系统需要用79872套高强螺栓，都要根据天气情况、温度、湿度来确定数值，保证预拉力的最终要求。"

这两天南锚碇准备封顶，虽然接下来的任务仍然很艰巨，但二公司整个项目部的人都觉得松了一口气。无论工程有多大，都要从每个细节做起。具体到每个人，每一天，每小时，每分钟，每个点，由这个点延续下去。

南锚碇的施工日志分成两部分，一部分由调度长陈圣飞这一组填写，另一部分由张国庆这一组填写。这两套施工日志具体到每天的时间点，天况，人员的安排，车辆的台班，浇筑混凝土的时间、方量等等。一张纸的正反面，一面是白班，一面是夜班。记录完一本，再换一本。这些都是工地现场的第一手原始资料。这项工作，日复一日，年复一年，一笔一画翔实记载了现场每天发生的变化，聚沙成塔。一页纸的重量，承载着大桥的质量。

从食堂吃过晚饭后，我从二公司工程技术部里借出南锚碇从开工到现在的施工日志。高高一大摞子，抱回6103宿舍，坐在床上一页一页翻过去，大部分纸页上留下了污渍，分不清是茶水渍还是油渍、铁锈的斑点。页角卷起，有的页面上字迹稍显潦草，记录着每天的现场施工作业情况，5个作业队每天的施工任务，完成情况，出现的问题，解决问题的结果，车辆的调配，人员的安排，人员离开现场的去向等等。这样的记录，用专业的技术用语，三言两语，过滤了工地现场所有人的思想感情、心灵律动，简明扼要的日志，像工地上机械的铿锵之声，在收工的前一秒，戛然而止，连句号也来不及画上。

这一大摞施工日志从开工第一天到现在，一天不缺。中间会出现不同的笔迹，从笔迹的变化上看不到记录者们的心情、表情。有的笔迹从此消失，是调离项目部，还是其他原因？有些笔迹隔几天又出现了，是他们处理好了家事，或出差回到现场，他们像风一样在工地上出现过，然后消失。

到凌晨4点我才翻完最后一页日志。寂静的生活区，除了能听到山风扑打着塑钢窗的声音外，还有室内空调外机的呜呜声。工地上的人和五峰山一起睡着了，而离生活区不远的工地现场，值夜班的安全员、一线工人，还在明亮的镝灯下夜战，直至天明。

夜深露重，0点时分我一个人走向南锚现场，经过传达室时，王俊峰还在看书，他要准备考试。二公司的当家人杨柳青房间的灯还亮着。平时他在工地的时间并不多，只要不外出，中午雷打不动地到食堂吃饭。各部门的人员只要看到他来，打好饭后，似乎是条件反射，陆陆续续自动地坐到杨柳青这一桌，直到坐不下为止。食堂里那张临窗的饭桌，不知不觉成了每天开非正式会议的中心。杨柳青会一边吃饭，一边和大家聊各部门工作中遇到的各种问题。

工地上的会议本来就多，但项目部食堂，每天吃饭时间谈的还是现场上的事，就算是杨柳青不在项目部，这样的饭桌会议几乎每天都要上演。我坐在他们中间，许多事听得云里雾里，时间久了，便知道个大概，甚至有时候也参与他们的讨论，提出自己的见解。

杨柳青的一句话让项目部的人当成了至理名言："沟通就是生产力。"

"这么大的工地上，如果说一点问题没有的话，就是一个伪命题。"杨柳青低头喝了一大口菜汤，用筷子击打桌子，给大家举了个很恰当的例子，"舌头和牙齿靠得这么近，还有打架的时候，更何况这么大的工地，发现问题了，小洞不补，大洞吃苦。发现问题并解决问题才能促进生产。"

11月17号中午，随着大桥最后一个重达227吨的散索鞍顺利吊装到北沉井鞍座上，主塔的主索鞍和南锚碇、北沉井的散索鞍宣告全部

"鞍"装到位，江上的猫道工程正式开始启动。南岸中铁大桥局五峰山项目与北岸中交二航项目，这两家单位强强联手，1000多个日日夜夜的坚守，终于"联姻"。从五峰山开往江北高桥的大车小车多起来，小车过一次江20元，大车的过江费根据吨位的多少确定费用。仅过江费这一项开支，每个月2万都拿不下来。

南锚碇最后一次混凝土的浇筑和以往没什么两样，但无论是管理人员还是工人，大家的心思是相同的。盼星星盼月亮盼到今天，这个承载大桥万吨之重的"大家伙"今天终于可以尘埃落定了，心里终于松了口气。几百号人围着这个宝贝疙瘩风风雨雨的日子，历历在目。从在山谷里开挖基坑，钻孔桩，做地连墙，浇承台，安装锚梁、锚杆，南锚在几百双目光的凝视下，一点点从五峰山的山坳里拔地而起，一点点长成自己的模样，是天意，更多的是人意。此时已经是立冬后的第10天，站在4号主塔的顶上遥望五峰山，仍然是满目生机。18日，大桥人终于盼到来这个吉祥的好日子。

对于工地上的人来说，在荒凉的山谷里，心上能长出草来的时候，抵抗荒凉最好的办法就是一边努力工作，一边等待上天和大地安排好的吉祥日子。在每一个工序完美收官的节点看到一场盛大的活动，这无疑会给他们的心注入新的活力与希望。

整个南锚项目部的人期待这天降临，等得心里一阵苦一阵甜，但最终的结果还是甜蜜的。

一大早，巨大的作业面上比往常的人要多些。头一件事是把提前准备好的横幅标语展开，准备挂到南锚的上游散索鞍正面。大红的横幅上贴着一行白色的宋体字："热烈庆祝五峰山大桥南锚碇锚体混凝土浇筑完成"。

戴红帽子的监理单位，白帽子的技术员，黄帽子的工人没有一个闲着，各司其职。调度长陈圣飞昨天就开好了浇筑令，送到混凝土加工厂的调度郝继诚手上。万事俱备只欠东风，一字排开的混凝土泵车在江边待命。从江边大明码头旁运来的石子经过铁筛网的过滤，黄沙经过水冲洗被送上输送带，传送到混凝土加工厂不同的料仓里。根据比例配合好的混凝土从料塔里注入一辆辆待命的泵车，开始了它们新的航程。

站在南锚碇脚下，感觉风并不算大。跟着工人们从南锚的上游上步梯，越往高处风越大。步梯每层8节，工人们熟悉得闭着眼睛都知道到哪里好拐弯，但对于不熟悉这里的人来说，还得长点记性，稍不留神就会磕碰到。看似平静的现场，安全隐患无处不在。南锚碇的专职安全员冯永前就亲眼见过一场从天而降的祸事。那一回他就是现场目击者。从高空中落下来的重物砸向地面，正好有一个人经过，把他的安全帽砸了个洞。如果不戴安全帽，脑袋肯定要开花。到达南锚碇的最高处，风吹在脸上，刺刺的。工人们各就各位，按部就班进入现场。

作业面上，站在远处看，三根泵管像三根长长的钓鱼钩子，从近处观，像三根移动的杠杆，撬起混凝土的命门。两根泵管架在南边，一根架在锚块的散索鞍下方，混凝土从地面的泵车上源源不断往上送，工人两个人为一组，一个抱泵管，另一个拎着搅拌棒振捣。地面上，三台固定好的泵车同时启动，每小时以80立方米的速度跟进，连续17小时，全部完工。为了南锚碇的封顶大典，这三台泵车如同三驾马车，在关键的时刻要保证它们畅通，不能让泵管堵塞而停工。每次收工，工人们要拆下泵管，把里面的杂物都冲洗干净，再一根根连接起来。工作中的泵车在技术人员的遥控指挥，不辱使命，在南锚上游过来游过去。

在民间，盖房造屋上梁这天选的日子，都要图个吉利，更希望是晴天。今天南锚碇也是上梁，当然希望是晴天。早晨一群人到工地上，爬到高处，向4号主塔方向的江上望去，雾茫茫一片，太阳躲进云层不肯露脸。南锚现场负责人柳桥宁站在南锚上一直到中午，也没见着一缕阳光。抱泵的工人低头做事，对他们来说，不管雨天晴天，只要不下刀子，他们肯定是不下工地的。他们有句顺口溜：小雨小干，大雨大干，不下雨还要干。

下午4点30分，当最后一车混凝土注入南锚碇锚体，38万立方米混凝土，总重量近万吨的“巨无霸”成功封顶。

收工前1小时，太阳奇迹般露出了笑脸，碧蓝的天空上，大朵大朵的白云飘过来，在南锚的上空聚成云团。

只要百度“镇江五峰山南锚碇”这个关键词，与南锚有关的海量信息便席卷而至。回望南锚碇1000多个日日夜夜的成长，从奠基那天第一锹挖下的泥土开始，有关它的图纸资料一大堆，但谁都无法预见它真正长大的模样。它像一个藏在五峰山肚子里的小嫩芽，根一点点往下生，枝叶一片片往上长，当它还是一个弱冠少年时，江苏铁路办发布的新闻是这样说的：

2016年11月21日中午15时，五峰山长江大桥中铁大桥局项目部传来喜讯，五峰山长江大桥南锚碇“完美盖帽”。

中铁大桥局项目部二分部现场负责人胡铭介绍，帽梁指的是地连墙的压顶梁，为支承、分布和传递上部结构的荷载，其作用是将地连墙桩基固结到一起，防止基坑顶部边缘产生坍塌，它是镇江五峰山长江大桥南锚碇重要的控制性工程。帽梁总长278 m，高2.5 m，宽4 m，外侧悬出地连墙1.0 m，形似一顶开口的帽子，盖在了地连墙64个槽段上。

五峰山长江大桥南锚碇帽梁直径90米，分13个弧形节段施工，混凝土2688 m^3，施工总周期为36天，平均每2天完成一个节段。本次帽梁的合拢段为2.8 m^3。镇江长江大桥南锚碇地连墙位于五峰山坳处，地质条件相当复杂，随着地连墙和帽梁的完成，标志着南锚碇基坑开挖和内衬施工顺利进入了“快车道”。（中铁大桥局镇江项目部/镇江市铁路办）

南锚从小小少年长到青年，到壮年，直到大功告成封顶的当天，新闻报道从各大网站传出：

2018年11月18日16时30分，世界最大山区锚碇——镇江五峰山长江大桥南锚碇圆满建成，为大桥进入上部结构施工阶段奠定了坚实基础。

五峰山长江大桥南锚碇位于山坳间，采用了世界最大的山区锚碇扩大基础。南锚碇为重力式锚碇，混凝土含内衬总量达38万立方米，总重量达97.8万多吨。南锚碇施工分地下、地上两个部分。锚碇地下部分称为锚碇基础，需向下开挖，最大开挖深度达 38.4 米，锚碇基础施工由地连墙、帽梁、内衬、底板、填芯等组成，基坑开挖采用钢筋混凝土地下连续墙支护结构，开挖外直径 90 米；锚碇地上部分称为锚体，需向上层浇筑混凝土到 30 米的高度（不含鞍部和锚室 20.6 米），锚体施工由锚体混凝土浇筑、后锚梁和锚杆安装、鞍部施工等组成，因体积大、工序不同，混凝土浇筑分 ABCD 四个区进行作业。

南锚碇建设时间历时 35 个月，共开挖土石 18 万立方米，土石方开挖时南锚碇基坑采用钢筋混凝土地下连续墙支护结构，地连墙壁厚 1.5 米，深 40 米，采用大型铣槽机施工。南锚碇地连墙基岩强度高，底部达到 60 兆帕，导致铣槽机在刚开始的施工中设备磨损严重，单个成槽时间达 5 至 10 天，工期得不到保证。对此项目部创新性地采用提前冲击引孔形成“蜂窝煤”，减小作业量的同时破坏了岩石的完整性，使孔周边岩石产生裂隙，变微风化为强风化，确立了“冲击钻引孔加铣槽机成槽”组合施工工艺，单个成槽时间缩短至 2 到 3 天。“坚硬地层地连墙组合工艺快速成槽施工工法”荣获江苏省 2018 年度唯一一个省级重点工程先进操作法。

南锚碇基坑内开挖因基岩强度高，需进行爆破作业，但施工现场距离化工厂危险品储蓄罐不足 200 米，原方案爆破震动力大、安全风险高。经研究后采用爆破分中深孔和浅孔两次延时爆破方案，减小了震动力，前后 17 次爆破未对附近建筑、设备造成影响。

目前，项目部正有条不紊地组织推进主缆各项施工，争取早日实现天堑变通途。

南锚的所在地，在从 2015 年 11 月还是山谷里的一片菜地。12 月开始破土动工。2016 年 1 月土方外运。5 月地连墙施工。11 月地连墙导墙破除。12 月内衬第一层施工。2017 年 1 月内衬第一层、第二层施工及土方外运。3 月内衬第五层、第六层施工。5 月到 9 月，开挖完成五级台阶，开始混凝土填芯，南锚填芯到－2 标高。9 月到 10 月，南锚固支架开始安装，鞍部施工，第一根后锚梁、支架安装。11 月到 12 月，开始安装第一锚杆，散索鞍支墩施工……一直到 2018 年 5 月，ABCD 四个区混凝土浇筑完成。南锚矗立在五峰山脚下，让建设者和参观者心潮起伏。

现场值班室的前方有一个电子显示屏，白天不太显眼，一到晚上，它发出的红光在黑暗中像江上的灯塔。显示屏上不同工程节点的标准规范要求条理分明，每天更新，日期从第一天开工起，到这天已经 1234 天，缓慢而意味深长。再坚挺的描述，也难道尽坚守在南锚现场的管理者和工人们 1000 多个日夜奋战的艰辛历程。

猫道，江上的天路

猫道的前世从两根叫“先导索”的钢丝绳起步，这根猫道的生命线，从此岸到彼岸，跨过江河，在茫茫江面的上空架起一条天路。他们说，这活如同在千米的江面上穿针引线，再刺绣编花。道路的魂从这里诞生。

要想在千米宽的茫茫长江上架起一条天路来，首先得有一根过江的天线穿越长江，通过这根天线，在江上铺设一条施工人员从此岸到彼岸的通道。这根天线在大桥建设猫道的作业指导书上被命名为“先导索”。

长江上的这根第一索，为千米跨江的悬索桥开启全新的航向。

先导索是猫道之父，承载猫道的身躯。这条江上的临时通道，成为空中的脚手架，大桥人叫它软桥，像横亘在江面的一个秋千架。8 根钢丝绳成为这软桥的命根子。它的出现充当着大桥的奶妈，用乳汁喂养主缆、吊索、钢梁长大，如果没有猫道，主缆就跨不过江。

早在一年前，我在项目指挥部陆炳良办公室的桌上，看到猫道生产计划总表排在一张 A3 纸上，密密麻麻写满全部工期。为了这猫道，陆指挥于一年前就着手准备与猫道有关的各种资料、材料。陆指挥在这张 A3 纸的背面，用笔给我在纸上画画点点，描述整个猫道系统与悬索之间的关联与意义，以及各种技术参数。这场专业技术层面上的纯粹交流，长达 2 小时，还是没能说透。

我作为一个外行人，听得云里雾里，如听天书一般，内心更多的是敬畏。

一年后的寒冬腊月，江南和江北，开始了新一轮的排兵布阵，工人们首先在岸上绑扎好网片，用细铅丝把木方子绑在网片上，吊至江中，才能够在江上铺设一条通向江心的空中栈道。江风猛烈，工人的每根汗毛都竖起来,手脚机械地移动,好像不是自己的手脚。

春节临近,江上还没有通电,每个人的心思都飞回家中,留下来过年的人,每天都在江上坚守着,一直到2月16日,江上的猫道全线通电。徐飞和余国元的测量团队开始在猫道上艰难跋涉。他们戴着棉帽子站在江上的猫道上,拍下了猫道在夜色中的身影,如梦似幻。

电工班班长周达斌这两三个月里,在他的"猎道"上不知道来来回回跑过多少趟,正月初三的夜里,雪花飘成了白雾,猫道上铺的网片眼很大,雪量小时在网片上站不住脚,瞬间即逝,落入江中。雪越下越大,下成了团的雪来不及坠落到江中,聚集在网片上,很快铺了薄薄的一层,十几分钟后,变成厚厚的一层。雪下得最大的时候,有工人在江上做事,来不及撤离,雪迷住了眼睛,上岸又太危险了。不知道是谁带了块油布到猫道上,他急中生智把油布顶在头上,油布上很快积了厚厚一层白雪。

站在塔顶,抬眼望去,群山、钢梁、南锚碇、山坡、浮吊和江面的船上全是雪,一直到正月初六雪都没化掉。

站在猫道的中心位置望去,几十里之外的市区灯光璀璨,黑暗中的江水静静流淌,五光十色的江面,给早春的江水涂抹上一层魔幻的色彩,把站在大桥上的人的思绪带向那个叫家的地方。

刚上班不久,工地上开始忙碌,工作人员全部到位,但民工还有一部分没来。中铁二十四局开始架梁,移动模架开始安装,江北郁文的班组开始安装滑移梁。

猫道的铺设都是白天作业,随着第一根基准主缆过江,夜间从测量开始,走猫道的人越来越多,承受的压力也大,前期铺设的网片、侧网、木方子不断磨损,有些绑扎不紧的地方开始松动,加上缆线的重量,压力会越来越大。

正月初九一大早,整个项目部的大队人马浩浩荡荡上猫道进行安全隐患检查,兵分两路,小杨总带了一拨技术骨干,另一拨人是胡铭、柳桥宁、邹振磊、张东华、周阳春。两组人马分批从江北3号主塔起步奔向猫道。江风很大,连续下雨,给测量组带来了意想不到的困难。白天不能测量,只能夜里,雨天不能测量,只能等雨停。初六,绍隆寺大雄宝殿的上空祥云朵朵，僧人们早课的诵经声悠远笃定。翻过那个S形的陡坡，从116级的台阶下到山底，南锚碇一侧的财神庙和土地庙门口，来敬香还愿的山里人初五来过，两三支红烛还在，香炉里的香灰被风刮起，若有若无地飘向锚碇方向。

初七，天阴沉。看了一下天气预报，这周反正是没太阳了。雨如期而至。二公司的徐飞和四公司的老余他们不得不停止测量，天不借势，只能望着基准索叹息。为了江上的这根定位基准悬索，他们等待观察了近半个月时间，心里那个急。

2019年除夕夜，省、市媒体扛着摄像机来到工地生活区的食堂。刘凤准备了丰盛的年夜饭，没能回家的人，把家属接到项目部来过年，几间招待所住不下，一些小家庭晚上住到大港街上的酒店，只为了和亲人一起过年。

后来在辛海宁的车里得到一本小册子《猫道牵引系统施工作业指导书》，编制人是副总工阮梦飞。共49页，8章，从第一章到第八章，包含了工艺概述、作业范围及作业内容、工艺流程图、工艺步骤及质量控制说明、施工准备、现场准备、施工机械、各项保证措施、应急救援方案，最后一页为先导索过江人员分工责任表，总指挥二分部杨忠勇带领一群人登上江苏亚龙1001拖轮，南岸的生产经理胡铭和北岸作业队队长郭洪军协助总指挥。南岸的五峰山脚下也在紧张待命，负责机械的邹振磊，按照拖轮总指挥的指令，协调南锚碇35吨卷扬机运转；工程部的周生林及时反馈塔顶运转情况，指导现场收放绳作业；李浔、柳桥宁这一组的事情更多，负责南岸的沿线保障；测量组组长徐飞在许多天前就带领组员在观测点测量就位，实时进行垂度观测，及时向总指挥汇报情况。南岸的技术总工李奔琦与北岸3号主塔的负责人邓威、高波，还有从南岸调到北岸去的二分部负责人郁文等人，一起完成钢丝绳的对接，在江上随时待命，包括应急救援路线图都设计好：以绍降寺为起点，大港医院为终点，确保万无一失。

长长的猫道，千米一牵，从江南到江北，从总指挥到一线工人，100多人，几十部对讲机同时打开，工人们在江边最后一次紧固绳夹头和吊环。

阮梦飞在编制猫道牵引系统施工作业指导书的那段日子里，在江边一遍遍行走，吃饭走路，夜里躺在床上都在脑子里一遍遍演示整个牵引系统过程中的每一个细节。

这位毕业于北京工业大学的理科生，学的专业并不是桥梁，毕业后进了一家很不错的单位。那个单位实在太轻松，每天早晨上班拖地抹桌子，烧水泡茶，慢悠悠喝完几杯水，一个上午就结束了。下午照旧。这种无所事事的工作，让阮梦飞的内心开始恐慌——如果就这么朝九晚五混下去，这辈子就结束了。后来一个偶然的机会，改变了他的人生方向。阮梦飞无意中闯进了大桥工地，真辞掉了安逸的工作来到工地，从一名普通技术员干起。他的第一个工地是沪通大桥。

儿子刚进工地不久，夏夜刮风下大雨，雷电交加，阮梦飞的妈妈突然从梦里惊醒，心吊到嗓子眼。想想自己睡在空调里，儿子在工地现场，这么大的雨，他在做什么？她想起来就觉得自己罪过似的，怎么让儿子到那么艰苦的地方去工作。果然，儿子打电话来说："妈啊，下那么大的雨，我还在工地现场，电闪雷鸣，可怕极了……"

电话里，儿子的声音有些抖，风声，雨声和着儿子颤抖的声音，做妈妈的心都碎了。"儿子，妈妈马上请假去看你。"

"妈，你别来，真的别来，工地才开工，生活区还没建好，到处都乱七八糟的，你来连个住的地方都没有。"

"儿子，妈住工地附近的宾馆里，只是去看看你，否则那个心老吊着，给学生们上课老走神。"

"妈，我没事，没事，这么多人在一起，大家互相帮助，我是大人了，没事的。"

我去食堂吃饭时和阮梦飞的爸妈刚好坐一桌，这几天都吃桌餐，菜的样数比平时多些。生活区来的家属一多，食堂显得有些挤，阮梦飞的爸妈把位置让出来给别人坐，夫妻俩端着饭碗站着划几口饭。辛海宁赶紧站起来让他们坐，可是他们怎么也不肯坐下来，而且要照看跑来跑去的孙女，也实在坐不下来。

沪通大桥刚开工的时候，像所有工地一样一无所有，从建生活区，到水电安装，建混凝土工厂、钢筋加工厂，基础工程是整个工程最重要也最困难的，阮梦飞来到这个荒无人烟之地。因为工作的关系，阮梦飞要经常去混凝土加工厂的实验室，与实验室的一位姑娘一见钟情，在大桥上情定终身。姑娘的父母亲戚有不少在大桥上工作，她也算是桥三代。当两个年轻人正式确立了恋爱关系后，因工程需要，阮梦飞又调到了镇江的五峰山大桥工地，又是从头干起。不过这回他比在沪通大桥成熟了许多，在技术上也日臻成熟。

一场雪，让工地暂时安静下来，一半的工人回家过年。因为气温太低，有些地方停止打混凝土，但猫道上网片、侧网、木条加固还在施工，江南留下 60 多名工人在施工现场。阮梦飞暂时有点空闲，年三十晚上，他回南京岳母那边接女儿来工地过年，正好和家里的亲戚们一起吃饭，又很快回到工地。妻子从沪通大桥工地赶到五峰山大桥。一家三口人，分了三处。阮梦飞让父母也从溧阳老家来工地过年，三代人一起在大桥工地团聚。爸妈都是学校的老师，正好有寒假。除夕的一大早，一场大雾笼罩了大地，几个项目部的生活区开始忙碌，每一排活动板房一头一尾挂上了大红灯笼。像往年一样，办公室准备了过年的礼物，食堂里的菜增加了许多，十来个人一桌，大人孩子济济一堂。阮梦飞一家五口三代人终于见面。也许是全家人来工地过年，阮梦飞诗兴大发，在微信朋友圈发了一首诗：

《沁园春·桥》

江南大地，正月飘雪，俏闹新春。闻大江南北，轮渡封航；苏浙地区，高速停运。漫天飞花，疾风呼啸，恰到似北国风光。登高塔，看钢梁悬索，更添新装。

大桥威武雄壮，拜无数桥工献血汗。赞领导职工，坚守岗位；测量监控，披星戴月。逢山开路，遇水搭桥，南征北战好儿女。建国来，论开路先锋，还数大桥。

二分部年轻的工程师们，有才华的还有好几个，比如物资部部长邹振磊，这个饱读诗书的大桥秀才在同龄人中是出类拔萃的。这么大的工地现场，那么多的机械设备，从招投标，到统一调配，没点帅才是难指挥这千军万马的。南锚从开工到封顶大吉，时刻离不开机械设备。大雪天的时候，在职工书屋和邹振磊谈工地现场，才半个小时，他的手机就不断响起，现场离不开他，我们谈话只能终止，从那以后再没有续起。他正好外出有事，顺道把我送到圌山后山的石仙洞果如师太的庵里，后来在工地上除了在食堂吃饭遇到过几次，在调度会上遇到过，再也没有机会遇见。

翻阅他的微信朋友圈，顺他的思想轨迹。他说："高度的自律是一种什么体验？我想，大抵就是不再被生活拖曳前进，而是生活在你的方寸之间，未来变得不可控，一切都在有条不紊地进行着，想要的生活变得触手可及。自律可以改变人生，这是颠扑不破的真理。"他给自己在2019年定的目标是五心：自信心，责任心，细节心，进取心，沉稳心。

新年的第一场雪，他感慨："晨起开门雪满山，雪晴云淡日光寒。五峰桥下擂战鼓，一身戎装不等闲。"这个老成的年轻人，骨子里是满腔的豪气。

为送别同事陈振润他写道：

送陈振润

一代才子赴汉江，
金榜题名状元郎。
五峰圌山绍隆寺，
人杰地灵步步高。

最近下的雪，比上个月9号左右下的雪还要大些。不过毕竟除夕夜立春了，阳气往上，雪无法藏身，阴山背后的雪难化，朝阳的地方说化就化了。

猫道系统的先导索过江标志着南北两岸的"跨江时代"来到。11月20日上午9点30分，江面上雾蒙蒙一片，几名工人在给先导索挂大红花。这根长2000米，直径22毫米，戴着大红花的镀锌钢丝绳，看似寻常，却不寻常，它肩负着这座千米公铁两用大桥的重任。此时在拖轮总指挥的指挥下，这根江上的第一绳索，被静静地摆放在千吨级拖轮上，等待人们带着它穿越长江。

这段江面是长江上的主航道,大船小船如过江之鲫,日夜不停。为了保障通航安全和先导索安全过江,指挥部提前与江苏海事局协商封航请求,从南京海事局至张家港海事局由范围内分别设置上下游一级、二级安全防护区各一个,设置下行驳船拦截线5道,上行船驳拦截线10道,动用海巡艇46艘。海事下达封航指令后,总指挥陈明通过高频对讲机指示:"我部先导索正式开始过江。"岸上施工人员统一协调,缓缓松放先导索,江苏亚龙1001号的驾驶舱启航,拖轮缓缓离开江边,一路向北。南岸的35吨卷扬机和北岸的30吨卷扬机同时收绳,将先导索和牵引索提升到高处,保证长江通航,通知海事解除封航。整个拖拉过程,全程派专人盯控关键节点,实时测量,进行控制。

为了这根先导索顺利过江,并且尽量减少长江封航时间,在先导索过江之前,需要大桥人完成所有的准备工作,尤其是先导索和牵引索绳头位置和数量,要严格按要求设置。

封航的江面上,大小船只一艘挨着一艘在等待通航,江上看风景的人不知道江中的人捏着一把汗。先导索与牵引索过江连接后,若直接解除先导索和拖轮之间的连接,费了九牛二虎之力拖过来的先导索则会迅速荡向江中心,使得钢丝绳的力量急剧增加,安全风险巨大。为了解决这一问题,工程技术人员提前做了预案,在拖轮靠岸的时候,把一台卷扬机吊到甲板上,在解除先导索与牵引索连接的瞬间,通过卷扬机反拉,使先导索缓慢荡向江中心,直到先导索调整到合适的位置。

江苏亚龙1001号拖轮的正面,中铁大桥局的大红横幅,四面红旗插在拖轮的两侧,在江风中猎猎作响,四五位作业队的工人最后一次检查先导索,将绑着大红花的先导索送到拖轮上,总指挥陈明和拖轮指挥及其他技术负责人一起上船。北岸的人说:今天像送出嫁的姑娘一样,把先导索这位"新娘"嫁到江南散索鞍。连续奋斗四载,正式把它"嫁"出门去,心里顿生感慨。来接亲的人同样感慨,日思夜想四载,终于迎娶到这位日思夜想的"新娘"。

上午10点41分,先导索与牵引索连接完成并提升到设计高度。11点07分,牵引索到达五峰山脚下的4号主塔并完成锚固。

江南和江北，这一天对大桥人来说，是一个值得喝一杯水酒的喜日子。

先导索过江不久，长江两岸，上下游共16根钢丝绳全部到位，上下游两侧，4根钢丝绳兜底，为猫道开辟一条通向彼岸的航道。

当郁文带着我到江北高桥中交二航公司3号主塔的江水边时，天下起了小雨。北岸的地质风貌与南岸不同，南岸是典型的山区，北岸是平原，高沙土，一脚下去腿力被沙土吸进去，黄尘飞舞。村里的人说："有了桥，到江南去更方便，从前要去江南，得绕多少冤枉路。"

猫道，从一根先导索起步，南北两岸工地上堆积如山的网片，排成方阵的红色放悬索用的导轮，钢丝网、铁丝网、木条、扶手索、侧网、门架、导轮、转向轮、卷扬机、绳夹、绳头……正是这些名词给了天路猫道生命。

江上180米高空的两根红色带子，从江北高桥中交二航北锚碇，经过3号主塔，通过猫道上的牵引系统，一点点往江南五峰山脚下的南锚碇牵拉过去。第一根先导索翻塔过江，打梢固定，在江上用拖轮牵引到南锚碇的散索鞍侧，为了猫道的成功铺设，大桥人在1000多个日出日落中坚持到猫道成形的这一天。当第一块猫道上的网片被吊篮慢慢移动到江中心时，辽阔的江面上，鼓荡的江风撩拨着大桥人的心胸，他们的心跟着这根先导索一起飞过江水，穿过江风，到达长江的彼岸。

我走的猫道，南锚的从S3号墩到江北的3号主塔，走一趟1900多米，江上还好，边跨从主塔到南锚这边300多米的距离，虽然不长，但是最难走，45度的坡度，刀削似的，一眼看过去，那坡如高山，与五峰山的最高峰平行。

这条天上的路，是大桥人用热血与智慧托起来的一条险路。

主缆入“碇”

五峰山的锚，就住在山谷里，注定是一个活着的符号——桥存在于世的天地文化。

5.5毫米的钢丝相连，绕地球4.5圈那么长，犹如筑于江上的万里长城。大江虹起，万里天路，他们用钢筋般的骨为704根索股在江上撑起一片天空，用并不结实的肩扛起3.2万吨之重。那一群在江上走钢丝的人在空中踏浪。

2019年5月10日上午8点30分，江上最后两根索股准备向江北动身，飞过长江，飞向南锚锚坑中的352号锚头。

从春节前第一根基准索开始调试，到2月25号正式开始拉索，至今只用了74天的时间完成。单根主缆的拉力足以吊起1.5艘满载的“辽宁号”航母，上下游两根主缆共704根全部架设完成。工期提前了28天。

央视十套《走近科学》栏目组提前4天进驻大桥工地现场，开始全程拍摄拉索股的过程。猫道的上下游，第352根索股最后一拉。新华社江苏分社、央视一套新闻频道等各大媒体云集长江两岸，他们把镜头一次次对准大桥，对准技术员、生产经理、现场工人和工程管理人员。

5点钟我就醒了，因为头天晚上说好跟随央视的摄影师们一起过江去北岸，结果他们6点钟就到了对岸，我和常美兰还在生活区傻等。在食堂吃饭的时候，项目部经理牟翔冲进来抓了一只鸡蛋就跑了，边走边嘀咕：“他们已经到江北了，再不出发来不及了。”

在江北的放索区，第702根索股就要牵拉过江，所有人都铆足了劲在等待这几天的最后一拉，这一根拉完了，到10号央视新闻频道来的时候，就拉第704根，从此索股一拉到位。作为四公司的项目经理，牟翔要到北岸放索区上镜头，要讲的话根据导演的要求，已经在心里面演习过，在正式面对摄像机镜头时，他还是有那么点紧张。

金玉林书记的车还没过江的时候，常美兰赶紧打电话让他回头把我们两个带上，去见证这个盼了几个月的时刻。

从圌山脚下的局指挥部出发，往高桥镇奔去。这条路并不好走，道路太繁忙，破损严重，一路颠簸。紧赶慢赶到高桥镇的江边码头时，船刚刚开走，我们只能等下一班船过江。

江北的放索区，上游和下游两根索头上都戴上了大红花，记者和摄影师们都集中在上游放索区，老远就看到"热烈庆祝中铁大桥局五峰山长江大桥主缆架设完工"的大横幅，1934 米长，46 吨重的索股主缆，绕在卷筒上静静等候。许多人爬上梯子去拍照片，局指的副总经理张耀军看到妻子常美兰背着大相机爬在最高处，忍不住爬上去吩咐她要小心，梯子上的人越来越多，热闹得很。下游二公司这边相对安静得多，项目经理杨柳青站在一边，静静地望向北岸主缆索股排列图，六边形的排列图，每拉完一根，就用红色的油性笔涂满，今天只剩下最后一根空白的没涂。这张排列图，即将与所有人告别，退出它的舞台。

陈明天还没亮就醒了。见过无数大场面的他，今天莫名其妙地有些兴奋，早早从江南赶往江北。工人们今天比往常进入工地的时间又早了些，今天是最后一拉，他们感觉像过节一样兴奋，跃跃欲试。陈明嘴角上漾着笑，下嘴唇的水泡已经结痂。陈明在上游和各路来的记者及来客们不停地打招呼。招呼暂告一段落，他又跑到下游的二公司去看情况，看到工人们零散地站着，让大家赶紧列队，摄制组就要从这里开始拍摄。

四川泸州正华作业队的当家人谯正华，往工人们面前一站，用地道的四川话说："兄弟们，雄起(打起精神来)，马上中央电视台的人要来拍咱们，全国人民都会看到你们。"半分钟内，以谯正华为轴心的队伍一字排开。这个民工队伍真不简单，要说他们的故事，三天三夜都说不完。他们经历过许多重大桥梁的建设，每个人都是熟练工，参建过附近的润扬大桥、泰州大桥、马鞍山大桥，还有刚刚从杨泗港转场过来的。他们头戴国家队的安全帽，建国家最重要的桥梁，凭着精湛的技术，成为国家队的精兵强将。

佩戴着两朵大红花的索股，在二公司和四公司的鞭炮声热烈的鼓舞下，带着使命，在工人的护送下，准时启程。江上的滑轮在江风的鼓动下，开始转动，转成了一朵朵红色的浪花。主塔上的卷扬机开始发力，拽拉器牵着索悠悠向上，越过长长的铁梯，攀上3号主塔。

我和常美兰提前离开放索区，乘升降机到3号塔顶去迎接主缆。这是昨天下午老崔交代给我们两个的任务，带着拍摄装备，一定要与戴着红花的索股同行，还要抢在索股的前面拍摄，所以我们两个人的任务同样艰巨。

北岸的护索结束，所有的来客回江南江边的会议中心开“主缆架设”劳动竞赛表彰大会，为先进集体和个人颁奖。崔书记要负责会议现场，临出发前又吩咐常美兰紧跟主缆上猫道。

说实话，别说常美兰是个女的，就是工地上的男人，许多人也没有胆量走晃荡的猫道。这位不是记者的工地记者，每逢工程重大节点，都要第一时间奔赴现场拍摄。今天，是她头一次走猫道，也是除了我之外，工地上唯一走猫道的女性，免不了心慌。她到底能不能走到底，能不能抢在索股的前面拍到最佳的照片，都很难说。

当索股爬上3号主塔的主索鞍上的时候，我和常美兰一个拿着手机，一个举着相机，眼睛盯着缓缓行走的索股，此时此刻，卷扬机的力达到最强，发出“咿咿呀呀”吟唱声，像吹唢呐的喜庆声音，一路欢歌奔向长江上空的猫道。我带着常美兰开始在猫道上狂奔，因为要追赶索股的行踪。中途绝不能泄气，否则随时会跑不下去，还必须要抢在索股的前面，才能拍摄到最好的照片。行至江中心，美兰开始气喘，汗在安全帽檐下直窜。我始终抢在索股前方200米左右，边走边回头看美兰的位置，乘机抢拍了些镜头，美兰把我当成了她的目标。快到4号主塔时，陡坡越来越高，腿上的劲再也使不出来，千米长江上，一根长长的索股带领着我们狂奔，到最后说不清楚到底是我们在追赶着它，还是它在追赶着我们，我们和索互相追逐，到达4号主塔顶端。当我们再也无力追赶它的时候，卷扬机发力，将它送下边跨的陡坡，一路欢歌而去。

常美兰头一次从3号塔过江上的猫道，也算是女中豪杰。如果没有在夜间走过猫道，无法想象到上下游测量组的老余和徐飞他们，走过多少次这条天上的路，寒冷，45 度的陡坡，脚底下摇晃的网片，腿上的力被吸尽，木方子和网片铺成的这条天路，要到 2020 年钢梁架设全部结束，才能拆除。

从第一根到最后一根，老余和徐飞两个测量组才算暂告一个段落，而下一个工序的测量即将拉开大幕。每个工程的节点，施工方案、作业指导书在前，测量紧跟其后。

九头鸟胡铭

当一个人的韧性和事物的刚性合二为一后，所发生的巨变让一只从楚地飞来的九头鸟，飞越千山万水，降落在五峰山下的桥头上，灵性的目光定格在南锚与引桥之上。

在中国的地域方言里，有一句无人不知无人不晓的湖北方言："天上九头鸟，地下湖北佬。"这句话，不知道从哪一年起传遍了大江南北。现实世界中，天上的九头鸟，还不如地上的一个湖北佬。

湖北在古代是楚地，是楚文化的发源地。也许是《山海经》里九头鸟的传说故事，在楚人的血脉里烙下了与众不同的刚烈与隐忍。楚人有反叛精神的同时，更有创新精神，其韧性坚不可摧，如秦二世时代的陈胜、吴广是楚人，项梁、项羽是楚人，最后得天下的刘邦也是楚人。伟大的爱国诗人屈原，《九歌》《天问》其神性与灵性撼天动地，无人能比，他们都秉承了九头鸟的智慧与血性。

作为楚人信仰的九头神鸟，对湖北人来说是尊贵至极，是吉祥聪慧的象征。

二公司项目部的生产经理胡铭，就来自九头鸟的故乡湖北黄冈。黄冈这地方的确厉害，仅黄冈人出的考试卷子，难度就让别处难以望其项背。

胡铭的相貌就是标准的楚人模样。小平顶，目光犀利，又不失柔和，黑瘦，精干。特别是在说话上，语速极快，夹杂点楚人的方言，如快刀斩乱麻，干净利落。要是遇到急事，语速更快，如大铁锅里爆炒炸开的青豆子，每个字都是滚烫的，隐隐发出焦糊的味道。

工地上的劳模胡铭并没有九个头，但他有眼观六路，耳听八方的本事，这是在工地现场长期练出来的能力。胡铭认为，庞大的工地，人事纠缠，现场千头万绪，如不当机立断，反受其乱。

春节前的一场暴雪让工地现场暂时停止，生产经理胡铭在早饭前就去钢筋加工厂察看过雪情，把要做的工作安排下去。一夜的低温，雪结了冰，活动板房屋檐下的冰凌子，长的短的，排了一溜。在辛海宁书记的安排下，早饭后我没有去南锚碇施工现场，辛书记把胡铭"逮"住陪我聊天。恰巧在食堂遇到胡铭，便直接跟着他到二楼的办公室说话。

胡铭脚上的大头毛皮鞋湿漉漉的，踩在铁楼梯上咚咚直响，巨大的金属声冲击耳膜，直扑向心脏，整个活动板房都在动。楼上楼下的办公室没几个人，全部支援项目指挥部紧急扫雪去了。

胡铭一个人的办公室，一张咖啡色的旧人造革长沙发，一张铁皮办公桌，一个放资料的铁皮档案柜。办公室里很冷，他打开抽屉找来遥控器开空调，然后转身找一次性杯子给我倒水，结果没找到。桌子上留下了他的几个手指印。他有些不好意思地一笑："我们就是这个工作环境，没办法。全天候泡在施工现场，如果没有急需要办的事，几乎不回办公室，桌上落了一层灰。"

1976 年出生的胡铭，家中姊妹三个，上面是姐姐，下面有个弟弟，他是老二。

胡铭的第一个工作单位是九江大桥，这座桥从 1970 年初建到 1990 年后才完工，这中间整整 20 多年。在整个大桥局来说，都属于非常罕见的特例。

"我的家就在大桥边上，我爸爸在地方企业上班，厂就在九江大桥隔壁。我小的时候就在大桥子弟小学读书。按理说，我长大后应该到爸爸的企业去上班，但爸爸当时想：大桥在九江都 20 多年按兵不动了，不可能是流动企业，况且九江大桥这个单位，从子弟学校到医院、幼儿园，一应俱全。大桥毕竟是国家的企业，在那个年代效益非常好，工资高，一个人拿的工资可以养活全家人。所以爸爸认为我还是到大桥上班比较稳当。"

爸爸上学的时候，是县一中毕业的，所以他希望胡铭也能考上县一中，这样考大学的希望就大一点，当时的县中并不比后来的黄冈中学差多少。后来家里人又担心他考不上一中，稳妥起见，还是决定考技校。

考高中，必须考大学，如果考不上，就没有希望。姐姐非常聪明，特别懂事，对爸说：“我不是好顶爸爸的职吗?”把爸妈说愣住了。这么大的事，怎么一下子想不起来呢？现在想想，如果让姐姐继续读书，她肯定能考上大学。作为家中的长女，姐姐主动承担了家庭的担子，供下面的两个弟弟读书。在姐姐参加工作的两年后，也就是胡铭参加工作的那年，姐姐顶职的单位因为效益不好，被迫下岗。1995 年，受国家整体经济形势的影响，不少大桥人下岗在家，靠自己的能力谋生，但劳动关系依然在大桥局，在大桥局经济开始复苏的时候，基本上重返大桥。

“我毕业那年，国家包分配，算是蛮幸运的。在全国各地陆续搞下岗的关口，我被分进了大桥局这样的国企，对于家庭和个人来说，心里头那个美。”

能在九江大桥上班，端上国家的铁饭碗，胡铭和爸爸的心里多少松了口气。

弟弟和胡铭上的同一所学校，后来也进了大桥局，并把家安在了广州。两兄弟从此开始了抛家别子的生活，大桥工程在哪，人就飘到哪。

对两兄弟全在大桥上这事，爸爸后来只要在几个姑姑们面前说起，泪珠子就在眼眶里直打转，后悔不应该把两个儿子全放在外面，到老了一个都靠不到。两个儿子长年累月在外面四处奔波，一年到头都见不了几次面。平日里唠叨，逢年过节更是日思夜想，想得嘴里发毛，心里冒酸水。两个儿媳妇和孙子们更不容易。

弟弟一家在外地，来去一趟太不容易，顾不了父母。胡铭考虑在老家找个对象，不能让父母把眼睛望穿了。

在九江大桥待了两年，也就是 1997 年，这座建了二十几年的大桥终于接近尾声。在计划经济时代，建这么大的桥真不容易，小火车都有，但进货渠道非常困难。不像现在的工地，采购原材料有自主权，那时候买什么都要上级部门批准，严重制约了工程的进度。

爸爸本想把儿子留在身边，千算万算都没算到拖了二十几年的九江大桥，说结束就结束了，那么多庞大的机构，说撤销就撤销了。两年后，胡铭被调到福州的闽江四桥工地，是桥处承建的第一座斜拉索大桥。

“我开始带班，当工班长。有两个班，一个是架桥班，一个是挂索班。那工作危险的，在 120 米的高空中作业，用卷扬机一点一点往上送。闽江大桥建完后，中间有 4 个月时间空闲着，正好是 2000 年，世纪之交的这一年，我被调到芜湖一桥去。那也是个斜拉桥，30 多米高的钢梁，有一个边跨要从钢梁那边翻过去才能干活，而那个时候的安全措施很有限，没有通道，只能硬扒着跨过去。看到别人翻过去，我在中间跨了三次，也没能跨过去，第四次鼓着勇气才翻了过去。因为害怕，如果翻不过去，就要掉进江里去。我亲眼看见有人掉进江里，就在我身后。紧急关头，我拿了竹竿子把人给捞了上来。”

那个时候，一心狠抓促生产，对安全工作抓得比较松，工地上大的质量毛病没有，小的毛病还是有的。对于大桥建设，不可能像普通工地那样出现偷工减料的事。现在的工地进步了，最大的进步是对生命安全和产品质量重视，更加人性化了。工人的思想观念不断在改变。

在芜湖大桥架钢梁的时候，那时候有三个架梁小组，被称为三大火车头。大家要向这三大火车头学习，每个小组抢着干，看谁干得质量好。那时候没有夜班，但一天的活做不完，是不可能下班的，主动留下来加班。公司的激励条件很诱人，架一个钢梁多少分，这个分就是你的绩效工资，恨不得干得越多越好。这与国外的施工有着本质的区别，在国外，无论多少加班工资，到时间就下班，没有一个人愿意去加班。

在九江大桥上班的时候，胡铭不是特别忙，有时候上半天班，在家休息半天，跟在人家后面转转，时间很快就过去了，况且离家很近，并不觉得有多苦，就是上班下班而已。在正式离家前往火车站的时候，他才真正觉得孤单，没有一个认识的人。

胡铭在火车站下车时，遇到一位同是到大桥工地的人，正好跟他一起到福州去。那个人就问他：“你有师傅吗？”

“没有。”

“那我做你师傅吧。”

胡铭就这样认下了离家后的第一位师傅，而且是在孤苦的旅途中。尽管年龄相差较大，但他们后来成了忘年交，这是他初出门的旅程中，烙在心中的第一份温暖的记忆。至今他无法忘记工作中的第一位师傅。

胡铭是 11 月份去的福州，当年回来过年。他太想家了。“如果没有认识这个师傅，我肯定会拎上包逃回家。”才去的时候，两个人一个宿舍，分到谁就是谁。那时候工地上年纪大的老师傅多，他这个年轻人夹在他们中间很难受。

每天一起干活，晚上买一瓶尖庄酒，一斤装的塑料瓶，5 块钱。老师傅喝一瓶酒，胡铭就喝一瓶盖子，要喝 2 个小时的酒。胡铭后来的酒量，就是从酒瓶盖子开始练起的。他以前从来不喝酒，在学校只喝过啤酒。酒一喝，话特别多，老师傅们从老婆孩子讲到父母，从父母再讲到老婆孩子，每天翻来覆去地讲同样的话题，有时候也讲一些荤段子笑话，也不知道是真是假。胡铭是个毛头小伙子，没家没小，呆坐着听他们讲，酒早喝完了，搭酒的花生米只剩下了一摊花生皮，话还没讲完。

工地上的人，不喝点酒是不行的，酒滋养着工地人的精神世界，没有酒，工地上的日子太单调，太难熬。

在芜湖架梁结束后，胡铭又调到柳州，一待又是 5 年时间。四座桥，三座体量大的桥，一座体量稍小的。

广西桂林的工程结束后，胡铭又去了东北吉林，离家越来越远了。北方的寒冷，一直冷到骨头缝里，不像南方的湿冷。经历过几座大桥工地，认识了许多人，他不再有刚出门时的那种对人的陌生疏离感。等到了吉林时，大部分人都是熟人。况且在广西的时候，领导开始让胡铭管事做工区长。

下了班吃喝玩乐的人也有，用功学习的也大有人在，看到别人用功，胡铭觉得也应该用点功才对。

真正学技术是在柳州的那几年时间。那时候还不算太忙，有了空余时间，开始静下心来学习。作为一个带班的工区长，对工艺的流程必须得了然于心。从那时候，他开始学看图纸。在工地上，不懂看图纸可不行，所有的工艺流程都要在图纸上体现出来，包括每一根钢筋，每一个预埋件的位置，都要从图纸上看出来，然后才能到现场去实地观察。这些全是基本功。看桥梁建筑的图纸，要比看房建的图纸简单些。桥建的图纸是展开性的，每一个截面都标注出来，而房建要复杂得多，有水电图纸，还有各种梁、柱等都用英文字母来标号，不用文字。在学技术的过程中，问是一方面，更多的时候还得靠自己慢慢悟。

在柳州的那几年，胡铭开始参加考试，从初级、中级开始考，一直考到高级职称。所有的年轻人都在用功，一个跟一个比，生怕落后了被人看笑话。新的建桥技术规范，各种标准不断在更新换代，如果不学习，肯定不行的。考试并不是件容易事，越到最后越难考，像千军万马过独木桥，还得看各人的考运。也有些同事考不上，久考不过，后来就没了信心再考。

“我爸就是高级工程师，退休工资比别人都高些。每年回家，他都会鼓励我参加考试，才能证明自己的实力。我妈高中毕业，武汉人，很能干，做了一辈子的会计。那个时候，女的能读到高中毕业，已经非常不错了。妈妈说，活到老，得学到老，不学习怎么行呢。

妈妈对我们三个孩子管教很严，作业做不好，就得挨揍。我和弟弟跪搓衣板是家常便饭的事。但打归打，她对我们特别好，怕我们吃不饱，什么事都学着做。我的三个姑姑，三个小孩，加上奶奶，九口人，七个吃闲饭的，仅靠父母那点工资根本不够过日子。母亲跑到很远的地方去开荒种地，种很多的花生。”

胡铭对工资也没有多少概念，拿了钱就寄给妈妈。那时候 10000 元一台电脑，胡铭一直想买台电脑。后来电脑买回来，一直放在家里，一直到报废，都没能用得上。流动的工地生活，无法安放一台电脑。

都说男大当婚，女大当嫁。到 25 岁那年，妈妈托人给胡铭介绍了个对象，到人家里去，结果连面都没见着，很是失望。估计是知道他的工作性质，姑娘不愿意见。

在柳州工地的时候，每天晚上下了班，胡铭都会到工地附近的一个小饭店吃饭喝点酒。饭店旁边小店里有个小女孩，对胡铭特别上心，多次向他表白。他不是不想婚姻大事，只是装傻。

离家这么远，今年在这里，明年在那里，人家女孩子愿意，人家父母怎么会愿意。就是一时愿意了，后头将面对的事情更多，地域的差异，生活习惯的不同，万一磨合不到一起，最终不会有好结局。

胡铭说同事的夫妻俩，是在外面漂的时候谈的对象，后来工地撤走了，女方死活不放他离开，威胁他要投河、跳楼。结果真从楼上跳下去。

这事也把胡铭的魂给吓掉了。工地上的夫妻们，不吵架的几乎没有。工地现场压力大，家里的老婆孩子也不容易，好不容易相聚一次，家里家外各种各样的问题全部爆发出来，孩子不听话，老人身体多病，经济紧张，没有一样事是称心的，想不吵都难。

婚姻是可遇而不可求的，特别是对工地上的人来说。胡铭的妻子，是同事妻子的同学，一介绍也就成了。弟弟在柳州工地时，找了个柳州的女朋友，弟弟从此在柳州成了家。

“我父母的家在一个小镇里，岳母家在县城，一直做生意。我老婆是个很能干的人，跟着学做生意。岳母生了七个孩子，六个女孩，一个男孩，每个孩子都能干，最小的妹妹读到博士后，全靠自己奋斗。”

胡铭的大女儿已经上高二，儿子上初中。对于女儿的学习，胡铭忧心得很，语文成绩能考到班上第一，数学考最后一名，严重短腿。

“我不在家，老婆靠不了任何人，从做生意，带孩子，到现在改行开校车，当妈又当爹，独立性超强，太不容易，都是家给逼出来的。”

今年弟弟一家回家过年，胡铭也特别想回家，可是今年回不去。南锚碇每天都离不开，哪怕是这个大雪天，混凝土要养护，雪融化后马上就得复工。昨天晚上开会，春节期间所有的电柜要上锁，楼梯要上锁。不上锁的话，万一有人爬上去玩，发生安全事故，就是大事了，不能因小失大。

以前的施工工地，哪有现在这么多流程，都是根据自己的工作经验去做。现在不一样了，所有的东西都根据方案来执行，所有的方案都要去培训，所有做这件事的人都必须要接受教育，让他们懂得方案的重要性，才能进行施工。整个施工过程都有文字和摄像记录，每一个过程，都可以通过文字影像资料去追溯现场发生的细节。这是以前不具备的，现在一切以规章制度办事。

为了追踪每个细节的真实性，还不能仅看纸上留的痕迹，看现场才能知道真实性。

胡铭后来发现，在工地上行走，远比在书本上学习新知识更重要，因为行走可以训练一个人对现场的敏感度和判断问题的能力，找到事物的真相。

为了杜绝流于形式，会上要求安全部、质量部随机突击检查，如果流于形式，为了在纸上留痕而留痕，就能看得出来。每天做的内容都是不一样的，比如高度、时间、天气状况等都有不同，如果每天记录的数据都是相同，那就是有问题了。

作为管理人员，希望每个作业点流程化，但也不希望长时间流程化。不流程化，就不熟练，长时间流程化，就会松懈。大家会认为，天天这样做事，没出事啊，不会有问题啊。但是如果有了问题，因为习惯于流程化，就不知道去解决问题。比如说做引桥，在检查时，他就发现是有问题的。每一个墩身看起来都是一样的，其实不然，如果你每天都爬上去看一下，还是会发现一些问题。从 S1 到 S51 号桥墩，每一个墩身施工节点、高度等情况各不相同，而你不可能每一个墩身都爬上去看。这就需要一线的技术质量员在跟踪过程中，控制每一个节点流程。比如说对现场的模板和拉杆螺栓的质量检查，现场技术人员要去检查，发现问题要给作业队提出意见，如果不说，就容易有事。而这些都不体现在文字流程中，这些都是被忽略的小节。

作为项目部的生产经理，谁都知道胡铭最狠的功夫是腿功，他每天要跑很远的地方，在跑中去发现一切问题。胡铭发起火来，也让人害怕。

“管理这么大的工地现场，如果没有金刚怒目的一面，根本没有震慑力，下面的人都不听你的，你还有什么资格当一名合格的管理者？”

急起来的时候，胡铭会骂人，而且骂得极有水准，每句话都如铁锤子，一下一下锤到对方的心坎里，让人心服口服。

“我们除了方案，更多的是纠偏。为了质量问题，我每次都要去看，促进他们检查。为什么我每次都能检查出问题，你检查不出问题呢？这就是问题。”

在工地现场，有不少人说胡铭的这张破嘴，整天絮絮叨叨，婆婆妈妈的，像个小老太一样总让人觉得“犯嫌”。

每天签到的责任表，不能只成为一张记录在案的空纸，流于形式的证据，胡铭没少被下面的人抱怨。打个比方，工程质量如同孩子做家庭作业，对作业的态度马马虎虎，或者磨洋工，还不把人急死。胡铭说到自己的两个小孩，大的做作业习惯了拖拉，整天做作业还是做不完，做完了还不许别人看。小的时候，她妈妈总说："等大点了就会好。"工地管理就像管孩子作业一样，从小不养成好习惯，到大了怎么可能好呢？为了保证安全和质量，胡铭的确穷嘴啰唆，经常自己都嫌自己"犯嫌"。

"没有办法，平时宁可穷嘴一点讨人嫌，总比到时候出了安全质量大事故要强。真要出事了，长一百个嘴都说不清楚，说破天也换不回一条人命。"

有很多企业把一句话当成座右铭："今天的质量，明天的饭碗。"这句话尽管俗，但话糙理不糙，的确是这样。

"我每天要面对五个作业队，有的作业队素质比较高，管理比较严，但有的作业队因为领头人长期不在现场，管理起来特别的难。一娘生九子，九子不同样。每个人的性格不同，不能用同样的方法要求所有的人。一个做企业的，你管不动下面的工人，说什么都不听，内心是很焦虑的。"

作业队队长抱怨说："我管不动工人。"这句最让人头疼的话，胡铭是最来火的。

胡铭清楚地记得在吉林发生的一件事。"我们开始拆塔吊上的辅助梁，三十几米高。那天我们派了两个钢结构的民工过来进行切割。我上班比工人稍微晚点，到达现场时，他们的工作已经分配下去了，并开始切割。到现场第一眼就看到工人爬在几十米高的塔吊上作业，竟然都没系上安全带。"

带班的人说："我说了要求带安全带，他们不听。"

胡铭说："你们快下来，别干了，停工。等工人下来把安全带系上再施工。"

就在他们把横梁割下来的瞬间，塔吊中间被切割断的横梁突然间把他们给甩下来，头上戴着安全帽，头还是被摔破了。

"如果当时我不制止的话，两个工人肯定是死路一条。怎么能说管不了呢？管不了我可以让你们停下来整顿好。"

对于工期的要求，总工期与分部工期，生产进度中都有严格的要求，如果不能按合同规定的时间完成，要被罚款。工期越是紧，越容易出安全事故。

在扬州万福桥时，这座桥是楼层结构，上下有三四层，作业面上人特别多，场地太小，一片混乱。在施工过程中氧气瓶从上面掉下来。如果氧气爆炸，就是大事情。在这个工程中，曾发生过好多大事，没有人员伤亡是万幸。

比如拆模板，那模板是钢模，非常重，工人们为了自己方便，两层模板一起拆。作业队没有落实一层一层拆模板，随工人自已做。

“每天我从早到晚必须死守在工地上，不到 11 点，不敢走。万一离开出事故，肠子悔青了也没用。”

在工程管理中，包括一块模板吊装拆卸的细节，模板吊装的结构各不相同，如果不按要求来做，从高空中坠落下来就是大事故。“在扬州万福桥施工过程中，有一次我发现模板没按要求去做，结果我让他们把所有的模板全部重新检查调整。”为了钢丝绳的事情，胡铭跟作业队也没少废话。钢丝绳子的粗细也影响到吊重物的稳定性。那一天两个作业队都说过了，并让他们进行整改。结果，一家做得很好，另一家没有认真做，钢丝绳突然断掉，幸运的是下面没有人走动，如果有人的话，真的有可能会出人命。

一根受伤的钢丝绳，就有可能把一条人命一个家庭断送掉。

在胡铭看来，每一天的工作单调琐碎，总感觉如履薄冰，心吊在嗓子眼上。一次的草率行动，都可能带来意想不到的后果。来自现场的激烈争执，所发生的不愉快经历，并不是外人看来的纯粹的外在事件，却会影响到人的整个身心，让人心烦不已，却又无可奈何。那种无力感，就像半夜里的牙疼痛，搅得人无法进入深睡眠状态。等到天快亮，鸟鸣在食堂边的树林子里鼓荡时，胡铭感觉这个时候的觉是最香的，可是得马上起床到现场去了。

谈到工地现场，胡铭有说不完的话，对于庞杂的工地现场，他需要保持无惧与敬畏之心，因为这是他多年摸索的经验，正直的态度。这些有赖于现场的经验，不全是根据方案、标准、图纸来裁定的，那些并不是真实的经验，只不过是给现场模拟出来的一个框架。真正的经验，来自一个优秀的管理者与工人之间的磨合与交心，包括达成充满各种矛盾的妥协。

胡铭除了每天跑引桥外，还要跑南锚、混凝土拌和楼、大明码头，看砂石料情况,上午一趟,下午一趟,风雨无阻。要去看他们工作怎么安排,发现的问题,如何去解决问题。如果不去现场,坐在办公室里听别人汇报,根本发现不了问题。

“我不说自己的优点,但有一点可以很自豪地说,我很勤奋,肯吃苦。一个在工地现场摸爬滚打了几十年的人,如果都做不到这一点,还能服人?”

对于屡教不改的违规操作事件,用处罚的方式警示他们是有必要的。但安全部开出来的罚单并不能到达违规者本人,因为处罚的是作业队,等于没有处罚,这如同隔靴搔痒,下次还会再违规,甚至会发生变本加厉的违规事件。

对于这样的情况,胡铭把嘴皮子磨出老茧来,都不管用。

工人都是作业队带来的,大部分都是亲戚朋友或熟人介绍来的,乡里乡亲,如果处罚了他们,怎么好意思。别说处罚,就是在他们面前脸色不好,手下的工人都有可能随时走人。现在的工人太难找,更难留。

父亲是老大学生,没想到弟兄两个一个都没走父亲的路,为了生存,都没考大学。胡铭这些年在大桥并不一帆风顺。先是做班长,到了2005年做分队干部,后来又下去了。湖北人性子直,大脑灵活,做起事来,一个人能顶几个人用,但肚子里藏不住话,有什么话不会等到过夜说,没人喜欢这样的直肠子。

“人不一定是为了当官去做事,但是当官了,哪怕是个七品芝麻官,也要把分内的事做到实处。而能够家庭幸福,远比当任何官都好,这才是大幸福。”说到此处时,胡铭的眼神开始迷惘,透过他的眼神,可以看到楚地上飘的水汽。楚人骨子里千年以来一直吟唱的悲讶响起,这是楚人与生俱来的气质,是与故乡接头的谶语,是他们心灵的最终归宿地。只要内心出现悲讶的腔调,胡铭无法克制自己想家的念头。

“像我这种从技校走出来的,后天也曾努力过,并没有真正去学校里深造,能做到这一步,公司并没有亏待我,给了我很好的平台。我也想去继续深造,但不能因为深造坐在家里学习,更不可能不工作。年轻的时候脾气坏一点,现在改多了,能换位思考,体谅上一级领导,互相融合和尊重,这是一个成熟的管理人员需要学习和改进的地方。”

人生沉沉浮浮都是正常的。对于管理，得有自己的思想，思想决定一切。管理方面的思想，可能会有一定的风险，会顶着各方面的压力逆风而行，还要承担责任。对于管理观念的好坏，有时候需要不断地去试验总结，得出结论。这要看你敢不敢承担责任，而且不能带有麻木性。你自己都糊里糊涂的，让别人去做，肯定会出问题，得有个底线。过程控制方面也一定要有自己的想法。比如吊模板这件普通的事，在好几天前就要规划好，整个工序的细节都要关注。工地上的每个人，都是大桥的组成部分，由他们来盘活整个棋局。如何下好这盘棋，是大学问。一步观五步，从冲、杀、断、跨、压和挺、退、守、刺，到做活，做眼。胡铭小时候也喜欢围棋，从打谱学起。小时候像着了魔一样想跟高手学棋，这样进步才快。开始学别人能让他四个子，后来高手寸步不让，胡铭的棋艺越来越高。

一念成佛，一念成魔，方寸之间，一念之间，方显乾坤。

工地管理与下棋同理，有些事表面看上去是盘死棋，但如果善于思考，另辟蹊径，也就活了。棋如人生，人生如棋，工地也是一盘棋，大家就是工地现场每个角落的棋子，哪怕这个棋后来成为废棋，它曾存在过，为了全盘大局做出过应有的贡献。

"不能忽略任何一个人的能力，哪怕他平时性格有些懦弱，性格偏内向，只是我们没有把他的特长发挥出来。我天生就是做事的人，要不让我做事，会很难受。每次到现场走，不能白走，总要发现问题，然后去解决问题。"

开始参与建大桥的时候，快到工程扫尾阶段，站在威威的大桥下，感觉人很渺小，天地如此之大，人渺小得丝毫不敢逾越。造物主赋予人类不断创新与改造世界的能力，让渺小的人在天地间发挥自己的特长，不断成全这个世界。

"在读技校时，我从九江坐船到武汉去，头一次见到武汉大桥的风姿。记得那天是个晚上，灯光照着桥身，用'漂亮'一词来形容这座桥太浅薄。那时候临近天明，天地还在黑暗中。整个船上的人都出来看黎明前的武汉大桥。"

这是大桥局自己建的桥，胡铭的心里备感自豪。有时候想，人的确是渺小的，世界如此之大，最终还是人在改变着这个世界，推动现代科技文明不断向前进。尤其是桥。

“如果一个外人最初来工地现场，看到的也许是一片混乱，只有大桥人心里清楚地知道这片土地未来的模样。”

在做沉井结构的时候，好多天都看不到结果，感觉纹丝不动。当时在地面上把沉井做好，把地底下的泥取出来，然后把 50 米高，宽 40 米的沉井放下去。“沉井这种结构，我从来没有做过，心里没有底，感觉看不到希望，一边做，一边不断向别人学习。我们做的沉井顺利下去，一次性成功，运气非常好。在经验并不足的情况下，沉井成功到位，我的心里那个自豪。沉井下去的时候，地表震动，我知道下到位了，可是还是不放心，晚上请测量组的人重新测量，结果是一步到位，我整个人一下感觉轻松了。这么大的沉井技术，在很多国家都不能实现，中国的造桥技术真的很牛。”

昨天夜里的大雪，覆盖了通往工地的施工道路。上山的路很不好走，麻雀在雪地上蹦来蹦去，想找口食吃也是枉然。雪被踩得结结实实的，冻住了。一条下山的台阶上，只有狗的脚印，没有人的脚印，没有人敢从这条天梯上走。山下有人在往山上铲雪。

上午 10 点，有人来找胡铭，要去处理现场的事。他抓起安全帽去现场，是钢筋大棚顶上积雪的事情。处理完钢筋加工厂的事，还没来得及离开现场，几家作业队的队长在山坡上候着他问什么时候可以施工，工人们闹着要回家过年，雪天再无法施工，工人快走光了。胡铭一遍遍向他们解释，话讲得太多了，舌头根子发麻，嗓子嘶哑。

后来每次来工地现场，我都能“逮”到胡铭问东问西。有时候跟上他的车跑江北，有时候跑南锚，胡铭的确是把我当成了他的同事，推心置腹与我谈来自工地现场管理的忧虑，也谈前景。他认为现在的工地民工作业仍是欠缺的，今后的大桥建设更应该工厂化预制，让工人进入工厂，减少现场管理带来的各种问题。而他所讲的这些正在实现，比如水泥桥梁的工厂化生产。三工区成立后，郁文从南引桥调到北岸，他的工作任务更重，从猫道到缆索的牵引，还有边跨钢梁的架设。胡铭往北岸跑的次数也增多。项目部的那辆白汽车，脏兮兮的。

心神不宁的桥宁

里下河乡村的宁静夜晚，萤火虫飞过河荡，那个在黑暗中追赶流萤的少年，从此走出村庄，走向粗粝的大桥现场。

如果不是为了等我同去工地，柳桥宁天亮前就会准时到达工地现场。30 号早晨的 5 点半钟，我一个人走向江边的南锚碇施工现场，走一趟柳桥宁每天要走的路。

翻过两座陡坡时，许多地方结了冰，走一步滑一步，多少次差点摔倒。等我气喘吁吁赶回项目部的生活区吃早饭时正好 7 点，柳桥宁已到了食堂端了一小碗米粥，夹了一块山芋，三下五除二扒完，丢下碗准备出发。

食堂管理员刘凤来收拾桌子，看到丈夫吃完了傻傻地站着，衣领子翘在脑后面，走到他背后，给他理理。刘凤把柳桥宁照顾得妥妥的，从吃到穿，都不含糊。冬天泡一杯养生的枸杞茶，夏天一杯蒲公英茶。蒲公英是刘凤利用业余时间到五峰山上挖来的。生活区的家属们一到春天，就约好了上五峰山去挖蒲公英，洗净晒干，立夏后给自家男人泡上一杯带去现场。

同事们老拿柳桥宁开玩笑，说一个在工地上的人，身上的每件衣服都格格正正的，身材还保持得像年轻的小伙子，又从不抽烟喝酒打牌。柳桥宁心满意足地笑而不答。

与别的同事相比，他的确是享了刘凤的福，如果没有她在身边，他不照样邋里邋遢地过日子。

刘凤 1 米 75 的个子，饱鼻子饱脸，一对凤眼满目含情，一把乌发拖在脑后面，她习惯戴一顶宽檐帽子，一是为了御寒，二来为了遮住发根处新冒出来的白发。刘凤和柳桥宁的性格正好相反，她是典型的火暴脾气，柳桥宁是慢性子，温吞，天掉下来也不着急的样子。刘凤遇到事急起来的时候免不了怒目圆睁，柳桥宁看她的眼神始终像小绵羊，不温不火，倒也是一块糕搭一块馒头——天生的一对。

柳桥宁正好比刘凤大 5 岁，家里家外的事她说了算，柳桥宁乐得过现成的日子。在孩子考上大学以后，柳桥宁才告别了单身汉的生活，终于盼来了衣服脏了有人洗，饭碗一丢有人刷的幸福生活。

零下 6 度，柳桥宁只穿了一件单薄的休闲衫，里面一件格子绒布衬衫。值班室的空调坏了，暴雪封路，想找个修理工都不太容易。整个上午，他安静地坐在寒冷的值班室。

我穿着厚厚的长羽绒大衣，看着柳桥宁单薄的衣服，都觉得冷。

他的双手握得紧紧的，不时地松开，再握，再松开，如此反复，手一直在轻微抖动，似乎想把全身的力集中到这双曾经装吊过大桥索夹的十指上。这双手的每一个关节都是突出的，这是长期用力过猛的缘故。他说话的时候，努力保持着语气舒缓平和，但还是能从他吐出的字缝中觉察到，由于肢体的寒冷，他的声音控制不住地在颤抖，他越是想稳住这抖动，越是感到困难，所以会不时地羞涩一笑。

同事们误以为他真的不怕冷，只有枕边人刘凤知道桥宁不是真的不怕冷，是怕在做活的时候穿太多衣服会累赘，一是容易出汗，二是影响做事的速度。几十年了，天再冷，他也习惯了穿得少。

柳桥宁的父亲干了一辈子混凝土拖泵工。在退休前有两个心愿：一是能在退休回家时坐一回卧铺；二是让儿子顶职进大桥。

父亲的两个愿望只实现了一个——柳桥宁顶职进了大桥。免费的卧铺票太难弄，尽管那个时候铁路职工坐火车免票，但一个普通职工在几百万铁路职工中又能有多大分量。父亲一直到中风瘫痪，都没坐过一次卧铺。父亲说，就像常喝白开水的人尝一口青茶会感到苦涩，而喝习惯茶叶的人，能品出其中的甘甜与清香，是一个道理。

柳桥宁的家乡在苏中平原泰兴，父亲离家几十载直到退休才真正回到泰兴的家。母亲生柳桥宁的时候，父亲在大桥工地，冥冥之中好像柳家儿子注定还要走这条建桥的路，所以父亲给儿子取名“桥宁”。

柳桥宁说起父亲那一代造桥人所吃过的苦，内心是战栗的。父亲在大桥从事的工种很苦，但还有一个工种更辛苦——装吊工。他顶职进钱江二桥的时候，干的就是苦得淹心的装吊工，这也是最脏最危险的工种。

20世纪90年代初，建桥机械吊装还不算先进，脚手架的拼装和拆卸，抬木头、铲沙子、倒水泥这些零活都靠人工。当年在造九江大桥时，当地市民和黄梅县的郊区农民曾戏说大桥第一线工人是“远看像要饭的，近看像捡破烂的；腰扎粗麻绳的，是大桥流浪汉”。

装吊工一天工作下来，不是累得腰疼就是腿痛，不得不经常一吃饱饭就利用片刻时间休息一下，随时随地往地上一躺，眼睛一闭就能打呼噜。春秋两季可以随便往地上一躺，寒冬可不行，哪怕再累再困只能忍着。身上穿的是又厚又脏的老棉袄，爬高下低，手一抬高棉袄就往上爬，那个风把身上的一点热气卷跑，透心凉。为了抵抗江风寒流，老桥工们顾不上仪表，有的人用一根麻绳往腰上一系，只求暖和点。大家一个学一个，一眼望去，腰上麻绳飘飘，成为大桥一景。

现在不一样了，一日三餐食堂，统一发工作服。走进这个部队一样的群体，如果不相处一段时间，很难记住那么多面孔。他们太像了，一群人走在一起像一个人，走路的样子，说话的口气，像得差不多可以从一个鼻孔出气。

柳桥宁说刚参加工作的时候，在江上几百米的高空中作业，要说一点也不怕，那是在说假话，特别是刚参加工作的时候，那个怕，怕到骨头里去了。在那么高的半空中做事，能不怕吗？开始怕的时候会吼两声为自己壮胆，不管是吼什么调，也不问五音全不全，吼给江听，吼给风听，吼给自己听。

柳桥宁还记得那年第一次出远门，在钱江二桥的工地上，每逢初一、十五，四面八方的人冒着被潮水卷下去的危险，疯了似的涌到江边看钱塘江大潮。刚参加工作的柳桥宁永远记得那些涨潮的夜晚，急切的潮水冲向江边专门挡潮的“丁字坝”。只有这个时候大家可以休息会儿，因为涨潮时无法施工。他和年轻的同事们仰躺在星空下，听潮水拍打着江岸。一群刚参加工作的年轻人，没有不想家的，可是既然来到这里，没有一个人敢开口说回家的话，因为怕一开口就收不回头，越想回家越想回，从早到晚的念想，感觉像有人拿把锥子在锥自己的心。

参加工作的那年他才 21 岁，修的桥越来越多，家离自己不管是近还是远，哪怕是在自己的家门口修桥，柳桥宁回家的次数都不多。

因为他的技术好，后来无论调到哪个工地，干的全是装吊工。

柳桥宁说，这几十年，建过的小桥记不过来了，参建过的钱江二桥、孙口长江大桥、芜湖大桥、南京大胜关长江大桥、安庆长江大桥等著名大桥至少有十五六座。这些桥在中国桥梁甚至世界桥梁史上，都可圈可点，包括现在的五峰山大桥。

要说自己这些年所建的大桥，走过的极少。工程一个接一个，这个桥完工了，通常是还没通车，很快就转到下一个工地，没有机会走自己建过的桥。直到 2016 年，柳桥宁带着女儿去北京玩，才第一次经过自己参与建设的南京大胜关大桥，而这桥就在自己家的门口。

女儿柳柳笑爸爸："你们造桥的人，真悲催，都走不成自己造的桥。"说起柳柳，柳桥宁忍不住笑起来。女儿的身高遗传了父母亲的高个子，1 米 76，长得白白净净的，真像家乡的嫩柳树。女儿从小到大不要人操心，他和刘凤都要上班，从上小学起就没有人接送她，小时候一直跟着爷爷奶奶过。"不是我们做父母的心狠，是实在没有办法带她。"

女儿很争气，考取了南京医学院，学的是护理专业，毕业出来后凭自己的实力考进了南京的一家医院，工作是辛苦些，但工资奖金拿得高高的，10000 多呢。

"想想我和刘凤两个人，在大桥苦了一辈子，工资都拿不过她。"如今女儿能独立了，两个人才觉得肩上的担子轻松点。刘凤的父母去世得早，现在最放心不下的是柳桥宁的父母。父亲 86 岁，瘫痪多年，由 84 岁的母亲照应，力不从心。

一家三口，聚少离多。用女儿自己的话来说："我是自己带大了自己，你和妈妈像家里的客人一样。"但这么多年来他这个不称职的爸爸获得的荣誉还是让女儿骄傲一番。

说起自己取得的荣誉，柳桥宁很低调。第一次被评上先进个人，评上"团中央青年建设工程劳模"，是在孙口黄河长江大桥那年。到芜湖大桥时，评上"铁道部劳模"，获得"火车头奖章"。刘凤说家中的红本子堆了一柜子。

记得在芜湖桥的时候最艰苦。那时候吊装钢梁，在拼装过程中要求很严，所有的接点用螺栓连接。那时候的钢梁不像现在可以整体拼装，全是散的，一吊就是千把吨重，需要一根一根拼装，靠的是手上的功夫。

在水上施工比在岸上施工要困难得多，江面上茫茫一片，遇到好天能见度尚可，逢刮风下雨或大雾天，在江中心的围堰施工，在桥墩上连续30多个小时下不来，没饭吃，靠吃方便面。

我们的谈话被现场闯进来的工人打断。最近的暴雪，打乱了正常的施工秩序，进出通道雪是铲干净了，锚碇上的积雪怎么办？

柳桥宁果断地吩咐工人："用水泵冲雪，然后再抹干净施工，千万不能在混凝土表面撒融雪盐，会腐蚀混凝土，影响质量。"

一年四季中的施工，最痛苦的就冬夏两季。夏天热得恨不得把身上的皮剥了降温，冬天冷得恨不得挖个洞钻地底下避寒。

记得那年天冷的时候，江上的温度比岸上的温度低2到3度，而且湿度大。纱布手套一沾到钢构件上就给冻住了，揭不下来。天冷做事本来就缩手缩脚快不起来，戴手套又碍事，心里那个急，干脆脱了手套做事。手在寒风中开始还知道疼，几分钟后便失去了知觉，像木头一样。后来手被严重冻伤，落下了后遗症，到了冬天手就容易打抖，筋骨给冻坏了。

大桥人皮实，许多病都是因为年轻时太苦，埋下了永久性的祸根，人到中年时，全面爆发。

在江上施工远比在陆地上困难，遇到在江中打钻孔桩、钢护筒，钢围堰施工时，拖轮把围堰固定在桥底下的位置，用泡沫定位，沉井一直下沉到江底，然后浇筑钢筋笼。那时候的沉井远没有现在的大，直径只有50多米，但在当时就已经很壮观。现在的沉井越来越大，五峰山大桥的沉井直径达90多米，大得像个足球场。在这个上面钻孔桩、承台，然后是主塔、桥两边挂斜拉索、架梁。

我们装吊工就是负责架梁、挂索，每天如此。

那时候柳桥宁是副分队长，手下有三十几个职工，加上七八个民工，分两个班，一个是高拴班，一个是丝拧班，还有脚手架班、架梁班。

架梁班的任务特别重，作为副分队长，得带头干。

早晨6点钟坐船往江中心上班，到晚上6点半下班，再坐船上岸。那时候没有班车，步行半小时，到生活区又要1小时，总要七八点钟才能到。来回要14个小时左右。每天早晨必须要起早，起迟了就赶不上船，只能等8点钟的船。

工程不管大小，打基础最苦。在沉井封孔的时候，等把水抽干净了，浇好承台，基础工程才算大功告成，整个工程要一鼓作气。五峰山南锚基础施工同样如此，地下工程太危险了，每天在现场心都拎着，始终放不下。

江上的施工不同于地面，上去了很难下来，连续几十小时拼。有一次遇到江上起大雾，来接班的人迷失了方向，只能等雾散。在江上施工本来就危险，接班的人来不了，连后备力量都没有。这几十个小时，他们就守在江上，而且那时正在浇大型混凝土，连续运转，无法停工。在出不去进不来的情况下，几十号人要在江上忍受饥寒、疲惫。

现在回想起来，柳桥宁说都不知道怎么熬过那几十个小时的。说到最熬心的工程，是2002年去巴基斯坦援建大桥。

"我们去的时候巴基斯坦在打仗，巴方为了保证大桥的进度，全程武装持枪跟着我们的车。"

当时一共去了40多个职工，共去了两次。

巴基斯坦热，40多度，而铆钉要在铁炉里燃烧到1200度，与钢梁铆接，时间在10秒钟内。四个人一组，一个烧炉子的，一个往孔里塞螺栓，一个拿铆枪，另一个辅助。速度要是神速，一天下来最多只能铆接120个左右。这种铆接方法只在南京长江大桥用过，别的项目没用过。工程工艺非常特别，巴基斯坦所有的大桥只相信这种铆接方法，他们认为其他方法不牢靠。后来架梁的过程更遭罪。钢梁的表面温度达70多度，无法站上去，垫一块板子上去，还是烫。他们的鞋也是特制的，底特别厚，否则脚板会被烫伤而无法干活。钢梁安装好了要刷油漆，温度太高了，油漆前面刷上去，后面就淌下来，或者很快变成一层漆皮掉下来。怎么办？只能用水给钢梁降温，等钢梁干了再刷油漆。

他们每天要喝很多水。3升的瓶装雪碧，每天要喝4大瓶下去，从早到晚每个人的衣服上看不见一点干的，喝下去的饮料变成了盐霜，裹在身上硬邦邦的，感觉披上了一层盔甲。

早晨6点20分出发，到晚上10点才能回到休息地吃饭，每天十五六个小时。因为中国中铁是去援建，时间很紧，必须抢工期。为了照顾中国人，专门做大米饭，有人帮忙洗衣服。

整个援建过程，不知道比在国内苦多少倍，剥皮抽筋似的。尽管如此，没有一个人喊一声苦，心里的那口真气始终没放下，更不能给中国人丢脸。他们每天想：快点把事做完，早结束早回国，所以每天拼着命去做，一刻也不愿意懈怠。同去的40人中，柳桥宁与其他几个人皮肤很白，几个月晒下来，除了牙齿是白的，所有人晒得像黑人似的。

从巴基斯坦回国，来不及休整，柳桥宁很快到了广西的柳州双冲大桥。

在国内的工程中，最苦的是芜湖大桥，最难的是南京大胜关大桥。越是复杂的大桥，越是技术含量高，出现的问题越是多，施工越是困难，其基础工程越是庞大。江中吊装围堰，打桩钻孔，锚碇的开挖，无法想象会出现怎样的问题。

说到妻子刘凤，柳桥宁忍不住笑，和这个刀子嘴豆腐心的老婆一起过日子，是柳桥宁前世修来的福气。

那时候中铁大桥集团有个桥校，刘凤就毕业于那个桥校，分到钱江二桥工地做了一名钢筋工。那个年代工地上的女的要么是钢筋工，要么是电焊工。钢筋工也是体力活，运钢筋的货车来了，她们像男人一样，一车一车卸货，从头到脚都是铁锈。

柳桥宁刚顶职到钱江二桥的时候刘凤在钢筋班，抬钢筋，扎钢筋，他在江上做装吊工。

钱江二桥从1985年开工，到1992年快结束时他们才开始谈对象，两人都是桥二代。像所有热恋中的人一样，钱塘江涌动的潮汐见证了这对年轻人纯净的爱情。他们在1992年喜结连理。

“那时候我们两个人的工资加起来真可怜，才工作时都是学徒工，工资36元。一年以后转正，能拿到66元。结婚时买了一台电视都感觉太奢侈，两张单人床拼在一起就成了一个家。工地转到孙口黄河大桥，我们身上加起来总共 200 元，好在大桥职工坐火车是免票，可以省点。因为经济能力有限，连孩子也不敢要，结婚 3 年才敢生孩子。”

在强涌潮下修桥，潮头高的时候 1 米多高，他们新婚的宿舍离江边并不远。下班后，两个人一起去江边听潮，阵阵潮声与他们的心合拍，什么话也不需要说，但能感受彼此的心与那潮水一齐涌动，声声动听。钱江二桥的引桥很长，比现在的五峰山大桥的引桥还要长，两个人在潮汛声中沿着引桥能走很远很远，也不觉得疲惫。

也就是刚参加工作的那几年两个人同在一个项目部，后来便分开了。

1994 年，刘凤害喜了。那时候到了孙口大桥，经济稍微好些，能拿到 1400 元的工资，两边的老人都不要他们贴钱，只有逢年过节时给双方老人寄点钱回去。

刘凤每天挺着大肚子下工地扎钢筋，别人做什么她做什么。1995 年正月，刘凤给柳桥宁生了个白白胖胖的姑娘。刘凤妈去世得早，婆婆就是妈，来工地帮着照顾月子，等孩子满 1 岁了，带回泰兴老家。半年后，刘凤实在太想孩子，又把她接到工地来。那时候已经到了芜湖大桥，刘凤把女儿送到当地幼儿园。可是因为生产任务紧，刘凤经常加班，经常赶不上接孩子，别人家孩子早走了，刘凤赶到幼儿园，只有女儿一个人可怜巴巴地站在门口望。许多次厚着脸皮跟幼儿园老师打招呼，另外再多给些费用。芜湖大桥结束后女儿正好上一年级，那几年全国都在搞下岗，单位效益也受到严重影响，刘凤和许多同事一样暂时下岗，拿 320 元的生活费。

而柳桥宁跟着去了苏州，又去了巴基斯坦援建。2006 年 9 月 4 日，南京大胜关大桥开工，柳桥宁终于能回到家门口上班。从工地坐公交车到家还是要 1 小时。说起来是回到南京，等于隔着一座城，一南一北，想回家见一下老婆孩子还是不容易。

那段时间公司也很困难，项目难接。大有大难，小家庭更难，开门七件事，哪一样不要钱。单位有不少下岗的人出去做生意，女的做服装，男的做工程。柳桥宁也想过跟在别人后面出去挣大钱，但他对大桥有感情，这一步还是没跨出去。

2013 年是女儿最关键的时候，在奶奶家那边读高三，刘凤在另一个工地，心挂两头。柳桥宁那时候在南通海安李堡，修一条到南京的高速公路桥。为了回去看父母，他买了车，1 小时就能到泰兴。

从这年起，他每个月至少回家一趟看瘫痪已久的父亲，尽量帮母亲一把。这时，柳桥宁在海安的工地，刘凤在扬州的工地。

“我们单位很少有女职工，再说女的也不愿意来，流动性太强了。”

直到五峰山大桥项目开工，两个人才转到同一个工地，女儿也上了大学。刘凤想孩子的时候，两个人只能利用晚上下班时间抽空去看看她。夫妻俩最大的愿望是希望女儿找个如意的对象，柳桥宁常拿柳柳开心：“柳柳，老爸帮你介绍一个我们项目部的小伙子吧，那么多优秀的小伙子，个个能力强，长得也帅，随你挑。”可是柳柳小脸一摆说：“我才不会找你们大桥人。你看看，妈妈嫁给你这个大桥人，过的日子哪里像家，东奔西走了半辈子。大桥人再优秀，我也不嫁。找个大桥人，以后我们有了小孩子也是没人管没人爱。”柳桥宁苦笑笑。

当我问到刘凤跟了柳桥宁这么多年是否抱怨过，柳桥宁起码沉默了 1 分钟。

“说实话，她对我能不抱怨吗？跟了造桥的人，特别是像我这个做装吊工的，高风险，一直在一线工作，收入也高不到哪去。当初刘凤和我谈对象的时候，她的家人是不看好的。刘凤在家最小，一个哥哥，一个姐姐，母亲在她刚参加工作的那年就去世了，别人家姑娘在外面受了委屈可以跑娘家去，她要受了气，连个哭的地方都没有。可是她在家是父亲的掌上明珠，父亲在大桥局是正处级领导，以刘凤当时的条件，当年完全可以找个技术员，不会找工人。她为什么看上我呢，没有别的，我对她是实心实意。刘凤是个爱憎分明的人，她要是恨一个人，能把对方剁碎了骂，她要是喜欢一个人，能把自己的心挖给他。”

有时候柳桥宁会和刘凤开玩笑：“你现在和我离了，还可以找个更好的，还来得及。”

“你个死没良心的，离就离。”刘凤大着嗓门朝柳桥宁喊。

柳桥宁是吃准了刘凤的火暴性子，才会拿她开玩笑。

风雨几十年，事实上他们谁也离不开谁。

说起柳桥宁这些年在工地上所受过的苦，刘凤眼圈忍不住发红，千言万语道不尽这些年的酸甜苦辣。

刘凤每次跟柳桥宁回老家都难过得要命。父亲与柳桥宁说得最多的一句话："我要死了，你再不回来，我就想快点死，活受罪。"

柳桥宁总是很愧疚地对父亲说："现在日子这么好过了，老想着死干吗？"

中风后的父亲真的是活厌了，随着病情的加重，生活质量越来越差。自己一辈子在桥上，唯一的儿子又在桥上，他就是想以死相逼让儿子快点回家。不知道从什么时候起，只要柳桥宁超过一周不回来，他就会让老伴打电话告诉儿子说他要死了，再不回来就见不到面了。

母亲年纪大了，心脏有问题，拖不动父亲，有一次在拖父亲的过程中，两个人全部跌倒。母亲实在太累，要把他送养老院，父亲以头撞墙，死活也不肯，连找一个人来家里照顾也不肯。

父亲气得不理柳桥宁，吓得他再也不敢提找人照顾的话。他们都知道，如果把父亲送敬老院，父亲活不长，可母亲服侍得又太苦，随时会有倒下来的可能。

柳桥宁怕，夜里做梦都梦见父亲走了，母亲跌伤了，惊醒后再也睡不着，一颗心越过滚滚长江，飞回家中。父亲中风瘫痪后再无法出门，理发和刮胡子都无法解决，他买了理发工具，学着给父亲理发。柳柳也很懂事，只要回家，就会帮爷爷理发和刮胡子，那手艺比爸爸还要好。柳柳反而怪爸给爷爷理的发不好，爷爷在大桥受过伤，头上坑坑洼洼，理发相当难。爷爷就夸孙女："我家柳柳有出息，我得好好活下去，要等柳柳成家有孩子那一天。"

柳桥宁催着女儿快点成家，如果给父亲添个重孙子，他正好也退休了，和刘凤回老家帮柳柳带孩子，照顾父母。

同事们经常拿柳桥宁开玩笑："柳桥宁除了没得过三八妇女奖外，什么奖都得过。"

对于曾经取得那么多牛气的奖，柳桥宁在任何场合的表达都显得非常平静，好像是在说别人获奖的事。而他越是显得普通的背后，越是值得探究。

刘凤说老柳在工地上就是个拼命三郎，父母整天巴心巴肺盼着他回家，可是他回不去。刘凤说老人过一年算一年，最近一段时间只要儿子超过 5 天不回去，中风的父亲就扒着门望。

柳桥宁现在怕母亲的电话，电话那头的话，全是关于父亲不想活的消息。但他也盼着母亲的电话，希望父亲好转，又一想，父亲已风烛残年，真的是活一天是一天，怎么可能好转呢？老柳的噩梦不断。

刘凤说柳桥宁这些年得的奖状是用半条命换来的，只要看到他为工作上的事拼命，刘凤恨不得把一柜子的获奖证书一把火烧了。从锚碇开工至今，他整天泡在工地上，到了饭点都不肯回生活区，气得她大骂："不回来吃拉倒，倒给狗吃，也不给他留饭了。没见过这种人，老婆孩子、娘老子不要就算了，连自己的命都不要了，天下哪有这种人的？"

刘凤可是那种说得出口，拿得出手的人，吓得辛书记赶紧打圆场："刘凤，刘凤，可不能这样，老柳人老实，咱不能欺负他，不管他回来多迟，饭一定要留好。"刘凤就骂他脑子差根筋，南锚碇除了你柳桥宁就不转了？

上午 10 点半钟时，值班室来了一拨人就安全问题提出整改意见。我和柳桥宁离开南锚碇值班室一同向门外的工地现场走，对于南锚碇这个世界超级工程，柳桥宁充满了好奇，每一个角落都要落入他的法眼，他要在这里待 5 年时间直至 2021 年正式退休。真不知道他第三次中风的父亲是否能熬到他退休回乡。

今天下起了雾，平时能看得见的五峰山，四个手指和高压线塔不见了。昨天翻过山坡还能看到圌山顶上的报恩塔，今天全被雾罩住。在 S6 号墩那边，工人们在用橡胶水擦洗钢模板，刷脱模剂。太阳淡淡的，比昨天更冷。S17 号墩旁边有个小水塘，前天下雪时还没冻住，今天冻得结结实实的。

不管刘凤发多大的火，柳桥宁始终有板有眼，那副天掉下来他都能接着的模样。等刘凤平静下来后，他劝她："你再怎么急，急得把屋顶烧了，管用？"

刘凤最近夜里做梦做得很不靠谱。在梦中，后面有人在追她，急得她带着柳柳狂奔，跑得上气不接下气。梦醒了后，前心连着后背心绞痛。

每天早晨，刘凤把早饭端到宿舍的小桌上，然后风风火火去隔壁的食堂忙事。等柳桥宁醒来的时候，正好不冷不热，吃了去工地。在大桥大半辈子，柳桥宁一直有读书的习惯，抓住什么书读什么书。在工程技术上，他能与造桥的专业工程师交流，他总能语出惊人，让大家对他刮目相看。

在大桥项目指挥长陆炳良的眼里，柳桥宁与一般的基层管理人员不同。作为一名没进过高等学府，从一名普通的装吊工成长起来的一线工人，在大桥上摸爬滚打几十年，在施工技术、现场管理上，他有异于科班出身的工程师们的高超经验。而这种罕见的经验，可能在任何教科书上都学不到，甚至一个工程师都无法用语言来描述这种经验。

在工区宿舍，两张小桌一拼，桌上摆满十几样家常菜。工区几个人提前一天约请了局指陆炳良和崔永兴来宿舍喝点小酒。房间小，板凳不够，老陆和老崔坐到床边上。老崔是个幽默大王，酒满上，端上杯子，先来段当下酒菜："吃饭不积极，工作不会努力。只有把饭吃踏实了，日子才更有滋有味。"

柳桥宁因为肝上长了个不小的血管瘤，刘凤让他戒了酒，参加工区里的小聚，他从不喝酒。一把油炸的花生米，一杯家乡酿制的米酒，一帮好兄弟们喝得脸红脖子粗，肆无忌惮开着玩笑，酒不醉人，人自醉。柳桥宁从头到尾捧着一瓶矿泉水，慢慢呷两口，跟喝酒的人一起互相敬，竟然喝出了酒的味道，满脸妥帖与淡定。

2018 年腊月，柳柳有天休息来工地看望爸妈，柳桥宁带她上猫道走一圈。这孩子算是从小与桥有缘，虽然不在大桥工作，但血脉里有大桥人的基因在，第一次走晃荡的猫道，她竟然不害怕。

2018 年底，刘凤在沪通大桥工地的二哥，积劳成疾，突发疾病，命归大桥。

刘凤的二哥，刚过 50 岁。

春暖花开的时候，我从局指到二公司项目部找辛海宁书记，远远看到刘凤坐在食堂门口摘菜，没精打采的样子。才坐定，她忍不住告诉我："二哥刚走的时候，每天都止不住流泪。夜里把枕头都打湿了，害得桥宁也睡不踏实，白天他要在一线，不能分神。可是，我怎么也控制不住。我们这个家，全在大桥上，哥哥是父母的骄傲……可是……可是……”刘凤在我面前泣不成声，发根处新长出来的白发与染过的黑发相连，黑白分明，触目惊心。

父母早逝，二哥是刘凤最亲的人，在大桥工地半生，魂归正在建设中的沪通大桥。

刘凤沉默了很久，努力忍住眼眶里的泪珠子，抬起头，望向绍隆寺后面的五峰山，从胸腔里硬挤出一句：“大桥人，这一生，真正是，苦到死的那天。”

刀子嘴豆腐心的刘凤，和所有桥嫂一样，刚烈的外表下面，那块富含植物蛋白质的豆腐心，滋养着另一半大桥人的生命。每次到大桥，我都第一个奔向食堂，寻找刘凤高大的身影。二哥永远走了，养在她宿舍边上的那只波尔羊也走了，刘凤很长时间都缓不过神来。

而柳桥宁天生不会表达，他心里有一肚子劝刘凤的话想说，可怎么也说不出来，他只能陪着刘凤，听着她说，看着她淌眼泪，别的他什么也帮不上她。

我坐在二公司生活区食堂门口，和刘凤一起摘菜，五峰山大桥尽在视线范围中，高大雄伟，边跨逼仄。我在想象走猫道的时候是如何从南锚翻到4号主塔到江北的3号主塔，在想象五峰山大桥正式通车的那一天，刘凤他们会在哪里？整个项目的建桥人，除了留几个善后的人交接，到年底将全部撤离，他们不可能等到通车那一天，那个激动人心的时刻属于别人。

安环部的秤砣

都说吃了秤砣铁了心的人，撞上南墙也不会回头。文弱的朱文在秤砣一样的南锚面前，不知道撞过多少回南墙。

5点30分，轻轻地掩上房间门去工地现场。屋檐下的冰凌子纹丝不动，晶莹剔透的冰柱子，给简陋的活动板房增添了些许韵味，擦亮大桥人的心胸。

一年到头，能看见冰凌子算是稀罕事，活动板房里的人进进出出时，免不了多望冰凌子几眼，因为望一眼少一眼，太阳一出来，气温升高后，冰凌子说走就走。

经过项目部的办公室，有几个房间的灯亮了一夜。办公室的年轻人，可能会因为一个PPT，一个技术交底书，一个方案熬上大半夜才回与办公室一墙之隔的宿舍，第二天早晨赶不上吃早饭是常事。

对于安环部部长朱文来说，哪怕到三更半夜，第二天早晨都不能不起来。从江边的南锚到S51号墩的南引桥，这条2.4千米的路，他都要跑一遍才行。

我从工地现场回到生活区，身上跑出了汗，赶点回来吃早饭时，朱文也从现场回来吃早饭，然后去职工书屋等我。

老家湖南岳阳的朱文，戴一副高度近视眼镜，个高，人如其名，就一书生模样，偶尔发火，也不会有人怕他。1986年出生的朱文觉得，在建桥这个行业，不再像以前以劳动力为主，而是以技术为主。

“现在刚出道的年轻人，在二十五六岁的时候，就能到我这个职务，到30岁出头的时候，两座桥梁跑下来，技术上相对已经很成熟。”

朱文经历过的第一个工程是南广铁路，近4年时间。2009年12月港珠澳大桥开工，他被调去参与这个大工程。2015年10月份去了另外一个项目部，一直到通车资料移交，又是2年。每换一个项目就是一个新的开始。重大桥梁要求高，也比普通桥梁更有优势。

现在工程部成员平均年龄都不到30岁，最大的也不过31岁，“90”后的多。

从开始参加工作，朱文就在工程部、质量部，差不多每个部门都转了一圈。在工程部做设计的时候，压力太大了。数据计算到最后，越会害怕，会不断怀疑自己，但越是怀疑，越具挑战性。的确是锻炼人的好部门。现在的桥梁建设很多东西平时学不到，没有现成的路可走，要靠自己摸索。每到一个地方，工况环境、施工条件各不相同，其实都没有现成的经验可以借鉴。

每一个做设计的工程师，都应该在不断的挑战中让自己成熟起来，对每一个环节是怎么来的，都要慎重思考，在现场施工的时候，在标准的数据上下足功夫。

“别人没有感觉，但我们不一样，每一个计算的数据都要有合理的理由。整个应力结构，就像衣服一样，只要有一个口子，都不行，口子就是漏洞，一针不到头，就是口子，如果不锁死了，就要出事，在现场，没法向他们解释。从设计参数，到材料的达标，都不能超出设计的范围，包括焊接要求，每个环节都很重要，一步不能减。但在施工过程中，他们会减少。我们在设计时按常规增加两倍，就是知道在实际施工时会减少步骤，才这么做。工人不理解，他们不懂为什么要这么设计，他们听不进去是有理由的，想怎么做就怎么做，一直到发生问题到需要整改才能重视。”

作为安环部的负责人，朱文每天要到现场督促安全员，对重点地方重点防范。还有很多资料管理，所有的安全过程都要形成文字，这是竣工验收时重要的组成部分。如果有责任问题，可以追溯。这些资料有60多份，专门有两个安全资料员。早班交底，上报，在群里发现所有的隐患并全部打印，只要出现问题，必须要有处理结果，进入闭合状态。没有文字资料，等于没有执行。上班前，对所有潜在的危险性施工，都要进行技术交底，形成交底单。每进来一个工人，都要进行培训，才能上岗。

安环部永远有做不完的资料，两个资料员都忙不过来。工地上有

200 名架子工,个人档案就得建 200 份,作业队也要建档案。架子工是危险系数最高的工种。还有特种作业队伍:塔吊、汽车司机、电焊工、电梯工、升降机司机等人员,国家培训时间为 3 年,内部 1 年一次,换岗后全部要培训。

对现场安全管理,如果发现了问题不去指出来,自己都不会原谅自己。

朱文说起安全方面的事情,情绪开始激动,语速变快,甚至许多话我都来不及听清楚,就滑到下一个问题。每下问题的出现都与生命紧密相连。

全球范围内,各国对安全都特别重视。国家对安全生产投资很大,几十万,几百万。

生命高于一切。

中铁大桥局属于一级公司,如果发生工作事故,赔偿额度高于一般的企业,会给公司带来很不好的影响。对每个项目经理来说,安全事故就像达摩克利斯之剑悬在头上,掌管安全的领导者手中拥有多大的权力,那么他就要肩负多大的责任。对随时可能出现的安全问题及带来的后果,要做到谨慎再谨慎。每一个与安全有关联的人,安全这把剑,像一把死亡的镰刀,又像光芒万丈的法杖。如果有人违背安全规则,必受到严惩。

如果投入几百万去做安全防护,就能尽最大可能把事故挡在门外。大桥的安全费用有 2%,这是专项费用,不容节省和挪用到别处,必须专款专用,全部实打实投入。安全帽、安全带、登高步梯、安全防护网、防护手套、宣传安全标语等这些费用都是专款专用。

朱文忍不住说起丰城电厂的重大安全事故,为了抢工期,混凝土的强度没达标就拆模,漠视混凝土养护试块,仅靠经验来判断肯定不行,会造成人员伤亡。

朱文把许多社会上发生的重大安全质量问题做成了详细的 PPT,他认为,如果在会上不说,大多数人不知道事实,说的目的,也是让所有的人提高警惕。

工地上的事,每天都有不同,催着你往前走,没有私人的空间,一旦投入工作，什么都忘记了。整个工地在前行，思维也要跟着前行，不能说哪一个制度针对某一个人，要全局考虑。

朱文学的是道路桥梁专业。大桥工地的工作环境，与别的行业不同，大桥人的家里始终有一个人缺席。现在社会上能理解大桥行业的人很少，进来的人往往后悔，但学这个专业的人，如果改行的话，等于浪费了四年的大学时光。

"不管喜不喜这个行业，我都能适应。"

在某个行业待久了，是很纠结的。朱文刚参加工作的时候，还是无忧无虑的状态，每天早晨醒来的前三秒钟内很轻松，但是后五秒陡然感觉并不轻松，好像被电击了一样。那时候朱文称自己前三秒活力期，后五秒枯萎期，人特别迷惘，感觉不知什么时候才能熬出头。这样的感觉其实是初进工地的年轻人都有过，一个心理瓶颈，后来大家称之为"工地综合征"。

进大桥的最初三年不停地纠结，就想出去。因为越早出去越好，否则后面想走更加难。

如今，这个瓶颈早已过了，后来的工作他显得更加从容不迫，游刃有余。比如最近钢筋加工厂生火炉，两个车间，在五个点生炉子融雪，如果不这样做，大棚将面临着危险。朱文和同事们一起不停地想小点子，这些小点子在关键的时候就能起到大的作用。建这两个大棚，除设备之外，投资至少 300 万，如果发生安全事故，几百万就打了水漂。

作为家中的老大，朱文还有两个妹妹，父母亲都在农村，父亲是电工，父母的压力很大，供三个孩子读书。妹妹从小喜欢画画，学的是美术专业。朱文从小就爱读书，读过许多世界名著。

"长沙的房子涨到 1 万多的时候，老婆想在长沙买房子，以后孩子上学方便些。坚挺的房价，而且被限购了，连买房的机会都没有。"

这让朱文感到压力太大。至今还没属于自己的房子，心里总觉得不踏实。本来就这么一点钱，又不想麻烦父母，他们太难了，希望靠自己的能力买房。想推迟几年买房子，但谁也说不准几年后的房价会涨成什么样子。如果推迟买，房价越来越贵，越会拖累父母。父母挣个一两万太难了。

朱文想，怕也没有用，只有努力工作好好学习才能改变家庭的经济现状。比如，考注册工程师、安全分析师、咨询师、一级建造师等。这些证都不容易考，像高考一样，千军万马过独木桥。啃书才是硬道理，理论类还好考些，实务是最难的，两年内只要有一门没考过，就得重头再来，很是痛苦。朱文利用点滴的业余时间很早就开始啃专业书，考到证，工资才能水涨船高。

从这个农家子弟身上看不到一点颓废，朱文见谁都是笑眯眯的样子。

我们坐在职工书屋，空调开着，房间还没暖，就有人来喊朱文到钢筋加工厂那边去查看一下。

14 米高，120 多米宽的钢筋大棚，顶面两侧被风吹得变了形，钢板被撕开几条口子，墙脚下水泥地有裂缝，排水沟被雪封住，需要清理。钢筋加工厂是大桥的大动脉，每天 24 小时都有人值班。

我们绕钢筋大棚一圈，朱文和胡铭检查得特别仔细，不放过一个角落，所有的安全隐患都记录在表格上，责令车间立即整改。

朱文说这个工地离街还不算太远，开车十几分钟就到了，以前在山沟沟里施工，50 里范围内不见一个人，大半年都不会出山。朱文的办公室里有个纸箱子，一只叫欢欢的长毛狗住在里面，它流浪到工地，和朱文结上了缘。欢欢很听话，睡在纸箱里。朱文的抽屉里不脱火腿肠，它饿的时候，就会盯着朱文要吃。

调度会上，朱文做了安全生产 PPT，讲了 1 小时。从 2014 年 11 月 15 日昆明绕城高速公路东南段 B 标混凝土拌和机伤害事故的案例讲起，作业人员在拌和机内进行清理作业时，操作司机开机拌和砂浆，将维修人员搅进砂浆内，造成 1 人死亡。

前车之鉴，血的教训。中铁大桥局集团有限公司不断重申安全生产工作，对安全生产的管控，采取零容死角、零容忍的态度。

为加强高风险施工作业安全管控，进一步健全完善安全管控体系，2017 年 8 月 28 日集团公司印发了《中铁大桥局集团有限公司施工安全卡控红线》（桥安〔2017〕284 号）。“卡控

红线”对大型吊装、大型运输、常用大中型机械设备、支架工程、模板工程、复杂地形地质地貌、深基坑施工、重要工序分包、营业线施工、隧道施工等11大类、35子类作业的安全管控做了具体的要求。

每次调度会，朱文发言的时间最长，对安全隐患的排查几乎是面面俱到，滴水不漏。在朱文看来，涉及安全方面的事无大小，一个很小的隐患，都有可能酿成重大的灾难，造成人员伤亡。

就安全问题，有一天，我专门咨询了镇江市安全生产监督管理局原副局长许见远，他就安全事故问题做了详细的解答：

安全事故的发生不外乎三种状态：一是物（机械）的不安全状态；二是人的不安全行为；第三是制度管理的缺失。仅有好的制度而没有去认真执行和落实，或者好的制度不能完全覆盖，存在着不合理的地方。这三方面是造成安全事故的三大因素。

这三大因素有时候是互相交结在一起的。物的不安全状态造成事故的频率很低，但是人的不安全状态造成事故的频率是很高的。当人的不安全状态与制度管理落实的缺失存在交叉的时候，造成的安全事故占到80%—90%之多，而人的不安全状态占到70%左右。

我国把建筑归类为高危行业，大桥是高危行业中的最高危行业，发生危险事故频率也最高。人的不安全状态与行为，是怎么造成的？过程很复杂。项目部经理是安全生产第一责任人，同时还有分管安全的中层干部，再到负责安全的一线专职安全员。这些人必须经过我们安全监督部门系统的培训，持证上岗。

安全事故的重灾区一般在哪里呢？主要是分包行为，一个重大工程的建设多达几百号人参与，施工单位本身养不起那么多的工人，所以就出现了分包。这些分包单位必须取得国家颁发的正规资质，必须有能力承担施工责任。分包里面就会遇到很多的问题，最关键的是分包过程中，人的素质参差不齐，那些技术含量很低的工种，从业人员素质相对要低些。不管是分包还是不分包的，都要经过安全监督部门的培训，为了消灭分包中可能出现的安全隐患，人员的培训很重要。

现在的工地，民工越来越少，通常有几个时间节点特别容易发生安全事故。春节前后容易发生事故。

春节前工人们要回家，想着法子抢工期。春节后，有些工人回家就不来了，这时候很难找到合适的民工，只能找60岁左右或17岁左右的工人。这种情况下事故屡次发生，死亡的民工年龄上是一头一尾(年龄大的与年龄小的)。年纪大的反应慢，年纪小的不懂事，盲目性大。

记得有一年春节前后，全国各地好几个地方连续几起安全事故，把施工单位和安全监督部门给急死了，无数次开会，但怎么也解决不了人员伤亡问题。

重大事故的发生高发月份还有每年的7、8、9三个月。高温季节，容易中暑。如果工人夜里休息不好，白天精神不佳，加上高温，长期的疲劳，就会导致事故。现在工地上的条件比以前好得多，基本上都有空调，安全事故下降了许多。还有就是抢工期特别容易发生事故。

每一个工程的竣工前夕，也是安全事故的高发时段。大家都认为工程快结束了，思想上开始松懈。所以在一些高层建筑拆脚手架的时候，很容易发生安全事故。

冬季施工过程中也容易发生事故。工人的手脚冷得发僵，施展不开来，加上用电量负荷太大，容易造成安全事故。

现在建筑工程上的红利不比以前，民工越来越少的情况下，包工头很难找到高素质的理想的工人，一些小的企业管理制度缺失，无法与制度健全的央企相比。

制度，在不断调整，一年一小修微调，三年一大修。制度不能不变，项目不一样，风险程度就不一样，用风险的程度来制定安全生产的风险等级。所以要不停地修正制度的等级，不断地加强学习新的制度。

安全生产的三种情况，都与制度的执行力相关。对制度的落实问题，央企做得很好。

用特别严的安全制度形成安全会议制度制，从项目部经理到分管领导，到分包负责人，在安全会议制度上一定要明确风险，预测风险，提出如何去预防风险。不会预测，就想不到怎么去预防它。

安全会议制度完善好了，接下来就是安全检查。为什么要检查？只有检查才能发现问题，不懂安全管理的人是检查不出来问题的，项目经理和副经理比较懂，但毕竟他们的精力有限，所以必须培养一批专家型的安全检查队伍。

安全检查项目经理一个月检查一次，分管安全的领导每周检查一次，班组每天都要检查。检查的周期要形成文字记录备案。对于文字记录，许多单位全部写一切正常诸如此类的记录，这些都是为了应付检查，或者他们不懂，根本看不到隐患。

隐患是动态的，无所不在的，旧的隐患消除了，新的隐患又出现。如果每天填写的记录都是"一切正常"，那么意味着不正常。

查安全生产事故的时候，安全部门一般是倒查。安全会议记录是检查的第一手资料，如果看到"一切正常，无隐患"，那这家单位的安全问题肯定是跑不掉了，往往会发生重大的安全事件。

在安全检查中，有时候一字之差都不允许。有"立即整改""限期整改"。立即整改是刻不容缓的事，在现场就必须要整改，而限期整改仍需要拖延。有的单位把"立即整改"找人疏通关系后，改成了"限期整改"，在限期的期限内，造成了严重的安全事故。

在安全生产上，不能讲情面和关系，否则后患无穷。上级部门带队检查安全生产，专业上他们并不懂，这样的情况会经常带安全专家随行，专业人员解决专业问题。检查过程要“闭合”，发现隐患后根据隐患大小，立即整改或限期整改，到一定的时间，重新复查，复查后问题解决了，双方签字，表格上传，有始有终，这就叫“闭合”管理制度。

有的单位安全检查后进行整改，但上级部门没有复查，结果发生安全重大事故。所以每一步都要落实到位。专业性检查，分管安全生产的专职人员，必须要根据单位的实际情况去进行隐患检查。专家巡诊检查，有些隐患一般人很难发觉，就需要专家参与，从安全专家库里抽调人员参加检查。

培训制度方面，需要持证上岗的岗位，比如特种作业，经过考核，持证才能上岗，像行车司机、吊机、电工、塔吊等这些岗位。不能使用未成年人员。如果没有上岗证，比如电工触电死了，要查他是否有电工上岗证，证是否到期了，有没有参加继续再教育培训。上岗证的有效期限前三个月，必须接受继续教育的培训，如果到期了不参加培训，就不能上岗，还要重罚，追回工作期间的工资所得。法人代表作为责任人，追究连带责任。通过罚款来警示后来者，安全生产，警钟长鸣。除非不可抗力的情况，任何安全伤亡事故，都要罚款。

三级培训，有些弄虚作假的培训，如果代替培训，会被判刑或罚款。企业里有哪些危害，都应该告诉职工，签订合同，合同上要写明工作中的危害性，不得隐瞒安全生产风险。有些企业不敢告知职工，比如一些化工企业。在检查时，对安全生产检查表、培训表内容弄虚作假，一查他们就害怕。包括查劳动防护用品，比如安全帽，也要有质量保质期，要有生产日期和有效期，不能过期。如果发生事故，安全帽要检测，如果是三无产品，就要追究生产厂家的责任，如果企业购买了三无产品，也要承担责任。

国家安全生产监督总局对安全生产的投入预算方面，在年初年尾会对大型企业、民营企业进行检查，督促他们投入。

作为央企来说，安全生产抓得特别好，投资很大，要求很严，把安全生产放在第一位。安全生产过程中，许多事故是可控的，有些不可控，比如戴安全帽等，但通过人的因素，还是可控的。

大桥安全生产现场管理非常严格，每天上班前都要对安全生产班前 10 分钟技术交底，特别是专职安全员，每个点都要有安全员，跟踪现场。有处罚与奖励制度，安全奖的发放制度。有隐患举报制度，查出来隐患给予奖励。像日本的企业，每天都要举报，不举报就要罚，有隐患不举报，就得查你，不可能太平无事。

家是望灯的眼

浔，水体边缘的陆地，江西九江的别称。这位面目清澄的“80”后，从水边出发，踏进寸寸钢筋混凝土的作业面，像一株会移动的树，把根扎在江河之滨的厚土里。

1983年李浔出世的时候，爸爸在九江大桥子弟小学当老师，妈妈在当地供销社工作。他整个小学就在爸爸工作的大桥子弟学校度过，后来顺其自然考取了武汉的桥校读书，从此与桥结缘。

对于毕业后能分到什么地方去工作，李浔心里开始还是有底的。修桥铺路，都在荒郊野外，工作环境恶劣。但自己还是没想到会去那么远的地方，一个偏远的山沟沟里。

第一次出远门，李浔要去的那个山沟在湖南的涞江。从家坐车到涞江，从涞江到娄底，再从娄底到下面的乡镇，搭摩托车到项目部，而施工地点与项目部之间还有很远的路，翻山才能到施工现场。

工地就在崇山峻岭之间。第一次到这个远得让人绝望的工地，前不着村，后不着店，才发现自己在山石与植被之间如蝼蚁般渺小，小得让李浔的心疼痛得打颤。每当夜深人静的时候，他蜷缩在工棚里的木板搭的独床上翻来覆去睡不着，把小床弄得“吱吱呀呀”直叫。

“真感觉回到了原始社会。天黑下来的时候，四野寂静，人变得傻傻呆呆的。”

山沟里手机信号弱得很，得爬到山顶才会有一点信号。要想跟家里人联系，就靠项目部唯一的一部电话，每次打电话都得签字。没有电视看，李浔把带去的几本书都翻烂了。

离宿舍三四里路的地方有个小镇，说是小镇，其实只有一条路两边零散地住着几十户人家，房顶上到处是破瓦片。镇上有一个小卖部，一个小诊所。小店店主几个月才出山进一次货，小卖部也没有多少东西可卖。

李浔在山里头浑浑噩噩过了两个月,每天都不知道自己应该做些什么,师傅们也从来不说他什么,和他一起过来的另外两个年轻人,实在忍受不了大山里的荒凉寂寞,连行李都没拿,逃之夭夭。

他们走后,李浔不知道是怎么熬下来的。天晴的时候,每天看着太阳从东边的山头升起,收工的时候太阳滚到西边的山坳,甚至不知道几月几号,更不知道时间。山里的人,时间对他们来说没有意义。

那个工程是修一条从洛阳到湛江的隧道,在山里开凿隧道。没有自来水,喝的是从山里淌下来的水,浑浊,得用明矾沉淀了才能喝。李浔内心慌乱,起码有一周的时间内心在蠢蠢欲动,走,还是留。如果走,到哪里去?那段时间李浔每次给家里人打电话,想逃的念头会顽强地冒出来,想告诉父母,话到嘴边又咽下了,最后还是报喜不报忧,怕父母担忧。每次电话,父亲会嘱咐他不要怕吃苦,不懂的问题多向师傅们请教,多学习新知识。

第一次领工资的时候,他打电话回家:“妈,我发工资了,要不要给家里寄点?”李浔这才决定留下来。第一个月900多元的奖金,让他觉得踏实,有了留下来的打算。

“无论逃到哪里去,都要自己挣钱养活自己,不要向家里伸手要钱,适者才能生存。”

隧道工程还没结束,李浔第二年又被调到河南的工地。大雪天里奔赴新的工地,到那边一看,连自己只有三个人。等项目部的人陆陆续续来全了,李浔又被调到了浙江宁波的工地。

这段时间,他有两年没有回过家。

李浔说造桥的人像天上的鸟,桥修到哪就得飞到哪。从宁波的项目又去了四川广安、天津、无锡、福建、扬州,一直到现在镇江的五峰山大桥。这18年中,马不停蹄跑了9个工地,平均两年换一个工地。

在宁波项目部的那一年,让李浔遇到了生命的另一半。

2003年刚到宁波远郊的一个项目上,住的地方还没建,项目部与本地人协商,借了村里的祠堂先住下来。祠堂虽然旧些,但比活动板房强多少倍。与祠堂一墙之隔有一户种植苗木的人家,专门做花木生意。

这家有两个姑娘，大姑娘跟在父亲后面打理苗圃，开车送苗木，小姑娘还在读书。

那时项目部还没有车，出去办个事很不方便，李浔经常跟那户人家借车出去办事。一回生，二回熟，和那家的大姑娘慢慢熟悉起来。

李浔不敢奢望和姑娘会有故事发生，他知道自己的职业像天上的鸟一样满世界飞，宁波的工程一结束还不知道下一个工地在哪里。然而当爱情从天而降的时候，任何理由都不能成为理由，他和姑娘恋爱了。

姑娘说："我怕父母不会同意我们的亲事，浙江自古是富庶之地，姑娘要么是嫁给本地人，要么是入赘，很少嫁给外地人，更别说离开家乡。"

李浔对姑娘说："选择我们大桥人，比选择军人还要苦。造桥人四海为家，有家难回，家里家外的事，以后要你一个人担，累了痛了哭了，听到只能当听不到。嫁个军人还有转业回地方的时候，造桥人不能，你可要想好了。"

"我不会后悔，引车卖浆，打铁磨豆腐，哪样不苦，再苦的事总得有人去做，再苦的日子我们自己过。"姑娘铁了心。

李浔的父母看到儿子求不得的苦处，劝他死了这份心。在儿子的婚姻大事上，父亲发话了："如果人家父母不同意就算了，强扭的瓜不甜。"父亲看中了同事家的女儿，让他回家相亲。

尽管单位领导也从中做了许多努力，想办法成全他们，未果。宁波的工程结束，李浔又换了工地，两个人的婚事还是没能得到姑娘父母的恩准。

从2003年到2006年，这三年中，因为姑娘父母的反对，他们也想过分手，最终还是没分，舍不得。眼看着姑娘年龄越来越大，三年的爱情长跑最终让姑娘的父母同意了这门亲事。他们也觉得，这个毛脚女婿对自己的女儿真的用心，以后肯定会对家庭负责任。

"我们这个年龄的人，结婚通常是去酒店，但我们没有。我和老婆是在祠堂相识相恋，于是，我们选择了在祠堂举行婚礼，全村的人见证我们的婚礼。"

项目部的人说，李浔是呆人有呆福，人生大事虽然走了一点小弯路，总算顺利。婚礼由岳父母操办，彩礼也免了，衣裳首饰都是岳父母准备的。新家定在宁波，新婚没多久李浔就回工地去了。

2007年女儿出世，李浔的母亲从南京到宁波帮忙照顾她们母女俩，两年后为了孩子上学，妻子才带着女儿回到南京的家。

“说实话，我老婆当初不愿意到南京来，她不是南京人，到这里来一个朋友都没有，我又不在家，婆媳之间毕竟不是母女，难免会有矛盾。到如今也磨合得差不多了，现在婆媳之间好得像母女一样，我回家的时候倒成了外人。”

作为工区长，李浔负责的南锚碇从S1号墩到S5号墩，锚碇里面还有两个墩，分别是S3号墩和S4号墩。这么大的锚碇施工从未有过，从上到下都紧张，每天都要在现场盯着。

快要过年了，工人们都想回家，需要一遍遍做他们的思想工作。业主规定好了总工期，要根据总工期来排生产计划。在施工过程中难免会遇到困难。比如在基坑开挖的时候就遇到问题，地底下的岩石又多又硬，与勘察报告中不符，这是想象不到的。开始准备按5次爆破，施工地点一边是一家大型化工企业，另一边是山体，如果爆破幅度增强，极有可能把工厂和山体震塌，后果不堪设想。最后选择了分17次小剂量爆破，才解决了这一大困难。每一次爆破都要跟化工厂打招呼，最后一次还是把人家的顶棚给震塌了。

这些还都是小事，最大的困难是做地连墙。地连墙施工一般用于地铁站的施工，为了保证安全，当时把地铁站用的地连墙技术也拿过来用，顶着压力去做。基础深度46米，雨一泡，土容易塌方，挖到15米的时候开始担心，这个深度是最危险的。周围全是黄土。业主提出安全论证，果断停止人工开挖，采用铣槽机。

“做基础的时候真的是太累了，我和柳桥宁每天守在工地，吃饭都不敢离开。基坑开挖过程中随时会有危险，我们每个人的压力都非常大。39度的高温，工人们在密不透风的深坑里拼命，我们得想方设法改善施工条件，用冰块降温，喷雾降尘。

这么大的项目，我们项目组管理人员6人，都是一个萝卜一个坑，大家轮流休息。工程上除了质量问题，最重要的是安全问题，这个项目从开工到现在，没有一起安全事故。这也是我们这6人小组严防死守的结果。因为苦，现在学桥梁专业的大学生都不愿意到现场，能留在机关是他们最理想的选择。最近几年，项目部每年会有新人分过来，有的来一个月就走了，有的干了两三年，还是走，能留下来的10%都不到。”

一个合格的管理者，所有的管理经验都来源于现场。在杨忠勇主编的《五峰真经》这本书中，李浔写的《南锚碇内衬施工总结》共29页，总结了施工过程中的全部工艺，施工准备，施工要求，技术参数，施工中存在的问题，具体的改进措施，而这些图与数据都来自现场。这29页与他的另一篇《全年施工管理总结》相得益彰，这与他平时肯钻研爱学习的好习惯是分不开的。除了在现场，只要有时间，李浔就在值班室研究图纸资料，那些砖头厚的图册被大家翻得起了毛，黑乎乎的。在现场，不会看图纸等于抓瞎，做事心里会没底，也无法指导现场的施工。

作为一名工区经理，要具备综合管理的能力，勇于挑战的能力，还要有敢于承认错误的勇气，才能加强自身的技术水平与管理能力。

每天早晨班前10分钟的质量技术交底讲话，讲对每个作业队的要求，讲注意事项，讲自我保护意识，讲爬支架，讲雨天要系好安全带，穿好防滑鞋，干什么活，有什么样的安全防护措施，都要一一交代清楚。这10分钟时间，神圣不可侵犯。在工序转换的时候，又是一轮新的讲解。

几天的大雪让工地突然安静下来，李浔说很不习惯。没有声音就不像工地，工地就应该热火朝天，突然安静下来，感觉心空空的。

冬天天黑得早，5点钟就下班。这两天天梯无法走，只能绕路。回生活区的时候，雪越下越大，路很滑，汽车小心翼翼地往前滑行，经过两个陡坡的时候，手心捏着一把汗。

李浔说，这些年从南到北走过许多路，到任何地方都能适应。认识了许多人，人生的阅历比较多，但从不留意外面的世界。妻子和孩子很少来工地，一般都是他抽空回去。有时候，为了给妻子一个惊喜，李浔不告诉她什么时候回去，突然到家中，孩子说：“爸爸是从天而降的神仙。”

妻子说：“不管你什么时候回来，天黑的时候，我把灯开着。”

母亲为了帮李浔照顾孩子，提前退休。孩子放假了也来不了，在学管乐，2 月 2 号才结束。这两天李浔本来想回去看看孩子，妻子说别回来，开车路滑，安全第一。

“没办法，大桥人就是东奔西走的命，回家的时间屈指可数。像我们这些‘80’后大多是独生子，出生在改革开放的时代，与父辈们相比机遇的确好得多。但社会对我们这代人的要求更高，站在这个新时代的风口浪尖上，如果不学习新的知识，很快就会跌入浪底，连翻身的机会都没有。所以，得打起十二分精神一步步走下去。”

下午 4 点李浔在钢板桩边站了很久很久，怎么也挪不动步，他知道就这么站到天黑也不能解决任何问题，下午两台机械手全坏了，正在维修当中。他感觉两条腿实在太重，重得挪不开步子，眼睛死死盯着钢板桩，恨不得眼中有股神力，把它们一根根给拔出来。

2019 年春节，李浔没能回家，老婆孩子回宁波过年。到大年三十晚上这天，南锚的锚体上 S4 号墩第四节钢筋绑扎、立模，S3 号墩—0 号块在穿钢绞线，S2 号墩在调模，S5 号墩在拆模，包括场地清扫，锚室里的积水要抽干等等事情。初八早晨到值班室，李浔没吃早饭，带了一桶方便面来。年前流感，工地上所有的人都感冒，李浔也被传染上了，一直没好透，感冒药从年前吃到年后，这两天稍好些，还要再喝两包巩固一下。

一些回家过年的同事们陆续回工地，他准备初九回宁波，把老婆和女儿接回南京。快要开学了，孩子也该收心回家补作业了。姑娘越长越大，各种问题也接踵而来，在她生活的世界里，只有学校、妈妈、奶奶，爸爸总是缺席的。老婆是典型的“虎妈”，奶奶总是充当救星的角色，护得太紧，李浔像家里的陌生人，只能观望。

钢筋厂里的钢铁侠

雄性世界的工地现场，女性的在场，对男人而言，是羞愧的。于是有人说：工地，让女人走开。

办公室主任杜重宁打通王云霞的电话5分钟后，一双穿着蓝色高帮套鞋的脚跨进了办公室的门。

“我这两天犯什么错了，喊我到办公室来做什么？啊，还是这里好，好热，我们钢筋加工厂冷死的，开不了空调。”

她以为自己犯了什么小错误，而被办公室叫过来。杜重宁咧着嘴一笑：“大侠，今天下大雪，钢筋厂封了，不准进入，怕你闲得慌，找你来说说话嘛。”

整个工区，除了办公室和后勤有女职工，一线很少有女的，但王云霞直到退休，一直在一线。

她人还没进办公室，声音先传过来，硬朗，又有磁性，有女性的妩媚，还有几分斩钉截铁的气势。她穿一件蓝色的工作服，黑裤子，裤脚塞进蓝颜色的靴子。小圆脸，丹凤眼，看人的眼神端庄专注。头发焗成了酒红色，蓬松得很。后来才知道她是因为女儿的婚礼，为了遮住半头的白发而焗的油。她嗓门大，胆大，人称王大胆，也有人叫她王大侠。

王云霞比我大4个月，因为是同龄人，孩子也差不多大，很快便找到了共同的话题。都说三个女人一台戏，办公室大肚子的郑心乐也加入了我们的聊天行列。你一句，我一句，办公室里一下子热闹起来，杜重宁很识趣地掩上门出去，把空间留给了我们三个女人，再说这么吵，他也无法工作。

郑心乐刚刚做过产检，肚子里的宝宝整9个月，没几天就要生了。小家伙在肚子里拳打脚踢的，夜里闹腾得更加厉害，害得心乐整夜睡不实。小郑扎着马尾辫，坐在电脑面前，屁股只敢坐半张板凳，医生说了，要多运动，胎位才能正，生的时候少受点罪。

王云霞接过小郑的话茬说："我怀姑娘的时候每天蹲在地上切割钢板焊东西，有时候还要爬到高处焊接，每天的运动量很大。穿着大衣服，一直到生一点也看不出来。"

郑心乐学的是工程监理专业，从大一就开始到工地实习，本科毕业后进了工地。开始在房建的施工工地做资料员，后来当监理，再后来随爱人张中华到了大桥。夫妻俩年龄不大，但工作经验很丰富，能吃苦。张中华是安质部部长，郑心乐原来做资料员，后来调到办公室，两个人都是老工地。资料员工作针对性强，事情相对单一，但办公室的事情太琐碎了，忙得脚都落不下来，预产期就这几天，也得忙。办公室算上司机，也没几个人，一个人同时要做几样工作，郑心乐挺着大肚子也没法提前休息，一直到进产房的前两天才去住院，休完产假准时回到工地上班。小郑是内蒙古人，父母不在身边，把婆婆接到工地来照顾宝宝。小家伙总是生病，一个月要往医院跑好几趟，小郑一夜只能睡三四个小时觉，白天疲惫不堪，工作起来有点力不从心。

郑心乐要忙着做报表，没心思和我们说话，收住了话头，闷头做事。

王云霞接着话头说自已挺着大肚子的那 9 个月不知道是怎么熬过来的。每天蹲在地上焊几个小时，下班的时候腿都僵住了，站不起来，要人拖。

做电焊工春秋天还好，冬夏日子难过，背上太阳晒，脚底下的热气蒸烤，手里拿着焊枪，再热的天脸上都要戴面罩挡住飞溅的火花，加班加点是常事。那面罩戴在脸上，不透气，闷得想吐，如果在桥面上施工下不来，是不敢喝水的，到哪上厕所去。现在的工地好，每个地方都配备了临时厕所。活紧的时候，赶工期，饭都是送到桥上吃。

干电焊工，从来穿不到一件干净衣服，三分像人，七分像鬼，衣服上永远有一股电焊燃烧过的怪味，一天洗几遍澡也没有用。

那个年代的孕妇不管什么工种，都要坚持到最后，孩子一满月就开始上班。

王云霞和所有女电焊工都是这样的，一天没法休息。

姑娘长大后抱怨自己的皮肤黑，说都是妈妈那时候干电焊工烟尘熏的。

王云霞心里想着对不住女儿，但嘴上不肯说出来。

“总不能因为怀孕不干工作，只要能平安生下来就好，你不也长这么大了，皮肤黑点要什么紧哦，又不是残废。”不过现在想想，女儿从小体质不太好，与她那时候整天吃食堂，天天蹲在地上焊钢板有关，都是户外作业，风吹日晒，对胎儿多少会有影响。

电焊是纯粹的技术活，要么是蹲，要么是爬高。

19 岁的王云霞花一样的年龄，初中毕业后在家待了两年，顶父亲的职进了大桥，父亲回了徐州睢宁老家。父亲在工地上是混凝土工，一个女孩子干不了混凝土工，但也没有更好的工种。大桥局的桥校开了好几门课，有电焊、电工、绑钢筋等一些技术工种的班，王云霞和另 14 个女工参加电焊工培训班，也有一部分人学钢筋绑扎，大家学习都非常用心。

培训结束后，14 名女电焊工，有 4 名分到别处去了，后来再也没见过面，王云霞等人分到了九江大桥。电焊工大多是高空作业，在水上电焊，每天爬上 30 多米的高空，脚下江水哗哗奔向远方。那时候大家都很年轻，说笑打闹，没有人害怕，更不畏艰苦。

“那时候在钢护筒里焊接，腰和身子蜷在里面。大个子根本进不去，我个子小，往里面钻的次数也是最多的。在封闭的小空间里，恨不得把身子折叠起来，一干就是十几小时，真不是一般人能忍受的。动物园里的狮子老虎被关着也不这样，我们做这个活，被关在小笼子里，不仅动不了，还要把活干好。”

没想到拿焊枪整整 20 年，转岗开吊机又是 10 年整，那时候觉得转岗等于重新投胎一样。

和孩子爸从相识到成家，到孩子都成家了，王云霞和老公两个人都是分着的。他老家是泰州的，也是顶职进桥的，在大桥上干最苦的工种——装吊工。开始谈的时候，家里没一个同意的。说两个人都在桥上，顾不上家，而且他的工作太危险。谈了一年才结婚。王云霞爸爸告诉女儿说：“你别后悔。大桥上男的多，女的少，不少优秀技术人员，有上升空间，优秀的人你不谈，非要谈个最苦的装吊工。”要说和他谈的原因，王云霞笑笑说：“他能让着我，不管什么事都不和我计较。他们家人很愿意我们谈，原来他在家还谈了一个，定了亲，后来因为我退亲了。”他想，找个老家的还是两地分居，要是找个大桥的，天天能在一起就好了。王云霞的爸爸后来也同意他们的婚事，觉得既然两个人能在一起不分开，谈就谈吧。没想到希望找个对象能在一起的，到最后还是没能在一起。这是传说中的命吧。

就像电视里演的一样，这 30 年中，王云霞和爱人待在一个工地的时间只有 2 年，那时他们初相识，一同被分进九江大桥。到孙口大桥的时候，王云霞留下了，爱人调到芜湖大桥项目部，后来再也没能在同一个项目部。从孙口大桥、芜湖大桥、南京大胜关大桥、荆州大桥……哪里造桥就到哪里，工作从来不固定，领导叫到哪就到哪去。

“大桥人的家庭最受苦的是老人和孩子。我的孩子从小都是父母带回老家养大。那年奶奶胃癌，我只能把孩子带到芜湖读书。芜湖工程结束后，因为单位效益不景气，大批人下岗了。一直到孩子小学毕业，公司效益回暖，我回公司上班，奶奶的身体好转，又把她送回老家读初一，在学校寄宿。因为孩子那几年在自己身边长大，刚住宿时很不习惯，天天偷偷哭，我在工地上也想她，每夜都睁着眼睛到天亮。后来爷爷奶奶在学校旁边租了间房子陪着她。”

云霞感到庆幸的是，对女儿的教育，小学阶段起到关键性的作用，学习习惯培养得很好，小学 4 个班，她的成绩总排在年级前 10 名，珠心算参加比赛都拿奖了，还学了萨克斯、舞蹈等。

南京大胜关大桥工程快结束，电焊工没有多少活，接下来架水上的钢梁，需要吊车司机。领导让王云霞学开吊车。

别人学开吊机还有师傅，但当时就找不到师傅带她，靠她自己摸索。

在水上架钢梁，技术性非常强。一段钢梁千吨以上，吊这样的庞然大物，每一次起吊都要稳、准，才能对上去，这需要开吊机的人胆大心细。如果心里有一点慌，梁就难架上去，越是来回启动，心越慌。

“我凭自己的感觉估算多少重量，起吊的时候，心里有杆秤装着。别人开吊机时不愿意动脑筋，但我每天都在思考怎么样能一次性成功。

同事们只知道喊我王大胆，也有人喊我王大侠，他们哪知道我在心里谋划吊梁的秘籍。吊钢梁一天要站12个小时，从早上6点到晚上6点，中间1小时吃饭。夜班也是12小时，那个累。”

30多年，因为做什么事都用心，所以从来没有出过任何事故，这是王云霞值得骄傲的事。我和王云霞在温暖的办公室屁股还没捂热，电话打过来让她去钢筋加工厂送电，准备复工。

这两天暴雪，车间关闭，不留人，防止塌陷引起伤亡。她带我进钢筋加工厂，我才知道她每天的工作，就是拿着遥控器控制电动葫芦把钢筋吊到指定的位置。所有的进料、出料都靠两台吊机来完成，王云霞的工作就是在中间这条100多米长的通道里来来回回走，每天至少要走2万步。这条通道中间有一条亮带子，是王云霞鞋底磨出的脚印。

王云霞说，鞋底不知道走烂了多少双。

王云霞把电送到位，从钢筋加工厂出来，沿着一条被人踩过的雪路回宿舍。

在一个土坡下面，挨挨挤挤建了几排低矮的活动板房，这里是四公司的民工宿舍。工区宿舍离钢筋加工厂稍远，工地上的女人本来就少，能见到一个女的在路上走，多少男工的目光像追光灯一样照着，照得路上的女人都不会下脚走路。王云霞为了夜里加班的时候少走点路，没和项目部的人住在一起，自愿住得离钢筋加工厂近一些。这边整个宿舍区，没有一个女的住，也难怪别人叫她王大胆。后来有人在半夜把她宿舍的窗子撬开，想爬进她的房间，这事把她吓得半死。后来项目部的人帮她用木条子直接把窗户钉死，她才敢安心睡大觉。

当初在这里建宿舍的人不知道怎么想的，宿舍的门离土坡子不超过10步远，下面建了一排水池，水池离宿舍门至多5步，局促得很。如果下大雨，土坡很容易被泡烂了塌方。所有的房子都是斜的，偏西。冬天门一开，西北风往屋里直扑。夏天太阳西晒，热得像火炉子。

土坡子上，积了厚厚的雪。水池这两天冻住了放不出水，洗脸水都要到别处接。王云霞打开房门，不好意思地说：“夏天的纱门还挂在门上，挡挡土坡子上飘下来的灰尘。”一张70厘米宽的小床靠墙放着，一条小格子薄被子，床头一张铁皮书桌。床对面一角放着一个衣服收纳箱，靠门的一角地上铺了块木板子，三只纸箱子，一只铁皮柜子，另一只塑料箱子上摆了只电饭锅，桶装方便面，两只瓷碗，辣酱，佐料。梳妆台是个小铁皮箱子，挤在墙角，心形的粉红色塑料镜子旁边是他们一家三口的合影相册。这间 5 平方米大的小屋，摆满了王云霞的全部家当。宿舍里没有厕所，只能用痰盂，早晚去最南边的一个厕所里倒。民工们下班了，要么睡觉，要么打牌，有时候也会喊她去打，有人输了会经常向她借钱，后来她不再去打牌。下班后除了吃饭睡觉外，买包瓜子嗑嗑，手机上下载了电视剧看看。一家三口人，分了三处，女儿建了个家庭微信群，王云霞每天晚上固定的时间打开微信，分别和他们父女俩通话，一晚上的时间很快就过去了。

山里凉气重，夏天都不能开空调，她两条膀子和腿疼，在做电焊工的时候受了伤，手整天拿焊枪，腿成天蹲着，留下很严重的职业病——关节炎。每天干活还好，只要休息下来浑身不自在，疼。钢筋加工厂的灰尘大，对肺不好，上次单位体检的时候，发现肺上有个阴影，一直吃药，现在稍微好转。

“我在担心退休回家了怎么办？关节炎很难治好，在大桥工地上每天按部就班工作，忙得想不起来关节有病，一旦回家闲着，各种疼如蚂蚁咬心。我和老公商量好了，等退休后，全家人一定要在一起，为老人养老送终，是他们帮我们照顾大了孩子，我们应该照顾好父母的晚年。”

从调到五峰山项目部，王云霞的丈夫和女儿只来过工地一次，吃住都不太方便，当天就走了。

“我和老公分开时间长了，偶尔在一起，还会不习惯，觉得怪怪的。我们两个都是老实人，从来不愿意给别人添麻烦，一切听领导安排，叫我们到哪个工地就到哪。我们两个只知道工作内的事，外面的事很少关心。比如我才进大桥的时候，工龄被少算了一年都不知道，办公室的人怪我，说自己的事都不关心。我说我哪知道这些，只知道每天上班下班，班上要做什么事。后来办公室很快帮我补上了。”

王云霞这点倒和我很是相像，是一个只知道做事，很少会讲条件的人。这世上如果多些这样的人，要少了多少纷争，多了多少安宁。不争是她最好的语言。因此，我们的话越说越多，怎么也刹不住车。

“我爸也是老实人，现在腿脚很不好，那个时候的混凝土工，又累又冷，大冬天里穿着雨鞋，整天在水泥里。他的手也不好，抱混凝土振动泵长时间的振捣伤害了他的神经，噪音大，听力也不好。我爸当初让我顶职是有原因的，我最老实，到大桥去肯定踏实，不会给他丢脸。我和爸爸一样的想法，什么事都得有人做，你不做，别人得做，做什么都一样的。”

家里四个姐妹，别的几个日子都过得好，只有在外面的王云霞日子最苦。在大桥半生，吃了太多的苦，现在年龄大了，手、腿、听力都不好。

相比之下，现在的工作比以前做电焊工好得多，但当时也没觉得有多苦。

“我这人性子急，分给我的活，恨不得一下子干完，早干完早结束。我们几个在电焊班的，有七八个女的，我们组四人干活是最麻利的，我们这个班是加强班。”

当初电焊班的十几个人，全部转行了，后来很少见到。现在也不需要传统的焊接，有了更加先进的氩弧焊，都是男工做，再没有女的做电焊工。

“我这人不会讨好别人，见到领导都躲得远远的，说话直，工作这么多年，一直没多大的改变，连先进个人都没评上过几回。领导也知道我心眼实，一些重大的任务都放心交给我去做。”

在工地上，她从来不记星期几，每天都上班下班，吃饭睡觉，没有时间概念。

整个大桥工地上用的每一根钢筋，都要靠钢筋加工厂供应，根据工程进度提前备料、下料，按不同规格摆放到固定区域，再发货到施工现场。每天早晨上班早，食堂还没开饭，但不能等到开饭了才去上班。王云霞眼睛一睁，一骨碌起床，先把电饭锅插上煮方便面，敲一只鸡蛋在里面，等面锅子开的时间，她去门口的水池洗脸刷牙。热乎乎的面下肚，身子很暖和，碗一扔，就去车间启动吊机。

吃饭可以马马虎虎，但上厕所和洗澡这两件事，很困难。民工生活区没有浴室，洗澡就在厕所里，还要排队等。她抢不过民工，等到她洗的时候，热水没了。有时候她拎着衣服去远一点的项目部洗澡，那里人也多，也得候着别人的时间。

“如果宿舍里有澡洗就好了，每天上班一身臭汗，不洗个热水澡，浑身难受，困死了也睡不着觉。”

一家三口，很长时间都无法见面，每一次的相聚都有过年的感觉，各人买一大堆东西，一起洗、烧、煮，把家里洗洗刷刷，然后她和老公离开南京的家，各奔东西。

说实在话，难得回家一趟，还不习惯，感觉家像租来的房子，自己像过客一样。但在工地这么多年，都习惯了。

到工地来的时候还是小姑娘，到退休正好 32 年工龄。在丈夫的眼中，王云霞的身上没有一点缺点，生活上从来不挑剔，脾气好，吃再多的苦都不喊一声，总觉得自己应该那么做。

说起女儿，王云霞眼睛里满是笑。“女儿跟我们在一起的时间少，不知道我们的辛苦，我们也不愿意谈自己的苦，难得在一起，都讲开心的事。和她一起就像朋友一样，搂搂抱抱，说说笑笑。我不喜欢和孩子说不好的事。孩子从小接受我们这种教育，她生活得很快乐，她喜欢什么做什么。在物质上面，我们能满足她的尽量满足，学习方面全靠她自己。孩子从小很独立，从来不接送她，坐公交车去上学。她小时候学萨克斯，那么重的乐器，都是她自己背，我只是跟在后面看着她走。在教育孩子上，要放手。我家隔壁的孩子，都工作了，还要接送，也不是个事。我们家来客人了，女儿一桌菜烧下来不费事。她学习也很用功，大一下学期英语六级就通过了。这些年，我们的工资全砸在孩子身上，上小课，择校费七八万，到上大学。幸亏单位分了一套房子，孩子可以在南京上学，否则孩子还不知道在哪上学。”

我们两个人坐在床边家长里短，一说就是半天，太阳落到门前的小土坡边上，脚开始发冷。

王云霞这两天没事，昨天晚上和女儿、丈夫聊天，一直聊到 12 点才睡。平时不敢聊这么长时间，第二天上班开龙门吊吊钢筋，注意力要集中，出个安全事故不得了。

大侠天生长得白净，年过半百快要退休的人，脸上的皱纹并不多，是心态好的缘故。可是当她把衣领翻开给我看她的脖子时，我的心跳到嗓子眼，恐惧，惊悚，在瞬间化为巨大的疼痛。

她的脖子连到胸口的一大块皮肤，像渔网一样，一圈一圈的伤疤缠绕在一起，像大地上开出的玄黄色的菊花，丝丝缕缕，纵横驰骋在她的肌肤上，那忧伤的黄秋菊，在她的一呼一吸间缓慢地蠕动着，历经岁月的打磨，苦难的菊花贴着她的肌肤生长，娉婷着。她用生命的热情与激情滋养着这朵因工地上的电焊而生的美艳，包括她久别的丈夫都难深入到这朵花的骨髓里。倾听那花开的声音，有无奈，悲欣，安详。她脚上也有这样的小花朵，都是被焊枪高热度溅落的火花所伤。工地上所有焊接过的钢构件，表面粗糙，仍需要去打磨干净，除去焊疤，但她的胸口、手臂、脚背上的疤痕永远无法抚平。

她平静地对我说："夏天从来不敢穿凉鞋，不敢穿低领子的衣服，全是烫的疤痕。不要说别人看着害怕，连我自己看着都害怕，那个丑。在工地不方便剪头发，也不会开车，那年本来想去学开车，领导说这段时间架钢梁，工程进入关键节点，不能去学，让你老公去学一样的，后来我再也没学过开车。现在我就自己拿剪刀把前面的刘海修一下，头发实在太长了，跟别人的顺路车去大港街上剪一下。"

离开王云霞的宿舍，天快黑。大雪天，山中的空气能闻出甜味来，云朵在引桥上空向西方飘去，有一大片黑云聚拢在引桥的上空，这黑云，在酝酿着一场更大的暴雪……

随着工程的进展，钢筋加工厂拆除，那片空地将成为铁路信号点。我再也没见过王云霞，而她那双好看的丹凤眼，一直在我的眼前晃。2019 年 7 月份，她办理了退休手续，带着身上永远开放的黄秋菊，永远离开工地现场，回南京帮女儿带孩子。

电老虎周达斌

大大小小的工地，电是工程的生命红线。2019 年春节，电工周达斌奔跑在江上的猫道上。为了让黑暗的江面明亮起来，周达斌每天在猫道上奔跑，雪正浓的时候，来不及从猫道上下来，他和民工们把一块篷布顶在头上，15 分钟内，篷布一片雪白，江上的网片被厚厚的雪覆盖。

质量安全月大检查活动的专场会议，在江边的会议中心如期召开，集团公司来了满满一大车人，各工区长，班组长全部参加，白色安全帽一字排开。

从安全帽外侧的二维码下方我才知道他的名字：周达斌。出于好奇，扫了他帽子上的二维码，记住了这个名字。会议一散，他很快消失在人群中。

一个月后再去现场时，才知道他是电工班组长，掌管着整个工地上的用电。

他肩上背着一个很旧的挎包，污渍斑斑，这只电工工具包成为他一年四季的标配，如同长在身上的另一个器官。他的脸被棉安全帽的护耳挡住了一部分，当他认出我来的时候，我还没有想起他曾经和我近距离说过话，我还加过他的微信。

他正和同事检查现场所有的临时用电柜子。天气预报说夜里有大雪，130 多个临时用电柜子，每一个都要“验明正身”后再上锁，防止风把电柜的门给吹下来发生安全事故。达斌师傅手脚不停地忙，顾不上和我说话，跟着风中飘着的小雪到别处去了。

我和他再次相遇时，江上的猫道铺设完成，第一根基准索过江，进入重要节点工程，他的工作地点从地面转移到千米长江上，要为江上的这条天路接上照明电，保证夜间的施工，工作量浩大。

春节临近，江上必须要通电，而他的两个同事请假回家，作为电工班组长，他是不能走的。工区给他派了两个彝族小伙子当助手。两小伙子，一会儿说彝族话，一会讲半生半熟的普通话。周达斌听懂他们的方言，从他们急促的语气中揣测到了两个人都有情绪，只好一个劲跟他们说好话，请他们帮忙拖线。他一个人跳上跳下太累，更重要的是时间来不及。气温很低，而他早已满头大汗，只穿了一件保暖内衣，还是热得不行。

“这两天测量组徐飞和余国元天天催我快点接电，夜间没有电他们无法测量，下面的事就无法做。他们急，我不能急，电这东西，看不见，摸不着，像只伤人的老虎，稍不注意就被它咬伤咬死。电不来，越急越坏事，万一因为心慌接错一根线，那可不是闹着玩的。”

周达斌在猫道上接电，每天都要在项目部的群里汇报现场的临时用电的施工情况。江上风大，身子热，可是手冷，打字的手抖，好几次把猫道的“猫”字给打成了“猎”字。

下班后大家拿他开心：“老周，你牛×，我们走的是猫道，就你走的是‘猎道’。今天在‘猎道’上又逮几只兔子了，正好剥了当下酒菜，别一个人独吞，晚上有的是时间，到宿舍整两个菜，食堂再打两个菜，我们搬一箱牛栏山，你把猎物拿出来和大家伙共享。”

有好长一段时间，同事们只要看到周达斌，总免不了问他在“猎道”捕了多少猎物，弄得他很是难为情，也不搭腔，呵呵一笑，侧身而过。才走过去几步，复又回头道：“就你们小兔崽子知道是猫道，站着说话不怕闪了腰子，这干冷的天，你们也每天上上猫道走两圈给我看看哈。”只有在地面上，周达斌才能把他的“猎道”还原成“猫道”。走上那条天路的他，身子就开始发热，满脑子全是花花绿绿的电线，换了个人似的。有的时候，大家对他做事喜欢说出来的习惯表示不理解。做就做了，说出来多没意思。再大的功劳，都被那张关不住门的臭嘴给说没了，功劳与苦劳相抵消，等于白干。

理解周达斌的人还好，不理解的他的人就嫌他显摆，好像有天大的本事，地球离了谁不转？

周达斌管整个工地上和生活区的临时用电，手下就一个兵，实在忙不过来的时候抓民工的差，但民工们不太懂，只能做呆头事。

技术过硬的周达斌偶尔也会骄傲，有时候也会发点小脾气，说话口无遮拦容易得罪人，但从没有人和他计较。是人都有脾气，特别是像他这样的家庭，老婆常年有病，天天得吃药，还要补充营养。为了给老婆看病，周达斌省吃俭用还不够，单位上的一点补助也是杯水车薪。为老婆医药费的事情，他会莫名其妙发火，有时候自己跟自己发火，说几句丧气话结束。可是，有什么办法呢，如果老婆的身体争点气，他日子不会过成这样，脾气也不会这么臭。想到这些事，用他自己的话来说，每天面对电控柜里的一把开关线头，急起来的时候，心里头能冒出火花来，那些线好像随时会着火似的，越是这样，越是要求自己心平气和，绝不能犯常识性的错误。

周达斌给儿子取的名字很有意思，叫赵周桥子。这个标新立异的名字又成了同事们之间永不厌烦的话题。大家都认为，周达斌算不上是文化人，“赵周”二字，让人想起赵周桥，“桥子”有点日本人名字的意思，又的确与桥有关。

说起给儿子取的名字的事，周达斌在同事们面前又骄傲了一回。儿子出世的时候，也不知道是不是灵光显现，还是天机泄露。儿子出世是在夜里，他在工地，那天上夜班接线，天河星光灿烂，他在长江上遥望家的方向，感觉自己的天灵盖在动，竟然莫名其妙淌下两滴眼泪来。也许是受到老天的启示，“赵周桥子”这四个字在瞬间闯进他的大脑，让他在瞬间热血沸腾。

儿子的这个名字，如同天赐。

后来家里人提起他给儿子取名的来由，周达斌有自己的说道：老婆姓赵，他姓周，儿子的姓取父母的姓，赵周，这不会重名。至于取名“桥子”，周达斌又说，我父亲是大桥人，我是大桥人的儿子，我儿子也是大桥人的后代，我老婆是大桥人的家属，给儿子取名“桥子”再合适不过。周达斌觉得给儿子取这个名字，也充分体现了自己的大智慧。自己工作的范围，除了电线、电控柜、开关，还是开关、电控柜、电线，也只有摸到这些，魂才附体。作为一个电工，把这些理顺了，也就很不错了。至于儿子将来到不到大桥来上班还是两可。反正他们这一家人，已经两代人端着大桥的饭碗。周达斌的老家在扬州,喝大运河水长大的周达斌虽然文化程度并不高,但生在这样一个人杰地灵的好地方,文化底蕴深厚。村里有个俗语:没吃过猪肉,却听过猪叫。在扬州这片神奇的土地上,跺几下脚,随便一扒,都能扒出一大堆文人墨客来。按周达斌的话来讲:我们周家的族谱上,也曾有大人物,我的血脉里不也流着他们的血。虽然生不逢时,也因为父亲在大桥上常年不着家,我们兄弟很少有人管教,念几年书,识几个字,会写自己的名字就不错了。如果换作现在,我也能考上大学,现在可不是拿老虎钳子接电线的命了。

在周达斌的微信朋友圈,看到他发的港珠澳大桥的照片,忍不住给他发了一段微信语音留言。到中午吃饭的时候,他才有空回信。他说起在港珠澳大桥海上作业,每天得坐船到海上施工。头一个月去的时候很不习惯,晕船晕了一个多月才好。他在那边的任务是,管 18 台发电机,9 台大行门吊的用电,还有临时用电,从开工到结束,4 年多时间。路途遥远,工期紧,一年能回家看一次就算不错了。

在猫道上来来回回奔跑了一整天的周达斌,到了晚上收工回生活区,不喝点酒的话,两腿没劲。两杯酒下肚,脸红脖子粗,话越说越多,好话丑话一股脑儿吐个干净。

大桥上的很多人对我说:“我们是粗人,以前在工地除了造桥,别的事什么都不知道,现在互联网发达,手机上一点,外面的世界像万花筒一样,在面前展开。”

大桥人并不是粗人,粗活他们会干,细活也会。生活区边上有一片树林子,林子里有一小块空地,原住居民落下了些种子,窜了蛮大的一片三芽菜,贴在地上生长。是周达斌第一个发现这里的菜,下班后,别人打牌,他到树林子里采山芽菜,挖蒲公英、荠菜。他把这些吃不掉的菜焯水捞上来晒成干存起来带回家,老婆身体不好,做不了重事。

生活区边上的这片树林子闲着也是闲着,不如养点鸡鸭。利用休息日,周达斌到附近的集市上抓了几十只小鸡,细心地养起来。早春二月天还很冷,这些宝贝们一点也冻不得。周达斌找来了纸箱子,上面垫些山里面捡来的枯草,下面放热水袋,纸箱子顶上再弄个大瓦的电灯泡升温,整个春天,一有点时间,他都在忙鸡。等鸡稍微大些,开始在树林里搭鸡窝。除了上班时间，他用足了心思养鸡。等到秋天的时候，鸡开始下蛋。周达斌把亲手养大的鸡杀了送回家给老婆补身体。

赵周桥子毕业后，并没有子承父业，而是去了一家机械企业上班。老婆一个人在家，连个说话的人都没有，怪可怜的。

洒水观音吴平林

他们一家人像三滴水，一滴水在五峰山江边的测量点，一滴水在舟山，另一滴水开着洒水车在黄尘中飞，当他们的目光穿透一滴水，那里有一个新的世界在等着他们。

每次去工地，我住的房间6103，都是吴平林的爱人提早收拾好，帮我准备好生活必需品，直到检查一番后确定齐全，她才放心离去，临出门时又扭头吩咐："我就住你隔壁，有什么需要喊一声。"尽管我在工地上临时的家并不天天来住，但他们一家把我当成大桥人的家属对待，我和他们一家就这样做了工地上的邻居，常捧着从食堂端过来的饭碗，到他们家蹭好菜吃。

工地上的人都知道吴平林是特种车辆的驾驶员。在五峰山大桥这个项目上，他成了苏A·M0513牌号洒水车的主人。这辆洒水车进场时间是2016年的愚人节那天，不过后来的生活的确给吴平林幸福的家庭开了个小玩笑——让他和妻子分开。

56岁的吴平林没有几年就要退休，爱人小他一岁，工地上的人都叫她蒋姐。帅气的儿子而立之年，也在这个项目部做测量员，媳妇在南京工作。好在南京离镇江很近，休息日的时候，小两口子不是你来，就是他(她)去，倒也方便。吴平林的母亲今年80岁。父亲于2017年86岁时，癌症离世。吴平林怕母亲孤，偶尔带她来工地小住。

蒋姐在工地生活区负责打扫几间招待所，其余时间就是围着吴平林转。食堂里虽然有现成的饭菜，但她每天都会为这个家改善伙食，做几个拿手的菜，晚上喊几个同事一起围坐在活动板房里，倒满玻璃酒杯，直喝得面红耳赤，话说了一遍又一遍才散去。坐在床边织毛线或者勾花的蒋姐放下手上的活，开始收拾桌子，洗锅刷盆，在一阵阵叮叮当当声中，她会低声地命令吴平林快点去洗了睡，明天一早要上班。

可以说，吴平林是工地上的一宝，让这位当年叱咤风云的老司机开洒水车简直是大材小用。

只要端起酒杯，吴平林的脸肯定会红成一块大红布，然后开始讲他当年开大车跑长途，路上一次次遇险，又化险为夷的故事。听的人在他的讲述中替他捏把汗，筷子举在半空中也不知道放下来。蒋姐插话："别吹牛皮了，还让不让人家吃饭了，好汉不提当年勇。"

后来从蒋姐的叙述中我才了解到吴平林当年的确是车队的一名猛将，为运输立下汗马功劳。蒋姐还说他开大车的时候，不管他到哪去，如果晚上不回来，她怎么也睡不着觉，经常坐在床上到天明。他手中的握的方向盘，握着的不仅是他自己的命，还有全家人的命，能不怕吗？

工地上用的每一滴水都要靠吴平林转动洒水车的方向盘，晴天要到施工道上喷洒扬尘，雨天要上路喷水冲各种车辆洒下来的渣土烂泥，在南引桥大里程和小里程那边，除了有一个小水塘，别的地方没有一滴水，整个引桥那么长，更需要吴平林的洒水车去救急。

吴平林生在农村，十五六岁的时候就能把手扶拖拉机开起来。1960 年代的农村每家都穷，穷归穷，别人家没有外来收入，但吴平林家是有收入的，父亲每个月都能寄钱回家，让全村人羡慕得眼珠子发红。

上高中时，他的成绩很好，家里人都觉得他一定能考取大学跳出农门。可是最后一个学期改变了吴平林一生的命运。离高考还有两个月的时间，吴平林上厕所的时候，不知道谁跟他开了个玩笑，把他的课本拿走了，而且那本书是班主任的，怎么找也找不到，把他急疯了。班主任要他还书，吴平林说再买一本新的给班主任，结果班主任说因为那本书上做了许多批注，只要原来的一本。这件事在吴平林的心上像压了块石头，终究是没能放得下。吴平林敏感的心大受打击，两个月后高考很不理想。

他落榜了，在家睡了三天三夜，不吃不喝。母亲急得像热锅上的蚂蚁，在他的面前也不敢唉声叹气，忍着。

半大的孩子，要么在农村里脸朝黄土背朝天，要么出去混。出去混，没门路，在家，又不甘心。父母亲一商量，决定让他顶职进父亲的单位，造桥去。那年父亲还没到正式退休年龄，虚 49 岁时便提前退休，让儿子进大桥。父亲在九江大桥干的是瓦工，儿子接班时肯定也是瓦工。

在大桥工作不久，一个姑娘闯进了吴平林的心中，她也是造桥人的后代。桥上的人联姻需要天时、地利、人和这三样，缺一不可。吴平林相貌堂堂，一表人才，在工地上眼勤，手勤，话并不多，脑子却活络得很，这自然成了师傅们眼中的宝，姑娘们心中的蛟龙。美丽的姑娘也相中了吴平林。可愿望是美好的，现实是残酷的，吴平林只是普通工人家庭，而姑娘父母都是领导干部，姑娘看上他没有用，她父母的那一关太难过。吴平林在古书中读过许多这样的故事，没想到他成了现实版的穷小子，而自己心爱的人是标准的公主，他们的爱情注定成了门第的牺牲品。

后来成为他妻子的蒋姐，家里姊妹六个，她排行老二。妻子从小在家嘴一张，手一张，没有什么事能难倒她的。爱情的橄榄枝再次伸向了吴平林，她看中了他的聪明能吃苦，同样他也看中她的能干。妻子家认下了这个朴实的准女婿，就在九江张罗起二人的婚事。成家后，吴平林跟在岳父后面学开车。他学得很快，没多久就能把一辆大家伙使唤得服服帖帖的。岳父和父亲都曾在同一个工地上，岳父开车的水平很高，人特厚道。

大桥人的后代都是由母亲带大，吴平林也不例外，吴平林吃苦耐劳的品质得益于母亲的言传身教。

母亲在庄上能干得出了名，里下河地区是水乡，出门坐船，下田靠肩膀，挑泥，挑麦把，挑柴草，泥罱子捞河泥，样样事拿得起放得下。母亲在家做姑娘的时候，一担能挑 300 多斤。母亲 18 岁嫁给父亲，父亲那年 25 岁，成家后就回了工地，家里家外全丢给母亲一个人。母亲 20 岁生吴平林，在吴平林前面还有个哥哥，就是因为母亲挑粮，把已成形的孩子挑流产了。吴平林下面还有一个弟或妹，也是母亲挑黄沙挑没的，挑黄沙满 100 斤算 5 分工分，母亲为了多挣点工分，一担挑 200 斤。

大冬天的，母亲为了给三个孩子改善伙食，水塘抽干了，没人敢下去摸鱼，只有她敢跳进污泥里摸鱼，全身湿透。她能摸一篮子的鱼上来，让孩子们过个一辈子都难忘的肥年。

一个父亲缺席的家庭，困难多得如一地鸡毛，这一地乱飞的鸡毛，得靠母亲一个人来捡。所以，母亲在家比男人还要男人，但做起针线活来，没几个女人能比得上她手巧。

儿媳妇进门后，有年回家收麦子，麦草堆在田里，儿媳放火烧草，引着了别人家的麦子，母亲急中生智，让儿媳拿粪桶挑水灭火，儿媳哪里挑得动，半桶水都无法起身。瘦精精的母亲抓起粪桶就去挑水，几趟头就把火扑灭了。

父亲得的是肺上的病，与年轻时常年搅拌水泥黄沙有关，粉尘大。那时候工地没有任何防护措施，大家都是这么干，再加上没到年龄就早早退休回家，让吴平林顶职进大桥，他很是失落，抽烟很凶，一天没三包都不够。年轻时不觉得，老了后，父亲很是后悔不听母亲的规劝。在弥留之际，他对着家人说：如果少抽烟喝酒，说不定还能多活几年，都是自己招来的病。父亲的病一拖就是几年，到最后下不了床，全靠母亲一个人拖。母亲小块头，拖不动他的时候，就用肩扛。父亲胖，150 斤全压在母亲的身上，母亲经常被压得跌倒在地，她瘦小的身躯被压在瓷砖上，半天也爬不起来，父亲一急，喘得更厉害，两个人一起趴在地上。就是这样子，父亲都不许母亲打一个电话给吴平林。父亲说，作为大桥人，他深深清楚，一旦走进大桥的工地现场，哪怕你坐在那不做事，都不可以离开，要守着桥。更何况他们的儿子手里握的是方向盘，心里哪能有事，那方向盘全靠大脑控制，哪能有点闪失。

在父亲过世的前三天，母亲才打电话让吴平林回家。最后一个月，父亲大小便失禁，而且拉肚子厉害，母亲整天给他洗，前面换上干净的，后面又脏了。父亲看到自己的样子，惦记着寿衣的事，对母亲说："你总不能让我穿得不像样走吧。"母亲对他说："老头你放心呢，寿衣提前准备，买的是最好的。"

妻子与吴平林结婚后，是进门喜。她是个好学上进的人，怀了孩子没多久，妻子考取了大学。对她来说是喜事，但对吴平林来说是喜忧参半。她去上大学了，还可能回大桥来与他过苦日子吗？大学是优秀的人集中的地方，也许她踏进了大学的门，心就会变了。他越想越害怕，就和她商量："老婆，大学还是别去上了，再说你挺着个大肚子进学校，还怎么可能完成学业，如果把孩子打掉太可惜了。"吴平林很执着地和妻子说:“你肚子里怀的肯定是儿子,你家姊妹全生的女孩,还没有一个男孩子,打掉了太可惜了。”

隔着肚皮,抚摸着那个还没有成形的小生命,母爱是女人的天性,妻子动摇了,最后选择了待产,不去上学。几个月后果真生下一个大胖小子,把吴平林乐得整天合不拢嘴。但他也觉得愧对妻子,想想自己当年与大学无缘,这样的悲剧在妻子身上重演,真是不公。如果不是他怕她飞了,她的命运一定会改写。

后来才知道能干的蒋姐在大桥不在编,属于劳务用工的一种,没有身份。要强的蒋姐,为了大桥人念想的身份,远走他乡,和丈夫、儿子分开。寻找在大桥的正式身份,是蒋姐最大的愿望。吴平林当然理解她,无条件支持她。想想妻子为了家在年轻的时候已经做出了很大的牺牲,不能再让她牺牲。

2019 年春节,吴平林要到舟山蒋姐那过年。说是过年,其实是去工作,那边有个开大车的师傅回家过春节,没有人顶班,正好吴平林去探亲,探亲与工作合并。不过吴平林心里美滋滋的,在腊月准备去蒋姐那边前,二工区的飞哥如往常一样,整了一桌菜,在宿舍请几个兄弟小聚,吴平林是喝得最开心的一个,13 个人中,就他一个人可以和老婆一起过年。

我的邻居 6101 房间突然安静下来,没有锅碗瓢盆的叮当声,没有菜香,吴平林一个人端着饭碗去食堂。儿子和媳妇也是各管各,不来 6101 吃饭。门口没有花花绿绿的衣服可晒,吴平林自己洗衣服,有时候都懒得拿出来晒,就挂在宿舍里阴干。门口的一小块菜地长满了杂草。蒋姐在这边的时候,是不允许有一根杂草出现在她的菜田里的。五峰山草长莺飞的阳春三月,连石头缝里落下的陈年草籽都在泼天地往天上窜,蒋姐宿舍门口的菜地上,草抢占了春天里宝贵的阳气,把青菜、香菜、生菜、豌豆苗的营养拔尽,以至于分不清哪是菜,哪是草。

儿子在春节期间特别的忙,猫道上主缆施工,夜里他要和同事到江边测量。寒风猎猎的江边,漆黑一片,我来到江边寻找吴平林的儿子小吴,他和另一位同事正在大明码头,那边有一个测量点,正好与江上的猫道遥遥相望。正月初三的时候下雪,虽不算厚,但也给测量带来了困难。温度太低，小吴和同事们只能等待江上的风小点，温度能回升一些，才好开始工作。他的脚上穿了三双袜子，羽绒衫外面裹了军大衣，头上戴着棉帽子，还是感到寒冷。

老吴教儿子一个抵御寒冷的办法：身上穿上雨衣，压风。小吴嫌难看，没采取爸爸的好办法。老吴说，很早以前的工地，装吊工在江上挂锁，风吹得实在吃不消，把塑料薄膜裹在身子和手臂上御寒。

吴平林在舟山20天时间，还和在五峰山工地一样，每天去上班，只是蒋姐没从前那么轻闲，她在办公室工作，各种琐事接踵而来，忙得顾不上给来探亲的丈夫做顿饭。就他们两个人吃，也吃不了多少，不如吃食堂方便。在五峰山的时候儿子和媳妇常来，在伙食上，她更加花些心思。吴平林回到自己的工地，同样是工作，白天忙开洒水车，下班后不再像从前一样急着回宿舍，他一个人的宿舍空调开着也觉得冷，不如找兄弟们喝酒去。这两天天晴，工地上灰尘多，他经常夜里3点就醒，等着天亮，这是以前没有过的，蒋姐在这的时候，觉不够睡。蒋姐老说他像只大懒虫，躺下来就能打呼的那种人，一觉能呼到大天亮。

2019年3月17日，5点半刚过，打开门一眼看到吴平林站在宿舍门口望着田里的野草发呆。除草这些事，以前都是蒋姐干，今天开始，他不能眼睁睁地看着去年蒋姐种的菜被草吞噬光，青菜早已抽苔，可以摘了烧点咸肉吃。春节过后，他从舟山带了块咸肉回来，再准备几个小菜，招呼兄弟们到宿舍来喝两杯才好，总是跑到别人宿舍去吃喝，心里过意不去的。

退休再干的老夏

海水没有干的时候，建桥大军就没有停止的时候。人类的圆满，莫不过是在没有路的地方铺路，没有桥的地方建桥，无论我们在哪里，一条条路，一座座桥，都通向我们心灵的故乡。

从20出头就顶职到大桥的夏师傅，怎么看都不像是在工地上混了一辈子的人。

老夏名厚宏，大个子，大头长脸，讷言。走路四平八稳，做什么事都讲个周正。他站在桥墩下面，真的像桥墩一样，又稳又重。

同事们说，从来听不到夏师傅喊苦叫累。有时候事真的急，但他怎么也急不起来。有时候别人催他："夏墩子，你跑快点噻。"催狠了，他就回："叫，叫，叫魂啊，快马没好步，慢工才能出细活，心急吃不了热豆腐，做什么事要上个规矩哇，哪个能一口吃块饼，一锹挖口井?"

他就这样子，像田间的一头老慢牛，永远不急不慌地犁他的地，在工地上平平安安过了一辈子。

老夏的老家在南通市海安市曲塘镇南边的大陈庄，家中还有妻子与老母亲，独女在省城的一家律师事务所工作。

老夏现在做的活是专职安全员。说起来是专职安全员，每天不声不响在工地上从早跑到晚，其实要做的事远不止这些，要指挥塔吊、吊机、渣土车，只要有需要的地方，都得跑，还要跑快点。

每个工地刚开始的时候是最艰苦的，一无所有，水电不通，一切从头开始。老夏来五峰山工地的时候，生活区已建好，没像打前阵的人受风霜之苦。听他们第一批来的人说，刚到五峰山，行李还没来得及放下，2015年的第一场暴雪便覆盖了大地。工人们顶着风雪挖地基，连夜开工建活动板房。可是，地冻住了，哪里挖得动。

老夏说起南锚地基的天坑时，特别兴奋。从10月份进场，南锚开挖地基，最多的时候300多号人围在天坑里，机械声和人声，每天人欢马叫的大场面，不分昼夜。

老夏说，好歹也在大桥上混了几十年，但从来没有见过工地上挖这么大的坑，南锚基础从头年秋一直挖到第二年的春天。到2月份，才开始做边坡，建施工道，挖土挖到二十几米深的时候，再也挖不下去，全是一边深一边浅的大石头。挖不下去的时候，开始用机器钻。在开始打钻孔桩的时候，钻头都给钻没了。那埋在地底下的大石头，谁有透视眼看得见啊，只能是切一段萝卜洗一段泥。到6月份的时候南锚还在地底下，把十几辆车放进去装土，从斜坡爬上来。后来挖到更深的时候，汽车也爬不上来，用吊机吊土。挖3米浇一次混凝土，往下挖到第五层的时候，还没挖到一半的深度。站在基坑里抬头往上望，那个怕啊。在里面做活的人还不晓得怕，但管安全的人怕啊，天天看着心都打抖。这个山坳子里的天坑，因为施工场地太小，没办法放边坡，直上直下，逼陡的，汽车都爬不上来的，要是塌方了，两条腿的人插翅难飞。几百号人在里面，要挖下去四五十米深，那可是泥墙，会塌方死人的。每往下多挖一层便多了一次不可预见的施工风险，到第五层是分水岭。

老夏像说书人一样说南锚，说到第五层的时候，他卖了个关子不再往下说了，手中的对讲机正好“嘶嘶啦啦”叫起来。我后来像狗仔队员死盯着他打听南锚更多的事，老夏像个孩子一样笑起来：“我只是专职安全员，做好自己的本职工作就行，对那些高深的技术只懂个皮毛啦，你去问总工李奔琦去，他肚子里料多。”

和老夏一起站在S2号墩边上一个多小时，脚冻得发麻。这么冷的天，老夏还是戴着春夏季的安全帽。冬季安全帽有护耳，他不想戴，那个护耳捂住耳朵，挡住声音听不真，在现场抓安全的人耳朵就是要尖。

下午回填土，老夏有条不紊地指挥渣土车倒土，指挥头顶上飞过来荡过去的塔吊。那些大家伙，喘着粗气，在他的指挥下，服服帖帖的，叫到哪就到哪。半天很快就结束，我冷得牙齿打抖。老夏望着我用海安话说：“冻只冻懒人，不会冻勤快的人，不停地做事的人，怎么会挨冻呢？”回到值班室，老夏取下头上的白色安全帽，我才发现他的头发湿了一圈，还冒着热气。后来才知道，在工地现场，他不是不着急，而是把所有的急，都放在肚里。用他的话说："大凡小事，你表面上越是急，越是容易出豁子，因为你的急，给别人一种慌乱的错觉，弄不好，反而容易出大事。"

这么大的工地，自开工到现在，备受外界关注，除了媒体单位的采访报道，摄影发烧友拍照，还有许多想一睹大桥工地的群众。来参观的人越多，工地现场的安全员越是紧张。从外面涌进来的人什么也不懂，对什么都好奇，总想弄个究竟，这就给安全员增加了额外的负担，巴不得多长两只眼睛。

老夏和所有的大桥职工一样，半辈子耗在大桥工地上，36 年里，经历了 8 座顶级大桥的建设，到今天的五峰山大桥，一晃几十年没了。

工地上几代人在大桥局的一抓一大把，老夏也是，18 岁顶职进了大桥局。老夏弟兄好几个，在父亲快退休的时候，他正好达到顶职的年龄。父亲第一个参建的大桥是武汉大桥，第二个大桥是南京大桥。等小夏顶职进大桥工地时，分到了九江大桥，一年后去广西桂林，像打仗一样，造完一座桥便换一个地方，这辈子跑了许多地方，最远的地方到过东北吉林、通化，广西的柳州。现在的五峰山大桥是离家最近的。年轻的时候不怕路远，越是年纪大了，越怕离家远不方便。以前在桂林、沈阳、齐齐哈尔的大桥工地上，一年才能回家一次。

大桥局原来什么工种都有，老夏是打铁的。打工地上所需要的扳手、撬棍、铁钎子，凡是用得着的，都打。那个年代能有个正式工作，跳出"农"门，穿上大桥局发的工作服，端上大桥的铁饭碗，按村里人说的那样，傲得鼻子都可以翘到天上去。

"我们那个年代顶职进大桥的人，凡进来的大姑娘小伙子，没有一个讨得了巧。那时候机械本来就很少，许多重活都靠搬、抬、扛，20 出头的大姑娘，刚参加工作就分在钢筋班，一卡车一卡车的钢筋要下货，没办法，藏青色的劳动布披肩一围，往卡车下面一站，两手叉腰，车上的人把整捆的钢筋往下放，她们用双手接住，两腿发力，让力气凝聚到肩膀，深吸一口气，抬腿就走。"对于扛钢筋这活，老夏至今记忆犹新。才进大桥的年轻人，都有点蛮力，也都想逞强露一手，但想过这一关，真的不容易，个个脸都憋成猪肝色，颈脖子梗起一条条青筋，像田里的蚯蚓在红彤彤的皮肤下面游动。一车货卸完，两条腿软得似面条，瘫在地上，半天也不想动。

“我们那个时代的大桥人，每天累得腿抽筋，但是没有人叫苦。父亲说，造桥铺路多少代人，哪个不是这样一步步走过来的，你想叫苦，嗓子喊破了都没用。天生就是造桥的命，就是不能叫苦喊冤，要说苦差事，比这事还苦的事多了去了。”

老夏从不喊苦，一天天过，反正今天肯定会比昨天好过。父亲这一代人没过到什么好日子，等日子稍微好过些了，他永远走了。母亲年纪越来越大，身体也糟糕得很。

下午 1 点半，跟着老夏从生活区步行，往 2000 米远的南锚碇施工现场去。阳光照在雪地上，晃眼。道路的南边是引桥 30 号墩，为大里程区，从北边的第 29 号墩为小里程区，一直通向江边的 4 号主塔。每一个桥墩都有专人负责，从地下打钻孔桩，到地面承台，墩身的钢筋绑扎、浇筑混凝土，一个桥墩的工期至少需要 5 个月才能完工，专职安全员就要站 5 个月，而且不仅仅只守着一个桥墩。

越是大的工地，纪律越是严明，管理越是精准，所以工地也是禁区，往来的大型车辆机械，空中塔吊起吊的重物，处处有风险。对于任何外来者，哪怕是工地上的一条狗，都能准确地嗅出陌生人的味道，都会以怒吼的方式发出警告：别靠近这里，离远些，危险！

老夏本来想趁这几天不太忙回家看看老娘，但是群里通知这两天要开好几个会，所有人员没有特殊情况，最好不要请假。于是，他留下来开会。

24 号夜里大雪封山，项目部把平时没时间处理的事正好利用这个空闲集中解决，开会是必须的。每个月的安全生产专题会议雷打不动，会上都要重申安全：每一起事故的背后，都是无数次轻微事故的反复叠加，从流程到质量、操作的每个细节等各个方面的隐患的堆积，最终导致事故。要想避免事故，重要的不仅是好技术，无瑕疵的规章，更重要的是实际操作和监管过程中，每个人的自身素质和责任心。在会上，安环部的负责人朱文，忍不住说起 2016 年 11 月 24 日 7 时江西丰城电厂三期冷却塔倒塌的重大事故,现在想起来就后怕。那么大的工程,73条人命,从20米的高空中堕落,永远消失。这些要命的重大事故,与混凝土养护的时间都有直接的关系,养护的时间越短,质量自然得不到保证。为了赶工期,施工单位哪肯浪费哪怕一分钟的时间,更何况以小时来计算。混凝土的浇筑、凝固、干透的过程,属于自然现象,任何人为的干预,都不能让混凝土提前凝固,隐患往往就是从这样的小节开始。

S14号墩处是一个大坡子。老夏下班后爬这个坡子回生活区,翻过去身上就出汗,他感觉自己真的老了,总感觉到力不从心。这里原来是山,根据施工设计方案,引桥从这里过,山体不得不被炸开,这条硬化的施工道就成了一个很大的S型,人落进坡底时,看不见前方的路,只能望得见圌山的半个山顶和高耸的报恩佛塔,在雾岚中若隐若现,那塔像是在天上浮动。而江边的4号主塔快有一百六十几米高,人落在坡子底下几乎看不见。

跟着老夏一起下班回生活区,他边走边向我介绍引桥的施工情况。

翻过大陆坡,来到S10号墩,一个巨大的拱形门,下坡的地方是S9号墩,再翻过一个坡子,是S8号墩。这里是一个炸开的山体,用石头砌成一个方形的垛子。这个桥墩,工地人称之为门桥。这座高大的门桥,像凯旋门。白天的时候还不太能看出它的威武,只有在星光灿烂的晚上,借着南锚碇方向镝灯射过来的余光,夜幕下的门桥的确宏伟,不怒自威,成为五峰山大桥的门神。门桥附近的几个桥墩,作为连淮扬镇大桥公路铁路的交汇点,承载的任务之重,可想而知。每一次经过门桥,都忍不住多望几眼,灵魂一次次受到震撼。

老夏说,每一个工地上,无论是房建还是桥建,混凝土浇筑都是最拿魂的活,也是最烧钱的一道工序。从浇筑到养护过程,要当成宝贝一样护着,都得十二分小心,不能出现任何质量问题,否则返工的代价太大了。等混凝土养护结束,才可以拆模。拆模和支模一样重要。拆下来的钢模堆放在平地上,在太阳底下散发着寒光,铁的腥气在空气中流荡,螺栓、紧固件堆在一边。几个工人在用砂子打磨钢模,刷上橡胶水清除污渍,最后还要抹上脱模剂,等待下一次使用。

在S2号墩钢板桩的周围,雪结了冰,少部分雪化成水,乌黑一片。

承台在下雪前完工，开始地面作业，周围的钢板桩要拔出来。每根钢板桩 90 米长，施工时是用电锤砸进去的，现在要拆除，需要用大型机械手帮忙。调度室安排了一台大型机械手来拔钢板桩，另一台随时待命。土层结冰，一根一根地拔，看似简单，却并不简单。机械手在半空中缓慢地移动，摇摇晃晃地伸向目标，司机开足了马力，机械的轰鸣声震耳欲聋，脚底下都在震动。我和老夏就站在机械手的一侧，看着机械手笨拙地移动，心跟着急。老夏忍不住嘀咕："照这速度下去，天黑前都拔不了 20 根，一圈钢板桩少说也有 200 根。"机械手年轻的司机进场时牛皮吹得震天响："这点活，两个小时就能搞定。"老夏哼了一声："年纪轻轻，嘴上没毛，办事不牢，事还没做，就会满嘴放炮，以为自己有通天的本事。吹起牛来，原子弹都能造，真干起事来，就怂包了。"这都折腾两个多小时了，才拔了 9 根桩，在拔到第 12 根的时候，机械手发出一阵阵"吱嘎，吱嘎"怪叫，声嘶力竭地吼了分把钟的光景，彻底没了声。那个铁手，硬生生被坚挺的钢板桩折断了一只指头，留下一只手指像独爪狼悬在半空中。陈圣飞用对讲机调来另一台待命的机械手来到 S2 号墩，拔到第六根时，又熄火。连续的低温天，到处冻得结结实实的，钢板桩钉入地下的时候本来就坚固，加上这几天低温天气，给冻住了，再精良的机械也奈何不了它。

我和老夏的交流会突然被不同方向的机械噪音强行掐断，等车辆向前驶过，脚边卷起一小圈黄尘，想再接起上一句的话题时，大脑免不了一时短路。

两台机械手全部熄火，把镇江恒盛作业队的周理群急得直跳脚，跑到值班室去吵。机械手坏了要等人来修，什么时候能修好，天晓得。不过也不能闲着，另一边开始回填土。渣土车从江边的混凝土搅拌站一车一车运过来，这些是混凝土拌和楼那边沉淀下来的渣土，正好废物再利用，一点也不浪费。

趁着找人来修机械手的工夫，老夏跟我说起退休后的打算。"从顶职进大桥到现在，最后能在靠家比较近的大桥上退休，也算是圆满。36 年，人这辈子有几个 36 年呢？干我们这行的，都是出家无家，有家难回的人。我要是退休了，什么都不想干了，回家，在家里想干什么干什么，能找点事做最好，找不到拉倒，在家歇歇。”老夏沉默了一会儿，低头想心思，又说：“在外面一辈子了，回家一时肯定会不习惯，再说了，55 岁的人也不算有多老，还有精力做点事，趁着身体好，再苦几年，帮孩子们一把也是好的。我的身体大毛病没有，小毛病也不算什么事。”

造桥的人，半辈子建桥，一辈子惦记着，父亲退休回乡的时候，日头夜里都在想桥上的事，到了他这代人，还一样。再说了，现在真的比从前现代化得多了，不算苦。

老夏不会开车，在五峰山大桥的这两年里也很少回家，一是没时间，二来回家一趟很不方便。从大港坐车去镇江车站，从润扬大桥走，得绕一大圈，浪费不少时间。只有从大港坐车去扬中近些，从扬中到泰州，再从泰州转车去海安，到了海安还要再转车回家，头都绕昏了，不如不回去。老夏偶尔搭别人的顺风车回家，但搭多了，他自己也很不好意思。

老夏退休后铁定是想回到海安老家，回家慢慢适应。在大桥几十年，什么时候应该做什么事，像计算机里编好的程序一样，刻在大脑里，已无法修改这个程序。老夏做不了自己的程序员，更修改不了 36 年来植入大脑芯片的指令。突然间发现，自己的魂在大桥工地现场，经过几十年的磨砺，和桥有关的记忆芯片还真无法修改，以至于退休不干的愿望很难实现。回到家乡，反而觉得一切是那么陌生，周围的人与事与他相隔太远，他好像从来不属于这里。老婆说：“真是贱，老蜡烛坯子一个，有福还不会享。”

正式办过退休手续，老夏收拾行李真回老家住了些日子。

睡在自家的床上，吃老婆烧的饭菜，走村村通公路，老夏还是待不住，吃不香，睡不实，想做点什么能做的活，也很难找到合适的。这么一个不尴不尬的年龄，除了给人家看大门，还能做什么呢？可是，看大门的活轮不上他这样的人，现在都是保安公司，还有哪个保安公司敢要他这个年龄的人？寻思良久，他想还是去工地好。二工区的引桥完工，公司把引桥负责人郁文调到北岸，成立三工区，老夏在二工区时就和郁文一起，这次从南岸一起调走 6 人，那边正缺人手。老夏想，除了办了退休手续，其他的还是原套，全是熟悉人，蛮好。

夏墩子又回到了五峰山大桥工地，只不过是从江南挪到了江北，反而离家更近，直接从扬州回家，多好。

和老婆告别回大桥的前天晚上，老婆一肚子不高兴："走吧，走吧，你有本事这辈子别归这个家。"

江北的工地上，戴白色安全帽的老夏忙前忙后，从早奔到晚，遥望江面的先导索已过江，8 根钢丝绳，上下游各 4 根，从江北拉过江面，到达江南岸的南锚碇的散索鞍旁边，为铺设猫道打前阵。从地下工程到地面工程，经过 1139 个日日夜夜，现在好不容易到了上部工程，危险系数不是变小，而是变大了，所以要严守工地现场，刻刻都不能离开管理者的督促。毕竟工人们只顾埋头干活，顾头不顾尾，更需要安全员来提醒。

工地上的同事说：老夏退休再干，月月领两份工资，胜过高干，做梦都要笑醒。老夏从怀里摸出一根烟，慢慢悠悠燃上，长吸一口，缓缓吐出，烟圈缥缈而上，在他的头顶上盘旋，飘向北岸的主塔方向。老夏眯起眼睛，望向茫茫江滩，对同事的话，笑而不答。

后来在江北郁文的三工区，许多次遇到退休再干的老夏，还像从前一样，手拿对讲机，稳稳当当地站在现场。除了在南锚施工节点透熟，到了北岸放索区，老夏又知道了北岸的巨型沉井和北锚碇。这只锚碇的重量，133 万吨，是世界最大的陆地深沉井，大约相当于 2400 万人体重的总和，而北锚在施工过程中遇到的困难不亚于南锚施工时的困难。

老夏后来说："我只是想亲眼看着五峰山大桥通车的那一天，一天不通车，我一天不想回家。"

这座桥在他的建桥生涯中，是最神的一座。

扼守悬索的江上行者

单抓只认一个死理：如果没有工地，我不知道会在哪里，会成为一个什么样的人。是工地现场强大的磁场，让他的声音在南锚的天坑里激荡。

也许，一切决定性的东西都在逆境中诞生。比如春节过后基准索的艰难定位，江南江北牵引主缆索的一群民工们，他们像江上的逆风之雀，在猫道上开始长征之路。江上寒风吹彻，并没有影响行者的脚步。正月初三下半夜的大雪，接下来的冰冻和大风，让江上的第一根索在风雪中摇摇晃晃，无法安静。无论是江上的民工们，还是夜班测量组徐飞和一帮年轻人，他们在摇晃的猫道上来回奔跑，要跑到天明。大明码头江水边的第17号测量柱，测量组的人要在这里蹲点，等待下半夜的风小些，再小些，他们才能测量到精确的数据。

4号主塔旁边的集装箱房子里，监测组里的4个年轻人披着黄色军大衣在等待。大明码头的电子门口有一团黑影，走近看才发现停着一辆黑色的小汽车。测量组两位年轻的测量员坐在车里看手机，车里的空调开得很高，车窗一开，热气扑面。他们说，如果不躲在车里面，这么冷的天，脚会冻伤。上夜班的时候，他们穿三双袜子，还是冷。他们在等待江上从猫道上的棱镜传来的消息。江上的5名工人打着手电在猫道的网片上奔跑，转动棱镜的方向。

车前的大灯雪亮，照着漆黑的江面，两束强烈的光束，并没能射出多远，被江面上巨大的黑暗吞噬。卷起的江风吹着哨子，叩击着车窗，在玻璃上盘旋，似乎要将车里的人给旋出来，和它们一起共赴夜的盛宴。

当第二根索从北岸的放索区起步，拽拉器紧紧地抱住第二根主缆索，猫道上空，两根索缆像两条青龙游向江心，带着江水的愿望，游向江南岸的4号主塔主索鞍，沿着300多米的边跨，从高处向下游的南锚散索鞍区游去。6名工人在鞍上等待，当索游到南锚的散鞍部，众人齐心合力用一根布绳系住索，将六边形的索变成四边形，一层一层摆在指定的位置。

二月初五这天，第79根从江北嫁到江南的主缆索破天荒创下了第7根的最高纪录。晚上在食堂吃饭，大杨总和小杨总端着饭碗，兴奋地谈这7根索一天中过江的事，两个人开心得像孩子，边吃边说，不停地用筷子比画着，饭都溜出了嘴边。

为了给大桥的主缆安家，到这天为止大桥人在江边守了1234个白天黑夜，现在每根索像出嫁的新娘，从一望无际的江北平原嫁到山清水秀的江南。这一路之上，江水吹着唢呐，猫道上的民工轿夫们抬起八抬大轿。索缆，这风华绝代的佳人，在江风的锣鼓声中嫁给南锚这位新郎，在轿夫们嘹亮的欢呼声中送入锚固系统的新房。

每一次入鞍前，工人们用木榔头把索缆轻轻地敲打成型，轻轻地放进鞍部，用小木块锲紧。

单抓的工作就在这方狭小的空间里挪腾，他的眼睛每天与这些木方子相遇，日久生情。就是在那一堆木方子里，有一根木方子上写了三行字："因为我刚好遇见你，留下足迹才美丽。风吹花落。"不知道是哪位工人在短暂休息的时候写下的，笔迹很幼嫩，应该是一个20岁左右的青年人写的。每个字缝里都有他当时在江上的心情。这行字，我后来总把它和单抓联系在一起。

从南锚散索鞍的台阶下往锚坑里看，如果你是头一次，胆再怎么大，心必定会抖。20多米的深坑，从散索鞍上部到锚坑底部的这段距离，直上直下笔陡的，没有坡度。我来的时候梯子还没有安装好，电焊工在锚体的壁墙上安装不锈钢梯子，焊接栏杆。主缆索如一根根擎天柱，驻扎在锚头上，每一根索都有一个家，民工们小心地为它们寻找到适合的锚垫板，然后把它们小心地固定住。352根索，在短短的几十天内，全部要安家落户，通过无数次的测量、翻转、调试，把六边形改成四边形入鞍锁定，先从南锚软着陆，与锚室里的锚头接上头。在江上行走的每一根索，每隔一段距离都有一名民工守护着，防止撞上侧网，被江风拉扯住，防止钢丝散乱偏离。这2000米长的索牵动着江上两岸人的心，要保证它们的线形的垂直度，它们一一在工人们的抚摸锤打下入鞍。

我是在晚上项目部开党员生活会的时候向现场出发的。翻过S形山坡往天梯走，在天梯上遇到白班下班的几个民工。现场技术员在等待夜班的工人全部到位，他们党员民主生活会的学习结束后，8点半左右才能到达现场。测量组的4个年轻人，两人为一组，已分散到江边不同的测量点，开始夜间的工作。

铁路段那边，边跨架设的8个钢梁已到位，北岸钢梁3月份计划完成5节。公路连续梁的移动模架，底板钢筋绑扎已完成，铁路连续梁挂篮拼装、预压、支架已完成，0号块今天在浇混凝土。周口龙兴作业队完成了50%，泸州正华作业队完成了144%。这些都不能停下来，要有序施工。

在南锚散索鞍上，搭了一个简易的帆布篷子，是用来躲雨的，狭长的篷子下面放着小型机械和各种工具，上面寒气重，项目部给工人们准备了电水壶和桶装纯净水，让他们有一口热茶喝，暖暖身子。

我就是在篷子下面遇到单薄的单抓的，怎么看都觉得他最多20岁，甚至不到20岁。我从他的工作职责范围才知道他在南锚牵引主缆索施工中的重要性，作为主缆索第一线的负责人，他要一会儿奔跑在江上的猫道上，一会儿在散索区和工人们一起让每根索入鞍为安，一会儿又要从逼仄的扶梯上到锚坑里看情况。细脖子支撑着他那戴着黄安全帽的小脑袋，他100斤不到的小身板，像个移动的逗号，跳来跳去，跟在风后面飞。我真怕江上突然来一阵大风，把他给刮跑了。

事实上，我的担心是多余的。他早已习惯了江上的生活，摸透了风的脾性，面对各种不确定的危险，他能够凭着高超的直觉在瞬间避开，爬高下低，比山里的猴子还要灵巧几倍。他小小的身体在散索鞍上窜下跃，跟玩似的。他站在散索鞍上面，对着下面20多米深的锚坑大喊，他不用对讲机和锚坑里的人联系，因为坑里的人忙得没空拿对讲机。他双手放在嘴巴上做成喇叭状，向着锚坑里的人发出安装调索的各种指令，报送他们心里滚瓜烂熟的不同数据，那些数据都是经过测量员一遍遍测量精确到 0.1 毫米的数据，不允许有半点的大意。

单抓略带沙哑的声音撞击着锚坑的四壁，在锚固区回荡。单抓与锚坑里的人的呼应声，他的声音是从肺腑里发出来的，这样的呼喊是他上小学四年级起不自觉中练出来的。那年，父亲出车祸亡故，一年后母亲离家出走永远失联，到唯一的弟弟 20 岁那年肠癌离世，这么多年以来，他习惯了用肺腑里的力量在大得没有边际的工地现场呼喊。那一嗓子，把他自懂事起到 38 岁所经历过的哀伤、疼痛、无奈荡涤干净。他的声音长了脚，跟随着他在不同的工地上游走，他在的工地都是造大桥的工地现场，不是在大山里，就是在江上。喊，让他找回了自己，证明自己还活着。

今天中跨调索，风太大了就不能调，只能理索。

“我没父母。我是孤儿。我妈妈是陕西人，不识字，爸爸车祸死了，办完爸爸的丧事，妈妈整天哭哭啼啼。没有多久，有一天晚上，妈妈突然从家中消失了，连一句话也没有留给在家的奶奶。在我五年级时妈妈回来过一次，后来再也没回来。我记不得妈妈样子。我跟着奶奶长大。”

单抓把六个“我”一口气说完，深吸一口气，摸了一下口袋，我知道他在寻找一根烟，但工地现场是不允许抽烟的，严防火灾。他终是没有把烟给掏出来。

他对我说起父母、弟弟、姑姑、奶奶时，表情始终带着淡淡的微笑，好像觉得他生来便应该是这样的命。说完这些，他长久的沉默，戴着黄色安全帽的头一低再低，背弓着，与刚才对着锚坑里朗声呼喊的那个单抓判若两人。

小时候家里没钱，弟弟的病开始并不重，脱肛，做过小手术就能好，可是弟弟的病从小一直没钱治，拖到十几岁，给拖成了癌。弟弟临死前还撑着在工地上打工，尽管挣的钱不够治病。他不知道说过多少回：“哥啊，我不想死，我还没有女朋友。”单抓说：“弟，你幸亏没有女朋友，要真是有，不把人家肠子哭断了。”

“像我和弟弟这样的人，就不应该有女人，不能有，不能有，一个人再好不过。再说了，哪个女人肯跟我们这样的人？”

风把 0 号块与直线段那边的人声、机械声、铁锤敲钢板声刮进我们的耳膜。

他喊我姐姐时有些羞涩，因为他没有姐姐。他说，姐姐，命这东西，你有时候不得不信，但也不可能尽信命。入工地这一行，好像是命中注定的事。爸爸离世，妈妈出走，小时候他和奶奶、弟弟相依为命，姑姑一家也伸出了援助之手。在他中专毕业后，姑姑正好认识他现在的老板，就介绍他跟着老板到了工地。老板知道他的身世，一个没爹娘疼的孩子，自然要比别人家的孩子苦得多。在生活上，老板很照顾他这样的苦孩子，在学技术上，只要肯学，老板都培养他们这些年轻人。老板对他比一般人要严格，希望他学好技术，以后能闯出一条路来。

因为父母的不幸，弟弟的英年早逝，单抓的心寒到极点，17 岁进了工地，摸爬滚打不少年，天南海北，到哪都无牵无挂。后来，单抓的师傅说，你不结婚，以后就别回老家了。单抓想想也是，父亲这一脉就兄妹两个，弟弟走了后，到他这一脉就他一个人，如果他不为这个家传宗接代，他们家这一脉就断了。师傅说，现在年纪轻，在外面还能苦得动，一个人吃饱了全家饱，等以后老了在工地上苦不动了，没有家太可怜了。

在单抓心里，早把师傅当成了父亲，师命就是父命。师傅做的媒，帮他成了个家，尽管是晚婚。遵师命，他在安徽蚌埠老家找了个女人结婚，那年他 30 岁。孩子今年才 8 岁，上一年级。

幸亏师傅苦口婆心劝他成个家，人到中年的单抓现在才有个家可回，有了个喊爸爸的女儿，从工地上回到家，有顿热饭吃。他感谢姑姑把他介绍到工地，感恩在工地上遇到那么多关心他的人。在工地上男人们在一起，开着七荤八素的玩笑，爆粗口成为每天生活中的日常现象，这种粗粝的生活并不影响工友们之间的感情，单抓觉得一天都离不开工友们——这些和他每天在一起出生入死的好兄弟。

在工地，因为我戴的是红帽子，现场的人默认为是上级派来检查安全质量的人。单抓向我详细介绍索股入锚头时各种不同规格的垫板，厚度与宽度不同，因为索股的安装位置与长度都不同，线形也不同，所以垫板不一样。单抓说："四川正华作业队的郭队长总是说垫平，垫平，因为目测看上去不平，其实不是人为的，而是垫片的规格不同，锚坑的位置不同。我们都在尽力调整到最佳位置，尽量把误差降到最低。”今天上游四公司在拉索第三根的时候，卷扬机突然坏了，不得不停工检修。单抓在下游的锚固区，四公司的卷扬机一坏，下游为了与上游保持拉索根数相同，也不得不停工等待。

单抓把身子趴在散索鞍的临边栏杆上，身子往锚坑里探过去，我真怕他会飞下去。他站在临边亮起嗓子向下喊：“阿木，阿木，把 58 号索股亮一下。阿木你看一下 58 号，先出两分的板垫上。2.5 毫米的有没有，今天最起码要调好 7 根索。”阿木的声音从锚坑底传上来，感觉像隔了一个世纪，里面掺杂着金属的铁性味道。

“垫板厚度 4 厘米，抽一块 2 厘米或 1 厘米的下来。”昨天晚上没风，可以施工。今天中跨在理索。

说起现在的家，妻子在家开了个小店，攒点生活费，带孩子为主。因为对婚姻的恐惧，单抓成年后不想结婚，师傅说，不结婚你别在工地上待了，你走吧。工地上的人本来就苦，不成个家没有盼头，到老了一身的病，没有家，哪天死在家里连收尸的人都没有。

单抓每个月有八九千的收入，工资都放在老板那，年底结账。家里如果需要用钱，只要跟老板说一声就行。“现在国家的《劳动法》放在那，没有任何人敢拖民工的工资。关键是业主要拨钱给项目部，项目部才能拨钱给老板发工资。”

单抓不喝酒，酒精过敏，一喝全身发红，所以他在工地几乎没有开销，钱全存着。

单抓在的上一个工地在杨泗港，2019 年 9 月份要通车，10 月份要开全运会，要从杨泗港这座桥上过，从他去的时候就一直在赶工期。

“妈妈也许不是不想回来，她可能忘记我家了，一个大山里的人，出了门就不认识路了。”

后来听表叔讲，妈妈曾收养了一个闺女，那时候她还请人帮着写过信给表叔，表叔去世后再也联系不上了。

“小时候我很顽皮，村里人说，一个没爹缺娘的孩子，长期缺少管教，长大了肯定是蹲牢房的多。”

奶奶把单抓搂进怀里：“小抓儿，你可别给村里人说中，咱们家再苦再穷，哪怕到拄棍子要饭的地步，都别去偷和抢。”

单抓听奶奶和姑姑的话，不仅没蹲牢，还在姑姑的帮助下进了工地。好像天生就与工地有缘分，他肯吃苦勤学习，在工地上还当上了小领班。

单抓和我告别，要去锚坑看看，让我再上来的时候找件黄大衣穿上，上面太冷了，非冻出病来不可。事实上，后来我真的冻出一场不小的病，两个月都不见好。

单抓的名字是姑姑取的，同样没有文化的姑姑为什么给他取个这样的名字呢？我无端地猜想单抓这些年过的日子，这位被生命扼住喉管的孩子，这些年是怎么活过来的？瘦削的双手是如何捧着父亲和弟弟的骨灰盒，走向苍凉的大地去安葬自己的亲人。然后，姑姑这位家族中的血亲，冥冥之中主宰了他的命运，把他送进工地，永远跟着流动着的工地，虽苦，却收留了他的身心，成为他最终的归宿。很幸运的是，他还跟了一位好师傅，在师傅的引导下成家立业，工地上的家和安徽蚌埠的这两个家，使他有了活下去，活得更好的唯一理由。如果不是走进工地，他又会到哪里安身去，或许如村里人预测的那样，他会在社会上成了一个罪犯，被抓进大牢里，甚至被枪毙，那么他们单家的命脉就从他身上断掉。

单抓对我说：“姐，说实话，我感谢工地，我在工地上找到自己，每天上班，身上有使不完的力气。”

我相信他说的话，他对着锚坑里呼喊同伴的声音，撞击着锚坑的四壁，那刚烈的声音在锚坑中激荡，如古代战场上吹响的号角声，催人奋进。

从上面望锚坑，352 根 H 形排列有序的锚杆像我们身上的骨头生长在锚体的肉缝里，排成一个纵横六边形的阵。从第 1 根到第 352 根，纵向 11 排，中心第 6 根索为基准索，左右各 5 排分布两侧，22 根基准索成全了南锚的脊柱，分布两侧的是它的肋骨。基准索第 11 根脊柱骨缝里，横向又是一排 10 个，中间的那一根成为交汇点，组成了一道黄金“十”字形的基准格局，护佑着 352 根索入鞍。南锚主缆入锚布置图制成一块展板，分别放在 4 号主塔主索鞍与南锚散索鞍的面前，一根索从北岸牵引到南岸，如果顺利的话60分钟左右，不顺利的话得100分钟。根据工程进度的需要，每天至少完成4根的任务量才能保底，逢风雨天，索在江上摆动过猛，将无法施工。

五四青年节这天，单抓发来微信和我说话，说索股还有9根就结束了，坚持到现在，每一天都铆足了劲干，瞎子磨刀，终于看到亮了。他很快就要离开五峰山的工地，下面到哪里还不知道。单抓的微信名叫“混沌天尊”，他自己认为，也许上辈子的他就是一位尊者，这辈子被老天罚下凡间来受苦受难，等受尽磨难了，才能再成为天尊。工地上的人说单抓脑袋瓜真的灵光，他在工地上一门心思学技术，别看年纪小，师傅一说就会，一点就通。在南锚散索鞍这边，单抓是负责人，凡是与技术有关的，他都头头是道，从每块锚板数据的计算，到各类技术参数，他都能说出个子丑寅卯来。如果不是家庭如此，单抓肯定会成为大学里的高材生。

文武双打俏鸳鸯

五峰山大桥主塔基础层承台,哑铃型,一左一右,承接起两根冲天的擎天柱。项目部有一对这样的夫妻,他在左,她在右,甘愿做那登天的桥梯。

在没进驻一分部的时候,有好几次在现场见过身背摄影包的常美兰的身影。白色的安全帽下,卷曲的短发,有些单薄,很是清秀,透着精干。见人一脸笑,眼睛弯成了月牙儿,在深思的时候,黑漆漆的瞳仁,不失刚毅之气。

常美兰除了到现场跑新闻,大部分时间在一分部的办公室,她的爱人张耀军是局指挥部的安全总监。在一分部工地现场和生活区,随时能遇见这对让大桥人羡慕的桥哥和桥嫂。夫妻俩都是老大桥人,分开过许多年,在五峰山大桥才相会两年多。这些年,张耀军一直在外面跑,做过不同项目的负责人,掌管着大桥安全质量的红线。常美兰曾经做过电工和办公室后勤人员,2017 年把儿子送进大学的门,妥善安排好双方的老人后,才来到丈夫的身边,偶然的机会,让她成为一名大桥现场的真实记录者。

张耀军是安徽明光市人,这个地方的人憨厚豪爽,那里有一个以城市命名的酒厂——明光酒厂,在 20 世纪八九十年代红透了天,仅那个酒厂的 4 个大门,绕一圈没有半天工夫,肯定走不下来。

项目部的人都晓得张耀军宠妻,叫他打狗不打鸡。生活中的张耀军,对自己吝啬到家,对常美兰不是一般的大方。好不容易得机会出了一次国,在花花世界里给她寻了一瓶护肤水,美滋滋带给她。常美兰捧在手心里闻了又闻,看了又看,那只装神仙水的玻璃瓶儿美轮美奂,那个香也真是勾人的魂,一问张耀军价格,把她吓得吐舌头,真够奢侈。这魔瓶,让她心里甜一阵,又难受一阵。她对张耀军说:“那么贵的东西，用了也不成仙，你真是傻大爷，怎么舍得下手的。”

他就是这么舍得，没办法，而且每回都这么舍得。

张耀军刚参加工作的那一年，参建的第一座桥是钱塘江二桥。那座桥给许多1960年代出生的大桥人留下了刻骨铭心的记忆。他们那时候都刚刚参加工作，正是青春年少时，身上有使不完的劲。钱塘江二桥，成为他们大桥生涯中的一个重要里程碑。他们永远记得江上巨大的涌潮，势不可挡的潮汛给他们年轻的心注入活力，他们从浪花中起步，走向更遥远的工地。在杭州文联的作家胡振写的《第二关梁》这本专门记录钱江二桥的书中，我一字一句阅读，寻找他们的身影，寻找他们的名字，无果。从他们今天的描述中看，那座世界上强涌潮河段上的第一座桥梁于1988年4月开工，1991年竣工，1992年通车，一晃30多年过去了，他们这群从钱塘江二桥走过来的年轻人，走到今天的镇江五峰山大桥，已黑发变白发。

张耀军在南京大胜关铁路桥6年，作为安全总监、质量管理负责人，多头管理，什么事都要管，压力不是一般的大。那时候没有总工程师，他代理总工程师，那年他38岁。其实他早在29岁时就当上副经理。

在南京建大胜关大桥，那是他一生中刻骨铭心的几年。在大胜关，他身兼数职，那座桥的技术含量不是一般的高，施工过程不是一般的难。他在离家最近的工地，但是家却像在远方。“最近的工地，最远的家”正是那时候像张耀军、柳桥宁等许多家在南京的大桥人的真实生活写照。从工地到家要1小时，而工地现场别说离开1小时，就算是半小时都不行。偶尔抽空回家一次，板凳还没捂热，就得火急火燎返回工地现场。

在来五峰山大桥前的几年，张耀军先后参与建设几座标志性的特大桥。

建设港珠澳大桥时，在混凝土技术上遇到致命的难题：要保障大桥项目120年使用寿命的前提是混凝土的生命力，这是大桥的生命力所在。作为港珠澳大桥项目经理部副总工程师、工程技术部长兼质量管理负责人的张耀军，为港珠澳大桥CB05标项目经理部代表，对这座桥混凝土的高要求，当时也傻了眼。业主的要求高，但也合情理，必须要高要求。夏天的温度不能超过 28 度？但在中国的南方，夏天的温度怎么可能是 28 度？只能想办法降温。怎么办？张耀军头脑活络，他想了个招，买了一个制冰机，400 万，把循环水制成的冰兑成冰水给混凝土降温。这项技术是首创。

他为这座桥付出太多太多。人到中年的张耀军，到建设港珠澳大桥时，日臻成熟老到，对工程中发生的重大难题，有了更新的认识。这座世界级的跨海超级工程，使用各种不同强度的混凝土，工程结构难度大，环境恶劣，最后他和另一位同事获得"混凝土论证工作先进个人"称号。《港珠澳大桥桥梁承台、墩身混凝土质量控制措施》成为可推广的混凝土施工经验。

1998 年，澳门还没有回归，为了迎接澳门回归，中葡双方决定共建澳门与珠海的通道——莲花湾大桥。

在 2014 年，《桥梁建设报》有过这样的报道："15 年后驻澳部队从大桥人修建的莲花大桥上进驻澳门；10 年前，大桥人献给澳门回归五周年的厚礼——西湾大桥建成，胡锦涛为大桥通车剪彩；5 年前，在澳门回归十周年之际，大桥人完成了氹仔新码头的建设。"

在建设西湾大桥时，大桥的监理都是外国人，执行的标准都是国际标准，要求神一样的严。刚开始，葡萄牙监理利马对大桥局的人很不信任，一度怀疑他们的技术能力。整个施工过程，张耀军的团队没给大桥人丢脸，高质量完成任务。利马和张耀军结下了深厚的友谊。

张耀军至今记得，1999 年 10 月底，时任国务院副总理兼外交部部长的钱其琛到大桥工地视察，建设期间，澳门总督也到大桥工地上看望大桥的建设者们。2009 年 8 月 8 日发行的 50 元澳门币，就选择了用西湾大桥做背景图案。那时候，去趟澳门真的不容易，在澳门施工与内地施工不同，人手非常有限，进澳门都限制人员，当地劳动力缺乏，民工都是从内地带进去。工期不是按天排，而是按小时排，一周的工期安排就要排满好几页纸。

那个累，随便站在什么地方都能睡得着。

有一年张耀军再次去澳门，从西湾大桥走过，心潮澎湃，在他的眼中，夜色中的西湾大桥是澳门最美的大桥。

说起氹水仔新码头，张耀军的感慨颇多。1345 根钻孔桩，1100 多根 PHC 桩，只有 7 个月工期，由意大利人设计，监理是亚洲国际顾问有限公司，在语言沟通上考验着现场总工张耀军。他就是从那个时候挑战建筑专业方面的英语的。

这 15 年中，仅这三座大桥就改写了他的人生。"各行各业的知识不断更新，要做终生学习的人。"

只要是人才，到任何地方，就像怀孕的女人一样，想藏也藏不住。

上海铁道学院毕业的张耀军，经常要与外国人用英语交流，特别是技术上的专业语言，如果有障碍，会带来多少麻烦，于是他在武汉大学进修了一年外语。后来学英语已成为生活习惯，他每天工作再忙，都坚持学英语，背单词。在工地上能与外方用英语交流的人才凤毛麟角。

这么多年，在建桥的语系中，张耀军懂得了许多不一样的桥语，并把这些语言和外语接上了头。在他的微信朋友圈，每天在百词斩过招 200 个单词，已坚持到 1048 天。

经历过这三座著名的大桥建设，加上他懂英语，起草文件都可以用英文，那年他在南京大胜关，桥还没建完，就有人想把他高薪挖到北京或者海外去，两处让他选择。

当初调到这座桥上来的时候，他立下过军令状：一定要把这座大桥建成心中最美的桥梁。从大学毕业分配到中铁大桥局，从来没有想过离开这里，大桥是自己的老东家，为了一个承诺，张耀军没有选择走。

常美兰一直到现在都抱怨他："这个傻大爷，跟他说不通，如果当时能调到北京去，全家人一起去北京，儿子后来考大学都要沾不少光。儿子在江苏参加高考，压力可想而知。"

"他把耐心都给了工作，把脾气经常带到家里。"常美兰说。

这 15 年，常美兰在南京带孩子，还有双方的老人要照应，像所有的桥嫂一样，在家中又是女人也是男人，在外面跌倒了，连哭的时间都没有，得赶紧爬起来往家奔，孩子放学回来得吃饭。

这两年到工地来陪张耀军，她一下子苍老了许多。办公室的杂事，多如牛毛，想做永远也做不完，开始她从杂事做起，后来在郭主任的影响下，开始写起了新闻报道，这一写就一发不可收拾，水平比记者还要专业。

要说写报道也是个偶然，那时候郭主任调走，报道没人写。常美兰是个好强的人，做什么事不达目的不罢休。“不就是写工地现场上的事吗？能懂技术用语，就能写报道。”

她就把郭主任写报道的活挑起来了。能有这个胆，主要是因为家里有个技术专家给她压阵。

张耀军说：“其实她从来没写过宣传报道，当时接下郭主任的事，我真替她捏了一把汗，怕她出错。好在技术上我可以帮她把关，文字上只要能把一件事说明白了，有逻辑性，能经得起推敲就成。每篇她写的报道，在技术上，都由我来帮她把关。”近水楼台先得月，因为家里有个技术高参，不会出岔子。

家里有个军师，常美兰干起活来有了胆，在张耀军的帮助和鼓励下，她拿起了相机去现场，写起了新闻报道。

“当时觉得特别难，也没有人逼自己这么做，自己给自己压力。先是模仿，多跑现场，看技术交底书，更重要的是等张耀军晚上回来，两个人一起磨，一篇稿子像研磨咖啡一样，先是苦的，有了张耀军的技术佐料，等于给苦咖啡里加了白砂糖。”常美兰写多了，便找到了窍门，越写越精。

看过常美兰写的报道，不知内情的人肯定以为她就是专业记者。

张耀军是个乐天派，逢人就会“呵呵，呵呵”傻笑。但干起事来，却喜欢干有挑战性的事情。常美兰却是个急性子，说话做事干净利落，绝不拖泥带水。在我第一次住到一分部的招待所时，以为不会停留，连生活用品都没带齐。常美兰在最短的时间里安排好一切。办公室的事情本来就琐碎杂乱，她事事亲力亲为，不允许自己出任何差错。

在工地现场，那个骑自行车去现场的人肯定是张耀军。骑自行车看现场的好处有两个：一是锻炼了身体，二来一边走一边看，可以在任意一个地方发现安全隐患。

到这个项目部来的时候，遇到的第一个困难是码头，所有的砂石料用船运来，要修靠岸的码头。张耀军在南京大胜关大桥的时候就干过这些事，别人办也许一头雾水，对他来说熟门熟路。从坐标查起，选择地点，起草方案。在长江上建码头，审批很严格，要水利厅审批，还需要海事航道评审，征求各部门意见。再与地方上谈判沟通，所有的手续都要齐全。如果用地方上的码头，一年的租金要上千万。钢筋工厂、混凝土工厂、码头这三个基础工程项目部能建好，可以节省一大笔开支，在后面的施工过程中将更加有序。

码头的大事一解决，混凝土加工厂的料塔最先在江边矗立，如火如荼的施工拉开大幕，张耀军和常美兰，一个在幕前，一个在幕后，中间是五峰山大桥施工现场的大舞台。

项目部的人讲他们夫妻，像主塔基础层上面的一对哑铃型承台，他在左，她在右，撑起百米高塔。

大江集结号

柔嫩的种子，总是会推翻其上覆压的石块。滔滔江水向东流去，浪淘尽，几多风云人物在今朝。

在五峰山项目部、施工现场有幸遇见了他们，他们并没有时间坐下来和我说大桥内外的事情，我只是在参加他们的活动中零星地旁听他们说……

二公司的正副总经理都姓杨，为称呼上的方便，项目部的人按他们的年龄和职务做了个区分。杨柳青是一把手，标准的“60”后，人称大杨总。杨忠勇是二把手，“70”后，人称小杨总。大杨总在公司的时间并不多，主要是在外面拓展业务。小杨总的风格在公司调度会上闪亮登过场，我要说的是大杨总柳青。

大杨总，泰州人，母亲生他的时候正是生产队堤坝上的杨柳发芽的早春二月。广袤的里下河大地上，沟渠边，田埂上，四节沟，三节河畔，杨柳的身影随处可见。杨柳叶子是中药，还可以固土。柳条儿，柔软中不乏刚性，随你怎么扭它，折不断。乡里人喜欢用柳条编个柳条篮子或篓筐什么的，结结实实的，用上十年八年的不成问题。

每年清明节的时候，家家户户都会去采点嫩柳芽回来摊烧饼吃。在童年的记忆中，哪怕是在缺衣少食的岁月，杨柳青总能吃上母亲摊的油烧饼。直到他长成一株茁壮的杨柳，父亲从大桥光荣退休，他顶职进了大桥工地，像一棵春天的柳树，飘移到五湖四海的大桥工地，他还是喜欢吃母亲摊的油烧饼。

里下河三泰地区的人说话直大炮，俚语多得能用船装，什么“瘸子不瘸要上天，瞎子不瞎要成仙”，“麦田里找乌龟，难找”……端着饭碗从东家走到西家，通庄的人隔几天就能造出一个新鲜的俚语来。

二月的春风像把大剪刀，走到哪剪到哪，在乡里，只要有巴掌大的土,有点水,随手插根柳枝,它就能活。母亲说起儿子的命,比瞎子算的还要准三分。她说:"我家柳青,就是一棵柳树投的胎,天生就是一棵柳的命,能屈也能伸,插到哪儿都能活。"成年后的杨柳青应了母亲说的话,到大桥上扎下根后,走南闯北,越来越精壮。小的时候,家里姊妹好几个,男孩子们总是闯祸精,偷鸡摸狗的事不敢做,但调皮捣蛋的臭事少不了他们,晚上回家屁股上少不了要挨几鞋底儿。杨柳青也皮,是那种打死也不吱一声的犟种,像柳条枝一样,在母亲的巴掌下如风吹杨柳东倒西歪,就是不招,那韧性够强。

3 岁的小孩子都知道柳树,但是未必知道像柳树一样的人。

杨柳青,就是柳树一样的人。二月的春风把 20 岁出头的杨柳青吹进了大桥工地,东南西北中,吹着他走过许多工地,一直到 2015 年,秋风又把他吹进五峰山绍隆寺旁项目部的活动板房里。这个项目部离他的老家近,离他在南京的家也近,但这些年他习惯了吃工地食堂的饭,睡活动板房里的床,更重要的是,他的战场在这里,所以他回家也很少。偶尔回到家乡,左邻右舍,老一辈的人许多化成了灰,故乡远成了一个符号。

大桥上有不少 1960 年代出生的人,现在大多数年过半百,那时候的他们大都从普通的工人做起,拌过石子和黄沙,扛过钢筋和水泥。杨柳青也不例外,别人吃过的苦他吃过,别人没吃过的苦,他也吃过。

与他共事久的人都知道他的臭脾气,嘴臭心软,说话耿得很,做事很少拖泥带水,高兴的时候笑得震天响,不高兴的时候,脸拉得三尺长。有些人天生嘴恶心善,有些人则相反,杨柳青属于前者。

三十八九度的天,他从外面回来也没歇着,车直接开到南锚现场,安全帽反正就在车上,戴了安全帽下了车,直奔南锚现场。转了一圈汗直披,脸晒得红通通往值班室而来。

两个毛头小子技术员在南锚上站了半天,大腿根子发酸,汗流浃背。两人先到值班室灌几口凉开水,一屁股坐在值班室门口的凉篷歇歇脚,刚坐定习惯性地摸出手机玩游戏,压根没想到大杨总从现场踏着他们俩的脚后跟来,而且几步就跨到他们面前大声喊起来:"你们就知道玩游戏,早晚有一天要玩成个傻子,有时间就不能看看图纸资料,提高自己的业务能力……”他们玩得太入神了，一点也没觉察，见到大杨总如同猫见了老鼠。他们两个头还没来得及抬起来，大杨总正两手叉腰，眼珠子瞪得鼓鼓的站在他们面前，浅蓝色工作服胸口汗湿了一大块，喘着气，一肚子的怒火，朝两小家伙劈头盖脸喷了过去。两个技术员给他这么一惊，当时傻了眼，掌中的手机不知道该不该收起来，两个人像被施了魔法，木头人一样，屁股被钉在椅子上，愣得一个都没站起来。等值班室里的人听到大杨总的声音，开门出来把两个发痴的小伙子支开时，他们才反应过来，拔腿就奔。

大杨总训起新来的年轻人，就像老子训儿子一样，半点情面也不会留。那脸涨成猪肝色，每句话砸向他们的脑袋，恨不得要把他们的脑门上砸出个坑来，指着他们的鼻子往死里骂。他实在是恨铁不成钢，骨子里真心喜欢这些小子们。

这帮难管教的小子们，没少被他骂，但很少有人记他的仇。大杨总在他们取得成绩的时候，对他们的夸奖也从不吝啬，那张脸笑得像弥勒佛，好话直滚。

项目部的年轻人要买房子结婚，钱不够，大着胆子向他借，他二话没说，拿出自己的银行卡，转出几万。用他的话来说：“以后的工地全要靠这帮小家伙。子不教，父之过。教不严，师之惰。谁家不是多年父子成兄弟。现在对他们管教不严格，以后他们怎么能够独当一面，挑起重担子。但是他们生活上遇到困难，该出手时就出手。”

有好事者给大杨总柳青起了个绰号，“杨恶霸”。后来传来传去，被传成了“阿爸”。不过，在这个工地上，他还真是所有人的“阿爸”，特别是对于年轻一辈来说，他们离父母太远，有些人自控能力又差点，经常被这个“阿爸”骂得狗血喷头，也算是他们和“阿爸”前世修来的缘分。

2018 年 7 月底，正是热得着了火的月份，因工作需要，牟翔在温州的工地仅待了一个月，人员还没来得及熟悉，就调到五峰山大桥一分部接替陶俊项目经理一职。

温州比在镇江热得多，镇江在江苏境内气候还凑合，不像真正的南方那么热得让人发疯。

这是牟翔对镇江的第一感觉。

工地上的人，四海为家，适应力强，牟翔调到镇江来没几天就习惯了这边的气候。

牟翔来的时候，4 号主塔正在进行横梁施工，没赶得上 5 月 15 日这天主塔封顶大典暨主桥攻坚大会。那一天省、市分管交通的领导到现场来祝贺，各大媒体的长枪短炮对准了插满红旗的主塔狂拍。那一天，新华社的直播车停在江边的会议中心门前，所有的设备全部打开，14 人小组提前一天入驻工地现场，一大早就来到江边定好直播车的方位，万事俱备，只等主塔封顶的吉时。新华社的总编与社长亲临现场，社长被请到会议中心的休息室，总编在现场指挥直播。主塔红旗飘展，江边的会议中心，人头攒动，各项目部组成的方阵站在太阳底下，前面的一排拿着旗杆，等吉时封顶的时刻，旗手们要举着旗杆到台上去挥舞，他们每个人的脸上都是一层油汗。主塔上，工人们提前一天就把长横幅披上主塔，把主塔打扮得喜气洋洋。夜晚的主塔下，四公司的总调朱治国组织民工们放烟火庆祝。

虽然错过封顶，对于这样的场面牟翔见得也不少，对他来说倒也不稀奇。

“80”后的牟翔是重庆人，毕业于重庆交大，2004 年参加工作。快奔四的年龄，精力与经验是最好的年龄段，历经过 4 座比较大的桥。从东海大桥开始，到南京大胜关大桥，荆州公铁两用大桥，一直到现在的镇江五峰山大桥。

说起刚参加工作时所受的罪，现在算是享福了。

牟翔记得第一个参建的东海大桥，是在海上，工地上没有房子，就住在桥墩上面的箱梁里。外面是混凝土，中间空心的。这种箱梁，白天和晚上的温度一样，都在三十七八度，温度降不下来。工区在海上，手机没信号，电视也没有。冬天冷得打哆嗦，夏天热得头发晕。22 岁大学一毕业，他就到了工地现场，那时候的工地，真是遭罪。

牟翔说自己是个幸福的人，上大学的时候就把人生中最重要的婚姻大事定了下来。两个人是大学同学，共同的专业，兴趣爱好也相同，对他来说解决了后顾之忧。两个人成家后，把家安在南京，爱人在机关上班，照顾孩子。好在南京与镇江很近，来去方便得很。尽管如此，他和所有的同事一样,回不去。每个人都要和现场相依为命,24小时都处于待命状态,手机不能关机,随时都可能会有事。

对于项目负责人,肩上的担子比别人更重,如果离开工地5天以上,要给总经理请假。

安全管理抓得特别紧,从总经理,到分部经理,安全部门负责人,现场负责人,直到专业安全员,青安岗,群安员,一层一级抓,各部门之间的大小检查全面覆盖。开放式作业,作业场地阔大而且远,又是高空作业,难管理,如果出点事有时候真的搞不清到底怎么出事的。工人们每天都很辛苦,工期紧,人少,事多。这段时间又在猫道上施工,更加辛苦。

每一座桥的技术参数都不同,来自现场的经验很重要,有些可借鉴,有些无法借鉴,全要靠我们自己去钻。

这是建这座桥每个人的困惑所在。

当说起施工过程中所遇到的困难时,牟翔说现在好了,以前解决不了的问题,现在都能解决。以前造桥前瞻性不够,包括人员、材料、资金等安排。比如九江大桥,成为计划经济时代的最后一座桥,也是让后来建桥人诟病的一座桥。现在遇到的最大困难并不是技术和资金问题,而是人员问题——合格的高素质工人。几个项目部的书记岁数差不多,崔书记年龄最长,现在项目的管理人员年轻化,都是40岁以下,新老交替出现断层,缺少40岁到50岁之间的中坚力量,他们见得更多,经验更丰富,抗压能力更大。

除了管理人员的缺失,还有现场的技术人员,都是大学毕业5年内的技术员,每天站在现场旁。他们的工作经验太少了。最大的人员缺口还是在工人,上一代的工人都老了,年轻一辈的跟不上,每个工地都是这样。现在技术化管理,都是定员定编,控制成本。就四公司项目部90多人的吃、住、工资、车旅费,每个月净支出130多万,哪怕工地停工都得开销。项目部的职工有一批在20世纪80年代末90年代初顶职人员,他们都50开外,面临着退休,许多事他们干不了,需要项目部照顾,只能安排到一些轻松的闲岗上去,比如门卫、司机、食堂、招待所等安排的都是大桥内部职工,仅食堂里就9个人。他们为大桥贡献了一生,与大桥有着深厚的感情，要说一代代大桥人，奉献了青春献子孙，这话一点也不假，他们的后代有不少在大桥。如今他们老了，体弱多病的老职工不在少数，更需要年轻一辈们的照顾。不能把他们撇下，于公于私都要把这批职工养起来。再过 10 年，这批职工退休后，人员会减少一半，项目部只需要 40 个管理人员就够了。目前无形之中多了一半人，但他们也在发挥作用。

人员就像工地上的一棵大树，从领导层的根部，到树干，枝叶，一枝一叶总关情。工地现场的管理最难，真的是老虎吃天——没法下爪。工地现场如展开的棋盘，起手无悔。

在中国，主缆牵挂速度目前五峰山大桥拉索是最快的，这支专业拉索的作业队伍里有一流的工人，他们太辛苦，每天 5 点就要从工区出发，每天技术交底，班前 10 分钟每天都要说。纵观全球桥梁的发展，中国是最领先的，这些都离不开国家的经济支持。

对于安全问题，没有人敢大意。如果发生重大安全事故，是要判刑的。但人是最不可控的，哪怕他们的技术再精湛，还是会有大意的时候。安全事故无小事，一字之差要人命。

5 月 10 号央视最后一次来现场拍摄第 352 根主缆过江，牟翔顾不上吃早饭，到食堂抓了只煮鸡蛋，风一样跑出食堂门。等我反应过来，也风一样跟在后面去追，想跟他的车一起去北岸，一直追到大门口，他的车已风一样冲出电子门，很快便消失在东霞寺的路口。

牟翔做事的风格像重庆人，干净利落。

这天早上最后一拉，摄制组要从他开始拍起，他要到北岸的放索区介绍拉索的要点与过程。面对摄像机镜头，牟翔拍打着准备过江的最后一根索股，像拍打着一位熟人的肩膀。这些年他一直在工地现场摸爬滚打，无论把他放到哪个位置，他都能稳稳当当做得很好。

尽管他没能参与五峰山大桥全过程的建设，是中途插班进来，但后面的战斗更加激烈。他向我介绍说：主塔上面的观光台，上游的猫道 68 天就完工，这在大桥史上都很罕见。一根 2000 多米长的钢丝绳要几十万，如果磨损得太多，就得换。如果不是要留点时间保养卷扬机、导轮索、钢丝绳，拉索的速度还要快。接下来的事情仍然很多，一天都停不下来，看上去不起眼的事，样样都要做到位。

五峰山大桥将于2019年年底钢梁合龙，为2020年的高铁线路铺设道砟做好准备。年底，他们即将全部撤离现场，牟翔和同事们又将奔赴新的工地，开始新的征程。

刘凯和牟翔是同龄人，最近刘凯忙得有点焦头烂额。除了指挥部的事，根据上级通知，他被公司选中去省里参加“交通强国，彰显青春风采”为主题的演讲比赛，他要把演讲稿打磨精，还要背下来。这次演讲是代表五峰山大桥项目部去的，不能给公司丢脸。

作为主抓安全和质量的部门负责人，虽然是独立的部门，但现场施工的管理是一个综合性的事件，决策非常重要，他要通过自己的学习与经历，把控现场。

刘凯说到大桥建设过程中所遇到的问题，还是人员问题。原来大桥有自己的职工，但现在没有，只能外包给资质合格的单位来施工，大桥局原来的职工变为管理人员。伴随着国家基建工程的不断发展，大桥项目部年轻人越来越多，他们是大桥建设中的生力军。比如，二分部的杨忠勇是1978年，牟翔是1982年，他们都很年轻。在以前这么年轻就当项目负责人是不可能的，那个年代的项目经理至少要50岁。

年轻人有朝气，也有冲击力，唯独缺少现场经验。项目的成与败，投入的大与小，年轻的项目经理综合能力还有点欠缺。

刘凯一直在安质部。刚分配的时候，刘凯一直在项目部，没有到现场。在铜陵大桥时当副经理，安全总监，在铜陵5年，后来才调到牟翔的这个项目部。

“其实我们现在最需要经常换换岗位，在不同的部门学习更多的东西，对整体的素质提升有很大的帮助。我觉得一个年轻的管理者，应该多到一线去，然后再参与到管理层面，这样在管理过程中，可以学到许多东西。”

在经营管理方面，刘凯自从到了这个项目部，跟着项目总指挥长陈明学到了许多东西，特别是在整体把控上，需要一定的魄力。像陈总这样的人，在项目部除了没做过财务，其他的全部做过。

国有企业，与其他的企业不同，承担社会责任，必须有一定的高度。

“我就是管现场的，平时工作太忙。”

2004年毕业于大连交通大学的刘凯，今年评教授级高工，要准备论文，要答辩，想评高级职称，有许多硬性指标，要有科研成果才行。

大学毕业后，他第一个参建的大桥是东海大桥。那时候在项目部，每天到现场，资料没现在这么复杂，8份台账，按部就班一件一件做。不像现在台账多，可是人手太少，被工作留痕束缚手脚，甚至影响到决断者的思路。

东海大桥是中国真正意义上的第一座跨海大桥。由东海大桥借鉴建造了杭州湾大桥，由此制定了行业标准。现在的五峰山大桥，也将是制定行业标准的一座桥。

在东海大桥的时候，三个公司，每个公司200多号人，项目部就有大几十号人，正式职工千把人。

刘凯参与的第二个项目是深圳后海湾大桥，连接香港，在深圳的南山区。那个工程结束后就到了南京大胜关大桥。从2006年一直到2010年，工程收尾的时候，他调到了铜陵大桥，从2010年到2015年，然后就到了现在的五峰山大桥。像游牧民转场一样，每个大桥人都在不断转场。

这一路走来，刘凯有过困惑：“这几年，困惑很多，这与体制有关，与实际工作没有关系。很多管理，希望程序化与标准化，但是又牵扯到项目上的管理还不是真正意义上的科学管理。管理要经过三个阶段，人治阶段，靠人去治理。项目经理的水平，决定了管理水平。国家的法律法规很多，但很多人认知不到位。程序不能虚设，要大家遵守执行。有些事情可以方便，有些事不能，这是原则的事情。”

刘凯的老家在陕西富平，风沙大，以农耕为主，缺水。秋收结束后，全是裸露的土壤，盐碱化程度高，需要水来稀释改善。虽然有泾河与渭河，但是要开发水资源，特别是在北方，是件困难的事。

“水是万物之源，现在我们那儿要修湖，上千亩的湖，把水引进来。”

“那时候家里人不同意我出来，但我也不想在家里。如果重新选择，我宁愿回去，不愿意在外面漂泊。不是反感这个行业，而是总觉得隔，这种隔让人很痛苦，剪不断，理还乱的感觉。”上大学的时候刘凯就想出远门，有一颗游历的心，为了到泰山去看日出，把生活费省下来去游玩。大学毕业后到东海大桥，第一次看到辽阔的大海，一种永恒的壮美把他给镇住了。才去报到，他心都不在工作上，整天觉得被海浪簇拥着，人是那么渺小，没有边际的大海流向远方。刘凯的心被海水浸润的时间一长，开始厌倦海上的生活，工作就是工作，哪有那么多的浪漫。下班后的单调无味，让他感觉浑身不自在。

项目部是个大集体，年轻人的情绪忽东忽西也属于正常现象，在师傅们的指导下，刘凯的心思很快收了回来，开始紧张的工作，为日后的管理工作奠定了坚实的基础。

现在管理者不好当，好多事不可能面面俱到，如果你没到现场，一旦出事，要承担刑事责任。现场发生的任何事，不管大与小，只要你是管理者，哪怕不清楚现场的情况，哪怕你与这件事没有多少关联，如果追究责任，都是连带责任，因为你是工程的参与者。

参与者，已然不是一个单独的个体，而是代表全体的意志。

"真的要感谢五峰山项目，在这座桥上，我有了可爱的孩子。"

2013 年的时候，刘凯给公司打报告要调回去。夫妻两地分居，孩子还没有。那时候正好在铜陵大桥。其实那个桥还没结束，又中了一个标，眼看着就要到别的地方去。公司很快就批准了，答应铜陵大桥收尾了把他调回来。

2016 年 11 月，刘凯调到五峰大桥项目部，12 月 11 号孩子出生。本以为孩子是双 12 出生的，还是早了一天。前一天妻子还在单位参加党代会，当天晚上 3 点羊水就破了，5 点送到医院进产房。妻子到了医院才给他打电话。刘凯 7 点多等陈明起床了才请假，从镇江出发。到南京 9 点多点，还没生。到下午 1 点 26 分出生。

刘凯一直觉得这个孩子应该属于五峰山。小家伙和妈妈一起来工地，玩起来那个疯劲，一直感染着刘凯。夜幕下的生活区，灯光被黑暗中的圌山吃掉一部分，虽然不算明亮，刮过来的夜风清凉无比。看着孩子到处奔跑，刘凯觉得幸福就是这么简单，从每个毛孔溢出来的是满满的舒畅。

一个项目经理不好当，管一个项目，成本不返工就是利润，今天干了明天推倒重来，这也是利润。做任何事想好了再干，不浪费成本。比如南锚的开挖，从方形变成圆形开挖，节省了2000万。方形要开挖边坡，一比一的坡开挖，方形有四个角。有直接的显性成本，还有隐形的成本，看不到的工期成本，虽然没有人去核，但能算得出来。主塔承台施工的时候，现场多达300人，场面浩大。2台100吨的龙门吊机，3台履带吊机，一个月的机械台班费就24万多。人工工资一天算300元。只用了20多天，承台就打完，工人们正好过年，留了一小部分工人做承台养护拆模板。来年复工，工人到场，开始第二次浇混凝土。整个承台施工，只用了2个月时间，至少节省了2个月时间，把对岸的二航甩了一大截。

陈总算了笔账，项目管理费每个月100万，6个月时间就是600万，一共有2个项目部。

刘凯对陈明的经济理念非常敬佩。他能接手一个亏损十几亿的项目，干到不亏损，还有上交，这是管理出来的成果。他用两个冬期省了6000万，冬期不施工，也是节省，但能保证工期，控制了整个的施工成本。

南锚碇开挖，挖机增加了十几台，150吨的履带吊机4台，增加大吊斗。比工期要求提前2个月。杨忠勇是节约型的，最后陈总采用这种方式倒逼工期，比预想工期又提前了几天，这也是成本。8个月的总成本费是死的。

有位智者说：人这一生其实是定死的，白天醒的时间与睡觉的时间老天爷都给你定死了。很多人在年轻时很辛苦，睡得很少，结果发现寿命很短。那些睡眠多的人，很长寿。人是有规律的，不能违反。现场实际也是有规律的，不能违规。

“说实话，我们这代人也是大桥局不惜成本培养出来的。”

要能在一个项目上独当一面，就要懂得管理。培养一个高级管理人员，对项目的盈亏有决定性作用。而培养的成本太高了，要十几年，几十年，上亿的成本。大桥局是其他单位的培训基地。

“我的孩子与五峰山大桥共同成长，建这个桥的过程，如同守望一个孩子的一天天长大。为了这个孩子，我和老婆吃了许多苦，好不容易盼到这个宝贝。”

在南京参加演讲时，刘凯是8号选手，整个演讲的过程很顺利，像演讲，也像汇报材料，互相融合，全靠现场发挥。因为胸有成竹，上台的时候，刘凯并没有紧张，更没有卡壳，自然到位。最后现场评委问了些倾向性问题，他问刘凯：“你与2号选手有什么区别？怎样来突显五峰山大桥的特点？”

“我们这个桥是国家也是世界第一座铁路悬索桥，当前对铁路悬索桥是没有标准的，这就要求我们在施工过程中去总结、归纳，等这个桥施工结束，根据这座桥的施工经验，要出台一系列的标准，为后续的铁路悬索桥提供参考。我们青年人在这个工程中，在既有的标准和规范中去施工并不是普通的概念，对这座桥的关注程度不一样。”

刘凯的这次演讲很成功，得了奖。

7月，大桥紧缆结束，江上的猫道上又开始了新一轮的忙碌，安装索夹，下一步将进入架钢梁阶段，离年底贯通更近了一步。

建军节后的第三天，工匠们开始安装索夹，白色的索夹点缀着主缆，给1.3米直径的主缆穿上“铠甲战衣”。距离江面190米的高空中，现场工人们熟练地用对讲机呼叫，引绳上的两套简易滑车将索夹运送到设计位置。然后几个人齐力将索夹上下对扣在主缆上，用12套特制螺栓锁紧固定。这索夹重达10.5吨，一只螺栓21.3千克，仅一个螺母就有2.5千克重，全桥共计254个索夹。

镇江市交通局副局长陈峰林是五峰山大桥的常客，作为一名建筑行业的高级工程师，他参与过市范围内的重大道路施工工程部指挥。在镇江建这么大的桥，是镇江交通人的荣耀，每逢大桥进入重点工序，他都会来看看正在建设中的大桥。

在镇江市交通局办公大楼7楼，见到副局长陈峰林。他把一份最新的关于连镇扬铁路建设的通知放到我面前。镇江交通局、铁路办在镇江五峰山长江大桥的建设过程中做了许多工作。社科联作为课题《长三角一体化背景下连淮扬镇铁路对镇江发展的影响分析及对策建议》立项，在大桥雏形阶段，市交通局在前期决策阶段，规划思路的形成以及方案的研究上做了许多事。

陈峰林说了许多我在大桥从来没有听过的事情。五峰山长江大桥的建设规划了许多年，早在润扬大桥研究方案的时候，五峰山大桥的桥位与润扬大桥的桥位同时比选研究，当时选择了先建润扬大桥，五峰山大桥就进入了储备阶段。宁淮扬镇铁路项目前期的研究论证阶段时间很长，要拿出对镇江交通、经济最有利的方案。

建设单位中铁大桥局在我们国内代表最高水平，同时也是世界建桥水平的高地。世界建桥的最高水平在中国，中国的最高水平在中铁大桥局。

五峰山大桥中的 9 个世界第一，都是从最先进的技术与设备中诞生，将成为世界建桥的技术高峰。也只有在中国才能发生这样的奇迹，从人才储备，到中国的建桥技术，都是一个不断积累叠加的过程，全世界任何一个国家都没有这个基础。

大中国雄厚的国力，孕育了这支强大的队伍，催生了一座座拥有世界顶尖技术的桥梁。

在美国，1950 年代建的桥都生锈了，随着建桥工程师的老去离世，新一代的工程师在学校学建桥专业，但毕业后从来没机会摸锤子。

新中国成立初期，中国的建桥技术全靠苏联，我们的技术规范、标准、试验方法、教科书全是从苏联的技术模式照搬来的，我们在别人的基础上消化吸收。新中国成立以来，我们国家交通的发展经过很长时间的积累才达到今天的世界水平，到 21 世纪开始发力，其内在因素是人才的集聚，外在因素是国力。中国的交通开始进入突飞猛进的大发展时期，创造出一个个奇迹，包括高速铁路的质量、里程、标准全部刷新了世界纪录。

陈峰林说："高铁最怕路基变形，不能出现偏差。1000 多米的主缆，远看像细面条，要保证轨道的稳定性，误差不能超过 5 毫米，是很困难的一件事。"

这些最难的问题，对中铁大桥局而言，却不再是难事。

结 尾

中国著名的桥梁专家茅以升的故乡就在镇江的五条街，他把毕生的精力奉献给桥梁事业，但他一生中没能为镇江建一座大桥。直到21世纪的今天，中铁大桥局四公司和二公司正式进驻镇江五峰山江畔，当第一根钻孔桩稳稳地楔入地心的那一刻起，在茅以升的故乡终于有了一座自己的桥。

在312国道边的南山风景区栗子山公墓，有无数的墓碑，长眠于此的人有将军，有平民，也有科学家。冬日的阳光不算温暖，山风阵阵，墓园里百鸟齐鸣，满地的落叶发出“沙沙”之音，似乎在诉说着他们曾经的故事。在五峰山大桥开工一年后的某一个冬日里，我曾拾级而上，到公墓的最高处去参拜一座特别高大的碑，这碑是镇江市人民政府为茅以升大师立的一方墓碑。在他的胞衣之地，如果能用一座桥来纪念他，当然比一方墓碑还要有价值与意义。为什么茅以升的墓碑有别于其他的墓碑，当然缘于他一生为桥谋福祉，也是为人谋福祉。他自小离家，为桥奔波一生，无论走多远，他的魂最终还是要落在镇江。站在栗子山公墓的山巅之上，并不觉得寒冷，遥望五峰山麓大桥建设工地现场的方向，那里的一支建桥劲旅，正忙得热火朝天，4号主塔已超过百米，在蓝天白云下节节攀升。

直到走进大桥工地，方知这座集世界9个之最桥之伟大。从设计到施工，没有现成的经验可借鉴，只能成功，不能失败，要对面这9个之最，意味着必须要超越前者，这担子，压在造桥人的肩上，超过了桥本身的重量。

每一次走进江边4号主塔左边的会议中心，五峰山大桥长长的模型拽着你的目光。模型的设计理念简洁，桥身轻盈灵动，与五峰山的灵山秀水融合在一起，让每个人都渴望靠近它。长久地伫立在桥模面前，不自觉地去想象设计这座大桥的人的模样，并尝试着去想象他的思想。

大师有生之年在桥梁界征战，一生的成就已载入史册。在茅以升的故乡，继茅以升之后走到镇江来的桥梁设计师，究竟是一位怎样的人，倾尽毕生的才华，为了能在江水之上接通一条天路，殚精竭虑。

这个人，就是茅以升的校友，中国桥梁界的另一位卓越的桥梁设计大师徐恭义。

徐恭义和茅以升，他们都毕业于西南交通大学，天生为桥而生的两位学者型的专家。这两位大师，虽不是同一时代的人，但都是善于独立思考，有独立精神的桥梁专家。他们的设计理念都同样朴素，就拿这座五峰山大桥来说，长江流至五峰山突然拐了一个弯，水面变窄，海轮的航道与内航的航道并行在这片水域上，水上的交通非常繁忙。为保证航道的通畅与安全，大桥最理想的是能一跨过江。徐恭义说：桥是水上的障碍物，所以在设计时要尽量给水上减少阻碍，为长江未来的发展留有更大的潜力，就需要采用特大跨度桥梁。从结构受力来讲，最有利的桥型就是悬索桥。

茅以升在武汉大桥、钱塘江大桥树起了一座桥的丰碑，编写出《中国桥梁史》《中国的古桥和新桥》，今天的徐恭义，让“中国桥”不断刷新着世界桥梁的纪录：世界排名前10位的跨海大桥，6座在中国；世界排名前10位的斜拉桥、悬索桥，7座在中国。世界最长的跨海大桥港珠澳大桥，被英国《卫报》誉为“新世界七大奇迹”之一。世界最高的桥——北盘江大桥，桥面距离谷底约565米，相当于200层楼高。

纵横国土的高速铁路，跨越千山万水，这座桥在中国乃至世界桥梁界，都将是顶尖桥梁，而设计桥的徐恭义同样是顶尖人物。五峰山大桥，是当今世界上第一座可以跑高铁的公铁两用悬索桥，首次实现铁路桥梁一跨飞越长江天堑，是世界上跨度最大的双层公铁两用悬索桥。

茅以升与桥的缘起，可以追溯到他小时候在镇江看龙舟赛。人太多，桥太窄，人把桥给压塌了，砸死淹死了许多人。这件事对茅以升的影响很大。他从小就立志，长大了一定要造桥，从此与桥结下了缘。

造武汉大桥的时候，中国的造桥技术还要靠苏联来支持，这是茅以升一生的遗憾。同样是在武汉，徐恭义作为总设计师主持设计了国内特大跨度斜拉桥武汉青山长江大桥。

现当代的桥梁大师徐恭义与桥的缘起，是这个时代的需要。在大师茅以升的故乡镇江设计这座五峰山长江大桥，也许是一种巧合，也许是冥冥中的天注定。徐恭义的设计强项是悬索桥，在所有的桥型中，跨度能力最大的就是悬索桥。但直到20世纪90年代，中国才有能力修建这种桥，此外，悬索桥还有个致命的缺点，就是抗风性比较差。

徐恭义这个名字，在桥梁史上称得上是奇迹。2018年6月12日，在美国第35届国际桥梁大会上，中国桥梁设计师徐恭义获得约翰·A·罗布林终身成就奖，成为史上第一位获得此荣誉的中国人，同时也是最年轻的获奖者。

他说，虽然现代的桥梁厉害，但没有大的经济环境，没有大的财政能力，造桥这样的行业，是没有机会发扬光大的。1963年出生在山东青岛的徐恭义，可以说是赶上了造桥的好时代，国家经济飞速的发展，路桥事业的发达，也标志国家经济的蓬勃发展。新时代需要更多的桥来做大铺垫，这就催生了一批批桥梁业人才的出现，他们为桥请命，为桥攀登新高峰，成就自己的同时，也成就了中国桥梁在世界上的顶尖地位。

至2019年，是徐恭义从业第35年，作为我国现代悬索桥设计领域的技术领军人，他总说，作为一名桥梁工程师，就应该有“留存永世”的信念，每一座桥都应该成为经典。这么多年来，他一直奋战在生产第一线，和桥上的工程师们打成一片，主持设计了澳门西湾大桥、柳州红光桥、东莞双层公路大桥、滨州黄河公铁两用大桥、沿江铁路鄱阳湖特大桥等30座大型桥梁工程的设计工作；作为项目负责人设计了汕头海湾大桥、西陵长江大桥等20座不同类型的桥梁。包括现在的特大跨度悬索桥杨泗港长江大桥、镇江五峰山高速铁路和高速公路两用长江大桥等重大工程。

在五峰山长江大桥的江边会议室，徐恭义穿着一件红色的夹克衫，和大桥部工程师冯广胜他们坐在一起召开关于五峰山大桥设计变更的会议。作为设计悬索桥界的领军人物，徐恭义虽然设计过许多大桥，但像五峰山这座大跨度的公铁两用悬索桥还是头一次，所以他每次到五峰山来，都特别开心，一件普通的红夹克平添了更多的活力，能看到自己设计的桥，心生欢喜。

如果没有大师级的造桥人，中国的桥梁史势必会改写。一座将成为这个城市地标的大桥，如果具备了“简单、实用、坚固、耐久”等一系列优点的话，想不成功都难。

“水从碧玉环中过，人从苍龙背上行。”中国，被称为桥的故乡。比如河北赵州桥由隋朝石匠李春设计建造，是世界现存最古老最雄伟的石拱桥，这些在青山绿水间仪态万方的中国古桥，装点了壮阔河山。

“中国桥”的“国家名片”背后，有数不清的中国桥梁设计者和建设者的智慧、压力与付出。徐恭义虽然屡获国际大奖，却异常谦恭，他认为自己资质愚钝，并把阿甘视为精神偶像：至真至纯，专心做事，厚积薄发。他认为，中国桥梁能够闪耀世界，也是在逆境中不断进取的结果。

如此浩大的建设工程在一个地方落地生根，它离不开民间与非民间的种种铺垫，五峰山大桥同样如此，而且这里的一切本不需要刻意去铺垫，它的昨天、今天和明天本来就很辉煌。

五峰山之巅的五处山峰，像撑开的五根手指拢住山下的绍隆寺院，此山与对面圌山之巅的报恩佛塔遥遥相对。这里曾是西周宜侯的封地，新中国成立后，这里曾发现国宝级文物宜侯夨簋。宜侯的墓葬就在烟墩山上。在山上行走，有些稍平坦的地方种了山芋、南瓜等，藤蔓一直游进的小树林，散落着当地人坛葬瓦罐的碎片。相传秦始皇一统天下后，一路东巡，途经丹徒，长江之滨的高山，一路蜿蜒，如一条青龙盘踞江边，瑞气盈盈，始皇帝担心此地再出一帝，把原来瑞山的“瑞”字的“王”旁去年，还用个框箍了起来，成了今天的圌山。

悠悠千年，始皇帝的担忧还是在21世纪的今天实现，这里祥瑞的王者之气从来就没有断过，就说金山寺著名的下院绍隆寺内有一块方桌大的地，年年都在长高，由不得你不信。当地人说，这是地底下的龙气在不断往上钻，那条蛟龙在圌山底下翻腾至今，抖尽泥泞，渐露强鳞，积蓄了千年的力量，已势不可挡，而今这条盘踞于地下的金龙再也蛰伏不住，是它现身的时刻到了。于是，它化作江边的大桥，用五彩斑斓的金色之躯托起长江之滨的桥，飞越过江。这条龙等待的时间太久太久，事实上这个神奇的地方，有数不清的传说，远比古籍《山海经》更经典，但并不荒诞，许多故事皆有历史考证。

一个重大的工程伊始总有神奇的过往，如今古传奇。五峰山大桥从开工到现在，也同样如此。如同战时出征打仗，粮草须先行。建筑行业，钢筋混凝土最是拿魂。在五峰山下先建的这个混凝土加工厂，保证了整个工期中混凝土浇筑的艰巨任务。从王家祠堂那边过去，原来有一个长长的之字形水泥台阶，望之不高，却鲜少有人能一次登顶。立于过江塔下，颇感塔的气势，塔周有一半米多高的水泥围墙，人在墙边，看楚天高阔，则另有一种心胸：逝者如斯夫。塔南则是个巨大的山谷，五峰山大桥南锚碇的选址，便是在这山谷中间，谷间有一财神庙和一土地庙，方圆几十里的信众们每个月初一十五都来烧香。塔的东南方则是绵延的圌山山脉。沿围墙走一圈，看不尽遥山叠翠，远水澄清，江山之胜，恣情览观，满溢情怀。五峰山上有多处战争年代留下来的痕迹，这一带碉堡众多，掩映在树丛中，有水泥圆顶，射击的方窗。这碉堡是国民党所留，在吴家村和王家湾村民处得到证实。捆山河东是泥制暗堡，呈扇形，这段江面水流湍急，暗礁密布，是长江下游最险的一段，行船人称"雷公嘴"，动便食人。当年新四军就是从塔下碉堡对面过江，在五峰山江设防。1949 年 4 月，人民解放军突破长江天堑，占领南京后，毛泽东以其磅礴的气势留下脍炙人口的诗篇：

钟山风雨起苍黄，百万雄师过大江。
虎踞龙盘今胜昔，天翻地覆慨而慷。
宜将剩勇追穷寇，不可沽名学霸王。
天若有情天亦老，人间正道是沧桑。

又是在这么一处险要的沿江五峰山下，中铁大桥的建设者们，投身到这里，在日月星辰下起步，从无到有，在这片山谷里开辟出一片新的天地。

在建筑大军的这个行当里，流传着三个简洁的名词：金桥、银路、铜房。意思是造桥技术含金量是最高的，也是最辛苦的，修路、造房次之。建桥的人们一去经年，长年在荒郊野外漂着，平均两年要换一个工地，像大地上移动的一根孤独的劲草，桥建到哪，就在哪里生根。

自天地玄黄开始，大地上先是有了草，后才有人，草有着空前绝后的长度，永恒自然界的高度及人类文明相生相长的厚度。也许当地球成为草木世界后，才有姗姗来迟的人类始祖，先人留给我们更多的关于草的韧性与大德的基因。也许在未来的岁月里，压垮人类的有可能是一根草；拯救人类的，也可能是一根草。那么，长江上的一座座桥呢？它们渡的不仅仅是人类的脚步，还有更广阔的精神宇宙。

我们的祖先很早就拥有遇水架桥、逢山开路的能力，凡是有桥的地方，起初都是蛮荒的草木之地，每一座桥，都是从荒草中一点点成长出来的。中国的建桥大军，正是由这些有草木情怀的民间英雄组成的钢筋铁骨的世界，他们的脚步紧随现代建设科技的前进而挺进。

大桥人的语言谱系直白明了：钢筋、混凝土、钻孔桩、钢护筒、桥墩、悬索、钢桁梁。和大桥人对话爽直，一句就能见心底。在这些经典的名词后面，中铁大桥局从建设开山之作武汉长江大桥至今，风雨几十年，在中国辽阔的大地上开疆拓土，建造了无数的经典桥梁，使天堑变成通途。它们连接起海岛与大陆，连接起山里与山外，连接起东西与南北，用时间把空间缩短，实现世界上第一的跨度与速度。

后 记

一直想说一说中铁大桥局，总没有找到合适的机会。思考了很久，最后决定放到后记中来压阵才算妥当。

像五峰山脚下南锚碇这个巨型秤砣，把万吨之重的大桥稳稳压住一样，中铁大桥局的建设者们制造了这样的大国重器，为中国铁路悬索桥的建设立下了汗马功劳，如果没有这支造桥铁军，就没有五峰山大桥的今天。

中铁大桥局的前身，叫铁道部大桥工程局。1953 年 4 月为修建武汉长江大桥而成立，2001 年改制为现名。是中国唯一一家集桥梁科学研究、工程设计、土建施工、装备研发“四位一体”的大型工程公司，具备在江、河、湖、海及恶劣地质、水文等环境下修建各类型桥梁的能力。

大桥局先后培养了中国科学院院士、中国工程院院士、全国工程勘察设计大师多名，现有员工 14000 余名。

中铁大桥局是世界上设计建造桥梁最多的企业，一直引领中国桥梁事业发展。迄今，公司在国内外设计建造了 1600 余座大桥，总里程 1600 千米，并先后参加了铁路干线和高等级公路建设，仅中国建设工程鲁班奖就 25 项，树立了中国桥梁建设的一座座丰碑，那些我们耳熟能详大桥的名字，如武汉九江长江大桥、南京长江大桥、南京大胜关长江大桥、跨海杭州湾大桥、拉萨河特大桥、澳门西湾大桥等等，都伴随着它的名字，在时光的隧道中熠熠生辉。

同时，中铁大桥局还培养了一批建桥国家军，如张敏、彭敏、梅旸春、周一桥、高宗余，他们沿着前辈大师的足迹，砥砺前行。是他们在湍急的江河之上，在苍茫的大海上，像一条条逆流而上不断迁徙的鱼，在浪花中磨砺自己的鳞片，是他们用闪烁着银光的满身鳞片，架起了江河之上的那一座座桥梁，没有他们的坚守，天堑怎能变通途？

社会的进步和发展，可以通过一座桥的历史并作为对一个人、一群人、一个时代的观照坐标，其意义深远重大。生命之所以有意义，是因为会随时停止，而一代代造桥人前赴后继，从不会停止，中国大桥建设者们所有的生命意义必将被这个时代载入史册。

镇江五峰山长江大桥作为连淮扬镇铁路建设的一个重要通道，被称为江苏的“脊梁骨”。

中铁大桥局从五峰山长江大桥的南锚碇及主塔的基础开挖，第一根钻孔桩开钻，工序如江水般一路向前流淌。4号主塔成功封顶，猫道以68天最快的速度铺设，第一根基准索顺利过江，到最后一根主缆索股从江北岸的放索区飞过长江，锁定在南锚碇的最后一根锚头上，从第一根索股到最后一根索股入鞍，锁定在锚坑中的第352号锚头上，历时74天，这样的速度又是中国之最。

记得走进五峰山大桥工地日子，是2017年9月27日，这天，在崔永兴书记和施超姑娘的带领下第一次用感官开始触摸大桥，那时候4号主塔才百米高，南锚碇90米直径的基础层还没有到地面。

直到2018年腊月，第一次在雪后来到施工现场采访。此后，我大多是在恶劣的天气来到工地，见证大桥建设者们建设过程中的艰难，智慧，隐忍。大桥建设在艰难向前推进，大桥人的父母、妻儿也在期待大桥崛起的时刻。时间与空间往往不因人的意志而改变。

在进驻大桥期间，我年迈的母亲砰然倒下，一拖就是大半年。回乡陪伴，母亲在放疗中备受煎熬，依依惜别她，回大桥工地，总觉是见最后一面。母亲在清醒的时候，我把耳朵贴近她嘴边：“丫头，别回来，安心写桥，等我能走路了，去看你写的大桥。”母亲的魂贴着我离去的脚步在飘，怎么也走不到我笔下的大桥现场。

我住在圌山脚下东霞寺或绍隆寺旁项目指挥部的活动板房416、6103房间，这是大桥人给我在这里安的家，每次来打开那扇门，总有回家的感觉，久不来，我的邻居们会念我。母亲病入膏肓，永远站不起来了。在416房间的时候，面对电脑，泪长流。

异体同悲是人类的特性。大桥人的父母妻儿病中之时如今日之我：那颗心一头挂在桥上，一头落在家里头。“回不去”这三个字如一把大锯，把他们的身心锯成了两半。我想，在大桥工地的每一个人，都遭遇过如我一般的疼痛。也因为大桥，受到诸多名利场上人的误解：他们觉得舍弃现成的名利不去争，却要跑到深山里去受苦，而这些苦，如同大桥人的苦一样，大桥人争的是国家精品，这些鲜有人理解，更没有人能代替，只能靠自己消解。

慢慢地，大桥人把我当成自家姊妹，大桥人的父母姊妹们如我的父母姊妹一般，我陪伴他们一起上夜班，攀主塔，爬南锚，走引桥，在江边寒风中的猫道上，零下 10 度，一个写作者的情感更应该融入大化之中——如陈明所说的家国情怀亦如徐恭义在央视的舞台上所说的"情怀"二字，对当代人的精神世界，值得去深思和反省。

在这个突飞猛进的时代，桥梁建设者们因为行业的局限，他们不善于表达自己。比如，在和四公司宣景平经理往圌山公园散步途中，谈到这本书写到 18 万余字时，他惊讶地说："我们这些人有什么好写的，我们这个行业每天像机器一样运转，我们的工作年复一年，日复一日，远离公众，像夏日草丛里的萤火虫，我们也不像明星。"

恰恰相反，我在通往江边的 116 级天梯上，7 月的夜晚，萤火虫像无数的灯笼，绕着南锚碇飞舞，它们像江中的灯塔，照亮大桥人迟归的脚步。

一代代大桥人，从青春到白发，前赴后继扑在现场，在我想与老一辈大桥人深谈的时候，他们说："我们都老了，把机会让给现场的年轻人们，他们年纪轻轻离开父母，不容易。"前辈大桥人谦逊的品质，正影响着新一代的年轻人，他们是有担当的新一代建桥人。

如果说走近大桥后悔的话，那么唯一的后悔是，我来迟了。如果从大桥破土动工的那天起，就来到他们的中间，有始有终跟进式的书写才算得上一个合格的作者。

大桥人从一线普通工人，到一线管理者，像永动机，只要工程开工，就无法停止；又像陀螺，在外力的抽动下，高速度旋转。采访现场人员都好办，跟着他们上班即可，但采访指挥部的管理者，难上加难，有时候要等待许多天，都等不到要见的人。

从第一次走进大桥，冥冥之中就觉得自己应该来这里，来了后才发现他们中有许多人是自己的同乡，从上海铁路局南京枢纽中心的总指挥长韦庆冬，到南锚碇施工现场的队长张国庆、夏厚宏、冯永前等人，和他们谈造桥，谈生活，谈家庭，谈到一个关键的问题，有的人问：我们造的桥要到哪里去？是的，他们造过许多桥，桥前方的路无限延伸，通向远方的远方，中国大交通的版图上，中铁大桥局所建的路和桥只有起点，没有终点。但有一点可以肯定：桥的故乡，便是每个人的家乡。

桥墩和南锚碇越长越高，雄壮威武，母亲的病越来越重，工作与生活中的烦心事不断累积，那么多人把自己当成情商低的异类，可是，如果错过与大桥人零距离接触的机会，此生将无法原谅自己的过错。随别人怎么去说，像大桥人一样，隐忍不发，吞咽苦涩，处理完日常中的俗事，经常星夜从灯火辉煌的城市往大桥工地赶，与大桥人在一起，接受阳光雨露，接受寒霜暴雪和凄风豪雨。

建桥大军驻扎到哪里，大桥人就要在哪里扎根，中间隔着父母妻儿，路再长，都要回家望望。清明节前一天，突然想回乡探望母亲，带她去上坟，无意间和常美兰透了一句。当晚在食堂吃过晚饭，金玉林书记便火速安排安庆的李金波师傅送我回乡探母。节假日里项目部用车可是超级紧张状态。还没出大港就开始堵车，一路上看到两起重大车祸就发生在瞬间。路再宽，车还是拥挤不堪。李师傅说，多造桥，就可以将车分流，减少事故的发生。

沿三泰地区的乡道行走时，我想到柳桥宁和刘凤、张国庆、杨柳青，他们的家就在这里，他们父母都年事已高，都是上一辈大桥建设者，退休后回到村庄的腹地，拿着并不多的退休工资，风烛残年，守着日渐荒凉的村庄，直到永远走进泥土的深处。特别是柳桥宁，这个沉默寡言的里下河之子，多少次在下班后星夜兼程往老家狂奔，因怕给母亲添麻烦，到家谎称吃过饭，而在返回工地的半途中，在路边买两个糖三角，边开车边往嘴里塞，顾不上喝水，给噎住了。无数这些场景，只是在他轻描淡写的描述中听过，如果亲临现场，将无比震撼。

李金波师傅把我送到家，连夜返回大桥，已是夜里 0 点。发来平安短信时，我已困成了一摊泥扑倒在床上，次日才回复。在大桥建设现场来来去去的两年中，辛海宁书记经常安排夏新波师傅接送我，甚至有时候他亲自接送。

所有的大桥人都是这样，走着不一样的艰辛之路。他们是一群离日月星辰最近的人，单纯，执着，隐忍，现代文明社会如果少了他们，中国的路桥事业要落后西方国家多少年，重大的技术难关只能求助于他国。

4 月中旬，本来韦庆冬总指挥长帮我预约采访铁科院的许兆军总监，后来家中电话告急，让我回家陪母亲。我结束密集的现场跟踪采访，也为了跳开庸常的现场琐事，去思考大桥人身上更多的故事，而不落入为写而写的任务式的窠臼中去。于是，暂时离开大桥回到海安老家陪伴病重的母亲。后来的日子都是凌晨 3 点起床开始书写，努力把那些现场的原声还原到纸上，这是对他们最大的敬重。

在寂静的乡村腹地，开启了一边修改稿子，一边坐在床边伴母的日子，每天见缝插针 N 次打开《桥魂》这篇文档是必须要做的事情，如同大桥现场的人们天亮后就要出发，走过那条 116 级台阶的天梯，走到自己的工作岗位上去。打开文档时，工地上所有的人和事顷刻间在我的脑子里复活，与他们同甘共苦的诸多细节涌上心头。

能回家看看，是无数大桥人最朴素见底的期盼。

应该向大桥人的父母、子女致敬，是他们为大桥建设者们撑起半边天空。

5 月 29 号这天，416 房间，当窗前的第一朵栀子花开放，陈明的办公室已经接待了第四批人。从早晨 8 点起等候约见他，但中途冒出来的一堆事，让他有些力不从心。他要接待的是审计、巡视组、材料供应商和总部来的大桥专家。主缆需要马上招标除湿机，几百吨的架梁机已经被 3500 吨的大型浮吊吊到边跨，等待架设钢梁，现场的工人们在等待索夹到货，开始新一轮的战斗。

从一线工人，到高层管理者们，他们自愿与大桥荣辱与共，建造出巧夺天工的世纪桥梁。

在现场，在生活区，在生产调度会上，在雨季和暴雪天，在鸟语花香的红五月，我和大桥人在一起的每一个细节像电影胶片一样，一节节放送，以至于日常生活中每过一座桥的时候，都会想到头戴安全帽身穿蓝色工作服的他们，像天上的星星，散落在苍茫的大地深处，他们在荒凉的无人之地，披星戴月，把荒凉变成脚下的希望。

世界是个共同体，时代的发展进程中，也会遇到分崩离析。中国中铁建桥大军，在建设过程中也会遇到重重险阻，他们靠的就是在钢筋混凝土的世界里建立一个强大的秩序，靠的是大桥人万众一心越天堑，与时间赛跑，在每个建桥人的心里建立一个永恒的桥梁，扛起质量与安全的大旗，是这个恢宏的时代赋予他们的责任与使命，是他们在共和国不同时期，在世界各地，愿意为桥梁事业献了青春献子孙，是他们用自己的智慧，抽丝剥茧般最终完成自己的创造。一代代造桥铺路人用生命向这个伟大的行业献祭，如果没有他和他们的个体意志力与集体意志力，江河湖海之上的大桥就无法从地心里长到蓝天白云下，无法矗立到滔滔江河之上，那么中国桥梁事业将落后于世界多少年。

一代代大桥人的魂被封存在钢筋混凝土之中，我们有责任用文字还原他们在现场的生活细节，让他们的精魂在青山绿水间永驻。每一代造桥铺路者到哪里都值得敬重，值得鼓励，尤其是在他们人生中的第一个奉献青春热情的地方。

这座桥牵动着无数人的心，上千名日夜劳作的建设者们，如果跟随每一个人，每个人都是一部厚重的书，每个人都是大桥的功臣。在主塔和南锚的现场，党支部的红旗在飘扬，把大桥人的信仰立在大桥上。

要感谢的人有很多，其中有镇江市委宣传部和市文联的大力支持，有同为从事建筑行业的亲人的技术支持。感谢中铁大桥局集团公司总经理文武松在百忙中为本书作序，感谢为《桥魂》作序的镇江市作协主席、镇江政协文化文史委主任蔡永祥，他作为一名资深的报告文学作家、诗人，在我深入采访的过程中，提供了许多建设性的意见。感谢文友曹峰峻老师的大力帮助，感谢镇江书法家协会的曹秉峰主席为该书题字。特别感谢中铁大桥局集团镇江五峰山长江大桥项目指挥部、一分部、二分部的全体建设者，是你们精神深处的净美，让一个普通的写作者在职业生涯取舍的关口，坚定地跟随自己的心，走进大桥工地。在我创作过程中遇到最大困难无法逆时，是你们在百忙之中向我敞开大桥建设现场的大门，并提供一切采访的便利，让我在纷乱的世俗眼光的投射下，努力去摒弃名利，潜心创作。这一切都源于对大桥建设者们的悲悯之心与无限的敬重。而大桥现场的大门不是随意向所有人敞开的,尤其是对那些不懂得、理解、体贴大桥的人。

限于篇幅,还有那么多默默无闻的大桥建设者,无法一一呈现他们的精神面貌,在此向你们致敬。

一座座大桥,其实就是一代代造桥人用血肉化成混凝土,用筋骨化成钢筋的魂,用强大的意志筑起的一座座大桥的丰碑,只有开始,没有结束。

如同这本专门为江苏镇江五峰山大桥写的书,永远没有尾声。

2019 年 7 月成稿于江苏海安

2019 年 8 月修订于五峰山大桥项目部